KB196056

迷路장의 참극
參劇

MEIROSO NO SANGEKI

© Seishi Yokomizo 1976, 1996

First published in Japan in 1976 by KADOKAWA CORPORATION, Tokyo.

Korean translation rights arranged with KADOKAWA CORPORATION, Tokyo

through Shinwon Agency, Co., Ltd., Seoul.

미로장의 참극

요코미조 세이시 지음
정명원 옮김

SIGONGSA

후루다테 다넨도 古館種人 메이지의 원로. 명랑장의 창시자.

후루다테 가즌도 古館一人 후루다테 다넨도 백작의 아들.

가나코 加奈子 가즌도 백작의 후처가 된 미모의 여성.

오가타 시즈마 尾形静馬 가나코의 먼 친척 청년.

이토메 糸女 다넨도 백작의 첩. 명랑장을 관리하는 노부인.

후루다테 다쓴도 古館辰人 가즌도 백작의 적자. 본처 소생의 외아들.

시노자키 신고 篠崎慎吾 사업가. 다쓴도에게 명랑장을 양도받아 호텔 경영에 손을 댐.

시즈코 倭文子 신고의 부인. 원래는 다쓴도의 부인이었으며 화족의 후예.

요코 陽子 신고의 전처 소생의 딸.

하야미 조지 速水讓治 명랑장의 종업원. 혼혈의 전쟁고아.

덴보 구니타케 天坊邦武 전 자작. 다쓴도의 생모의 동생.

야나기마치 요시에 柳町善衛 전 자작. 가나코의 친동생.

도다 다마코 戸田タマ子 명랑장의 여종업원.

오쿠무라 히로시 奥村弘 신고의 비서.

다하라 田原 경부보 사건의 수사주임.

이가와 井川 형사 시즈오카 현경의 베테랑 형사.

고야마 小山 형사 후지 서의 젊은 형사.

긴다이치 고스케 金田一耕助 까치집 머리에 낡은 기모노 차림. 다들 아시는 명탐정.

차
례

* 이 작품에는 오늘날 인권 보호의 견지에 비추어 부당하거나 부적합하다고 생각되는 어구나 표현이 있습니다만, 작품 발표 당시의 시대적 배경과 문학성에 비춰볼 때 저작권 계승자의 양해를 얻어 일부를 편집부의 책임하에 고치는 걸로 마무리했습니다. —일본 편집자백.

* 본문의 주석은 모두 옮긴이 주입니다.

발단

1

명랑장*은 도카이도선 후지역에서 도호쿠 쪽으로 1리 남짓 떨어진 곳에 있다. 처음 이곳을 만든 이는 메이지**의 권신權臣 후루다테 다넨도 백작이라는 사람이었다.

이 부근은 북쪽으로 후지산이 있고 남쪽으로는 다고노우라가 있어 경치가 맑고 아름다운 거야 두말하면 잔소리고, 근처에는 와카***의 소재가 된 명승지나 사적도 많은 장소. 과거 막부 시절에는 여기서 동쪽으로 한 역만 더 가면 있는 요시하라가 역참 마을로 발달했고 다이묘가 묵는 본진도 거기 있었는데, 안내지에 따르면 에도까지 34리 반 정도 가면 된다 하니, 메이지 시대에도 도쿄에서 교통편이 나쁘지 않았던 듯하다.

---

* 名琅莊, 일본식 발음은 메이로소. 이 시리즈는 장소명에 의미심장한 부분이 많아 뉘앙스를 살리기 위해 한국식 음독을 해왔다. 메이로소는 이 책의 제목인 '미로장'의 일본식 발음이기도 하다.
** 明治, 메이지 천황 재위 시기(1867~1912)에 사용한 연호.
*** 和歌, 5음과 7음을 바탕으로 한 일본의 전통적인 정형시.

전해지는 말에 따르면 메이지유신 동쪽 정벌 시기에 관군의 지휘관으로서 이 부근을 지나가던 후루다테 다넨도 백작—당시에는 후루다테 구라노스케라는 이름이었다—은 아침저녁 후지산이 보이는 이 근방의 산수를 몹시 사랑하여 내가 혹시 이름을 떨쳐 높은 벼슬에 오른다면 반드시 이 부근에 큰 저택을 지어 보이겠노라며 일찍이 경치가 아름다운 이 땅에 눈독을 들이고 있었다고 한다.

　훗날 벼슬에 오르게 되자 후루다테 다넨도 백작은 처음의 결심을 그대로 관철시켜 이곳 몇십만 평의 부지에 명랑장이라는 커다란 저택을 지었다. 이 명랑장의 건축양식처럼 메이지 시대 권신들의 취미나 기호, 또 실질적인 요구를 단적으로 반영한 건축물은 드물다고 한다.

　메이지의 권신들 대부분은 비천한 신분이었다가 갑자기 출세한, 이른바 개천에서 용 난 인물들이다. 분명 그들은 젊었을 적 지배계급의 생활을 크게 부러워하고 동경했으리라. 막부 말엽부터 유신의 변동기에 걸쳐, 내가 혹시 이름을 떨쳐 높은 벼슬에 오른다면 반드시 이 부근에 큰 저택을 지어 보이겠노라, 하고 일찍부터 야심에 불타올랐음에 틀림없다. 그들이 동경하던 당시 지배계급이라면 대개는 다이묘를 말한다.

　그러므로 메이지 권신들의 생활상이 많든 적든 다이묘를 모방하여 쓸데없이 허세를 부린 데는 이유가 있지만 명랑장의 건축양식에 이르러서는 그것이 좀 더 극단적으로 나타났다고 평가받고 있다.

예를 들어보자면 응접실이다.

물론 응접실이라는 하찮은 명칭이 아니라 '대면의 자리'라고 부르는데, 그 방은 윗자리와 아랫자리*로 나뉘어 있고 손님을 맞이할 때 주인은 그 윗자리에 출어하는 것이다. 손님은 반드시 아랫자리에서 납거미처럼 납작 엎드려 있었을 것이다.

하지만 생각해보면 이것도 무리는 아닐지 모른다. 최고의 벼슬에 올랐던 후루다테 백작에게 대등하게 혹은 존경의 예를 갖추고 예우하지 않으면 안 될 손님은 일본 내에 그리 많지 않았을 것이다.

그런데 여기서 흥미로운 사실은 이 대면의 자리의 구조이다. 즉 아랫자리 측면에는 무사 매복소**가 있고 윗자리 뒤쪽 도코노마***의 벽은 회전해서 그 뒤로 달아날 수 있도록 고안되어 있다. 무사 매복소는 약간 벽장 같은 구조로 되어 있어, 거기에 잠복 무사를 숨겨두는 것이다. 그리고 손님에게서 이상한 낌새가 느껴지면 바로 달려 나와 진압하는 한편, 주인은 재

---

* 윗자리의 본래 명칭은 조단노마上段の間로 바닥을 한 단 높게 한 곳이다. 주군이 가신을 대면할 때 사용하였다. 아랫자리는 계단노마下段の間로, 가신이 주군을 알현하는 곳이다.

** 武者隱し, 무사가 숨어 있다가 쳐들어오는 적을 기습하기 위한 장소.

*** 床の間, 벽 쪽에 방바닥에서 살짝 올라간 자리를 마련하여 인형이나 꽃꽂이로 장식하고 붓글씨 등을 걸어놓는 공간을 말한다.

빨리 윗자리 뒤에 있는 도코노마의 회전하는 벽을 통해 도망치는 방식이다.

이것은 분명 복종과 배반이 마구 난무하던 전국 시대 이후의 건축양식이지만, 후루다테 다넨도 백작은 그저 장난으로 옛것을 모방해 자신의 관록을 과시하려 했던 것은 아니다. 백작에게는 실제 그렇게 할 만큼 경계심이 있었을 것이다.

혁명에는 숙청과 암살이 따라붙기 마련이다. 오래전 가마쿠라 막부의 예를 들 것까지도 없이 최근의 러시아혁명이 이런 끔찍한 모습을 보여준다. 메이지유신도 마찬가지여서, 후루다테 다넨도 백작도 많은 선배나 동료가 차례로 피의 숙청을 당하거나 자객의 손에 쓰러지는 것을 보며 신변의 경계를 강화하게 되었을 것이다.

명랑장은 바로 경계를 강화할 필요성에 따라 설계된 것으로, 저택 내에는 곳곳에 회전 벽이나 빠져나갈 탈출구가 있다고 하며, 뜰에 심어진 나무 하나하나에도 몰래 들어온 자객의 저격에 맞설 수 있도록 사각지대가 만들어져 있었다. 즉 뜰을 산책하는 사람이 어떤 각도에서도 보이지 않도록 정교하게 나무가 심어져 있었던 것이다.

이렇게 극도의 경계심을 가지고 만든 비밀 설계 말고도 이 명랑장의 건축양식에 복잡하고 기괴한 느낌을 불러온 것이 하나 더 있다. 그것은 후루다테 다넨도 백작이 옛 다이묘를 모방하여 엽색 행각을 하기 위해 반드시 필요로 했던 건축양식이다.

후루다테 다넨도 백작의 본가 저택은 시나가와의 고텐야마에 있었다.

옛 다이묘가 오오쿠*에 많은 여자를 거느렸던 것처럼 후루다테 다넨도 백작도 시나가와 저택에 많은 여자를 거느리고 있었다. 백작이 가장 득세했을 시기에는 그곳에 10여 명의 여자가 있었고 그중 절반 이상에게 손을 댔다고 한다. 여자들의 방은 줄줄이 길게 늘어서 있었고, 그녀들은 그날그날 백작이 내키는 대로 부르거나 자신의 방에 직접 행차하기를 기다렸다. 이런 방들은 복도에서 복도로 이어져 있어, 과장해서 말하자면 흡사 하나의 거리 같은 모습을 하고 있었다.

후지산 기슭 가까이 있는 명랑장은 시나가와의 본가만큼 호화롭지는 않았다. 하지만 러일전쟁 후 얼마 되지 않아 정계에서 은퇴한 후루다테 다넨도 백작은 그 후 명랑장에 머무는 일이 많아졌고 결국 이곳에서 임종을 맞이했다. 죽기 직전까지 여러 명의 애첩들을 거느리고 있었다는 백작이니, 명랑장의 후궁도 그 수가 상당했을 것이다.

아무튼 앞서 언급한 회전 벽이나 도주용 탈출구 등 비밀 설계가 많은 데다 방금 언급했듯 줄줄이 방이 이어진 구조를 가진 명랑장은 언제인가부터 미로장迷路莊이라고 불리게 되었다.

---

* 大奧, 에도 시대 쇼군의 아내와 자녀, 잠자리 상대인 시녀들이 거처했던 장소.

물론 그것은 뒷담화이고 험담이기도 하지만 지금 와서 생각해보면 후루다테 다넨도 백작에게는 선견지명이 있었다고 해야 할 것이다. 왜냐하면 비밀 설계는 그렇다 치고, 줄줄이 이어진 방의 구조는 훗날 여관으로 만들기에 안성맞춤이었기 때문이다.

아무튼 이 명랑장에는 한 가지 피비린내 나는 에피소드가 있다. 그리고 그 사건이 이제부터 이야기하려는 긴다이치 고스케의 탐정담과 깊은 관련이 있으므로 우선 그 일부터 간단하게 이야기해보도록 하자.

2

후루다테 다넨도 백작은 앞에서 말한 극도의 경계심 덕분인지, 피의 숙청을 겪지도 않고 자객의 손에서도 무사히 달아나 메이지 45년 천수를 누리고 영면하였다. 메이지 시대 영광을 누린 이 사람은 메이지의 마지막 해에 세상을 떠났다. 향년 68세.

그리고 그 뒤를 이은 것이 2대째의 가즌도 백작이다.

이 사람은 초대 백작에 비해 평범한 인물이었다. 그는 부친의 후광으로 여러 직위에 올랐지만 무엇 하나 오래 하지 못했다. 그래도 속세의 이익에 집착하는 마음만은 강하여 이런저런 사업에 손을 댔다가 실패했다. 또 꾐에 속아 남이 소개한 자리에 앉았다가 덤터기를 쓰는 일도 허다했다. 게다가 젊었을 때부터 방탕하기 짝이 없어 낭비와 허세가 심했다.

그래서 다이쇼* 시대에 이르자 이미 시나가와 저택과 부지를 유지할 수 없게 되었다. 이후 쇼와** 2년에 금융공황의 바람까지 맞자 파산 일보 직전까지 몰렸다. 그래서 친척 여럿이 재산을 정리한 끝에 가즌도 백작의 손에 남은 것은 명랑장뿐이었다. 친척이 왜 명랑장만 가즌도 백작에게 남겨주었는가 하면 다른 저택과 부지가 소비 지향적이었던 데 반해, 명랑장은 얼마간 생산적으로 지어졌기 때문이다.

아버지 후루다테 다넨도 백작은 먼 앞날을 내다본 인물이라고 해야 할까, 아니면 혁명이라도 일어났을 때 명랑장에서 두문불출할 작정이었을까. 명랑장 부지에는 드넓은 논과 귤나무로 가득한 큰 산까지 있었다. 그 산으로 올리는 수익만 해도 대단해서, 사치스럽게 쓰지만 않았다면 꽤 풍족한 생활을 누릴 수 있을 터였다. 물론 그 외에도 다달이 은행에서 생활비를 지급받게 되어 있었으나, 이 정도로는 마치 금치산 선고를 받은 거나 다름없었다.

그러므로 가즌도 백작으로서는 이 결정이 적잖이 불만스

---

* 大正, 다이쇼 천황 재위 기간(1912~1926)에 사용한 연호.

** 昭和, 쇼와 천황 재위 기간(1926~1989)에 사용한 연호.

러웠다. 그는 친척들이 여럿이서 자신을 유배시킨 거나 마찬가지라고 생각했다.

가즌도 백작은 아버지에 비해 외적으로 호방하고 작은 일에 구애받지 않는 척하고 있었지만, 실제로는 여자처럼 소심한 남자였다.

가즌도 백작의 사진은 지금까지 남아 있다. 깡마르고 어딘가 여성적인 용모인 데 반해 두툼한 팔자수염을 크게 올린 모습이 우스꽝스러울 정도로 어울리지 않았다. 곤충도 약한 존재이니만큼 위압감을 주는 더듬이를 통해 허세를 부리는 것인데, 가즌도 백작의 수염에서 받는 인상이 딱 그러했다.

게다가 사업에 실패하고 파산 국면에 봉착하여 후지산 근처의 들판으로 쫓겨나 여러 부자유스러운 상황에 몰린 이후 그의 여성스러운 성격은 한층 어두워졌고 무서울 정도로 남의 말을 꼬아 듣게 된 데다 시의심이 극도로 강해졌다. 그 결과, 쇼와 5년 가을 가즌도 백작은 마침내 후지산 인근 들판을 뒤흔드는 대참극을 벌이고 말았다.

그 당시 가즌도 백작의 부인은 가나코라는 이름의 후처였다. 가즌도 백작의 첫 부인은 다쓴도라는 외아들을 남겨두고 일찍이 세상을 떴기 때문에, 백작은 가나코를 후처로 맞이했던 것이다. 재혼인 만큼 초혼 부부들에 비해 나이 차가 큰 것은 어느 정도 당연하겠지만, 그럼에도 가즌도 부부의 연령 차이는 세간의 입에 오르내리기에 충분했다. 가즌도 백작은 당시

55세, 부인인 가나코는 28세, 스물일곱 살 가까이 차이 나는 부부였다.

게다가 외모만 보는 가즌도 백작이 주위의 반대를 무릅쓰고 결혼했을 정도로 가나코는 보기 드문 미모의 소유자였다. 그녀는 하루 살기도 빠듯한 가난한 화족*의 딸이었으나 가즌도 백작은 그 미모에 반해 후처로 삼았던 것이다. 그때 가나코는 21세. 물론 초혼이었다. 이 부부 사이에 아이가 하나라도 있었다면 그런 대참극은 없지 않았을까, 사람들은 말하고는 했다. 결혼하고 7년이 되어도 임신하지 못했던 것이 그녀의 불행이자 가즌도 백작의 불행이었다.

그래도 가즌도 백작의 허영심이 강할 무렵에는 아직 괜찮았다. 그는 내 여자를 가난의 구렁텅이에서 구해주었다는 다분히 의기양양한 마음으로 이 미모의 아내를 볼 수 있었다.

그런데 사업이 기울고 금융공황의 여파로 인해 아무리 궁궐 같은 집이라고는 하나 시골 초야에 기거하지 않으면 안 될 처지가 된 이래, 그는 차츰 이 젊고 더할 나위 없이 아름다운 부인에 대해 열등감을 느끼게 된 모양이다. 그는 우선 가나코를 차가운 여자라고 생각하기 시작했다. 그리고 그녀가 자신을 만족시켜주지 않는다, 자신을 경멸하고 있다고 믿기 시작했다. 또한 그렇기 때문에 그녀에게 아이가 생기지 않는 거라고 단

---

* 華族, 1869년부터 1947년까지 존재한 근대 일본의 귀족 계급.

정 짓고 말았다. 부인이 자신을 경멸하고 있다고 가즌도 백작이 생각하기 시작한 데 아주 이유가 없지는 않았다. 가나코 본인이 남편을 경멸했는지는 분명치 않지만 여기 한 사람 가즌도 백작을 맹렬하게 경멸하던 인물이 있었다.

그것은 명랑장의 주인이라고도 할 법한 인물인 이토메라는 노부인이었다.

이토메는 원래 선대 백작의 첩이었지만 서른을 넘어 잠자리를 같이하지 못할 나이가 되자 수많은 백작의 첩의 시중을 드는 역할을 하게 되었다. 그녀는 약삭빠르고 빈틈없는 여자로, 가즌도 백작과 닮아 여성적이고 음흉한 면이 있었으며 그렇기에 나이를 먹으면서 점점 신경질적이 되어가던 선대 다넨도 백작의 비위를 맞추는 데 그녀만큼 능숙한 사람은 없었다. 끌을 가져오라고 하면 망치까지 가져올 정도로 척 보면 척이랄까, 가려운 데를 싹 긁어준다고 할까, 주인의 성격을 처음부터 끝까지 꿰뚫고 있어서 상대가 말하기도 전에 이쪽저쪽 분주하게 돌아다니며 일했다. 게다가 백작의 여자에 대한 취향도 잘 알고 있어서 중매도 아주 잘했다. 거기에는 제아무리 백작이라도,

"이토메에겐 못 당하겠어."

라며 항상 쓴웃음을 지었다고 한다.

메이지 45년, 백작이 타계했을 때 이토메는 마흔 가까운 나이였으나 많은 첩이 해고당한 와중에도 그녀만은 평생 주인님을 모시며 명랑장을 지키고 싶사옵니다, 라는 청이 받아들여져

그대로 거기 살고 있었다.

후계자인 가즌도 백작도 훗날 그곳이 자신의 본거지가 될 거라고는 꿈에도 몰랐기 때문에 별장지기 정도 맡길 생각으로 무심코 허락해준 것이 후회의 씨앗이 되었다.

쇼와 3년 도쿄에서 쫓겨나듯 가즌도 백작이 명랑장으로 옮겨 왔을 때 이토메는 이미 예순 남짓한 나이가 되었지만 하인들에게는 작은 마님이라 불리며 은연중에 세력을 키우고 있었다.

약삭빠른 그녀는 결코 불우한 처지에 놓인 주인을 적대하지는 않았다. 표면적으로는 어디까지나 가신의 예를 갖추고 있었다. 하지만 가즌도 백작의 관점에서 그것은 은근히 무례하게 느껴졌고, 그녀의 말과 행동이 가즌도 백작을 어지럽히는 씨앗이 되는 형국이었다.

명랑장으로 옮겨 오고 얼마 되지 않아 대체 이 집의 주권은 누구에게 있는지 의심할 만한 상황을 가즌도 백작은 여러 번 겪게 되었다. 가즌도 백작은 역시 주인이었다. 하지만 그 주인은 단순히 도코노마의 물건에 지나지 않았고 일체의 지휘는 작은 마님이라 불리는 이토메가 하고 있었다.

작은 마님……이라는 명칭부터 가즌도 백작의 마음에 들지 않았다. 뭐가 작은 마님이냐, 그저 아버지의 첩일 뿐 아닌가. 아버지 자식이라도 낳았다면 모를까 평생 아버지의 노리개, 성적 장난감에 지나지 않았던 여자 아닌가. 그런데 작은 마님이라니 얼토당토않은 이야기다.

게다가 한층 가즌도 백작의 마음에 들지 않았던 것은 아내인 가나코가 차츰 이토메의 구슬림에 넘어가고 있는 듯하다는 점이었다. 그녀는 어느샌가 이토메를 할머님이라고 부르게 되었다.

"할머님이라고 불러서는 안 되오. 딱 잘라 이토메라고 부르시오."

가즌도 백작이 못마땅하게 명령하면, 가나코는 남편 앞에서는 순순히 이토메라고 불렀지만 뒤에서는 여전히 할머님이라고 부르고 있었다. 이런 행동을 보고, 남편을 업신여기는 것도 정도가 있다며 결국 가즌도 백작은 심사가 제대로 뒤틀리고 말았다.

거기에는 또 하나의 이유가 있었다.

가즌도 백작은 완전히 잊고 있었으나 가나코와 결혼하고 얼마 지나지 않아 아내의 부탁으로 그녀의 먼 친척인 오가타 시즈마라는 청년을 이 명랑장에 들이게 되었다.

시즈마는 과수원에 흥미가 있어 그 실무 수업을 위해 몇 년 동안 이곳의 농원에서 일하고 있었다. 이토메가 여러 일꾼 중에서도 시즈마를 가장 마음에 들어 한다는 사실을 가즌도 백작은 이곳에 와서 알게 되었다. 시즈마는 가나코보다 서너 살 연하였고 물론 독신이었다. 뼈대가 단단한 좋은 체격에 외모도 남자다웠으며 '거시기'도 강할 듯한 근육을 갖고 있었다.

아, 거시기.

생각해보면 가즌도 백작의 의심도 억측도 모두 질투에서 비롯된 것이다. 예순의 나이에 하녀를 강간한 적도 있는 가즌도 백작의 생애는 무시무시한 엽색과 음란의 역사였다. 그럼에도 불구하고 가즌도 백작은,

"죽기 직전까지 대여섯 명의 첩을 두고 있던 아버지에 비하면 난 죄가 가벼운 축이지."

라고 큰소리를 쳤지만 그건 아니었다.

가즌도 백작의 아버지인 다넨도 백작 역시 보통은 아닌 엽색가였지만 그는 젊을 때부터 아직 기력이 팔팔하던 시기까지 줄곧 단련된 몸매를 지니고 있었다. 뱃속에서부터 타고난 엽색가인 가즌도 백작이 처음 여자의 살맛을 알게 된 후 학업도 제쳐두고 엽색 행각을 시작했을 때와 비슷한 나이에, 다넨도 백작은 아직 여자의 맛을 모르고 무술 수업에 여념이 없었을 것이다.

아무튼 가즌도 백작은 1, 2년 사이 급격히 성적 욕구가 약해지는 것을 느끼고 있었다. 오랜 엽색 생활에다 젊고 아름다운 아내를 맞이하여 무리했던 것도 한몫했을 것이다.

얌전한 가나코는 색을 밝히지는 않았지만 부부로 동침하는 이상 부인의 육체가 불만으로 몸부림치는 것을 남편으로서 모를 리 없었다. 게다가 가나코는 타고나기를 남들보다 배로 그 욕구가 강했던 것이다.

가즌도 백작이 부인에게 열등감을 느끼고 부인이 자신을 경멸하고 있다고 믿어 의심치 않게 된 것은 그런 부분에서 기인한 것이었다. 게다가 제법 거시기가 강할 듯한 젊은 남자가 같은 저택에 머물고 있었던 것이다. 그 남자는 이토메의 마음에 든 사람이었고 그 이토메를 아내인 가나코는 몰래 할머님이라고 부르며 비위를 맞추고 있었다. 이토메는 이토메대로 자신을 바보 취급하며 코를 납작하게 만들 궁리만 하고 있다……고 가즌도 백작은 멋대로 생각하고 있었던 것이다.

가즌도 백작은 어느샌가 기묘한 환상을 품게 되었다.

오가타 시즈마를 이곳에 부른 것도, 조만간 우리가 몰락해 이곳에 살게 될 거라고 예상한 이토메의 계획은 아니었을까. 가나코가 이 쓸쓸한 산중에서 의외이리만치 불평 없이 살고 있는 것은 오가타 시즈마가 있어서가 아닐까. 즉 가나코가 시즈마와 불륜을 저지르고 있으며 그것을 주선한 사람은 이토메 아닐까…….

분명 가즌도 백작은 질투에 몸부림치고 있었으리라. 그럼에도 불구하고 허세가 심한 백작은 그런 마음을 남에게 들키는 것을 극도로 부끄러워하여 겉보기에는 쾌활하게 행동하고 있었기 때문에 아무도 그가 그런 무서운 의심에 사로잡혀 있다는 사실을 알아차리지 못했다. 그래서 억눌린 의심이 그토록 광폭한 방식으로 폭발했을 때에는 제아무리 이토메라도 기겁하여 아무 수습도 하지 못하였고, 이제 와서는 이 사건에 의혹을 남기게 되었던 것이다.

그것은 쇼와 5년 가을, 10월 20일의 일이었다. 명랑장 안뜰 정자에서 갑자기 엄청난 분노에 찬 외침과 비명이 들려왔다. 그 외침을 가장 가까이서 들은 정원지기 할아범은 나중에 경관 앞에서 이런 증언을 했다.

"그때 분명 주인님 목소리로 불륜녀! 불륜녀! 라고 두세 번 외쳤던 것 같습니다요. 그 소리에 이어서 마님의…… 아마 마님이었을 건데, 꺄악 하는 비명이 들려왔구먼요……."

아무튼 범상치 않은 외침과 비명 소리를 듣고 하인들이 달려갔을 때는 이미 모든 일이 끝난 후였다. 그곳에는 가나코 부인과 가즌도 백작이 칼에 찔려 무시무시한 피 웅덩이 속에 쓰러져 있었다.

그것만으로도 전신의 피가 얼어붙을 듯 무서운 광경이었는데, 거기에는 한층 더 무시무시한 것이 뒹굴고 있었다. 그것은 어깻죽지에서 뚝 잘라낸 듯한 왼팔이었다. 그 왼팔이 붙어 있는 작업복 한쪽 소매를 보아 그것이 오가타 시즈마의 한쪽 팔임은 분명했다. 하지만 중요한 오가타 시즈마는 아무 데서도 발견되지 않았다.

그래도 현장의 모습에서 다음과 같이 추측할 수 있었다.

그 정자에서 가끔 오가타 시즈마와 가나코 부인이 이야기를 나누는 것을 본 가즌도 백작은 질투의 상념을 이기지 못하고 일본도를 휘두르며 뛰어들어 단칼에 가나코를 베어 죽이고 시즈마의 왼팔을 베어 떨어뜨렸는데, 그때 일본도도 떨어뜨렸을 거라는 거. 그 일본도를 시즈마가 주워 역으로 가즌도 백작을 단칼에 베었을 것임에 틀림없다.

흉기인 일본도는 나중에 정자 안쪽 식물이 심어진 곳에서 발견되었는데, 그것은 가즌도 백작의 비장의 명도*였다.

한데 중요한 오가타 시즈마는 어디로 간 것일까.

문제는 거기에 있었다.

정자에서부터 이어지는 핏자국을 더듬어 가보니 명랑장 뒤쪽 절벽 기슭에 있는 동굴 입구까지 이어져 있었다. 이 동굴만은 다넨도 백작의 지시로 판 것이 아닌 천연 동굴로, 도깨비의 암굴이라고 불리고 있었다. 게다가 아직 그 안쪽을 끝까지 가본 사람은 없었고 후지산의 동굴까지 이어지지 않을까 하고 말하는 사람도 있었다. 크기로 봐도 상당히 깊은 동굴인 것은 확실했다. 보통은 입구에 울짱을 두르고 금줄을 치는데, 울짱이 망가진 것으로 보아 시즈마는 이 동굴 속으로 도망친 게 분명했다.

그때 바로 사람들이 동굴로 들어가보았다면 의외로 쉽게 시즈마를 잡았을지도 모른다. 어쨌든 상대는 중상을 입고 있었으니까. 하지만 어쩐지 불쾌한 느낌이 들어 누구 하나 도깨비의 암굴에 들어가보려고 하지 않았다. 그것도 무리는 아닌 것

---

* 銘刀, 타인의 공적 등을 기리는 글귀가 새겨진 칼.

이 그 일본도가 발견된 것은 한참 지난 후였다. 그때는 다들 오가타 시즈마가 아직 혈도를 가지고 있을 거라 생각했다. 그러니 동굴로 들어갈 용기를 내지 못한 것도 무리가 아니다.

게다가 아까도 말했듯 어지간히 마음이 다부진 이토메도 이 무서운 돌발 사건에는 동요했는지 바로 경찰에 알릴 생각을 하지 못했다. 거기에는 가문의 명예를 의식한 까닭도 있었을 것이다. 도쿄의 친척들과 전화로 여러 가지 의논을 한 후 겨우 경찰에 연락했을 때는 이미 다음 날 오후가 되어 있었다.

경찰 기동대가 새롭게 결사대를 조직하여 동굴로 잠입했으나, 오가타 시즈마는 결국 찾지 못했다. 그 수색을 통해 알게 된 것은 그저 동굴 속에 명도冥途의 우물, 지옥의 우물이라고 불리는, 바닥이 보이지 않는 깊은 우물이 있고 거기에서 나쁜 가스가 뿜어져 나오고 있다는 것이었다. 혈흔은 그 우물 옆까지 점점이 이어져 있었고, 그러므로 오가타 시즈마는 분명 그 우물에 몸을 던져 자결했을 거라고 하였다.

안타깝게도 의사의 검시 결과 가나코 부인은 임신 3개월이었다는 사실이 밝혀졌는데, 이 소식을 듣고 소매를 눈물로 적시지 않은 이는 없었다. 부인의 정조를 의심한 가즌도 백작은 과연 그 사실을 알고 있었던 것일까. 어쩌면 그것을 알고 그 아이가 시즈마의 아이라고 의심했던 것은 아닐까.

하지만 일반적으로 가나코를 알 정도의 인물이라면 애초에 불륜을 부정했다. 시즈마의 인간 됨됨이를 아는 사람들도 마찬가지였다.

"너, 정신이 나갔구나. 그렇게 고상하고 상냥한 마님이 불륜이라니……."

하며 가즌도 나쁜 놈! 나쁜 놈! 하고 고함을 치던 정원사 할아범은 이내 엉엉 울었다고 한다.

실제 문제의 정자라는 것이, 역시 뜰 안쪽에 위치해 있었고 선대 다넨도 백작의 용의주도함으로 바로 옆까지 가지 않으면 거기에 있다는 사실조차 모르게 설계되어 있었다. 하지만 그리 멀지 않은 곳에서 정원사 할아범이 가위를 놀리고 있었고 시각도 황혼 전이라 불륜 남녀가 몰래 만나기에 적당한 장소라고 할 수는 없었다.

아무튼 이 사건이 벌어졌을 때 가즌도 백작의 외동아들인 다쓴도는 무엇을 하고 있었을까. 그는 시나가와의 본가가 친척들의 공동 관리에 들어가고 아버지와 계모가 명랑장으로 이사함과 동시에 친어머니의 친정인 덴보 자작 가문에 가게 되었고, 거기서 가쿠슈인 고등과에 다니고 있었다. 다쓴도는 계모 가나코보다 일곱 살 어렸다고 한다.

아무튼 오가타 시즈마는 정말 그 동굴 속에서 자결한 것일까. 어쩌면 그는 아직 어딘가에 살아 있는 것은 아닐까. 사람의 입에는 자물쇠를 채울 수 없다고 해야 할까, 당시 그 지역에는 다음과 같은 그럴싸한 풍문이 입에서 입으로 전해지고 있었다.

오가타 시즈마는 죽은 게 아니다. 시즈마는 작은 마님이 아끼던 사람이었으니 작은 마님, 즉 이토메가 몰래 도와 상처를 치료해준 후 도망치게 했던 것이다. 확실치는 않지만 미국에서 돌아온 남자가 미국에서 한쪽 팔이 없는, 오가타 시즈마와 꼭 닮은 남자를 만났다고 했다는 것이다.

아무튼 이상 서술한 것이 이제부터 이야기하려는 긴다이치 고스케 탐정담의 전주곡이라고 해야 할 사건이다.

제 1 장

추 문

1

전쟁이 끝나고 5년이 지난 쇼와 25년 가을, 10월 18일 일요일 오후 2시 35분.

도카이도선의 후지역에 홀연히 내린 한 남자가 있었다.

나이는 서른대여섯쯤. 약간 더러워진 쥐색 외투를 왼팔에 걸치고 오른손에 초라한 보스턴백을 들고 있었다. 입은 옷은 꽤나 낡은 모직 기모노에 모직 하카마, 머리에는 쭈글쭈글한 형태의 찌부러진 벙거지 모자를 쓰고 있다.

남자는 주변을 둘러보는 듯한 눈길로 두리번거리며 시골역의 소박한 플랫폼에서 개찰구로 나오더니 그곳의 매점 앞에 서서 뭔가 찾고 있었는데, 그때 종종걸음으로 다가와 말을 건 사람이 있었다.

"아, 선생님. 긴다이치 고스케 선생님 아니십니까."

긴다이치 고스케가 돌아보니 상대는 무릎까지 오는 바지에 장화를 신고, 손에는 두꺼운 가죽 채찍을 들고 있다. 금 단추가 잔뜩 붙은, 타는 듯한 연지색 제복을 반듯이 차려입었고 머리에 쓴 모자는 측면에 금색 글씨로 '호텔 명랑장'이라고 쓰여 있다. 나이는 스물 전후, 이런 호텔 보이에 안성맞춤인 흰 피부의 미청년이 싱글벙글 웃고 있었다.

"아, 일부러 마중 나와주었군. 수고가 많아……. 그런데 차는……?"

"예, 저쪽에 있습니다."

제복 차림의 남자가 가리킨 곳을 보고 긴다이치 고스케는 무심코 눈을 크게 떴다. 그곳에는 금색 문장紋章이 붙은 검고 지붕 없는, 말 한 마리가 끄는 마차가 서 있었고 그 주위를 구경꾼들이 신기한 듯 둘러싸고 있었다.

"아하하, 이거 놀라운걸. 요즘 세상에 마차라니."

"예, 이쪽이 분명 긴다이치 선생님의 마음에 들 거라고 하셔서……."

"누가……? 시노자키 씨가?"

"예."

"그렇군. 이거야 처음부터 한 방 먹었는걸. 그 인간이 할 법한 짓이야."

짐차에 말을 연결한 형태의 마차라면 긴다이치 고스케도 타본 적이 있지만, 이런 마차는 처음이었다. 말도 갈색의 멋진 말이었다.

"이건 좀 화려한데."

긴다이치 고스케가 겸연쩍어하며 지붕 없는 마차에 타보

니, 좌석에는 두툼하고 화려한 비단 양탄자가 깔려 있었다. 미청년이 채찍을 휘두르자 마차는 달가닥달가닥 기분 좋은 발굽 소리를 울리며 궁벽스러운 거리를 달려가기 시작했다.

"그런데 시노자키 씨도 유별나군. 어디서 이런 마차를 구했지?"

"아닙니다. 이 마차는 오래전부터 명랑장에 있던 겁니다. 아마 메이지 시절에 백작님이 사신 걸 최근 가져와서 색을 다시 칠한 것이라⋯⋯."

"아하하, 뭐야. 메이지 시대의 유물인가. 아무튼 시노자키 씨도 별나단 말이야."

마차 소리를 듣고 길 양쪽 집에서 여자나 아이들이 뛰어나와 마차에 앉아 있는 긴다이치 고스케의 이상한 몰골을 보더니 눈을 크게 뜬다. 자동차와 달리 마차에 타면 더욱 우쭐한 기분이 들지만, 그럼에도 저 사람들의 눈에는 자신이 어떻게 보일까 생각하고 긴다이치 고스케는 간질거리는 기분을 느꼈다.

"그런데, 호텔 명랑장은 벌써 개업했나?"

"아뇨, 아직⋯⋯. 내년에 열 예정입니다."

"그럼 지금 어떤 사람들이⋯⋯? 사모님도 계신가?"

"예."

시노자키 부인에 대해서는 별로 말하고 싶지 않은 듯 마부는 낮은 목소리로 말을 흐렸다.

"그 외엔 어떤 사람이? 누군가 손님이 있나?"

"예, 아가씨도 와 계십니다. 그리고 후루다테 전 백작님도
요……"

"후루다테 전 백작님……?"

그렇게 반문한 후 긴다이치 고스케는 꿈틀하고 가슴을 들
썩거렸다.

긴다이치 고스케는 전 백작인 후루다테 다쓴도와 한 번
도 만난 적 없지만 추문 사건이 일어났을 때 신문에 크게 사진
이 실렸기 때문에 얼굴은 기억했다. 나이는 긴다이치 고스케
보다 서너 살 위였지만 구 화족 중에서도 유명한 미모의 소유
자였다.

후루다테 다쓴도는 작년까지, 긴다이치 고스케가 지금부터
방문하려 하는 명랑장의 현재 주인 시노자키 신고의 아내 시
즈코 부인의 남편이었던 인물이다. 좀 더 분명히 말하자면 후
루다테 다쓴도는 자신의 아내 시즈코를 전후의 신흥 재벌 시노
자키 신고에게 빼앗겼다. 아니, 빼앗기긴 빼앗겼지만 이후 시
즈코 부인을 시노자키 신고에게 깨끗이 양도했다. 팔아넘긴 것
이다.

이야기 진행을 이해하기 위해서는 이 사건에 대해 알아야
하니 그간의 사정을 좀 더 자세히 설명해보도록 하자.

시노자키 신고는 시대가 변화하는 시기에 출현하기 마련
인 걸출한 인물이었다. 전쟁이 끝났을 무렵 그는 육군 대위였
는데, 그가 처음 얻은 수익은 종전 직후 군수물자를 저렴하게

불하받은 것이었다고 한다. 아니, 종전의 혼란한 상황을 틈타 군대의 물품을 훔쳤다는 설도 있다.

그 후 그는 눈덩이를 굴리듯이 순조롭게 돈을 불려나갔다. 그동안 물론 제법 악랄한 짓도 했을 것이다. 법의 허점도 이용했을 게 분명하다. 하지만 인플레이션도 일단 끝나고 전후의 혼란스러운 세상도 어찌어찌 정리가 된 쇼와 25년 무렵에 그는 이미 시노자키산업이라는 건전한 일류 회사를 설립해놓은 상태였다.

시노자키산업으로 말할 것 같으면, 은행 쪽에서도 절대적인 신용을 얻고 있다 하니, 이 벼락부자는 전후 우후죽순 나타났다 금세 망해버린 그저 그런 암거래상과는 조금 다른 면모를 지녔던 듯하다.

이 벼락부자와 후루다테 부부의 관계는 이러했던 모양이다.

후루다테 가문에서는 가즌도 백작의 횡사 후 친척 간의 재산 정리가 효력을 발휘, 시나가와의 본가 저택도 적자 다쓴도의 소유가 되었으나, 그것도 전쟁 때문에 도로아미타불이 되었다. 아니, 도로아미타불은커녕, 명랑장의 대지 등도 몇 개로 분할되었고 일부는 재산세 명목으로 압수되고 말았다.

그리고 어느 은행에 저당 잡혀 있던, 명랑장을 중심으로 한 8000평 남짓한 토지를 쇼와 23년 무렵 손에 넣은 사람이 시노자키 신고였다. 물론 욕심 많은 신고답게 그는 나중에 명랑장을 여관으로 만들 생각이었지만 현재는 주말에 들를 휴양지로 사용하고 있다.

이 명랑장을 손에 넣는 과정에서 신고와 원래 주인인 후루다테 부부가 접촉했고 어떤 일에도 빈틈이 없는 신고는 후루다테 부인인 시즈코의 미모와 지위에 눈독을 들였다. 3품 이상 화족의 자손인 시즈코는 섬세하고 투명한 인상의 미인이었다. 이미 30대 중반을 넘어섰음에도 한 번도 출산한 적이 없어서인지 아직 20대로밖에 보이지 않았으며, 재주와 책략이 뛰어난 부인이었다. 이것은 그녀 자신도 전쟁 후에 깨달은 사실이었고, 그런 자질을 발휘하도록 만든 사람은 바로 시노자키 신고였다.

미국은 민주공화국이다. 하지만 그렇기에 미국인들은 귀족이라는 직함에 적잖이 매력을 느꼈던 것 같다. 이 사실을 알아차린 신고는 미국인 바이어의 접대나 향응 자리에 시즈코를 이용하려고 했다. 시즈코도 기꺼이 이용당해주었다. 골프 외에는 아무 재능도 없는 듯한 남편과 얼굴을 맞댄 채 나날이 시들어가는 운명에 온몸이 움츠러드는 기분으로 사는 것보다는 그쪽이 그녀로서도 어느 정도 의욕을 갖게 했는지 모른다.

게다가 신고는 돈을 잘 썼다. 자연히 그녀는 밖으로 나도는 날이 많아졌고 신고와 함께 바이어들을 안내해 교토와 오사카 쪽까지 여행하는 일도 잦아졌다. 게다가 신고는 전쟁 중 조강지처를 잃고 요코라는 딸만 하나 둔 홀아비였다.

신고와 시즈코에 관한 소문이 차츰 지인들 사이에 퍼져나
갔으니 남편 귀에도 들어가지 않았을 리 없다. 하지만 다쓴도
는 태연히 아내가 버는 수입으로 생활했고 또 그녀를 졸라서
받은 용돈으로 적당히 향락을 즐기고 있었다. 이런 관계가 반
년 정도 지속되었지만, 역시나 부끄러움을 모르는 다쓴도조차
이제는 마지막 결단을 내리지 않으면 안 될 상황에 몰리고 말
았다.

　어느 날 밤 그는 시나가와 저택(그때는 아직 저택의 극히 일부
분이나마 다쓴도의 소유였다. 물론 어느 정도 저당이 잡혀 있었지만)
의 응접실에서 신고와 자신의 아내가 서로 끌어안고 있는 광경
을 목격했던 것이다.

　그때 제아무리 시즈코라도 얼굴이 창백해지고 당황해서는
흐트러진 옷매무새를 고쳤지만, 신고는 유유히 시즈코의 몸에
서 떨어지더니 다쓴도의 면전에서 바지를 끌어 올리고 단추를
잠갔다고 한다.

　시노자키 신고라는 남자의 성격을 잘 아는 사람들은 그에
대해 이렇게 말한다. 분명 그는 시간이 가도 뜨뜻미지근할 따
름인 다쓴도의 태도에 화가 치밀어 일부러 아슬아슬하기 짝이
없는 장면을 보여주었을 거라고. 그 결과 삼자대면 끝에 시즈
코는 정식으로 다쓴도와 이혼하고 신고와 결혼했다. 신고는 그
결혼을 위해 다쓴도에게 눈이 튀어나올 정도의 막대한 위자료
를 지급했을 것이라고 한다.

이 스캔들이 신문에 대대적으로 보도된 것은 작년 9월의 일이었다. 그때 긴다이치 고스케를 신고에게 소개한 사람이자 고스케의 후원자인 토목건축 회사 대표 가자마 슌로쿠(〈흑묘정 사건〉 참조)는 고개를 갸웃거리며 이렇게 중얼거렸다.

"시노자키라는 남자, 무데뽀는 맞지만 남의 아내에게 손을 댈 남자로는 안 보이는데."

마치 은밀히 시즈코 쪽에서 유혹한 것은 아닐까 하는 투였다.

아무튼 그 다쓴도가 지금 명랑장에 와 있다고……? 긴다이치 고스케는 왠지 불안으로 얼굴이 흐려지는 것을 막을 수 없었다.

2

앞서 말했듯 명랑장은 역에서 1리 남짓한 거리에 있었다. 마차로는 채 30분도 걸리지 않는다.

지금 긴다이치 고스케를 태운 마차는 궁벽스러운 거리를 벗어나 야트막한 언덕에 지어진 명랑장을 바로 시선 위쪽으로 바라보며, 완만하게 경사진 들판에 나무가 듬성듬성 서 있는 숲 근처를 달리고 있었다. 명랑장 바로 맞은편에는 새하얗게 눈을 맞은 후지산 봉우리가 우뚝 하늘로 솟아 있었다.

긴다이치 고스케는 이렇게 가까이서 후지산을 올려다본 적이 없었다. 늦가을의 하늘은 눈부시게 개어 있었고 그 선명한 남빛 하늘을 뒤로하고 우뚝 솟은 후지산의 모습은 좌우로 길게 소매를 늘어뜨리고 있었으며 정상은 이미 눈으로 뒤덮여 있었다.

긴다이치 고스케는 너무나 아름다운 광경에 잠시 넋을 잃은 나머지 조금 전 싹텄던 불안한 생각을 잊고 있었다. 그때 긴다이치 고스케가 앉아 있던 좌석보다 한 단 높은 곳에 위치한 마부석에서 미모의 남자가 이쪽으로 반쯤 얼굴을 돌리면서 말했다.

"긴다이치 선생님, 선생님은 저를 못 알아보시네요?"

"어?"

간 떨어질 듯 놀란 긴다이치 고스케가 시선을 후지산에서 눈앞의 사람에게 돌렸다.

"어, 자네는 날 아나?"

"아, 너무하시네. 긴다이치 선생님, 조지예요. 저, 가자마 선생님 댁에서 신세 졌던 혼혈아 조지입니다."

"앗, 아, 그 전쟁고아인……."

"맞아요, 맞습니다. 가자마 선생님이 구해주신 전쟁고아 혼혈아요."

"아, 그랬나. 이거 실례했군. 성은 하야미 맞지?"

"와, 선생님, 기억력이 비상하시군요. 후후후."

조지는 기쁜 듯이 웃었다.

"저 같은 놈의 성을 기억해주는 사람 아무도 없는데요. 조지, 조지 정도면 다행이고 개중에는 조라고 부르는 놈도 있답니다."

"그건 자네 애칭이니까. ……한데 자네, 시노자키 씨 댁에 있었나?"

"가자마 선생님이 시노자키 씨에게 부탁해주셨습니다. 저야 어차피 건설업에는 안 어울리니까요. 현장은 무리고 그렇다고 데스크에 앉아 장부를 보는 것도 분수에 안 맞고요."

"그렇군. 그래서 가자마가 시노자키 씨에게 부탁한 거군. 나는 전혀 몰랐네."

"시노자키 씨가 호텔을 개업했다고 하셔서 그럼 이 녀석에게 어울릴 일이 없나 하고 가자마 선생님이 물어봐주셨어요."

"그렇군. 그래서 일은 어떤가?"

"선생님, 저 이래 봬도 도쿄의 T 호텔에서 1년 정도 실습 수업을 받았다고요. 성적이 좋다는 보증서를 가지고 온 사람이랍니다."

"오, 그거 잘됐군. 그럼 이 일에 만족하나?"

"이 일은 저한테 맞는 것 같습니다. 주인어른도 저한테 보이 팀의 팀장이 되겠다고 맘먹고 해보라고 하셨어요."

주인어른이란 시노자키 씨를 말하는 모양이다.

"보이들은 몇 사람 있지?"

"저를 포함해 넷인데 아직 아무도 안 왔습니다. 곧 올 예정이에요."

"그럼 조지 군의 책임이 막중하겠군. 자네는 몇 살인가?"

"만 아닌 세는나이로 스무 살입니다."

"그래. 그때보단 훨씬 늠름해졌군."

"늠름해졌다고요……? 선생님, 저 정말 늠름하게 보입니까?"

"어, 보이고말고. 누구나 나이를 먹으면 그만큼 어른이 되는 게 당연하지만 조지 군은 어른이 된 것도 된 거지만 늠름해지기까지 했군. 그래서 나도 못 알아본 거지만."

"선생님, 감사합니다. 저 늠름해졌단 말 들은 게 처음이에요. 그렇구나, 나 정말 늠름해져야지……."

조지는 기쁜 듯 휘익 하고 휘파람을 불더니 방금 긴다이치 고스케에게 늠름해졌다고 칭찬받은 오른팔을 들어 올리며 말의 궁둥이를 한 번 쳤다. 지금까지 느리게 가던 마차가 갑자기 딸가닥딸가닥 속도를 높였다.

여기서 잠깐 부연 설명을 하자면, 조지가 선생님이라고 부르는 가자마란 인물은 가자마 슌로쿠라는 토목건축 회사 사장이다. 긴다이치 고스케와는 도호쿠 지역의 구舊제국중학 동창으로 중학교를 졸업하고 둘 다 도쿄로 와서 각자 다른 길을 걸었다. 전쟁 전에는 딱히 좋지도 나쁘지도 않은 사이였지만 쇼와 21년 가을쯤 뜻하지 않게 재회했다. 그 후 긴다이치 고스케가 가자마 슌로쿠의 두 번째인가 세 번째 애인이 경영하는 오모리의 야마노테에 위치한 일본 여관 마쓰키에 얹혀살았다는 것은 〈흑묘정 사건〉에서 이미 보신 바 있을 것이다.

가자마 슌로쿠도 전후의 걸출한 인물 중 하나로 종전 직후에는 상당히 악랄한 짓도 했던 모양이지만, 지금은 가자마건설이라 하면 일류까지는 아니어도 이류에서는 윗줄 정도의 토목 건축 회사로 부상했다. 긴다이치 고스케처럼 특이한 두뇌 조직을 보유하고 있으면서 묘하게 생활력이 떨어지는 남자에게는 믿음직한 후원자 중 하나다.

긴다이치 고스케가 이제부터 방문하려고 하는 시노자키 신고와는 암거래상을 하던 무렵부터의 맹우인 듯, 이른바 같은 굴의 오소리, 한 패거리라 할 수 있는 존재이다.

하야미 조지는 요코하마에서 태어난 미국과 일본 혼혈아이다. 아버지는 미국인 선원이었지만 어머니는 딱히 수상쩍은 일은 한 적 없는 건실한 보통 아가씨로, 쇼와 1년 요코하마의 모 백화점에 근무하고 있었다. 아버지가 선원으로 1년 정도 요코하마에 머물고 있을 때 둘은 사랑에 빠져, 동거 중에 조지를 낳았다. 쇼와 6년의 일이다.

조지가 태어나기 전에 그는 미국으로 돌아갔고 두 번 다시 일본에 오지 않았다. 즉 핑커턴과 나비 부인* 같은 경우로 항구

---

* 푸치니의 오페라 〈나비 부인〉에 등장하는 미국 해군 장교와 그의 일본인 아내.

도시에서는 흔히 있는 드라마였다.

어머니는 조지의 아버지와 동거하면서 부모로부터 의절당했고 친척들에게도 버림받았기 때문에 조지는 혼혈아이면서 사생아이기도 했다. 거기서 이 청년의 굴욕과 박해의 인생은 시작되었다.

쇼와 20년 봄, 요코하마 대공습으로 어머니를 잃은 조지는 더 큰 굴욕과 박해를 감내하지 않으면 안 되었다.

쇼와 21년 무렵 조지는 잘 데도 없고 집도 없고 친구도 없이 공습에 시달려야만 했다. 암시장에서 좀도둑질을 하면서 간신히 목숨을 부지하던 그는 다행히 가자마 슌로쿠를 만나게 되었다. 아마 요코하마역에서 가자마의 가방을 날치기하려다가 붙들린 것이 인연이 된 모양이다.

긴다이치 고스케가 처음 조지를 만난 것은 마쓰키에 신세를 지게 되었을 때부터로, 조지는 간간이 본가에서 오모리의 첩의 집까지 가자마의 심부름을 하고 있었다.

처음 만났을 때 긴다이치 고스케는 그 사랑스러운 미모에 놀랐으나 혼혈인 것을 알아차리지는 못했다. 조지는 아버지보다 어머니 쪽 피를 더 많이 이어받은 듯했다. 흰 피부는 아버지 쪽 유전이겠지만 결이 고운 피부는 일본인의 것이었다. 머리도 눈도 까맸다. 미국인과 일본인의 피가 섞이면 이런 라틴계 같은 미모가 태어나는 것일까 생각했던 적이 있으나, 지금 만나보니 그 골격의 늠름함은 역시 앵글로색슨의 핏줄인 것일까. 키도 5척 6촌* 정도 되었다.

쇼와 21년 무렵의 조지는 아직 골격도 다 갖춰지지 않아 가냘프고 어딘가 연약한 느낌이 있었고, 특히 힐끗거리며 움직이는 눈동자가 항상 상대방의 기색을 살피고 있었으며, 상대가 주먹을 드는 것 같으면 금방이라도 꼬리를 말고 도망칠 자세를 취할 듯한 애잔함이 있었다.

그 눈동자도 지금은 침착하게 가라앉아 있다.

지금의 조지는 인격 형성에 중요한 것은 타인에게서 받는 은혜뿐만이 아니라 타인에게서 받는 신뢰라는 것을 보여주는 산 증거 아닐까. 고작 벼락부자인 건설사 대표를 선생님이라고 부르는 저 청년 말이다. 긴다이치 고스케는 생각했다.

"그런데 조지 군은 언제 여기 왔지?"

"슬슬 석 달이 되어갑니다. 그런데 선생님은 가자마 선생님께 말씀 못 들으셨나요? 저에 대해……."

"아, 요즘 도통 가자마를 못 만났어."

"그럼 어떻게……?"

하다가 조지는 갑자기 정신이 들었는지,

"실례했습니다. 저 따위가 손님과 너무 친근하게 이야기하면 안 되죠."

---

* 약 170센티미터. '척尺'과 '촌寸'은 모두 길이를 나타내는 단위로 1척은 약 30.3센티미터, 1촌은 그 10분의 1인 약 3.03센티미터이다.

입술을 깨무는 듯한 태도를 취했다.

"무슨, 괜찮아. 자네와 나 사이에. 어, 조지 군, 무슨 일이야?"

마차는 어느새 명랑장과 같은 눈높이까지 올라가 있었고 맞은편에 굉장한 건축물이 보였다. 명랑장의 서양식 건물은 나무가 듬성한 숲에 나타난 군함처럼 보였고, 그 뒤에는 만두를 엎어놓은 것 같은 야트막한 언덕이 도도록이 솟아 있었는데 그 언덕 기슭에서 명랑장 주변에 걸쳐 듬성한 숲이 한 면 가득 펼쳐져 있었다. 조지가 고삐를 조인 듯 마차는 어느새 왼쪽으로 드문드문 숲이 보이는 길 한복판에 도달했다.

조지의 시선을 따라 긴다이치 고스케가 고개를 돌리자 듬성듬성한 숲속을 벗어나고 있는 한 남자의 뒷모습이 보였다. 검은 양복을 입은 남자였는데, 뒷모습이어서 얼굴은 보이지 않았다. 등을 둥글게 말고 있는 데다 여기저기 마구 돋아난 잡초에 하반신이 가려서 키가 어느 정도인지도 알 수 없었다.

남자는 이미 숲을 벗어나서 건물 뒤로 들어가 보이지 않게 되었으나 그 모습이 왠지 긴다이치 고스케의 인상에 남았던 것은 잡초 사이를 빠져나가는 남자의 양복 왼쪽 소매가 묘하게 헐렁거리는 듯 보였기 때문이다. 마치 바람에 휘날리는 것처럼……

"왜 그래, 조지 군. 자네 저 사람을 아나?"

"아, 아뇨……"

나중에 생각하니 그때 조지의 목소리는 묘하게 목에 뭔가 걸린 것 같은 느낌이었다.

"누가 저런 숲속을 걷나 싶어서요……. 이랴!"

조지는 소리를 지르며 채찍을 휘둘렀다. 마차는 다시 딸가 닥딸가닥 움직이기 시작했고, 그로부터 얼마 지나지 않아 화려한 명랑장의 정면 현관에 도착해 있었다.

몇 칸의 돌계단 위에 커다란 원기둥이 두 개 놓여 있는, 자못 메이지의 건축물다운 위풍당당한 서양식 건물이었다.

긴다이치 고스케가 손목시계를 보니 시각은 정확히 3시였다. 역에서 25분 걸린 것이다.

제2장

___

탈출구에서 사라진
남자

1

명랑장도 다넨도 백작 시절과 비교하면 아마 분위기가 바뀌었을 것이다. 우선 비생산적으로 길게 늘어서 있던 방이 축소되고 일본식 객실로 개조되었다. 긴다이치 고스케가 안내받은 곳은 열 장 다다미방에 여덟 장 다다미방을 이어 붙여놓은 호사스러운 일본식 방이었다. 툇마루에 나와보니 시야 바로 위쪽으로 후지산이 보였다.

보스턴백을 들고 객실까지 데려다준 조지가 5분 정도 이야기를 나눈 후 물러가자마자 중년의 여직원이 갈아입을 실내복과 유카타를 넣은 함을 가지고 들어왔다. 스기라는 이름의 직원이었다.

"목욕하세요. 사장님은 4시에 들른다고 하셨습니다."

이 호텔에선 서양식 방은 보이가 담당하지만, 일본식 방은 여직원이 맡는 모양이다.

"아, 그래요. 고맙습니다."

긴다이치 고스케는 자루처럼 생긴 쇼핑백에서 세면도구를

꺼냈다.

신바시에서 기차로 약 네 시간. 종전 직후만큼은 아니지만 기차는 변함없이 붐볐다. 게다가 바람을 맞는 쪽에 앉아서인지 매연을 뒤집어써서 기분이 좋지 않았다. 아침 일찍 서둘러 나오느라 면도도 제대로 하지 않은 상태다.

쇼핑백 속에 수첩이 하나 있고, 수첩 안에는 전보가 한 통 끼워져 있었다. 그 전보를 펼쳐보니,

'사 건발생 바로 명랑장에오시오 시노자 키신고.'

얽혀사는 오모리의 할팽* 여관 마쓰키에서 긴다이치 고스케가 이 전보를 받은 것은 오늘 아침 9시경이었다. 10시쯤 겨우 가자마가 있는 곳을 알아내어 전화했더니 다녀오라는 것이었다. 다만 가자마도 무슨 일이 있는지는 몰랐고 시노자키 신고가 명랑장에 있는지조차 알 수 없었다. 가자마에게 부탁을 받았으니 싫다고 할 수 없었을 뿐이다. 바로 전보로 답을 보내고 오전 10시 32분 신바시역에서 출발하는 도카이도선 하행 열차에 올라탈 때까지 정말 얼마 안 되는 시간이 걸렸다.

타일이 깔린 넓은 욕조에 몸을 담그고 있으려니 나른한 권태감이 손끝 발끝까지 밀려들었다. 면도하는 것도 귀찮아서 맑은 온탕 속에서 몸을 쭉 뻗고 있는데 어딘가에서 플루트 소리

---

* 割烹, 요리나 식사를 의미하는 말. 할팽(갓포) 여관은 투숙객에게 식사도 제공하는 여관을 가리킨다.

가 들려왔다.

긴다이치 고스케는 어? 하듯 욕조 속에서 몸을 일으켰다.

그러고 보니 아까 저쪽 방에 있을 때도 플루트 소리 같은
것이 들려왔는데 그때는 멀찍이 떨어져 있었고 금세 그쳤기 때
문에 별로 신경 쓰지 않았다. 하지만 이번에는 꽤 가까이서 들
려오는 데다 오랫동안 계속되고 있어서 긴다이치 고스케는 무
심코 귀를 기울였다.

곡은 도플러의 〈헝가리 전원 환상곡〉인 것 같았다. 그 소리
에 귀를 기울이는 사이에 긴다이치 고스케는 따뜻한 욕조 안
에 있음에도 불구하고 무심코 오싹한 기분을 느끼고는 몸을 떨
었다.

보통 플루트 소리란 화려한 멜로디라 해도 묘하게 우울하
고 슬픈 느낌을 자아내기 마련인데 긴다이치 고스케가 욕조 속
에서 몸을 떤 것은 단지 그 이유만은 아니었다.

쇼와 22년 쓰바키 전 자작 가문에서 발생한 처참한 연속 살
인 사건을 떠올렸기 때문이다. 그때는 사건의 배후에 항상 플
루트 소리가 흐르고 있었고, 게다가 그것이 수수께끼를 풀 중
요한 열쇠였는데도 마지막까지 알아차리지 못한 점을 긴다이
치 고스케는 두고두고 분하게 생각하고 있었다(《악마가 와서 피
리를 분다》 참조).

긴다이치 고스케는 나른하게 욕조 바닥에 몸을 가라앉힌
채 그 플루트 소리에 귀를 기울였다. 소리는 서양식 건물 쪽에

서 들려오는 것 같았다.

나중에 알게 된 바에 의하면 서양식 방 쪽에는 각각 욕조와 화장실이 딸려 있었지만 일본식 방은 그렇지 않아, 지금 긴다이치 고스케가 몸을 담그고 있는 공동 욕탕은 안에서 문을 잠글 수 있도록 하여 커플이 함께 쓸 수 있게끔 작은 욕탕이 적절히 배치되어 있는 모양이었다.

긴다이치 고스케가 몸을 담근 공동 욕탕은 일본식 방과 서양식 건축물의 딱 중간에 걸쳐 있는 듯하다. 아까 방에서는 멀게 느껴지던 소리가 여기 있으니 갑자기 가까이서 들려온다.

주변은 쥐 죽은 듯 고요하다. 가끔 크고 날카로운 때까치 울음소리가 정적을 가를 뿐, 어디 사람이 살기는 하는 걸까 의심스러울 지경이다. 그 정적을 뚫고 때로는 사무치게 탄식하듯, 때로는 봇물 터지듯 쏟아지는, 분노에 미쳐 날뛰듯 들려오는 플루트 소리는 쓰바키 전 자작 가문의 불륜과 배덕에 가득 찬 사건의 기억이 없더라도 사뭇 묘한 음색을 띠고 있는 듯 느껴졌다.

하지만…… 하고 긴다이치 고스케는 넓은 욕조에 몸을 담근 채 생각했다. 저 플루트를 연주하는 사람은 대체 누구일까? 이 호텔은 아직 개업하지 않았을 것이다. 그러니 지금 이 건물에 있는 사람은 주인인 시노자키 신고와 그 친척이나 종업원밖에 없을 것이다. 종업원 중에 저렇게 플루트를 잘 연주할 사람이 있을 것 같지는 않다. 지금 긴다이치 고스케가 귀를 기울이는 플루트 연주자는 분명 프로다.

긴다이치 고스케는 문득 아까 하야미 조지가 한 말을 떠올렸다. 후루다테 전 백작도 와 있다던. 하지만 후루다테 다쓴도라는 인물이 플루트를 잘 분다는 이야기는 들어본 적 없는데……

플루트 소리는 상당히 오랫동안 계속되고 있었다. 비교적 완만한 템포를 그리던 멜로디가 갑작스레 다시, 빠르게 고조되는 분노와 원념을 내던지듯 격렬한 선율을 그리는가 싶더니 팟하고 그대로 사라져버렸고 그 뒤에는 황혼 녘 고원의 고요한 정적만이 남았다.

긴다이치 고스케는 다시 한번 욕조 속에서 부르르 몸을 떨고는 고개를 좌우로 흔들고 스스로에게 말해주듯 중얼거렸다.

아무것도 아니야. 아무것도 아닌 거야. 우선 나는 오늘 여기에서 무슨 일이 일어났는지, 아니, 무슨 일이 일어나고 있는지 그것조차 모르고 있잖아. 게다가 아까 조지의 태도나 표정을 봐서는 아직 뭔가 일어난 것 같지도 않아. 하지만, 그럼 시노자키 신고가 말하는 사건은 뭐지?

긴다이치 고스케는 또 한 번 고개를 흔들고 수면에 크게 파도를 일으키며 타일이 깔린 세면장으로 나왔다. 그리고 낡아빠진 안전면도칼로 얇고 듬성듬성한 수염을 깎기 시작했다. 욕탕을 나가려 했을 때 다시 플루트 소리가 들려왔다.

탈의실에는 스기가 가져온 성긴 문양의 유카타와 아직 새

것인 실내복이 나란히 놓여 있었다. 긴다이치 고스케는 일부러 그 옷들 대신 낡아빠진 모직 기모노에 더러운 하카마를 몸에 걸치고 원래 있던 방으로 돌아가 조용히 담배를 피우고 있었다. 그때 스기가 데리러 왔다.

"사장님이 뵙자고 하시네요."

"아, 그래요."

손목시계를 차면서 문자판을 보니 딱 4시였다.

혼자 다니면 길을 잃을 것 같은 복도에서 복도로 스기의 안내를 받아 따라가니, 이윽고 그녀가 툇마루와 사랑방 사이에 있는 통로에 손을 짚었다. 통로란 툇마루 안쪽에 붙어 있는 다다미가 깔린 복도였다.

"저, 손님을 모셔 왔습니다."

"아, 그래. 긴다이치 선생님. 자, 들어오세요. 들어오세요."

안에서 묵직하니 무게감이 있는 남자의 목소리가 들렸다.

"아, 안녕하세요……. 초대해주셔서……."

하고 한 걸음 문 안으로 발을 내디딘 찰나, 긴다이치 고스케는 무심코 눈을 크게 떴다.

2

그곳은 저택 내부에 몇 개인가 있는 응접실 중 하나였다.

앞에서도 말했듯 윗자리와 아랫자리로 나뉘어 있고 양쪽에 모두 다다미 스무 장이 깔려 있었다. 그리고 그 윗자리의 도코노마를 등지고 시노자키 신고가 사방침에 기대어 느긋하게 양주잔을 들고 있다.

"아하하, 긴다이치 선생님. 어떻습니까? 저도 이러고 있으니 제법 에도 시대 주군 같지 않나요?"

신고는 뼈마디가 울퉁불퉁한 손에 작은 글라스를 구기듯이 쥔 채 눈꼬리에 주름을 잡고 웃고 있었다.

커다란 바윗덩어리 같은 느낌의 남자로, 긴다이치 고스케 같은 둔한 사람은 짐작조차 할 수 없을 만큼 공들여 만든 기모노를 입고 있었으나, 앞섶이 벌어져 짙은 가슴털이 수북하게 드러나니 행동거지가 영 불량해 보인다. 선머슴같이 거칠고 야성 그 자체인 남자이다. 나이는 마흔대여섯 정도일 것이다. 사업욕에 불타는 남성적인 정력이 피부에도 가슴털에도 드러나 있다. 아까부터 마시고 있었던 건지 눈 흰자위에 실핏줄이 서 있다.

"아, 안녕하십니까. 이거 굉장한 저택이네요."

긴다이치 고스케가 어디에 앉아야 할지 몰라서 주변을 돌아보고 있으려니,

"긴다이치 선생님, 이쪽에 앉으세요."

하고 신고 뒤에서 기다리던 작은 노파가 나이에 맞지 않는 젊디젊은 목소리로 신고의 앞에 놓인 방석을 가리켰다.

신고 바로 옆에는 시즈코가 있었는데, 그녀는 잠깐 고개를 숙일 뿐 입도 뻥긋하지 않는다. 차갑고 새침한 면이 이 여자의 매력이다.

"아, 네."

긴다이치 고스케는 윗자리에 앉아 아랫자리를 내려다보았다.

"옛날에는 여기 앉아서 '좀 더 가까이 오거라' 이런 식으로 말했겠군요."

"아하하, 이 사람 같은 사람들은 그런 지시를 받는 역할이었을 테고요. 당신 같은 손님들께는 우선 이쪽으로 드시지요, 하면서요. 이토메 씨, 맞지?"

긴다이치 고스케가 신기한 듯 노파를 돌아보자 신고도 그제야 알아차렸는지 덧붙였다.

"아, 긴다이치 선생님은 모르셨나요? 이 사람은 초대 백작, 그러니까 메이지 원로였던 분이죠. 그분의 애첩이었던 사람으로, 이른바 살아 있는 문화재 같은 존재예요. 이 명랑장의 주인 같은 사람입니다."

노파는 염낭 같은 입을 오므리고 호호호 낮게 웃었다.

대체 이토메는 몇 살일까. 손가락을 꼽아가며 세어보면 아마 여든 가까이 되는 연배일 텐데 외유내강이랄까 골격이 가늘고 화사한 느낌의 체형에다 피부에는 윤기가 흐르고 지금도 이전의 요염함을 가지고 있다. 기모노 매무새에도 다넨도 백작의 총희였던 옛 모습이 묻어 있다.

다만 자른 앞머리는 역시 하얗고 앞으로 몸을 구부리고 앉아 있는 모습은 손바닥에도 올릴 수 있을 듯한, 도코노마에 올리는 장식품처럼 자그마한 노파이다.

"긴다이치 선생님은 시즈코를 아시죠?"

"네, 부인과는 전에 한 번 만난 적이 있습니다."

"예."

시즈코는 눈을 찡그리며 웃더니 희미하게 볼을 붉히고 시선을 다른 데로 돌렸다. 시즈코로서는 당시 일은 생각하고 싶지 않은 것이 진심일 것이다.

긴다이치 고스케가 말한 전이란 시즈코가 시노자키 신고의 한쪽 팔이 되어 미국인 바이어들을 접대하던 시절이다. 당시에는 아직 전 백작인 후루다테 다쓴도의 부인이었다. 지금 생각해보면 그 무렵 그녀는 이미 신고와 관계를 가졌을 것이다. 아무튼 언제 봐도 아름다움에 감탄하지 않을 수 없다.

화족의 피를 이어받은 시즈코는 언뜻 보기에 호리호리하고 단아하며 마치 섬세한 미술 공예품을 보는 듯한 아름다움을 지니고 있었다. 신고 같은 야성적인 남자의 포옹을 버티지 못할 듯 보이지만, 그런 여자일수록 얽혀 있는 덩굴처럼 끈끈한 강인함을 지녔을지도 모른다고 긴다이치 고스케는 실례되는 생각을 했다.

전에 만났을 때는 양장 차림이었는데 지금은 잘 어울리는 유키 쓰무기* 기모노를 입고 있다. 어쨌거나 교토 여자 특유의 '진 것처럼 보이지만 실제는 이기는' 순응성과 굳은 심지가 두드러지는 타입의 여자이다.

"방금 막 왔는데요, 이 근방은 정말 경치가 좋더군요. 후지산을 이렇게 가까이서 본 건 처음입니다."

긴다이치 고스케가 인사치레를 하자 이토메가 받았다.

"그야 누가 뭐래도 후루다테 다넨도 각하가 신경 써서 만드신 별장이니까요. 게다가 오늘은 날씨가 너무 좋지 않습니까."

"헤이케**의 군대가 물새의 날갯소리에 놀라 패주한 게 분명 이 근처 아니었던가요."

"네, 후지강 말씀이십니까. 그건 조금 더 서쪽입니다만, 강이라고 해도 지금은 형태만 남아 있습니다."

이토메는 염낭 같은 입을 오므리며 설명하더니 생글거리며 웃었다.

"긴다이치 선생님은 역사에 관심이 많으신가요?"

"아, 그, 그렇지도 않습니다만, 조, 조금 생각이 나서요."

긴다이치 고스케는 당황해서 격에 맞지 않는 말을 했다고 무척 수줍어했다. 이 남자는 부끄러울 때면 말을 더듬고 우물거리면서 다섯 손가락으로 더벅머리를 마구 긁어댄다. 전부터

---

* 이바라키현 유키 지방에서 생산되는 유명한 명주.
** 平家, 헤이안 시대 말기의 무가 정권.

긴다이치 고스케의 이 버릇을 알았던 양 시즈코는 아이고, 하 듯 눈꼬리로 웃고 있다. 휴, 정말이지 명탐정이라고 알려진 남 자가 할 짓은 아니다.

"이 근처는 사적이나 와카의 소재가 되는 명승지가 많은 곳 이라서요. 그것도 제가 이 별장에 눈을 돌린 이유인데요……. 긴다이치 선생님은 마차로 오셨는데, 마차로 역에서 여기까진 얼마나 걸립니까?"

"그렇지 참. 인사가 늦었네요. 실례했습니다. 그 마차 놀랍 더군요. 정식 마차에 탄 건 처음인데, 와, 너무 눈에 띄어서 겸 연쩍기도 하고……. 시계를 봤는데, 딱 25분 걸리더군요."

"그럼 자동차로는 그 반쯤 걸리네요."

"도쿄에서 교통편도 좋은 것 같더군요."

"요즘은 기차 시간도 좀 더 단축되었으니까요. 전 이 근처 에 골프장이라도 만들어볼까 생각하는 중입니다."

"아, 그래서……."

긴다이치 고스케는 사업에 대해서는 전혀 모르지만 호기 심도 한몫해서 물었다.

"지금 이 저택, 방은 몇 개 정도입니까?"

"현재로선 대단치는 않습니다. 서양식 방이 열 개, 일본식 방이 여덟 개 정도. 당분간은 뭐 반쯤 취미로 운영하는 거나 다 름없겠지만, 언젠가 확장할 때가 되면 가자마 군에게도 부탁할 생각이에요."

"그야 가자마는 기꺼이 할 겁니다. 그런데 지금 손님이 계신 것 같던데요……."

"아, 세 분 정도요."

시노자키 신고는 아무렇지 않게 말했다.

"실은 이 집이 드디어 영업을 개시할 때가 됐거든요. 그 전에 이 집과 인연이 깊은 분들을 모시고 그 추억을 기리고자 하는 마음에서요. 그리고 또 하나, 협의할 일이 있습니다."

"인연이 깊은 분들이라고 하시면……?"

"즉, 이 집의 원래 주인이었던 후루다테 가문의 친지분들……이라고 해도 많지는 않습니다. 다쓴도 씨와 다쓴도 씨의 외삼촌 덴보 씨, 즉 다쓴도 씨 어머니의 동생에 해당하는 분으로, 전에 자작이셨던 분입니다. 그리고 또 한 사람, 다쓴도 씨의 계모였던 분의 동생인데, 야나기마치 요시에 씨, 역시 전 자작님이죠. 긴다이치 선생님, 저도 이 사람과 결혼한 덕에 여러 인연을 맺게 되어서요."

신고는 커다란 손바닥으로 얼굴을 죽 문지르더니 눈알을 굴리면서 싱긋 웃었다. 그런 이야기를 태연하게 할 남자라고는 생각되지 않지만, 그렇다고 해서 비꼼이나 빈정거림 같은 나쁜 느낌은 없었다.

시즈코는 변함없이 냉정하고 새침한 모습이다. 긴다이치 고스케는 그 얼굴에서 문득 노* 가면의 고오모테**를 떠올렸다. 아름답고 새침하지만 어딘가 잔인한 미소가 감춰져 있는…….

이토메는 어리둥절한 얼굴로 두 사람을 번갈아 보고 있다. 인간도 이 정도 나이가 되면 어딘가 요괴 같은 느낌을 띠고 좀처럼 내면이 보이지 않게 되는 모양이다.

긴다이치 고스케는 어색하게 목에 걸린 것을 삼키는 듯한 소리를 내면서 말했다.

"그런데 아까 어떤 분이 이 저택에서 플루트를 불고 계셨던 것 같은데요…….""

"그, 그거라면 야나기마치 씨겠죠. 다쓴도 씨 계모의 동생분…… 야나기마치 요시에 씨라고, 플루트 연주로 상당히 유명하다던데, 긴다이치 선생님은 모르십니까?"

"글쎄요, 전혀…….""

긴다이치 고스케는 천천히 머리 위 까치집을 긁으면서 머뭇머뭇 대답했다.

《악마가 와서 피리를 분다》 사건의 주인공 쓰바키 에이스케 전 자작도 플루트 연주자였다. 물론 우연의 일치일 것이다. 하지만 저물어간다는 평가를 받는 전 귀족 중에 음악 애호가가 많다는 사실은 반드시 우연이라고만 할 수 없을지도 모른다.

긴다이치 고스케는 그때 막연히 그런 생각을 하고 있었다.

---

* 能, 가마쿠라 시대 후기에 발원하여 무로마치 시대 초기에 완성된 일본의 가무극.

** 小面, 순수하고 가련한 젊은 여자의 가면.

나중에 생각해보면 긴다이치 고스케가 그때 플루트 소리를 들었다는 사실이 그로부터 얼마 지나지 않아 발견된 더없이 기묘한 살인 사건의 범인을 추적함에 있어 한 가지 중요한 단서가 되었던 것이다.

"그런데…… 제게 부탁하고 싶으신 일이 뭐죠……?"

긴다이치 고스케가 겨우 핵심을 이야기하자,

"아, 그거 말인데요."

시노자키 신고도 기다렸던 듯 상체를 내밀었다.

"여기 좀 묘한 일이 생겨서요, 이토메 씨가 기분 나쁘다고 공연히 노심초사하기에 아침부터 실례라고 생각은 했지만 전보를 보내게 되었습니다."

"전보에 적혀 있던 사건이란 그 묘한 일을 말씀하시는 건가요?"

"맞습니다."

"갑작스럽지만 그 묘한 일에 대해서 들을 수 있을까요?"

"알겠습니다."

신고는 단숨에 양주를 들이켰다.

"긴다이치 선생님, 한잔……?"

"아, 전 괜찮습니다."

긴다이치 고스케 앞에는 아까 시즈코가 가져온 황금색 액체가 아직 글라스의 절반 이상 남아 있다.

"아, 그래요."

신고는 서툰 손놀림으로 새로 술을 따르면서 말했다.

"저희가 여기 모이는 것은 일주일 정도 전부터 정해져 있었습니다. 어제, 토요일부터 느긋하게 여기서 주말을 즐기기로요. 그런데 여기 묘한 일이 생긴 것은, 그저께, 즉 금요일 아침나절에 이 사람…… 여기 있는 이토메 씨가 도쿄에 있던 제게 전화를 했다는 겁니다."

"했다고 하신 건, 당신은 기억이 없다는 말씀이십니까?"

"네, 맞습니다. 누군가 저를 사칭해서요. 그런데 그 내용이란 게……."

"아, 잠깐."

긴다이치 고스케가 끼어들었다.

"그럼 이토메 씨는 한발 먼저, 즉 금요일에는 이미 여기 와 계셨습니까?"

신고는 잠깐 아연한 표정으로 긴다이치 고스케의 얼굴을 보다가 이내 가볍게 고개를 숙였다.

"아, 실례했습니다. 이야기가 튀어서……. 그럼 이 사람 얘기부터 하지요. 이 사람은 이곳의 붙박이입니다. 저는 이 사람까지 한 묶음으로 이 집을 샀던 겁니다."

신고는 눈꼬리에 주름을 잡으며 웃고 있다. 이토메는 기품 있는 얼굴을 엷게 물들였다.

"저, 여기서 쫓겨나면 아무 데도 갈 데가 없어요. 그래서 주인어른께 일하게 해달라고 부탁드렸답니다. 아무짝에도 쓸모

없는 이런 귀찮은 할머니를요. 호호호."

염낭 같은 입을 오므리며 낮게 웃는다. 경험 많은 긴다이치 고스케도 그 말에 무심코 눈을 크게 뜨고 시즈코를 보았지만, 시즈코는 변함없이 냉정하고 새침한 태도이다.

"아, 그런데 이 할머니…… 아, 실례, 이토메 씨는 이래 봬도 이 집에서 없어서는 안 될 존재랍니다. 무슨 말인가 하면, 긴다이치 고스케 선생님도 이 집에 대해 듣지 않으셨나요? 여러 장치가 있다는 거."

"예, 그 얘기라면 가자마에게 들었습니다. 회전하는 벽이나 도피용 탈출구가 많이 있다고 하던데요……."

"네, 맞습니다. 그런데 그런 장치 중에 알 수 없는 부분이 상당히 있어요. 처음 이 저택을 지은 다넨도 각하는 집이 완성되자 설계도를 태워버렸죠. 그리고 그런 장치를 구석구석 아는 사람은 다넨도 각하 외에는 이 사람밖에 없다고 해요. 그렇다 보니 선대 가즌도 백작 시대에는 더더욱 장치를 파악할 수 없게 되었답니다. 현재 대를 이은 다쓴도 씨도 오래 이 집을 소유하고 있었지만 어디에 어떤 장치가 있는지 잘 모릅니다. 어쨌든 이 사람 입이 무거워서 아무한테도 알려주지 않으니까요."

"하지만 주인어른, 그게 제 재산인걸요. ……호호호."

긴다이치 고스케는 아까부터 눈치채고 있었는데, 신고에게 말을 할 때면 이토메는 굉장히 요염해지고 소녀처럼 볼을 물들인다. 그때마다 시즈코의 섬세한 얼굴이 차갑고 새침해졌다.

"그래요, 그래서 긴다이치 선생님, 저는 이 사람을 자르지 않고 두면서 차차 비밀을 토해내게 할 작정입니다. 아, 뭐, 농담은 제쳐두고 이 호텔의 경영 등도 당분간 이 사람에게 맡길 생각이에요. 어쨌든 이렇게 건강한 할머니이니까."

"그렇군요. 그래서 금요일 아침에 전화가 걸려 왔는데요……?"

"아, 정말 실례했습니다. 이야기가 옆길로 샜네요. 이렇게 된 겁니다. 제 이름으로 전화를 걸어 오늘 저녁 마노 신야라는 손님이 갈 테니 정중하게 달리아의 방으로 모시라고 했다는 겁니다."

"그렇군요. 그래서 이토메 씨, 그 전화 목소리를 시노자키 씨라고 착각하셨나요?"

"아뇨, 하지만 어쨌거나 도쿄와 여기는 거리가 있지 않습니까. 전화도 멀리 들려서……."

"그렇군요. 그래서 그 마노 신야라는 인물은 금요일 저녁에 오셨나요?"

"네, 왔습니다. 시즈코, 잠깐 그 명함을……."

시즈코가 도코노마에서 집어 말없이 건넨 것은 몇 가지 직함이 쓰여 있는 시노자키 신고의 명함이었는데, 그 여백에,

'아까 전화로 말한 마노 신야 씨를 소개하겠소. 잘 부탁드리오, 이토메 님.'

이라고 큰 만년필로 갈겨 쓴 글씨가 있다. 긴다이치 고스케

도 신고의 필적을 아는데 꽤 닮은 것 같기도 하고 또 달라 보이는 부분도 있었다.

"물론 당신은 모르는 사람이죠."

"모릅니다."

"그래서 마노 신야 씨란 사람이 뭔가……."

"아, 잠깐만요. 그 전에 아무쪼록 들어주시지 않으면 안 될 이야기가 있습니다. 선생님은 쇼와 5년에 이 집에서 피비린내 나는 대참극이 있었다는 사실을 알고 계십니까?"

긴다이치 고스케는 움찔해서 신고의 얼굴을 보았다. 신고는 잠자코 고스케를 마주 보고 있다. 잠깐의 침묵 속에 시즈코가 희미하게 몸을 떠는 것이 느껴졌다.

"들으신 적 있군요."

"예. 당신이 이 명랑장을 샀을 무렵, 가자마로부터 들었습니다. 그 무렵 도서관에 가서 당시 신문을 뒤져봤죠. 쓸데없는 일일지도 모르지만 조금 흥미를 느껴서요."

신고는 힐끔 이토메와 시선을 교환한 후 말했다.

"아, 쓸데없긴요, 그 일에 대해 알고 계시면 이야기가 쉬워집니다. 그럼 당신은 그 사건이 일어났을 때 한 사람이 사라졌다는 것도 알고 계시나요?"

"예, 압니다. 왼팔이 잘린 오가타 시즈마라는 인물 말이죠. 하지만 그 사람은 도깨비의 암굴인가 하는 동굴 속에 있는 오래된 우물에 투신해서……."

"아뇨."

신고는 날카롭게 가로막았다.

"그 우물은 나중에…… 다쓴도 씨 시대에, 한번 바닥까지
쳐낸 적이 있는 모양입니다. 하지만 거기에 인간의 시체 같은
건 전혀 없었어요. 그 사실은 여기 있는 이토메 씨는 말할 것도
없고 시즈코 등도 잘 압니다. 시즈코와 결혼한 후에 있었던 일
이니까요."

시즈코는 딱딱한 얼굴을 하고 기계적으로 고개를 끄덕
였다.

"그럼 오가타 시즈마 씨는 그때 죽지 않았다는, 혹은 살아
있다는 말씀이십니까?"

"아, 그건 당신의 판단에 맡기기로 하고, 금요일 저녁 일을
말씀드리죠. 마노 신야라는 인물이 여기 왔을 때 여느 때처럼
이토메 씨가 현관에 나갔으면 좋았을 텐데, 이토메 씨 대신 다
마코라는 젊은 하녀가 나가서 그 명함을 받아 이토메 씨에게
건넸죠. 그래서 이토메 씨는 달리아의 방으로 안내하라고 다마
코에게 지시했어요. 덧붙이자면 서양의 풀꽃 이름을 딴 것이
서양관입니다. 아무튼 한참 지나 이토메 씨가 달리아의 방으로
인사하러 갔더니 문은 안에서 잠겨 있었고 아무리 노크해도 답
이 없었어요. 그때는 어딘가 산책이라도 하러 나갔겠거니 하고
신경 쓰지 않는데 저녁때가 되어도 아무 소식이 없는 거예
요. 게다가 집 안에서 그분을 본 사람도 없고요. 그래서 이토메

씨가 불안한 마음에 보조 열쇠로 문을 열었더니 안에는 허물을 빠져나간 것처럼 열쇠만 벽난로 위에 놓여 있었다고 합니다."

신고가 툭 말을 끊자 괴괴한 침묵이 일동 위에 흘렀다.

어딘가 멀리서 들려오는 때까치 울음소리가 이 침묵의 깊이를 한층 두드러지게 한다. 긴다이치 고스케는 겨우 목에 걸린 것을 삼키고 말했다.

"이토메 씨, 그 방은 분명 잠겨 있었습니까?"

"네, 잠겨 있었습니다."

"창문은……?"

"창문도 전부 안에서 걸쇠가 걸려 있었어요."

"그럼 그 방에 혹시 빠져나갈 탈출구가……?"

"네, 맞습니다. 긴다이치 선생님, 달리아의 방에 탈출구가 있다는 것은 저도 알고 있었습니다. 시즈코가 말해줘서 재미 삼아 반쯤 빠져나가본 적도 있어요. 그래서 마노 신야라는 인물이 달리아의 방에서 사라졌다는 사실, 그 사실 자체는 신기할 게 없죠. 다만 문제는 마노 신야가 어떤 인물인지, 어떻게 그 탈출구를 알고 있었는지가……."

"대체 그 사람은 어떤 모습이었습니까?"

"글쎄, 그겁니다. 이토메 씨는 하녀들이 겁먹을까 봐 아무렇지 않게 급한 용건이 생각나서 외출한 거라고 말해뒀다는데, 다마코 말에 의하면 마노 신야라는 인물, 어깨부터 왼쪽 팔이 없는 것 같았다고 합니다."

긴다이치 고스케는 그때 아까 마차에서 멀리 보이던 잡목림 속 남자의 뒷모습을 머릿속에 또렷이 그리고 있었다. 그 남자의 양복 왼팔도 묘하게 덜렁거리고 있지 않았던가?

"다마코가 명함을 가져왔을 때, 왼팔이 없는 손님이라고 한 마디만 해주면 좋았을 텐데……."

이토메가 아쉬운 듯 염낭 같은 입을 우물거리며 말했다.

"한데 그 남자의 인상은 어떻던가요?"

"그걸 다마코도 잘 말을 못 하더군요. 단지 크고 검은 안경에 감염 방지용 마스크를 쓰고 있었다는 것. 검은 신사복 차림이었다는 것. 오른손에 봄 코트를 걸치고 슈트 케이스를 들고 있었다는 것. 검은 헌팅캡을 쓰고 있었다는 것. 말은 거의 하지 않아서 나이도 가늠할 수 없었다는 것 정도……."

"그런데 봄 코트나 슈트 케이스는?"

"그게, 아무 데도 없었습니다. 대체 뭣 때문에 온 것인지, 혹시 아직도 이 집에 숨어 있는 게 아닐까 생각하면 기분이 나빠서……."

"오가타 시즈마라는 인물은 살아 있다면 몇 살 정도인가요?"

"만 아니고 세는나이로 딱 마흔다섯인 것 같습니다. 저, 긴다이치 선생님, 다쓴도 군이 우물을 파보니 거기 사람 시체 같은 건 전혀 없더라고 한 이후, 후루다테 가문에서 외팔 남자는 하나의 악몽이 된 것 같습니다. 언젠가 그놈이 돌아오지 않을까, 피비린내 나는 칼을 휘두르며 달려들지 않을까 하는……."

긴다이치 고스케는 아연한 표정으로 신고와 이토메의 얼굴을 번갈아 보았다.

"하지만 누가 그런 것을 겁냅니까? 후루다테 가문의 누가……."

"그야 역시 다쓴도 씨죠. 그분, 그게 신경 쓰여 우물을 파봤던 거라서요. 그리고 거기 사람의 흔적 따위 전혀 없단 걸 알고 나서는 늘 그걸로 끙끙 앓고 계셨어요."

시즈코 쪽을 신경 쓰면서 이토메는 가라앉은 말투로 차분하게 말했다.

"하지만 이토메 씨, 아, 아니, 이토메 씨라고 불러도 될까요?"

"예, 예. 그렇게 불러주세요. 저는 여기 주인어른이 고용하신 여자니까요. 호호호."

이토메는 염낭 같은 입술을 오므렸다.

"그럼 이토메 씨에게 여쭙겠는데, 다쓴도 씨는 왜 오가타 시즈마라는 인물을 무서워한 겁니까? 그야 오가타 시즈마가 가즌도 백작에게 불의의 오명을 쓰고 팔을 잘리긴 했죠. 하지만 그 보복으로 멋들어지게 가즌도 백작을 베어 죽이지 않았습니까? 그 백작의 유족들, 예를 들어 후계자인 다쓴도 씨에게는 아무 원한도 없을 듯싶은데요."

긴다이치 고스케가 사리에 맞는 의견을 냈으나 아무도 그에 대해 답하는 사람은 없었다. 긴다이치 고스케는 묘하게 입을 다문 세 사람의 얼굴을 차례로 보더니 말했다.

"부인께서는 그 점에 대해 어떻게 생각하십니까?"

느닷없이 자신을 지목하자 시즈코는 깜짝 놀라 차가운 얼굴에 동요의 빛을 띠었다.

"예…… 그건 역시…… 그 사람, 타고나길 신경질적이라서요……."

"게다가, 긴다이치 선생님."

신고가 이 아름다운 아내를 비호하듯 바위 같은 몸을 내밀었다.

"집안에 과거 그런 피비린내 나는 에피소드가 있었다면 유족들에게는 오래도록 악몽이 되어 꼬리를 끄는 게 당연하지 않습니까. 이치를 넘어서……."

"참, 그렇군요. 그러고 보니 그렇네요."

긴다이치 고스케는 알 듯 모를 듯한 얼굴로 물끄러미 세 사람의 얼굴을 번갈아 보고 있었는데, 그때 신고가 한층 어조에 힘을 실어 말했다.

"그런데요, 긴다이치 선생님. 그때 횡사한 가즌도 백작과 가나코 씨, 즉 다쓴도에게는 친부와 계모의 스물한 번째 기일이 돌아옵니다. 모레 20일이 그날인데요. 그 법회에 대한 회의도 하려고 생각하던 차여서 이 할머니가 신경 쓰는 것도 무리가 아니지요."

그런 신고의 말 속에는 뭔가 피가 방울져 떨어지는 듯한 울림이 있어서 사람들은 놀라 그의 얼굴을 보았다. 그중에서도 남편을 훔쳐보는 시즈코의 얼굴에 한순간 떠오른 공포의 그림자가 긴다이치 고스케에게는 인상적이었다.

당연히 그 자리에 있는 사람들 사이로 묵직한 침묵이 내려앉았지만 그때 조용해진 이 넓은 저택 어딘가에서 다시금 비명 같은 소리가 들려왔다. 소리는 점점 가까워졌다. 사람들이 무심코 얼굴을 마주 보고 있으려니 곧 그 비명은 타닥타닥 입구 쪽으로 오는 발소리가 되고,

"아빠…… 아빠……."

이윽고 젊은 아가씨의 첫소리가 되어 다가왔다.

"어, 저기 요코 아가씨가 아닌가요?"

이토메가 외치고 상황이 상황인지라 사람들이 움찔해서 몸을 일으키려는데,

"아빠!"

하며 구르듯 들어온 것은 그 말대로 신고의 전처 소생 딸 요코였다. 스포티한 양장이 그 자리의 분위기를 확 밝혀준다. 하지만 요코는 무언가에 겁을 먹었는지 공포로 얼굴이 경직되어 있었다.

"요코, 왜 그래? 뭘 그렇게 놀라서……."

"아빠! 살인이에요, 사람이 죽었다고요. 빨리 와요!"

"살인이라니……?"

"네, 살인이요. 사람이 죽었다고요!"

"살해당했다니, 대체 누가……?"

"후루다테 아저씨요. 후루다테 아저씨가 살해당했다고요!"

신고는 아연한 얼굴로 입을 떡 벌렸지만, 그 찰나 탐색하듯 남편의 얼굴을 돌아본 시즈코의 시선이 다시금 지독히 인상적이었던 것을 긴다이치 고스케는 오래도록 잊지 못했다.

시각은 정확히 4시 20분이었다.

제3장

화려한 살인

1

후루다테 다쓴도 전 백작의 살인 사건에는 여러 가지 묘한 구석이 있었다. 경찰 당국에서는 아직도 사건의 진상을 모르고 있다. 그것을 아는 사람은 긴다이치 고스케 외 극소수뿐인데, 그 점에 대해서는 차차 써나가기로 하고 여기서는 표면적으로 드러난 사실만 순서대로 적어보도록 하자.

그곳은 명랑장의 본채에서 안쪽 담을 살짝 밖으로 낸 곳에 있는, 커다란 슬레이트 지붕으로 덮인 창고 속이었다. 이 창고는 안쪽 담과는 꽤 떨어져 있었지만 바깥쪽 담의 바로 안쪽이었다. 다넨도 백작의 배려인지, 아니면 이 눈에 거슬리는 건물을 감추기 위해서인지, 잔뜩 우거진 전나무 숲에 가려져 있어, 그 창고도 바로 옆에까지 가지 않으면 존재조차 알아차릴 수 없도록 되어 있었다.

옛날에는 귤을 저장하는 데 사용되던 창고였다. 귤나무가 우거진 밀감산 쪽은 전후 명랑장과 분리되어 재산세로 물납되었지만 창고 중 이 하나만은 위치 관계로 명랑장 쪽에 남았다고 한다.

그러므로 창고 안에는 지금 아무 저장품도 없고, 구석에 산처럼 쌓인 잡동사니, 옛 자취가 남아 있는 감귤 상자나 수북이 쌓여 있는 밧줄 더미, 커다란 앉은뱅이저울만 있을 뿐이었다. 그 외에 이 창고에서 또 하나 인상적인 것은 높은 곳에 큰 철골이 가로세로로 놓여 있고 그중 하나에 커다란 도르래가 거꾸로 매달려 있는 것이었다. 이곳이 일찍이 귤을 저장하던 곳임을 말해주는 것이리라.

아무튼 휭하고 쓸데없이 넓은 이 창고 안에 주변과는 어울리지 않는 것이 하나 놓여 있다. 긴다이치 고스케가 아까 타고 왔던, 지붕 없는 검은 마차다.

마차는 창고 입구 쪽에서 봤을 때 약간 왼편에, 입구와 평행으로 놓여 있었지만 말은 멍에에서 풀어주었는지 보이지 않았다. 그래서 한 단 높은 위치에 있는 마부석 아래의 마차 끌채는 시야 오른쪽으로 튀어나와 있었고 그 끌채 아래 바닥에 뭔가 묘한 것이 굴러다니고 있었다. 마도로스파이프* 같았다. 마도로스파이프는 가운데서 구부러져 있었다.

입구에서 봤을 때 왼쪽으로 아까 긴다이치 고스케가 타고 온 마차 좌석이 보였는데 검은빛을 띤 진홍색 좌석에는 지금 한 남자가 멍하니 앉아 있었다.

---

* 대가 짧고 담배통이 뭉툭한 서양식 담뱃대.

그 남자는 맞은편, 즉 입구의 오른쪽을 똑바로 응시하고 있어서 창고 입구에서 보면 오른쪽 옆모습밖에 보이지 않았는데, 뭔가에 겁을 먹은 것인지 그 옆모습은 무서울 정도로 일그러져 있었다. 안와에서 당장이라도 튀어나올 것처럼 크게 부릅뜬 눈은 앞에 있는 정체불명의 무언가를 파악하려는 듯 집념 어린 응시를 계속하고 있었다. 하지만 그 눈이 아무것도 보지 않고 그저 단순한 유리체에 지나지 않는다는 사실은 누구라도 금방 알 수 있었다.

후루다테 다쓴도 백작은 일찍이 화류계의 호남자라고 일컬어졌고, 말 그대로 백마 탄 왕자님이기도 했으며 또 패션으로도 유명했다. 그렇게 점잔 빼는 멋쟁이의 마지막으로 이 무슨 어울리는 정경이란 말인가. 언제 어떤 경우라도 인간의 죽음을 우스갯거리로 만들어서는 안 된다. 하지만 그럼에도 불구하고 누군가가 어떻게든 떠벌리고 싶어 할 만큼 그것은 뭔가 별난 최후였다.

후루다테 전 백작인 다쓴도는 그 옛날 자신의 조부가 타던 마차에 올라타고 씩씩하게 삼도천을 건넌 모양이다.

다쓴도는 대체 몇 살일까. 쇼와 5년, 그의 아버지인 가즌도와 계모 가나코가 이 집에서 참사를 당했을 때 가나코는 28세, 다쓴도는 가나코보다 일곱 살 어렸다고 하니 당시 스물한 살이었을 것이다. 그로부터 정확히 20년이 지나 올해 41세일 텐데, 지금 마차의 좌석에 멍하니 앉아 이제 아무것도 볼 수 없는 수

정체를 헛되이 부릅뜨고 있는 그 사람은 예로부터 운수가 사납다고 하던, 액년厄年 전해에 죽은 것이다.

지금은 무시무시하게 일그러져 있지만 단려함 그 자체인 외모는 '건방지다'는 말을 그림으로 표현한 것 같았다. 덩치가 큰 편은 아니다. 키는 5척 4촌* 정도. 말랐다고 할 정도는 아니지만 낭창하고 귀공자 같은 용모는 남의 것을 뺏을 줄은 알아도 베풀 줄은 모르는 이기심 그 자체처럼 보였다. 하지만 이 이상 옛 백작에 대해 논하는 것은 그만하자. 다쓴도는 이제 차디찬 시체가 되었으니까.

이 무서운 광경을 얼어붙은 듯한 표정으로 응시하는 열 명의 남녀가 있었다.

명랑장의 새 주인이자 지금 눈앞에 있는 마차 위 기사로부터 미모의 아내를 뺏어 온 시노자키 신고, 신고가 뺏앗은 아내 시즈코. 신고의 전처 소생 딸 요코와 명랑장의 실세라 불리는 이토메. 그리고 신고의 초대로 명랑장에 머물고 있는 덴보 구니타케 전 자작, 바꿔 말하자면 다쓴도의 외삼촌. 그리고 다쓴도의 계모였던 가나코의 친동생 야나기마치 요시에. 또 나중에 알게 된 사실이지만 신고의 비서인 오쿠무라 히로시라는 청년과 긴다이치 고스케까지 여덟 명.

그 외에 두 남녀가 있었다. 긴다이치 고스케도 남자가 누

---

* 약 164센티미터.

군지는 이미 알고 있었다. 아까 그를 여기 데려온, 부랑아 출신의 혼혈아 하야미 조지. 조지에게 매달려 떨고 있는 사람은 분명 여기서 일하는 여직원일 것이다. 다만 조금 전 긴다이치 고스케를 안내한 스기가 아니라 아직 열일고여덟 살 정도의 어린 아가씨이다. 툭눈이 같은 눈을 가졌지만 그것이 오히려 눈매를 시원하게 보이게끔 하는 제법 세련된 생김새인데, 기모노 매무새가 어딘가 흐트러져 있는 것은 아마 일하던 중에 왔기 때문일 것이다.

긴다이치 고스케는 다른 아홉 명의 얼굴에 떠오른, 제각기 다른 표정들을 아주 흥미롭게 보고 있다가 갑자기,

"앗, 시즈코!"

하고 외치는 신고의 목소리에 정신을 차렸다. 뇌빈혈이라도 일으켰는지 비틀거리는 시즈코의 몸을 신고가 늠름한 팔로 안아 들고 있었다.

"여보⋯⋯."

남편의 팔 속에서 숨이 끊어질락 말락 한 시즈코의 노 가면 같은 얼굴이 백랍처럼 창백한 것도 무리가 아니다 싶었다.

"저쪽으로 데려가줘요⋯⋯."

"아, 알았어. 알았어. 하지만 조금만 기다려. 난 이 집 주인이니까 이런 사건이 일어났는데 내버려둘 순 없어. 당신은 저걸⋯⋯ 아니, 아무것도 안 보는 게 좋겠어."

"네⋯⋯."

늠름한 팔에 안겨 남편의 가슴에 얼굴을 묻은 시즈코의 몸이 지독히 떨리고 있었다. 당연한 일인데, 긴다이치 고스케에게는 또 인상적이기도 했다.

"긴다이치 선생님, 어떻게 된 겁니까. 저 시체, 저대로 둬도 될까요? 아니면 마차에서 내릴까요?"

"아, 아뇨."

긴다이치 고스케는 마차 위를 보았다.

"저대로 두는 게 좋을 겁니다. 당황해서 내리려고 해봤자, 후루다테 씨는 이미 죽은 것 같으니까요. 그보다 한시라도 빨리 경찰에 알려야죠. 그리고 당연히 의사도……."

"알겠습니다. 오쿠무라 군, 일단 부탁하네."

"아, 알겠습니다!"

사무적인 일만큼은 신고도 비서도 척척이다. 허둥거리며 나가는 오쿠무라 히로시 뒤를,

"오쿠무라 씨, 저도 같이 가요."

요코가 따르려고 했다.

"여보."

그때 시즈코가 남편의 팔에 안긴 채 말했다.

"저도 오쿠무라 씨와 같이 저쪽에 가도 될까요? 저 이런 데 있고 싶지 않아요."

시즈코의 목소리가 떨리는 이유는 자신이 저버린 전남편이 위에서 노려보는 것처럼 느꼈기 때문일까.

"아, 그래. 그럼 그렇게 하지. 오쿠무라 군, 미안한데 아내를 저쪽에 데려다줘."

"알겠습니다. 그럼 사모님."

"엄마, 같이 가요."

"그래……."

요코와 이 젊은 계모는 열다섯 살 정도의 나이 차가 있었으나 두 사람이 나란히 서 있는 것을 보니 대여섯 살 정도밖에 차이가 느껴지지 않는다.

시즈코가 워낙 젊어 보이는 데다 요코가 제 나이보다 좀 들어 보이기 때문이기도 했다. 시즈코가 아주 화사하고 섬세하고 잘 빚은 듯한 교토 여성의 아름다움을 과시하고 있는 데 반해, 요코라는 아가씨는 아버지를 닮아 떡 벌어진 체격에 골반도 넓었다. 용모는 서열을 매긴다면 시즈코와는 비교도 할 수 없을 만큼 평범했지만 그래도 젊음에서 오는 자연스러운 매력이 넘쳐흐르고 있었다. 인공적인 시즈코의 아름다움과는 사뭇 대조적이다.

"요코, 그럼 엄마를 부탁한다."

"알겠어요. 제가 간호할게요."

"요코 님, 미안해요."

오쿠무라와 요코가 좌우에서 시즈코를 부축해 데리고 나갔다. 그 뒤로 조지와 젊은 아가씨가 겁먹은 듯 허겁지겁 따라 나가는 것을 보면서 신고는 긴다이치 고스케 쪽을 돌아보았다.

"긴다이치 선생님, 여기서 소개하겠습니다. 이쪽은 덴보 구니타케 씨, 다쓴도 씨에게는 외삼촌 되시는 분입니다. 그리고 이쪽이 야나기마치 요시에 씨, 다쓴도 씨의 계모인 가나코 씨의 친동생이세요. 덴보 씨, 야나기마치 씨."

"예."

"이분이 그 유명한 긴다이치 고스케 씨."

"아, 안녕하십니까. 처음 뵙겠습니다……."

긴다이치 고스케가 꾸벅하고 더벅머리를 숙이자,

"유명……하다니요?"

덴보 전 자작은 수상쩍은 듯 긴다이치 고스케를 물끄러미 보면서 눈썹을 찌푸렸다.

"아, 덴보 씨는 모르십니까? 이분은 여러 가지 조사를 하시는 분이에요. 간단하게 말하면 사립 탐정이랄까……."

"사립 탐정……?"

덴보 전 자작은 다시금 눈을 크게 떴다.

"그럼 시노자키 군, 자네는 이런 불상사가 일어나리란 걸 사전에 알고 있었단 말인가?"

덴보 구니타케는 이럭저럭 예순 정도 되었을 것이다. 키는 5척 정도일까, 난쟁이를 연상시키는 단신에 비만형인 남자로, 멋들어지게 벗겨져서 번들번들 빛나는 계란형 머리와 코 밑에 올라가 있는 두껍고 위엄 있는 팔자수염이 우스꽝스럽다. 위엄 있는 말투도 딱히 거드름을 피우는 것이 아니라 오랜 세월 이어진 습관 때문인 것 같다.

"당치도 않습니다. 긴다이치 선생님께 와달라고 한 것은 어제도 여러분께 말씀드린 마노 신야라는…… 어딘가로 사라진 인물에 대한 조사를 부탁하려던 것인데, 하필 지금 이렇게 말도 안 되는 일이 터져서……."

신고가 가볍게 고개를 숙인 것은 거기 있는 고인의 친척에게 조의를 표한 것이리라.

어딘가로 사라진 마노 신야의 이름이 나왔을 때 덴보 구니타케는 날카롭게 이토메를 응시하고 있었으나 신고가 조의를 표하자,

"아, 그래. 고맙군……."

하고 당황해서 팔자수염을 쓰다듬었다.

"다쓴도도 제멋대로 하고 싶은 건 다 해왔으니 이제 그 대가를 치를 때가 된 건지도 모르지. 아하하. 아, 이런. 이런 말을 하면 안 되는데."

말투는 근엄하지만 그 모습에는 어딘가 신고에게 아첨하는 듯한 느낌이 있었고 그즈음 추락한 옛 귀족의 비굴함이 느껴졌다.

"시노자키 씨."

한동안 침묵하다 말을 꺼낸 사람은 비참하게 죽은 가나코의 친동생 야나기마치 요시에였다. 덴보와 달리 침착한 목소리다.

"예."

"당신, 긴다이치 선생님에게 마노 신야라는 사람에 대해 말씀드렸습니까?"

"예, 어느 정도는……."

"긴다이치 선생님."

요시에는 이번에는 긴다이치 고스케 쪽을 보았다.

"예."

긴다이치 고스케가 돌아보니, 요시에는 커다란 대모갑 테* 안경 뒤에서 상냥하지만 어딘가 시니컬한 눈을 하고 웃고 있었다. 루바시카**풍의 상의를 느슨하게 걸치고 주름이 진 헐렁한 코듀로이 바지를 입고 있다. 베레모를 쓴 머리는 긴다이치 고스케 못지않게 헝클어진 데다 나이도 긴다이치 고스케와 비등비등할 것이다. 긴다이치 고스케가 나중에 알게 된 바에 따르면, 야나기마치 요시에는 플루트 연주자로 상당히 유명한 사람이었다.

"어떤가요, 긴다이치 선생님. 선생님이 보시기엔 역시 마노 신야라는 외팔이 남자가 한 짓 같습니까?"

"글쎄요……."

긴다이치 고스케는 곤란한 듯 눈을 끔벅거렸다.

---

*   바다거북 껍질로 만든 안경테.
** 러시아인이 입는 앞이 터지지 않은 상의.

"그렇게 물어보셔도 전 아직 아무 말씀도 드릴 수 없습니다. 우선 마노 신야라는 인물이 실재하는 인물인지조차 모르니까요……."

"어머, 긴다이치 선생님."

갑자기 아래쪽에서 항의하듯 말을 건 사람은 이토메였다.

긴다이치 고스케는 큰 키는 아니다. 아니, 굳이 말하자면 작고 빈약한 남자다. 그래도 선 자세로 대화를 나누는 상태에서는, 여든 남짓한 나이에 앞으로 몸을 굽히는 습관이 있는 이토메의 목소리가 제법 아래에서 들렸다.

"그럼 긴다이치 선생님은 다마코가 거짓말을 한다고 말씀하시는 건가요?"

"아뇨, 아뇨. 이토메 씨, 절대 그런 뜻이 아닙니다. 하지만 혹시 마노 신야라는 인물이 여기 왔다고 하더라도 대체 그는 어떤 사람인가, 그걸 모르는 동안에는 가볍게 그 사람이 저지른 범행이라고 판단할 수 없겠죠. 그래요, 그래서 생각났는데 이토메 씨, 그 남자, 검은 안경을 쓰고 큰 감염 방지용 마스크를 쓰고 있었다고 하셨죠. 분명히 얼굴을 가리고 있었단 겁니까?"

"네, 하지만 그 얘기라면 혹시 모르니 다마코에게 직접 들어주세요."

이토메는 주변을 둘러보았다.

"방금 여기 있던 젊은 아가씨가 다마코인데요……."

"아, 그래요. 그럼 나중에 들어볼까요."

긴다이치 고스케는 탐색하듯 이토메의 옆얼굴을 바라보았다.

"하지만 야나기마치 씨, 그 남자가…… 마노 신야라고 자신을 소개한 그 남자가 만일에 오가타 시즈마라고 해도 후루다테 씨를 살해할 이유가 아무것도 없지 않습니까?"

"아뇨, 긴다이치 선생님."

이토메의 목소리는 기분 나쁠 정도로 가라앉아 있었다.

"그렇지 않습니다. 시즈마 씨가 살아 있다면 누구보다도 다쓴도 씨…… 지금 저 마차 안에 있는 남자를 증오할 겁니다. 발기발기 찢어 죽여도 성에 안 찰 정도로 증오하겠지요."

"이토메 씨. 그, 그건 무슨 영문인지?"

삼킬 듯 이토메의 옆얼굴을 바라보며 신고가 물었다. 아래에서 그 얼굴을 올려다본 이토메의 눈에는 더할 수 없는 증오의 기색이 어려 있었다.

"주인어른도 긴다이치 선생님도……."

"예."

"아까도 긴다이치 선생님이 의문을 제기하셨죠. 왜 다쓴도 씨가 그렇게 시즈마 씨를 두려워했느냐고……. 하지만, 저 남자가……."

이토메는 증오에 떨리는 손가락으로 마차 안의 남자를 가리켰다.

"저 남자가 살아 있는 동안에는 제아무리 저라도 말하기 어려웠습니다. 하지만 이제는 전부 말씀드리겠어요. 이건 분명 여기 계신 덴보 씨나 야나기마치 씨도 알고 계실 텐데요, 저 남자는 가나코 마님에게 추근거렸어요. 아무리 피가 이어지지 않은 사이라 해도 현재 어머니라는 이름이 붙은 사람을 강간하려고 했죠. 그리고 그게 실패하자 이번에는 보복으로 가나코 마님에 대한 나쁜 소문을 퍼뜨리기 시작했던 겁니다. 즉 가나코 마님과 시즈마 씨 사이가 수상하다며 선대 주인님께 중상모략을 했던 거예요. 그렇지 않아도 질투에 눈이 멀어 있던 선대 주인님은 그걸로 완전히 뒤집어지셨던 겁니다."

"덴보 씨!"

긴다이치 고스케의 귓가에서 폭발하듯 터져 나온 신고의 목소리는 누르기 힘든 분노로 떨리고 있었다.

"그게 사실입니까? 방금 이토메 씨가 한 얘기가⋯⋯?"

덴보 구니타케는 곤란한 듯 팔자수염을 쓰다듬었다.

"아, 그⋯⋯ 방금 이토메 씨가 말한 가나코 씨에게 추근거렸단 얘기⋯⋯ 그건 나도 몰랐소. 그건 나도 방금 처음 들었지만, 가나코 씨와 시즈마란 남자 사이가 수상하다는 건 여러모로 친척들 사이에 떠돌던 얘기지. 하지만⋯⋯."

"하지만⋯⋯?"

따지는 듯한 신고의 말투는 날카로우면서 냉정한 구석이 있었다.

"아, 아니."

덴보 전 자작은 어색하게 헛기침을 했다.

"그 사실을 난 단순한 질투…… 즉 다쓴도의 가나코 씨에 대한 질투 정도로 받아들였던 걸세……."

"질투라뇨……?"

긴다이치 고스케의 목소리에도 제법 냉정함이 묻어 있었다.

"즉 그 뭐냐. 가즌도 씨가 가나코 씨를 너무 예뻐하니까 혹시 가나코 씨에게 아이라도 생기면 그쪽으로 총애가 옮아가서 재산을 전부 빼앗기지 않을까 하고 미리 걱정하고 있던 게 아닐까."

"그건 그 당시 유명한 얘기였습니다."

옆에서 냉정한 태도로 끼어든 사람은 야나기마치 요시에였다. 이 남자는 음악가라기보다 어딘가 철학자 같은 구석이 있어 태도도 말투도 냉정했다.

"아, 그래요. 당신도 당시의 다쓴도 씨를 알고 계셨군요."

긴다이치 고스케는 빙글 그쪽을 향해 돌았다.

"예. 저, 가쿠슈인에 다닐 때 다쓴도 씨보다 두 살 아래였는데요. 누님이 다쓴도 씨의 아버님에게 시집간 후 다쓴도 씨는 제 이름을 제대로 부르지도 않게 됐습니다. 식충이, 식충이라고 하더군요. 아하하, 야나기마치 가문이 누님의 연고로 다쓴도 씨의 아버님에게 재정적 지원을 받고 있었으니 다쓴도 씨에게 그런 말을 들어도 한마디 못 했지만, 난처한 건 난처한 거죠."

요시에는 안경 너머로 웃고 있었지만 그 목소리에는 쓴 것이라도 삼킨 듯한 느낌이 있었다.

"야나기마치 씨."

신고는 침착함을 되찾았다.

"당신은 어쩌면 제 처의 아가씨 시절을 알지도 모르겠군요."

"예, 저, 그거야 물론…… 같은 가쿠슈인을 다닌 데다 어쨌든 그렇게 아름다운 분이었으니까요."

"아, 그렇지, 야나기마치 군."

덴보 구니타케가 사람 좋은 표정으로 말했다.

"시즈코…… 아, 여기 시즈코 씨는 맨 처음에 자네와 결혼할 예정이지 않았나?"

야나기마치 요시에는 한동안 말을 고른 후 대답했다.

"덴보 씨, 그런 쓸데없는 얘기는 하시는 게 아닙니다. 누가 저희 같은 빈털터리 가문에 오려 하겠어요."

"그건 그렇지. 누구라도 빈털터리 가문보다는 돈이 남아돌아 탕진하는 가문에 가고 싶어 하겠지. 아하하."

긴다이치 고스케는 그때 주의 깊게 시노자키 신고를 관찰하고 있었는데, 그는 우선 이 남자의 강한 의지력에 혀를 내두르며 감탄하지 않을 수 없었다. 지금 화제에 오른 것은 신고의 부인이다. 게다가 그 평판은 그리 명예로운 것이라고는 할 수 없었는데, 신고는 그 말을 듣고도 눈썹 하나 까딱하지 않았다.

아까부터 그는 마차 위에 있는 다쓴도의 시체를 물끄러미 지켜보고 있었지만, 이윽고 이상하다는 듯 긴다이치 고스케를 돌아보았다.

"긴다이치 선생님, 다쓴도 씨는 왼팔이 어떻게 됐나 봅니다. 양복 왼쪽 소매가 심하게 덜렁거리는 것 같은데……."

긴다이치 고스케는 그 말을 듣고 싱긋 웃으며 고개를 숙였다.

"야, 드디어 말씀하시네요. 전 아까부터 누군가가 그 얘길 해주길 기다렸습니다. 아무래도 조금……."

그렇게 말하는데, 겨우 경찰들이 도착해 긴다이치 고스케는 말을 삼켰다.

2

이 사건의 수사주임인 다하라 경부보는 다행히 긴다이치 고스케를 알고 있었다. 긴다이치 고스케는 일찍이 시즈오카현에 속하는 월금도라는 외딴섬을 중심으로 일어난 사건(《여왕벌》참조)에서 활약한 적이 있어서 시즈오카현의 경찰들에게는 꽤 이름이 알려져 있었던 모양이다.

"야, 이거, 이거……. 긴다이치 선생님과 같이 일할 수 있다니 정말로 영광입니다."

신고로부터 소개받았을 때 다하라 경부보는 하얀 이를 드러내며 웃었는데, 겉치레라고는 생각되지 않았다. 아직 젊은 다하라 경부보는 대략 5척 3촌 정도의 단신으로, 피부가 희고 부드러워 보이는 얼굴에 테 없는 안경을 끼고 있었다. 언뜻 보기에는 온순해 보였지만 단단한 체격에선 예리하고 날렵한 느낌이 넘쳐흘렀고 공명심에 불타고 있는 것처럼 보였다.

"선생님, 아직 자세한 얘기는 못 들었습니다만, 뭔가 굉장히 어려운 사건 같군요. 일단 협조 부탁드립니다."

그는 빈틈없이 이렇게 덧붙이는 것을 잊지 않았다.

그리하여 긴다이치 고스케는 담당 공무원의 현장 조사에 입회할 수 있게 되었는데 그 전에 신고에게 양해를 구했다.

"시노자키 씨, 그럼 나중에 주임님이 여러분에게 질문을 드릴 것이니 이곳에서는 일단 철수해주십시오. 상황은 제가 주임님께 대충 말씀드릴 테니까요."

"아, 그래요. 그럼 긴다이치 선생님, 만사 잘 부탁드립니다."

신고가 이토메를 데리고 덴보 구니타케, 야나기마치 요시에 등과 함께 나가자 곧바로 수사진의 활약이 시작되었다. 우선 현장 모습이나 마차 위 시체의 상태를 여러 각도에서 촬영했는데, 그동안 다하라 경부보는 탄성이라고도 고함이라고도 할 수 없는 신음 소리를 몇 번이나 토해내고 있었다.

"역시 묘한 사건이군요, 긴다이치 선생님. 범인은 어째서 피해자의 목을 졸랐을까요? 저렇게 피해자의 후두부가 갈라진 걸 보면 범인은 그것만으로도 살해 목적을 달성했을 텐데요. 게다가 또 어째서 마차에 태운 걸까요?"

이 젊은 경부보는 말이 조금 많은 것 같지만, 그것도 무리가 아닌 게 어떻게 봐도 이 살인 사건에는 기묘한 구석이 너무 많았다.

이 점은 긴다이치 고스케뿐만 아니라 시체를 목격한 아홉 남녀가 모두 똑같이 느꼈을 터였다. 후루다테 다쓴도는 마차 위에서 살해당한 것이 아니다. 그 사실은 마차 뒤로 돌아가보고 금방 알 수 있었다. 다쓴도는 뒤통수에 치명적인 일격을 받았던 것이다. 피부가 갈라져 피가 약간 흐르고 있었다. 두개골에 이상이 있는지는 확실치 않지만 이 일격이 상당한 타격을 입혔을 거란 사실은 마차 뒤로 돌아가보면 금방 알 수 있었다.

마차 좌석에 앉아 있는 다쓴도의 후두부에 그런 강한 타격을 입히는 건 범인이 누구든 흉기가 어떤 종류이든 거의 불가능할 듯싶었다. 아, 만약 가능했다 해도 그 순간 다쓴도의 자세는 무너졌을 것이다.

게다가 더 이상한 것은 다쓴도에게 후두부의 일격이 치명상이 되었을까 하는 점이다. 다쓴도의 인후부咽喉部에서 경부頸部에 걸쳐 거뭇하고 생생한 색소 흔적이 피부를 삼킬 듯 남아 있었다. 범인은 피해자의 후두부에 우선 일격을 가했다. 분명 피해자는 혼절했을 것이다. 하지만 범인은 그 일격만으로는 피해자의 숨이 돌아올지도 모른다고 생각하여 졸도한 피해자의 목을 뭔가 밧줄 같은 걸로 졸랐을 것이다.

어느 쪽이든 다쓴도는 마차 위에서 살해당한 것이 아니다. 다른 장소에서 살해당하고 이곳으로 옮겨졌을 수도 있고, 이 창고 안에서 살해당했더라도 마차 위는 아니었을 거라 추측된다. 그러고 보니 이 창고에는 피해자의 목을 조르기에 안성맞춤인 밧줄이 충분히 있다. 범인은 어쨌든 피해자를 살해한 후 마차 위로 옮겨놓은 것이다. 뭔가 깊은 의미가 있는 것일까. 아니면 단순한 희화화에 지나지 않을까.

희화화라고 하면, 다쓴도의 복장 그 자체가 이미 이상했다. 미모를 자랑하던 스타일리시한 남자치고는 굉장히 우스꽝스러운 옷을 입고 있다. 정장은 정장인데 몹시 낡았고 그 밑에는 역시 낡은 회색 터틀넥 스웨터를 받쳐 입고 있다. 은색 안장에 탄 백마의 귀공자에겐 있을 수 없는 복장이다. 게다가 정장 아래에서 그의 왼팔은 스웨터를 입은 몸에 벨트로 강하게 묶여 있었다. 살해되기 전 다쓴도는 이렇게 대충 입은 복장으로 대체 무엇을 하고 있던 것일까.

마차 주위에는 지금 담당 공무원들이 떼거지로 들어와 바삐 돌아다니고 있다. 현장 사진 촬영과 지문 검출이 끝나기를 경찰 소속 의사가 기다리고 있었다.

다하라 경부보는 정력적으로 돌아다니면서 그들에게 하나하나 지시를 내리다가 이윽고 긴다이치 고스케 옆으로 돌아왔다.

"저, 긴다이치 선생님, 이 명랑장이라는 곳에선 오래전 쇼와 초기에도 엄청난 사건이 있었다던데 선생님도 그 얘길 들으셨습니까?"

"아, 그 얘기요. 주임님도 알고 계십니까?"

"예, 그야 뭐……. 이쪽에 부임하고 귀에 딱지가 앉을 정도로 들었죠. 지금은 전설적으로 과장이 붙어서 다소 미심쩍은 부분도 있습니다만……."

"예를 들면 어떤 부분이요?"

"아, 그 사건의 주요 인물 중 오가타 시즈마라는 남자가 있습니다. 선생님, 아시나요?"

"예, 들었습니다. 왼팔이 잘린 채 지금까지 행방불명 상태인 남자 말이죠."

"맞습니다, 맞고요. 그 남자가요, 가끔 유령처럼 이 별장 주변에 나타난다는 겁니다. 즉 왼팔 없는 남자가 한 맺힌 듯 슬픈 듯 명랑장 인근 숲속을 배회하는 걸 목격한 사람이 이 주변에 제법 많이 있습니다. 그 목격자 중에는 마을의 치과 의사, 중학교 교사 등 상당한 인텔리도 있으니 놀랍지 않습니까?"

긴다이치 고스케는 잠시 생각한 후 말했다.

"주임님, 그건 언제쯤 나온 얘깁니까? 최근의 일인가요?"

"아뇨, 딱히 언제라고 말할 수 없습니다. 그 사건이 있고 나서 지금까지, 갑자기 불쑥불쑥 나타난다는 거예요. 여기에는 두 가지 설이 있어서 마을에서도 대립 중이죠. 한쪽은 극히 평범한 유령설인데요, 다른 한쪽이……."

다하라 주임은 힐끗 주변을 둘러보더니 목소리를 낮추었다.

"저기, 지금 여기 이토메라는 할머니가 있지 않습니까."

"예……."

"그 할머니가 그 오가타라는 남자를 굉장히 귀여워했답니다. 게다가 이 명랑장이란 곳엔 여기저기 빠져나갈 구멍이나 회전하는 벽이 있고 그것을 속속들이 아는 사람은 그 할머니밖에 없다고 해요. 그래서 외팔이 남자 오가타 시즈마는 지금도 명랑장 어딘가에 숨어 있다가 가끔 무료할 때면 산책을 나오는 거라더군요."

"그렇군요. 그거 신박한 설인데요. 한데 그 외팔이를 제대로 가까이서 확인한 사람이 있습니까?"

"아, 그게 말이죠, 긴다이치 선생님, 다들 재밌는 얘길 합니다. 상대가 정말 민첩하다느니 마성의 인물이라 접근할 수가 없다느니, 합리파는 합리파대로 명랑장 저택뿐만 아니라 이 주변 일대에 비밀의 통로가 있을 거라 하고요. 하지만 이걸 요약하면 다들 옆으로 다가가기가 겁난다는 얘기죠."

"그렇군요."

긴다이치 고스케는 다하라 주임의 이야기를 곱씹듯이 진지하게 듣고 있다가 말했다.

"아, 주임님, 굉장히 재밌는 이야기를 들려주셔서 고맙습니다. 그런데 주임님, 그 얘기가 이번 사건에도 꼬리를 끌고 있는 것 같으니 일단 염두에 두고 있어주십시오."

"아, 그렇습니까. 저도 왠지 그런 느낌이 들어서……. 그 마차에 있는 시체, 분명 명랑장의 전 주인 후루다테 다쓴도 같은데요, 그 사람 왠지 왼팔이 이상하지 않은가요?"

"아, 그래요. 그럼 주임님은 다쓴도 씨를 아시는군요."

"그야 선생님, 전 이 지역 경찰의 수사주임인걸요."

"아, 그렇죠. 실례했습니다."

"아뇨, 아뇨. 선생님, 거드름을 부리는 건 아닌데 전쟁이 끝나고 이듬해 여기 부임해서요. 뭐라 해도 저희 서의 관할구역에서 일어난 사건 중에는 가장 큰 사건이었죠. 게다가 지금도 몇 가지 의문이 남아 있으니 저는 저대로 여러 가지 억측을 해왔고요."

"아, 그래요. 그럼 어쩌면 지금 여기 있던 대머리 노인과 루바시카를 입은 인물도 아시겠군요."

"대머리 쪽은 압니다. 피해자의 외삼촌인 전 자작 덴보 씨죠. 하지만 루바시카 쪽은……?"

긴다이치 고스케가 한마디 이름을 말한 것만으로 이 공명심에 불타는 젊은 경부보는 그것이 어떤 인물인지 알았던지 휘익 휘파람을 불고는 말했다.

"오월동주*랄까요, 또 희한한 인물이 나타났군요."

그렇게 말하는 경부보의 말투로 미루어볼 때, 그는 가즌도 백작의 폭주 이면에 있는 사정도 제법 꿰뚫고 있는 게 아닐까 싶었다. 만약 그렇다면 긴다이치 고스케도 설명할 필요를 덜어서 편할 것이었다.

그사이에 현장 사진 촬영이나 지문 검출도 끝나고 드디어 시체가 마차에서 내려져, 대기 중이던 모리모토 의사의 검증을 받게 되었다. 차가운 콘크리트 바닥에 놓인 시체를 보았을 때 같이 있던 담당 공무원들은 모두 무심코 놀라 소리를 지르지 않을 수 없었다.

아까도 말했듯 다쓴도의 시체는 왼팔이 벨트로 몸통에 단단히 묶여 있어서 정장 위에서 보면 왼팔이 어깻죽지에서 떨어져 나간 것처럼 보였다.

"주임님, 주임님."

이 지역 경찰로 오래 근무했다는 노형사 이가와가 눈을 번뜩였다.

"그럼 명랑장에 나타난 외팔이 유령이란 후루다테 다쓴도였나요?"

"설마……. 긴다이치 선생님, 선생님은 어떻게 생각하십니까?"

"그러게요. 후루다테 씨 본인이 자기 별장에 재수 없는 행

---

* 吳越同舟, 오나라 사람과 월나라 사람이 한배를 탔다는 뜻. 중국 춘추 시대 주요 열국이었던 오나라와 월나라의 적대 관계에서 나온 고사성어이다.

동을 했으리라고는 생각되지 않는군요."

"하지만 그럼 이 남자, 어째서 외팔이 남자의 흉내를 내고 있는 건가요. 아니면 모리모토 선생님, 범인이 살해 후 이런 번거로운 짓을 한 건가요?"

"그런 거 나한테 물어도 몰라. 어이, 다하라 군, 이 팔 풀어도 될까?"

"아, 잠깐. 그 전에 일단 사진을 찍고요."

팔을 묶은 부위 사진을 찍고 왼팔의 결박을 푼 다음 모리모토 의사의 검증이 시작되었다.

"모리모토 선생님."

옆에서 긴다이치 고스케가 경건한 말투로 말했다.

"이런 얘길 드릴 것도 없겠지만, 피해자의 생명을 앗아 간 것이 후두부의 상처인지, 아니면 목을 졸라서인지 그걸 먼저……."

"아, 긴다이치 선생."

오랫동안 경찰의를 해온 모리모토도 긴다이치 고스케의 이름을 알고 있었다.

"선생처럼 경험이 풍부한 분이라면 이미 대충 파악하셨겠지만, 이 양반은 명백히 박살이 아닌 교살로 죽었소. 안면의 울혈 상태가 그걸 알려주고 있지요. 물론 좀 더 정확한 사실은 부검을 하고 보고드리겠소만."

"아, 감사합니다. 그럼 후두부를 맞아서 기절했는데 밧줄 같은 걸로 교살했다고 봐도 될까요?"

"의학적 관점으로 보면 그렇다고 봐야겠지요."

"하지만 선생님, 범인은 어째서 그런 번거로운 짓을 한 거죠? 때려서 상대가 기절했다면 잘됐다고 여기고 그대로 때려 죽이면 되지 않습니까. 그 뒤 목을 졸라 죽이고 그 시체를 마차에 태우고, 그런 귀찮은 짓을 왜 한 건가요?"

"어이, 어이. 이가와 씨. 그런 건 범인을 잡아서 물어보면 될 일일세. 나한테 투덜거려봐야 어떻게 알겠는가. 검시조서를 쓰면 내 역할은 끝난 걸세. 사인은 밧줄 같은 걸로 압박해서 생긴 기도 폐색에 의한 질식사. 박살에 의한 것이 아님. 그렇게 쓸 테니 어서 피해자를 때려눕힌 흉기나 찾아보시게."

"헹, 쓸데없는 참견이야, 돌팔이 의사 선생. 그 흉기라면 여기 압수해뒀다고요."

"뭣!"

검증을 척척 진행하고 있던 모리모토 의사는 이가와 형사의 독설을 듣고 무심코 고개를 들었다.

나이 든 형사는 굵은 지팡이의 지면에 디디는 쪽을 손가락 두 개로 붙잡고 여봐란 듯이 흔들며 사람들의 코끝에 들이밀었다.

"어, 영감님."

다하라 경부보도 눈을 크게 떴다.

"그런 걸 어디서 찾았어요?"

"이 밧줄 아래 깔려 있었다고."

이가와 형사가 무언가를 발로 찼다. 천장 철골에서 늘어진 도르래로부터 밧줄이 비스듬히 직선을 그리며 벽의 볼트에 걸려 있다. 그 걸린 밧줄의 한쪽 끝은 아직도 많이 남아 벽 옆 바닥에 크게 또아리를 틀고 말려 있다.

"피해자의 목을 조른 것은 이 밧줄이 아닐까 조사하고 있었는데 밧줄 다발 아래로 묘한 것이 삐죽 나와 있어서 봤더니 이 시코미즈에*였단 말이지. 잠깐 돌팔이 의사 선생, 이 시코미즈에를 좀 봐줘."

"뭐야."

노형사의 독설에는 익숙한 듯 모리모토 의사도 쓴웃음을 짓고 있다.

"자, 봐. 이쪽이 쥐는 쪽. 이거, 제대로 납이 채워져 있지. 게다가 자, 보라고. 피와 머리카락이 하나, 둘, 세 가닥이나 붙어 있어. 그러니 범인은 이놈을 거꾸로 들고 홱, 후루다테의 면전에서 타격을 입힌 거지. 그 일격으로 후루다테 씨는 실신했어. 아무튼 문제는 그다음이야. 범인은 이런 훌륭한 흉기를 가지고 있었어. 이걸로 때려죽이고 피가 튀는 것이 싫었다면 이런 방법도 있지."

이가와 형사는 거꾸로 든 채 축 늘어뜨리고 있던 시코미즈에를 고쳐 잡더니 손잡이 쪽을 만지작거리다가 이윽고 쭉 뭔가

---

* 仕込み杖, 속에 칼 따위를 장치한 지팡이.

를 뽑아냈다. 이 시코미즈에는 안에 칼이 장치되어 있었던 것이다.

"보세요, 여러분. 뽑아 들면 구슬처럼 번쩍이는 서슬 푸른 칼날, 이걸로 쐐기를 박으면 이야기는 극히 간단해지죠. 그런데도 굳이 번거롭게 밧줄로 목을 졸랐단 얘깁니다. 돌팔이 선생, 이 수수께끼를 어떻게 풀어야 해?"

"알았어요, 알았어, 영감님, 그 칼이 든 시코미즈에를 잘 싸서 감식반에 넘겨줘요. 긴다이치 선생님."

"예."

"이거 이 영감님이 말한 대로 기묘한 사건이군요."

"예……."

멍하니 대답하고 긴다이치 고스케는 형사가 가지고 있던 시코미즈에로부터 눈을 돌려 무심코 움찔하고 옷깃을 여몄다. 긴다이치 고스케는 전에 한번 지금 이가와 형사가 가지고 있는 것과 같은 시코미즈에를 시노자키 신고가 애장하고 있는 걸 본 적이 있었다.

3

정말이지 이것은 이상한 사건이었다.

누군가가 여기서 다쓴도와 다투고 후두부에 강력한 일격

을 날렸다. 정확한 사실은 부검 결과를 기다려봐야겠지만 긴다이치 고스케가 보기에도, 또 모리모토 의사의 증언으로 보아도 다쓴도는 그 일격으로 즉사한 것이 아니라 그저 졸도했던 것 같다.

창고 안을 자세히 조사해보니 마차가 놓여 있는 아래쪽 콘크리트 바닥에 격투의 흔적인 듯한 먼지가 닦여 나간 자국이 발견되었다.

그 외에도 발자국은 남아 있지 않은지 조사해보았으나 찾을 수가 없었다. 일단 요코의 보고를 받고 열 사람이 한꺼번에 달려 들어와 그 마차를 둘러쌌으니 범인의 발자국이 남아 있었다 해도 다른 발자국에 덮여 사라질 수밖에 없었을 것이다.

아무튼 격투 흔적이 남아 있다는 것만으로도 큰 발견이라 할 수 있었고, 그 격투 흔적은 마차로 가려져 있었다. 즉, 범행은 마차가 여기 돌아오기 전에 일어났다는 뜻이다.

범인은 시코미즈에 손잡이 부분으로 다쓴도에게 치명타를 입혀 기절시켰다. 그런 다음 주변에 있던 밧줄로 목을 졸라 숨을 끊어놓았다. 피해자의 목 부위에 남은 삭흔과 밧줄의 굵기가 정확히 일치하는 점으로 미루어 거의 틀림없다는 것을 확인할 수 있었다.

하지만 여기서 아까 이가와 형사가 말한 의문이 발생하는 것이다.

그렇다면 왜 범인은 피해자를 죽이기 위해 시코미즈에를

보다 효과적으로 사용하지 않았을까. 아니, 그보다 더 간단한 방법이 있다. 이 또한 아까 이가와 형사가 지적한 대로 시코미 즈에를 휘둘러 피해자를 끝장내는 것이다. 범인은 피를 보기가 싫었던 것일까. 이 의문은 그래도 단순한 편이다. 범인은 왜 다쓴도의 시체를 마차 좌석에 앉혀두어야 했을까.

여기서 이런 상상을 할 수 있다.

범인은 격투 끝에 다쓴도를 기절시키고 그 후 밧줄을 사용하여 상대를 죽였다. 그때 마침 마차가 돌아왔다. 범인은 시체와 함께 한동안 어딘가로 몸을 감추었을 것이다. 숨을 장소는 아주 많았다. 이 창고는 지금 헛간으로 사용되고 있는 게 틀림없다. 구석에 귤 상자 외에 잡동사니가 잔뜩 쌓여 있었다는 것은 앞에서도 언급한 바 있다.

마부는 여기에 마차를 넣고는 아무것도 모른 채 멍에를 풀고 말을 마구간으로 데려갔다. 나중에 알게 된 사실인데 마구간은 꽤 멀리 떨어져 있어, 거기서는 이 창고가 보이지 않았다.

아무튼 마부와 말이 나간 후 범인은 은신처에서 몰래 나왔다. 그리고 시체를 마차의 좌석에 앉혀놓고 가버렸다…….
정말 이상한 이야기지만, 그렇게라도 해석하지 않으면 이 기괴한 정경을 설명할 도리가 없다. 설마 조지가 공범일 리는 없다고 긴다이치 고스케는 생각했다.

하지만……. 긴다이치 고스케는 더벅머리를 긁으면서 고뇌에 찬 눈을 하고 생각한다.

마차가 돌아오지 않았다면 범인은 시체를 어떻게 할 작정이었을까? 아니면 마차가 돌아오는 것을 계산에 두고 한 범행일까. 설마…….

범인이 시체와 함께 숨어 있던 장소는 금방 알 수 있었지만 범인의 발자취까지는 알 수 없었다. 이 범인은 어지간히 교활한 놈인 듯, 바닥의 먼지를 일부러 닦아서 자신의 발자국을 지웠다. 그 장소에서 마차까지 거리는 다다미 세 칸 정도일 것이다. 게다가 바닥의 먼지를 시체로 닦고 다닌 듯한 흔적이 없는 걸 보면 범인이 들고 있었던 게 분명하다. 피해자는 5척 4촌, 체중은 14관* 정도일 것이다. 안고서 다다미 세 칸 정도를 걷는 것이 대단한 중노동은 아니었을 게 틀림없다.

그때 갑자기 창고 안이 밝아져서 긴다이치 고스케는 깜짝 놀란 듯 눈을 껌벅거리며 천장을 올려다보았다. 이 창고에는 입구와 평행으로 다섯 개의 전구가 달려 있었다. 누군가가 그걸 알아차리고 스위치를 누른 듯 주변이 갑자기 밝아졌다. 손목시계를 보니 시각은 이미 6시쯤 되었다. 서쪽으로 높은 언덕이 보이는 창고는 완전히 어두워져 있었다.

긴다이치 고스케는 천장의 전구로 가 있던 시선을 다시 한 번 그쪽으로 돌렸다. 앞에서도 말했듯 이 천장에는 가로세로로

---

* 약 52.5킬로그램. '관貫'은 무게를 나타내는 단위로, 1관은 3.75킬로그램에 해당한다.

철골이 설치되어 있었는데 딱 마차 위쪽에 입구와 평행으로 설치된 철골이 있었다. 입구 쪽에서 봤을 때 그 철골 왼쪽 가장자리에 도르래가 늘어져 있었다. 도르래에는 밧줄이 감겨 있었고 밧줄 끝은 고리가 되어 천장에서 늘어져 있었다.

도르래에 감긴 밧줄의 다른 끝은 대각선을 그리며 바닥으로 내려와 있었으나 거기에 또 하나의 도르래가 입구에서 봤을 때 왼쪽 벽 중앙, 딱 사람 허리 높이 정도에 붙어 있었다. 그 도르래는 갈고랑이처럼 구부러진 쇠로 된 손잡이로 회전시키도록 되어 있다. 밧줄은 그 도르래에 감겨서 벽에 박은 볼트로 고정되어 있었고 남은 밧줄이 바닥에 정확한 원을 그리며 쌓여 있었는데 그 밧줄 윗부분이 크게 무너져서 바닥에 불규칙한 고리 형태로 몇 겹이나 늘어져 있었다.

"형사님."

긴다이치 고스케는 놀란 눈을 형사에게 돌렸다.

"형사님이 시코미즈에를 발견한 위치가 거기 똬리를 튼 밧줄 아래입니까?"

"넵, 맞습니다."

"그렇다면 시코미즈에가 거기 놓여 있었으니 누군가 이 도르래를 사용한 사람이 있었던 걸까요?"

"글쎄요, 그거 말인데요, 긴다이치 선생님. 저도 지금 그 생각 중이었는데요. 거기에 또 하나 묘한 점이 있습니다."

짧게 자른 머리에 흰머리가 섞여 있는, 햇볕에 그을리고 말랐지만 건강해 보이는 체격을 가진 늙은 형사는 분한 듯 혀를 차면서 바닥에 어질러진 밧줄 아래 무언가를 발로 차고 있었다. 그것은 모래주머니였다. 마치 격투기 선수가 연습용으로 쓰는 샌드백 같은 것이었는데, 다행히 거기에 저울이 있어서 무게를 측정해보니 약 20관이었다.

"그리고 긴다이치 선생님, 이 마도로스파이프는 누구 겁니까? 이거 피해자 건가요?"

이가와 형사가 손수건 위에 올려서 보여준 물건은 자루 부분이 두 동강 난 마도로스파이프였다.

"이거, 분명히 마차 바퀴에 밟혀서, 이렇게 두 동강이 난 게 틀림없어요. 그렇다면 분명 마차가 여기 돌아오기 전에 떨어져 있었단 건데요. 피해자 물건이 아니라면 범인의 것일까요? ……하지만 이런 복잡한 살인을 하는 놈이 이렇게 중요한 증거를 남기고 갈 리 없죠, 암요."

역시 노련한 베테랑도 마차를 올려다보고 도르래를 우러러보며 다분히 어찌할 바를 모르는 표정이었다.

"그런데요, 긴다이치 선생님."

다하라 경부보도 텅 빈 창고 안을 둘러보며 한숨 섞인 소리로 중얼거렸다.

"후루다테 씨는 어째서 왼팔을 몸통에 묶고 외팔이 행세를 한 걸까요?"

시체는 이미 부검을 위해 옮겨졌고 감식반도 물러가 이

제 남은 수사관 몇 사람만이 묵묵히 창고 안팎을 조사하고 있었다.

"아, 그거 말인데요."

긴다이치 고스케는 괴로운 눈을 했다.

"이건 이제까지 말씀드릴 여유가 없었는데, 여기 한 가지 묘한 이야기가 있는데요."

아까 명랑장 밖의 잡목림 속에서 본 외팔이 남자 이야기를 하자 다하라 경부보는 눈을 크게 떴다. 이가와 형사도 옆으로 다가왔다.

"긴다이치 선생님, 그럼 그게 저 피해자라는 말씀입니까?"

"아뇨, 확언은 못 하죠. 꽤 거리가 있었고 게다가 뒷모습밖에 보지 못했으니. 그저 왼팔이 묘하게 펄럭이던 게 인상에 남았습니다. 하지만……."

"하지만……?"

"예, 그리고 보니 검은 정장 아래에 목이 긴 셔츠 깃 같은 것이 보였습니다."

"아, 역시 피해자였다고 말씀하시는 거죠?"

"그에 대해선 마부에게도 물어보십시오. 마부도 그 모습을 보았습니다."

그렇다, 그러고 보니 조지는 그때 뭔가 굉장히 놀란 표정이었는데 어째서였을까. 긴다이치 고스케는 갑자기 수상쩍은 두근거림을 느꼈지만 이 자리에서는 일부러 그 사실을 언급하지 않았다.

"그런데 선생님이 그 남자의 모습을 보시고 마차가 이 명랑장에 도착할 때까지 시간이 얼마나 걸렸습니까?"

"글쎄요, 5분 정도 걸리지 않았을까요. 그 사람을 본 지점에서 이 집 정면 현관에 도착하기까지는 이 넓은 저택 담을 타고 한 번 돌아가야 했으니까요."

"긴다이치 선생님, 마차는 선생님을 정면 현관 앞에 내려두고 바로 이곳으로 가버렸습니까?"

"음, 잠깐 기다려주세요. 마차가 정면 현관에 도착했을 때 저는 시계를 봤습니다. 역에서 몇 분 걸렸나 싶어서요. 정확히 3시였습니다."

"그렇다면 선생님이 후루다테 씨 같은 인물을 보신 건 3시 5분 전쯤이라는 말씀이시군요."

"그렇게 되겠네요. 그런데 마차 말인데, 바로 거기서 물러가진 않았어요. 왜냐하면……."

긴다이치 고스케는 하야미 조지와의 관계를 간단히 이야기했다.

"즉, 그런 이유로 전부터 알고 지내 흉허물 없는 사이라는 이야깁니다. 조지 군은 마차를 정면 현관 앞에 둔 채 제 짐……이라고 해봤자 보스턴백 하나뿐이지만 그걸 들고 방까지 들어왔습니다. 그래서 몇 마디 이야기를 나누다 갔는데 그러다 보니 5분 정도 걸리지 않았을까요? 정면 현관에서 이 창고까지 얼마나 걸리는지는 제가 모르지만요."

"아, 그럼 나중에 확인해보면 되겠군요."

그렇게 말하면서 이가와 형사는 메모를 보았다.

"그렇다면 마차가 정면 현관에서 이 창고로 돌아올 때까지의 시간을 5분이라고 보고 많이 쳐봐야 15분이라고 치면 범행 시각을 꽤 좁힐 수 있겠군요. 15분이면 사람 하나 죽이기에는 충분한 시간이지."

"하지만 그건 긴다이치 선생님이 보신 외팔이 남자가 후루다테 씨라고 가정할 때 얘기죠."

"그거야 당연하지 않나요. 외팔이 남자가 그렇게 여기저기 있을 리 없지 않습니까. 게다가 이 창고 밖에는 바로 뒷문이 있어요. 그 뒷문에서 오른쪽으로 가면 밀감산인데, 그 산기슭에서 왼쪽으로 가면 아까 긴다이치 선생님이 지나오신 자리까지 잡목림이 우거져 있어요. 그건 그렇고 자식, 외팔이 남자인 척하면서 대체 무슨 짓을 하고 다닌 건지."

문제는 거기에 있었다. 후루다테 다쓴도는 외팔이 남자로 분장하고 대체 무슨 짓을 하고 있었던 것일까. 아니, 무슨 짓을 하려고 했던 걸까.

"그런데요, 형사님."

긴다이치 고스케는 고심하는 눈으로 천장의 도르래에서 늘어진 밧줄 끄트머리의 고리를 바라보며 말했다.

"형사님은 방금 외팔이 남자가 여기저기 있을 리 없다고 하셨는데 여기 또 한 사람 외팔이 남자가 지금 이 명랑장 어딘가에 숨어 있을지도 모른다고 합니다."

긴다이치 고스케가 금요일 저녁에 찾아와서 그대로 사라져버린 마노 신야라는 외팔이 남자에 대해서 들려주자 젊은 경부보와 나이 든 형사는 그야말로 발밑에 폭탄이라도 터진 것처럼 놀랐다.

"긴다이치 선생님."

젊은 경부보는 눈이 찢어질 것처럼 부릅뜨고 말했다.

"그럼 마침내 오가타 시즈마가 돌아왔다고 말씀하시는 겁니까?"

"아, 그게 오가타 시즈마인지는 의문이지만 아무튼 외팔이…… 혹은 외팔이인 척하는 남자가 그저께 저녁 여기 와서 그대로 탈출구를 통해 사라졌다는 건 확실한 것 같습니다."

"선생님은 그 탈출구를 조사해보셨습니까?"

"아뇨, 아직……. 그런 얘기를 하던 중에 요코 씨, 현 명랑장 주인의 따님이 사람이 죽었다고 소리치며 달려 들어와서 이후로는 아무것도 못 했죠. 주임님, 청취가 끝나면 그 탈출구를 보여주실 수 있을까요?"

"선생님은 이곳 주인과 어떤 관계이십니까?"

이가와 형사도 탐색하는 눈으로 물었다.

"아, 그거요. 아까 말한 제 중학교 시절의 친구 가자마 슌로쿠, 부랑아인 조지를 거두어준 남자 말인데요, 그 사람이 건설업을 합니다. 뭐 제법 성공했는데요, 그 사람과 시노자키 씨, 그러니까 시노자키 신고 씨가 죽이 맞았달까, 절친한 사이가 됐죠. 그런 이유로 저도 전에 두세 번 만난 적이 있습니다."

"그렇군요. 하지만 선생님이 여기 오신 건……. 선생님도 이런 사건이 터지리라곤 예측 못 하셨겠죠."

"그야 물론이죠. 제가 여기 온 건, 금요일 밤 사라진 남자 때문입니다. 시노자키 씨가 불안해서 저를 불렀던 겁니다. 상황이 상황이니만큼."

"상황이 상황이니만큼이라뇨……?"

"토요일에는 후루다테 다쓴도 씨나 덴보 구니타케 씨, 야나기마치 요시에 씨가 오시니까요."

"아, 그렇군요."

이가와 형사는 의심스러운 눈을 하고 말했다.

"그거 말인데요, 긴다이치 선생님. 그 사람들은 왜 여기 온 건가요? 게다가 후루다테 다쓴도인지는 여기 올 입장이 아니지 않습니까. 자신을 버린 전처와 전처를 자신에게서 뺏어 간 남자가 사는 곳에, 저희라면 아무리 체면이 있어도 오지 못했을 거 같은데요."

"아, 그건 시노자키 씨가 초대했다고 해요. 이유는 이곳도 슬슬 호텔로 재출발하게 되어 그 전에 명랑장에 연고가 있는 사람들에게 천천히 추억을 아쉬워할 기회를 드리려고 했다는 겁니다. 그리고 또 한 가지, 쇼와 5년의 사건으로 돌아가신 분

115

들의 스물한 번째 기일이 모레라고 하더군요. 그 법회에 대해 미리 상의도 할 겸 와달라 한 겁니다."

다하라 경부보는 물끄러미 긴다이치 고스케의 얼굴을 응시했다.

"긴다이치 선생님은 설마 그걸 액면 그대로 받아들이신 건 아니죠?"

"액면 그대로 받아들이면 안 될까요?"

"그, 그런 바보짓을! 자신에게 전처를 빼앗긴 남자와 그 전처가 처녀일 적에 홀딱 반했던 남자를 한자리에 모이게 하다니 악취미예요. 아니면 시노자키 신고란 인물은 그런 센티멘털한 구석이 있단 말씀인가요?"

이가와 형사는 쇼와 5년의 사건에 대해 정말 자세히 조사한 모양이다. 시즈코와 야나기마치 요시에의 관계 등 긴다이치 고스케보다 훨씬 많이 아는 것 같다.

"그렇게 말씀하시니, 시노자키 씨의 성격치고는 약간 이상하네요. 그런데 형사님. 지금 형사님이 말씀하신, 처녀 시절의 시즈코 씨에게 홀딱 반했다는 남자란 야나기마치 요시에 씨인가요?"

"물론, 그렇습니다. 긴다이치 선생님은 그 남자와 이곳의 현 안주인 사이에 혼담이 90퍼센트 이상 진행되었다는 걸 모르셨는지요?"

"아, 몰랐습니다. 현 주인이 명랑장을 손에 넣었을 때 가자마한테 이 집에 얽힌 옛이야기를 듣고 좀 호기심이 발동해서요, 도서관에 갔을 때 슬며시 당시 신문 기사를 들춰보았죠. 그래서 그 정도의 지식밖에 없습니다. 그에 반해 형사님은 굉장히 자세히 조사하신 것 같군요."

"그야 뭐…… 저희 서 관할구역에서 일어난 일 중에 가장 대형 사건이었는걸요. 시절이 시절인 만큼 수사상 윗선에서 압박이 있어서요. 저희는 아직 혈기 왕성한 나이여서 힘이 넘쳤는데요, 결국 우는 아이와 마름*에게는 못 당하던 시대라 수사 중단을 당했다 해서 섭섭하지는 않았어요."

쇼와 5년이라면 그런 시대였을지도 모른다고 긴다이치 고스케는 끄덕였다.

"그래서 그 후에도 후루다테 가문의 일이라면 멀리서도 눈을 빛내고 있었죠. 다행히 여기 이런 별장이 있어서 본가에서 무슨 일이 있었는지 자연히 이쪽 귀에도 들어오더군요. 비번일 때 도시락을 싸 들고 도쿄까지 가서 본가가 있는 시나가와 인근을 이래저래 탐색하고 다녔죠."

역시 이런 것을 진상을 캐고 다니는 담당 형사의 집념이라고 하는 것이리라.

"긴다이치 선생님."

---

* 마름은 지주의 토지를 대신 관리해주는 사람. 제멋대로인 사람(우는 아이)이나 권력자(마름)에게는 당할 수 없다는 뜻의 속담.

옆에서 다하라 경부보가 끼어들었다.

"제가 쇼와 5년의 사건에 흥미를 느끼고 또 제법 지식을 갖고 있는 것도 다 이 영감님의 집념이 옮아서 그래요. 이 영감님은 무슨 일이 있어도 언젠가 당시의 진상을 밝혀내겠다는 집념의 응어리가 뭉쳐진 남잡니다. 늙은이의 한이라고 할까요."

"늙은이의 한이라니 너무하네. 이래 봬도 당시에는 아직 젊었단 말이지."

이가와 형사는 눈알을 데굴데굴 굴리더니 갑자기 씁쓸한 표정을 지었다.

"그래도 이곳 안주인, 살아 있는 사람을 이렇게 말하긴 뭣하지만 확실히 미인이긴 해요. 또 머리도 엄청 좋고, 이른바 재색 겸비가 틀림없지. 하지만 그 성정도 그렇고 꼭 바람 속의 날개* 같잖아. 후루다테 다쓴도 쪽에서 혼담이 들어왔다고 잽싸게 소를 말로 갈아탈 정도였으니 당시 그다지 평판이 좋지는 않았던 모양입디다. 그래서 그 사람 이번이 두 번째입니다. 소를 말로 갈아탄 건……."

그렇게 말하고 그는 정신을 차린 듯 덧붙였다.

"아, 실례. 선생님의 친구 부인을 음해하는 말을 해버린 것같네요……."

---

* 베르디의 오페라 〈리골레토〉의 대사 '바람 속의 날개처럼 변덕스러운 여자의 마음'에서 따온 표현이다.

"아, 딱히 친구라고는 할 수 없습니다만……."

긴다이치 고스케는 생각에 잠긴 눈을 하고 물끄러미 상대의 얼굴을 바라보았다.

"게다가 만약 시노자키 씨가 제 친구라면 오히려 그 사람의 새 부인에 대해 알아두지 않으면 안 되죠. 좋든 나쁘든 간에……. 그러니 걱정 말고 말씀해주십시오."

"예. 그렇게 말씀해주시면 저도 기쁘죠."

"그래서 형사님, 지금 홀딱 반했다는 표현을 쓰셨는데요, 야나기마치 씨는 단순히 시즈코 씨의 혼담 상대였던 정도가 아니라 시즈코 씨에게 반했단 겁니까?"

"그야 물론, 그런 미인이니까요. 그래서 그 남자가 지금껏 독신인 건 당시 실연의 상처가 아직도 낫지 않아서라고 하더군요."

"그럼 그 얘긴……."

긴다이치 고스케는 머릿속으로 부산하게 아는 것들을 정리하고 있었다.

"야나기마치 씨의 누님인 가나코 씨가 다쓴도 씨의 아버지 손에 비참한 최후를 맞이하고 꽤 시간이 흐른 뒤의 일이 되겠군요."

"네, 그렇습니다. 그 참사가 있었을 때 다쓴도 씨는 구舊제국고등학교 3학년, 요시에 씨는 1학년이었다고 합니다. 그러니 약 5년 후의 이야기지요."

"그렇군요, 이건 또 묘한 인연이군요."

"참말 그렇습니다, 긴다이치 선생님. 애초에 그 대참극도 다쓴도 씨에게 주로 책임이 있단 건 아시나요?"

"예, 그건 아까 잠깐⋯⋯."

"즉, 다쓴도란 남자는 이아고* 같은 성격의 인물이어서요. 건방진 말을 하는 것 같지만요. 교묘한 말로 질투에 미친 아버지를 부추겨 그런 대참극에 불을 붙였죠. 그런데 그로부터 5년 뒤에 이번에는 같은 입으로 달콤한 말을 하며 시즈코 씨를 꼬드겨 야나기마치 씨로부터 빼앗아버렸죠. 야나기마치 씨로서는 다쓴도라는 남자에 대해 이중의 원한이 있을 겁니다. 그래서 그런 두 사람을 여기 초대한다는 건 좀⋯⋯."

"하지만, 형사님. 시노자키 씨를 변호하려는 건 아니지만 그 대참극의 경우, 다쓴도 씨가 이아고 역할을 했다는 사실을 시노자키 씨는 최근까지 전혀 몰랐던 거 같은데요. 그리고 치정 싸움이라⋯⋯. 이쪽은 어떤가요?"

긴다이치 고스케는 아까 신고의 안색을 떠올려보았지만 알았건 몰랐건 지을 법한 표정이었다.

"하지만 어느 쪽이든 그 두 사람을 여기 같이 불렀단 건 이상하군요."

"긴다이치 선생님은 그걸 어떻게 해석하시나요?"

---

* 셰익스피어의 희곡 《오셀로》에 나오는 악인.

"글쎄요……."

긴다이치 고스케는 말을 흐렸다.

"그보다 형사님, 다쓴도라는 사람에 대해 좀 더 알려주십시오. 그 사람, 전쟁 전까지는 이 명랑장의 주군이었을 텐데, 근방에서의 평판은 어땠나요?"

"다들 싫어했죠. 어쨌거나 예전 어떤 종류의 화족이 갖고 있던 가장 싫은 면, 즉 한심한 특권 의식이 강하고 또 심하게 권력을 휘두르던 사람이었거든요. 한편 돈에 관해선 또 극단적으로 까다로웠던 모양입니다. 어쨌거나 자기 부인도 돈에 파는 남자니까요. 다만 본인의 향락을 위해서라면 한계가 없는 사람인 것 같았어요."

"즉 이기주의자군요."

"예. 이기주의자도 정도껏이죠. 그래서 그 사람, 그 후 계속 독신으로 지내고 있었는데 분명 몰락한 저 남자의 아내가 되려 할 여자가 없었던 거겠지."

거침없는 노형사의 이야기가 끝났다.

"아, 감사합니다. 그럼 주임님, 다들 저기서 기다리시니 일단 사정 청취를 하지 않겠습니까?"

"아, 그래요. 그런데 긴다이치 선생님."

다하라 경부보는 긴다이치 고스케의 눈을 정면으로 바라보았다.

"선생님은 혹시 저 시코미즈에의 주인을 아시는 거 아닙니까?"

"아, 그거요……. 뭐, 시노자키 씨 겁니다. 확실해요."

긴다이치 고스케는 아무렇지 않게 말했다.

제 4 장

조지와 다마코

1

청취가 끝난 것은 저녁 7시가 넘어서였다. 이토메의 배려로 수사관들은 명랑장의 넓은 부엌에서 늦은 저녁을 먹었다.

긴다이치 고스케는 일부러 명랑장의 관계자와 함께 식사하는 것을 피하고, 수사관들과 행동을 같이했다. 다하라 경부보로부터 청취에 입회해달라는 요청을 받았고 그도 그렇게 하기를 원했다. 관계자와 필요 이상으로 접촉함으로써 그릇된 편견을 가져가고 싶지 않기 때문이다. 수사관들과 함께 식사했다고 해도 다들 나란히 앉아 식사한 것은 아니다. 수사관들은 저마다 바쁜 듯이 돌아다니고 있었고 식사를 하는 동안에도 그랬다.

게다가 이가와 형사는 이 기회에 쇼와 5년의 사건까지 한꺼번에 해결하고 싶은 마음이 큰 듯, 힘이 넘치는 모습이 범상치 않았다. 이 사람은 흥분하면 동그란 눈 밑에 있는, 술 때문에 생겼을 붉은 기가 한층 거무스름하게 보이고 그 얼룩이 거무스름해지면 왠지 너구리 같아 보였다.

청취는 명랑장 프런트의 한 방에서 진행되었고, 다하라 경부보와 이가와 형사가 그 자리에 입회했다. 이 베테랑 노형사는 쇼와 5년 이래의 집념을 온몸에 응축한 채 관계자의 여러 거짓말을 용서치 않겠다며 호시탐탐 눈을 빛냈고 자꾸만 날카로운 질문을 옆에서 던졌다.

그들의 일문일답은 고야마라는 젊고 힘이 센 형사가 공들여 기록했고 다하라 경부보나 이가와 형사도 특별히 중요하다고 생각되는 부분은 간간이 메모했다. 긴다이치 고스케 역시 막바지 관찰자라는 마음으로 메모를 게을리하지 않았다.

그들이 머리를 맞대고 협의한 결과 우선 마부인 하야미 조지의 청취부터 진행하기로 했는데, 이는 당연한 조치라 해야 할 것이다.

하야미 조지는 오늘 낮, 후지역으로 긴다이치 고스케를 데리러 왔을 때와 똑같은 복장을 하고 있었다. 금 단추가 잔뜩 달린, 타는 듯한 연지색 제복에 장화를 신고 머리에는 명랑장 호텔의 이름이 새겨진 챙 없는 모자를 쓰고 있다. 다른 점은 손에 채찍을 들고 있지 않다는 것 정도였다. 아까 창고에서 봤을 때는 상의를 벗고 모자도 쓰고 있지 않았는데 이렇게 정장을 걸친 것을 보니 호출이 있을 거라 미리 각오한 모양이었다.

이 청취는 주로 다하라 경부보가 자진해서 맡았다.

"하야미 조지 군?"

"예."

"나이는?"

"스무 살입니다."

"자네의 상황이나 여기 주인과의 관계는 방금 긴다이치 선생님한테 들었는데, 자네는 오늘 낮에 긴다이치 선생님을 후지역까지 마차로 모시러 갔다지?"

"예, 사장님의 명령으로요."

여기서는 종업원은 시노자키 신고를 사장이라고 부르는 모양이다.

"돌아오는 길에 뭔가 묘한 것을 보지 않았나? 이 별장 바로 근처에서 말이야."

"예, 봤습니다."

조지는 그 질문을 기다렸다는 듯 말했다.

"저, 놀랐습니다. 긴다이치 선생님, 그거 외팔이 남자였죠."

그는 허물없이 말을 걸었는데 긴다이치 고스케가 눈을 껌벅거리며 말없이 자신의 얼굴을 바라보는 것을 깨닫고는 바로 상대와 자신의 입장을 자각했는지 시선을 다하라 경부보 쪽으로 돌렸다.

"분명 외팔이 남자였어요. 그놈이 잡목림 속을 달려갔습니다. 바로 보이지 않게 되었지만요……."

"그 남자가 한쪽 팔밖에 없다는 걸 어떻게 알았지?"

"그야 그놈의 한쪽 팔…… 예, 분명 양복 왼팔이 묘하게 덜렁거리고 있었거든요."

"그 남자의 얼굴을 봤나?"

"아뇨, 못 봤습니다. 맞은편으로 등을 동그랗게 말고 달려 갔거든요."

"복장은……?"

"글쎄요……. 검은 양복을 입었던 것밖에는 기억이 안 나서 요……. 그렇지, 참. 양복 목덜미에 회색의 터틀넥 스웨터 깃 같 은 것이 보였습니다."

"그런데 자네는 방금 그 남자의 모습을 보고 놀랐다고 했 지. 어째서……?"

"왜냐하면 외팔이 남자가 그런 곳을 달리고 있었으니까 요……."

"그렇지만, 조지 군. 옛날과 달라서 큰 전쟁이 있던 후가 아 닌가. 외팔이 남자가 그렇게 드물지는 않지 않나."

"예, 하지만……."

조지는 천진난만하게 미소 지었다.

"저, 다맛페, 아니, 다마코에게 외팔이 남자에 대해서 들어서 요. 다마코가 그 남자 일로 어르신한테 심하게 혼났다고……."

전쟁 후 이토메는 이 집에서 어르신이라고 불리는 모양 이다. 마님이라는 말은 너무 봉건적이라는 것일까.

"다마코가 누구지……?"

"금붕어 같은 눈을 한, 좀 귀엽게 생긴 여자 종업원이에요. 어르신이 맘에 들어 하세요."

"다마코가 왜 외팔이 남자 때문에 어르신한테 야단을 맞은 거지?"

"아, 잠깐만요. 주임님."

긴다이치 고스케가 옆에서 끼어들었다.

"그 일에 대해선 다마코 씨에게 직접 듣는 게 어떨까요?"

"아, 그래요. 그럼 그렇게 하죠."

"한데 조지 군, 다마코 씨는 그 일을 자네한테 얘기했군. 외팔이 남자에 대해서, 어르신한테 꾸중 들었다는 사실."

"예, 저희 사이가 좋거든요."

조지는 다시금 천진난만하게 미소 지었다. 이 남자는 젊은 아가씨라면 누구와도 사이가 좋은 게 아닐까.

"그런데……?"

다하라 경부보는 자신의 메모에 시선을 떨어뜨렸다.

"그 남자를 목격한 후 이 별장 정면 현관에 마차가 도착할 때까지 몇 분 정도 걸렸나?"

"글쎄요……. 5, 6분 정도가 아닐까요. 긴다이치 선생님은 아실 겁니다."

"그 후에 자네는 뭘 했지? 바로 그 창고로 돌아갔나?"

"아뇨. 저, 긴다이치 선생님의 짐을 들고 방까지 같이 가서 한동안 이야기를 했습니다. 긴다이치 선생님은 제 은인인 가자마 선생님의 친구분이라 저도 반가웠거든요."

"자네는 몇 분 정도 긴다이치 선생님의 방에 있었나?"

"글쎄요. 5분이나 6분 정도 아닐까요."

그 점은 긴다이치 고스케의 기억과도 일치했다.

"그 후엔 뭘 했고?"

"마차를 몰아 창고로 돌아갔습니다."

"그사이 얼마나 시간이 흘렀다고 생각하나?"

"5분은 걸렸을 겁니다."

"그렇다면 자네가 잡목림을 달려가는 외팔이 남자를 목격하고 그 창고에 마차를 가져갈 때까지 총 15, 16분 걸린 게 되는군."

"예, 아마 그럴 겁니다."

조지의 얼굴에선 역시 긴장의 빛이 짙어졌다. 슬슬 질문이 핵심에 가까워지고 있다는 것을 알고 있기 때문일 것이다.

"그때 창고 안에 그 사람…… 즉 후루다테 씨가 있었고 자네가 그자를 죽인 다음 그런 장난을 쳤나?"

잔인한 질문에 조지는 무심코 의자에서 펄쩍 뛸 뻔했다. 얼굴이 공포로 굳어졌다.

"그런 바보 같은……. 저는 그 사람과 만난 적, 지금까지 한 번도 없습니다. 그야…… 소문은 이래저래 들었지만요."

"좋아, 그럼 그때 얘길 자세히 해주게. 자네가 마차를 끌고 창고로 돌아왔을 때 거기 뭐가 있었나?"

"아무것도 없었어요. 아, 진짜, 주임님. 너무 사람을 협박하지 마세요. 진땀 나잖아요."

정말 조지의 얼굴에선 땀이 잔뜩 뿜어져 나오고 있다. 경부보의 일갈을 듣자마자 땀샘이 자극받아 급격히 발한 작용이 일어난 모양이었다. 이 남자가 범인일 가능성은 아주 낮을 것이다. 경부보는 그저 허세를 부리는 것뿐이다. 그럼에도 그 한마디가 급속히 발한 작용을 촉진시켰다면 거기 뭔가 있는 것은 아닐까.

하지만 긴다이치 고스케는 그저 졸린 듯 눈을 끔벅거리고 있었다.

"그래서 어떻게 된 건가. 자네가 마차를 끌고 창고로 돌아왔을 때 거기엔 아무도 없었다. 그래서……?"

"아, 그렇죠, 참. 갑자기 생각난 건데 제가 마차를 끌고 돌아왔을 때 창고 안에서 나온 사람이 있었습니다."

"누구지, 그건……?"

다하라 경부보의 목소리가 갑자기 날카롭게 변했다.

"요코 아가씨와 비서인 오쿠무라 씨, 그리고 저, 손님이겠죠? 루바시카……라는 이상한 웃옷을 입고 베레모를 쓰고 있었어요. 큰 대모갑 테 안경을 쓰고……. 아까도 그 창고에 계셨죠? 긴다이치 선생님이나 다른 사람들과 같이요……."

야나기마치 요시에 이야기다.

"세 사람뿐이었나?"

"예……."

"세 사람은 거기서 뭘 하고 있었지?"

"글쎄요……. 아무 생각 없이 지나가다가 창고 안을 들여다 봤는데…… 그랬더니 그런 일이 있더라…… 그런 느낌이었습니다."

"자네는 그중 누구랑 얘기했나?"

"예, 아가씨가 손님이 오셨느냐고 하셔서 그렇다고, 지금 일본식 방에서 쉬고 계신다고 말씀드렸죠. 그랬더니……."

"그랬더니……?"

"아, 그것뿐이에요. 아가씨는 아, 네, 수고했어요, 하더니 그대로 다른 두 사람과 함께 안쪽 담으로 들어가버렸습니다."

이 명랑장에 바깥쪽 담 말고도 안쪽 담이 또 하나 있고 문제의 창고는 안쪽 담 바깥에 있다는 사실은 앞에서도 언급하였다.

"그래서 창고 안에 들어가보니 아무도 없었다는 거로군."

"그야 잡동사니 사이에 숨어 있었을지도 모르죠. 하지만 저는 그런 생각도 못 했어요. 예, 제가 본 바로는 아무도 없었습니다."

"그래서 자네는 어떻게 했나?"

"전 마차를 창고 안에 밀어 넣고는 후지노오…… 그 말의 이름인데요, 후지노오의 멍에를 벗기고 마구간으로 데려갔습니다. 마구간은 그 창고에서 꽤 떨어진 곳에 있습니다."

"그건 나도 알아. 그리고……?"

이가와 형사가 다그치듯 질문했다.

"그리고 후지노오의 땀을 닦아주고 나서 한숨 돌린 후 안장을 올리고 길들일 겸 말을 탔습니다."

"아, 자네는 말을 탈 줄 아는군."

"예, 여기 와서 그 말과 굉장히 사이가 좋아졌습니다. 게다가 하루 한 번 운동을 시켜주지 않고 마구간에 묶어만 두면 불쌍해서요."

"자네는 어디까지 말을 달렸나?"

"그 창고 바로 근처에 뒤쪽으로 나가는 출구가 있습니다. 뒷문을 나오면 오른쪽에는 밀감산이 있고 왼쪽으로 잡목림이 있어요. 그 사이에 길이 하나 있는데 중간에 두 갈래로 갈라지죠. 왼쪽으로 가면 아까 긴다이치 선생님을 안내했던 길이 나오는데 저는 그쪽으로 가지 않고 오른쪽으로 가서 미노부선身延線의 해자 중간까지 갔다가 돌아왔습니다. 오늘은 후지산 부근의 하늘이 깨끗하게 개어 있어서 정말 기분이 좋았답니다."

그런 이야기를 할 때 조지의 얼굴은 천진난만하고 아무 악의도 없는 것 같았다.

"조지 군."

그때 긴다이치 고스케가 옆에서 끼어들었다.

"자네 혹시 외팔이 남자를 찾으러 나갔던 건 아닌가?"

"긴다이치 선생님."

순수하게 미소 짓는 조지의 표정이나 목소리에는 아무 저항도 없는 것 같았다.

"처음에는 저도 그럴 생각이었습니다. 달리아의 방에 들어가자마자 사라져버리다니 너무 이상하지 않습니까. 그래서 그 근처에 있으면 붙잡아주마 하고 생각했는데요, 금세 잊어버렸습니다. 저는 한 가지에 매달리지 못하는 성격이라서요."

긴다이치 고스케는 눈을 껌벅거리며 한참 동안 물끄러미 조지의 얼굴을 보다가 말했다.

"아, 주임님, 계속하시죠."

"아, 예. 그래서 조지 군, 자네, 몇 분 정도 말을 달렸나?"

"정확히 30분 탔습니다."

"시간을 계산하고 탄 건가?"

"예, 이 손목시계로……."

조지는 자랑스럽게 왼쪽 손목에 찬 손목시계를 보여주었다.

"이거, 오메가예요. 오메가 야광 시계랍니다. 사장님께 받았어요. 저 뒷문에서 나와 속보로 말을 걷게 하면서 숲속을 둘러보고 있었는데 어디에도 외팔이 남자는 보이지 않아서, 뛰게 했습니다. 그때 손목시계를 봤더니……."

"몇 시였나?"

"3시 20분이었습니다."

긴다이치 고스케가 조지와 함께 정면 현관에 마차를 댔을 때가 3시 정각. 고스케의 방으로 따라가서 5분 정도 이야기를 나누고 창고까지 돌아오는 데 5분 정도 걸렸다 쳐서 3시 10분.

그리고 말을 풀어주고 마구간으로 데려가서 거기서 한숨 돌린 다음 안장을 채우고 말에 올라 한동안 속보로 걸은 후 뛰게 했다면 딱 그 시간이 되었을 것이다.

"그럼 자네가 마구간으로 돌아온 건 50분 정도 됐겠군."

"예, 시간을 계산하면서 말을 달렸으니까요. 마구간에 돌아와서 시계를 보니 4시 10분 전이었습니다."

"긴다이치 선생님."

다하라 경부보는 긴다이치 고스케를 돌아보았다.

"선생님이 그 사건에 대해 들으신 건……."

"4시 20분이었습니다. 요코 씨가 변고를 알리러 왔을 때 저는 본능적으로 시계를 봤었죠."

"그리고 선생님은 바로 그 창고로 달려가신 거군요."

"예, 시노자키 씨 부부와 이토메 씨와 같이요. 도중에 덴보 씨와 동행하게 됐죠. 요코 씨의 안내로 창고에 와보니 야나기마치 씨와 오쿠무라 군이 있더군요."

"그때 이 남자는요?"

"그땐 없었어요. 하지만 좀 지나 정신이 들고 보니 다마코 씨와 둘이서 와 있었습니다. 상의 없이 상반신은 메리야스 한 장만 입고요."

"조지 군."

경부보는 다시 조지를 보았다.

"3시 50분부터 4시 20분까지 자네는 어디서 뭘 하고 있었나?"

"예, 그러니까, 그 얘길 하려고 했는데요."

조지는 왠지 머뭇거렸다.

"마구간에 돌아와서 후지노오를 돌봐주고 있는데 다맛
페⋯⋯ 아니 다마코가 맥주 한 잔을 갖다주었습니다."

"허허, 엄청난 서비스가 아닌가. 여기 있는 사람들도 그걸
아나?"

놀리는 듯한 투로 말을 건 사람은 이가와 형사였다. 너구리
같은 얼굴로 심술궂게 웃고 있다.

"그, 그, 그런 건 아무래도 좋지 않습니까. 맥주 한 잔 정도
마신다고 파산할 집은 아니잖아요."

"하긴 그렇지. 오야가타 히노마루*가 아니라 오야가타 시
노자키 산업이니까. 부럽구먼. 암튼 그러고는 어떻게 됐지?"

"그리고⋯⋯ 그리고⋯⋯ 다맛페와 이런저런 얘길 하는데
창고 쪽이 왠지 시끄러워서 다맛페와 같이 왔던 겁니다. 그랬
더니⋯⋯."

"잠깐 기다려. 다맛페 양과 대체 무슨 얘길 했나?"

"그, 그런 건 아무 상관 없잖습니까. 이번 사건과 별로 관계
없는 얘기였고⋯⋯."

"하지만 애송이, 잠깐 들어봐."

---

* 親方日の丸. 국가를 등에 업고 방만한 경영을 일삼는 기관이나 단체.

이가와 형사는 너구리 같은 얼굴에 한층 심술궂은 미소를 띠었다.

"내가 아까 마구간을 조사해봤는데 거기 잘도 만들어져 있더군."

"잘도 만들어져 있다니 뭐가요……?"

조지는 왠지 불안해 보였다. 이가와 형사의 심술궂게 히죽거리는 웃음은 점점 심해졌다. 그는 너구리 같은 눈동자를 데굴데굴 굴리면서 말했다.

"어이, 벽에 선반이 있고 선반 위에 건초가 잔뜩 쌓여 있더군. 딱 안성맞춤인 2층 침대였어. 형사란 놈은 근본이 그따위라 난 바로 2층 침대 위에 올라가봤지. 그랬더니 최근 누군가 거기서 잔 듯 건초에 홈이 패어 있더군. 어라, 누가 이런 데서 주무셨나 싶어 킁킁거리며 냄새를 맡아보니 여길 보라고, 건초에서 이런 게 나오더군."

노형사가 손바닥을 확 펼쳐서 보여준 것은 그에게는 어울리지 않는 물건이었다. 분홍빛에 광택이 도는, 얇은 원형의 물건. 콤팩트였다.

"아, 그, 그건……."

조지의 온몸은 그야말로 새빨갛게 물들었다. 당황해서 콤팩트를 뺏으려고 달려드는데,

"어이, 어딜!"

하고 잽싸게 주먹을 도로 물린 노형사는 자신의 코끝에서

확 손바닥을 펼치더니 일부러 감개무량한 듯 찬찬히 바라보며 말했다.

"꽤 멋진 콤팩트인데, 다마코 건가?"

조지는 궁지에 몰렸다. 칠면조처럼 얼굴이 붉으락푸르락하거나 눈을 희번덕거리는 것을 곁눈질로 보며 노형사가,

"2층 침대 위 건초가 적당히 파여 있고, 게다가 건초 속에 이런 야한 물건이 떨어져 있다니, 어이, 애송이, 이 수수께끼를 어떻게 풀어야 하나?"

긴다이치 고스케는 아까부터 터질 듯한 걸 참고 있었지만, 이쯤 되자 다하라 경부보와 속기계에 있는 젊고 억센 인상의 고야마 형사는 겨우 수수께끼가 풀린 듯 장소에 개의치 않고 껄껄 웃기 시작했다.

"그렇군. 그거 풀기 쉽지 않겠군요."

"주임님, 형사는 돈을 벌기 위해 타인의 사건 사고를 이용하는 직업입니다그려. 누군가의 정사 신 냄새를 맡았다면 건초 냄새 말고 딴 냄새는 안 나, 주의 깊게 코를 박고 킁킁대며 냄새 맡고 다니는 일이니까요."

"그래서 영감님, 다른 냄새도 남아 있던가요?"

젊은 고야마 형사가 재미있는 듯 끼어들자, 이가와 형사는 화난 너구리 같은 눈을 돌렸다.

"네놈은 찌그러져 있어. 전대미문의 무시무시한 살인이 연출된 현장으로부터 그리 멀지 않은 지점에서, 비슷한 시기에

아리따운 남녀 사이에 더없이 끈끈한 정사 장면이 연출되었다면 그런 줄 알면 돼. 야, 애송이, 그렇지?"

"맘대로 지껄이세요."

조지도 완전히 포기한 듯 녹초가 된 듯한 태도를 노골적으로 드러냈다.

"하지만 어쩔 수 없잖아요. 여기 와서 얼마 안 돼 그 아가씨를 여자로 만들어줬어요. 그랬더니 그 여자, 완전히 맛 들여서 제 얼굴도 안 보고 덤비는걸요. 그래서 잠깐 안아줬죠, 우후후. 하지만 형사님, 그런 건 이번 살인 사건과는 아무 관계도 없지 않은가요."

정말 그대로였다. 보기에 따라선 이 베테랑 형사는 조지를 위해 무죄를 증명하려는 것 같았다. 이 이상한 살인을 저지르고 얼마 지나지 않아 여자와 정사를 나눌 정도의 담력이 이 애티 나는 청년에게 있을 리 없다.

"그러니까, 창고 쪽에서 그 난리가 났을 때 네놈들이 어떤 상태였는지 주임님께 설명드린 것뿐이야. 그런데 볼일은 이미 끝났었나?"

"아, 진짜. 예, 예, 끝났어요. 둘이서 멍하니 있었죠. 그러고 있는데 창고 쪽에서 뭔가 소리가 들렸어요. 그래서 다맛페와 와봤더니 그런 상황인 거예요. 저, 완전 놀라갖고……."

"그런데, 조지 군."

너구리 형사의 어처구니없는 폭로에 포복절도하고 있던

다하라 경부보도 겨우 평정심을 되찾았다.

"마차 위에 있던 피해자, 즉 후루다테 다쓴도 씨 말인데, 잡목림을 달려가던 외팔이 남자와 동일 인물이라 생각하나?"

"저는 동일 인물이라고 생각합니다. 양복 색깔도 그렇고 옷깃 사이로 보이던 터틀넥 스웨터도 그렇고……."

"그렇군."

그렇다면 범행 시각을 제법 좁힐 수 있을 것이다.

"그런데 애송이, 이거 본 적 없나?"

이 베테랑 형사는 요술쟁이 같다. 방금 확 펼쳐 보인 손바닥 위에 놓인 것은 손수건에 싸인 마도로스파이프, 파이프는 자루 부분에서 반으로 꺾여 있다.

"아, 그거요! 저도 그거 알아차렸어요. 마차를 창고에 가져왔을 때, 차바퀴가 뭔가를 밟은 듯 퍼석거리는 소리가 났습니다. 보니까 그 파이프가 떨어져 있었던 거예요. 창고에서 마차를 꺼내기 전에는 그런 건 없었으니까 나중에 누군가…… 아까 거기서 나간 셋 중 하나, 아마 그 베레모 쓴 사람이 떨어뜨렸겠구나 하고 생각하다가 잊어버렸죠."

"그런데 조지 군."

옆에서 눈을 끔뻑거리며 말을 건 사람은 긴다이치 고스케였다.

"그 마차 말인데, 그건 자네가 두고 간 그대로였나? 혹 누가 옮긴 흔적은 없었고?"

"아뇨, 제가 두고 간 자리에 그대로 있었어요. 아무도 옮긴 흔적은 없었습니다."

"그럼 또 하나 물어보겠는데, 자네는 오늘 내가 여기 올 걸 알고 있었나?"

"아뇨, 몰랐습니다."

"시노자키 씨는 뭐라고 하며 자네에게 역에 가라고 했지?"

"2시 35분 도착하는 기차로 손님이 한 분 오시니까 마중하러 가라고요. 그때는 손님이 선생님이신 건 몰랐습니다."

"아, 그래. 그럼 주임님, 계속하십시오."

"아, 아니, 그럼 이건……."

다하라 경부보는 테이블 아래에서 시코미즈에를 꺼냈다.

"이런 물건이 그 창고 안에 떨어져 있었는데 자네는 이걸 못 봤나?"

쭉쭉 시코미즈에를 길게 늘여 보이니 조지는 깜짝 놀란 듯 몸을 움찔하며 뒤로 물러섰다.

"그, 그런 게 어디에……?"

"아, 어디든 상관없고, 긴다이치 선생님 말씀에 의하면 이건 시노자키 씨의 시코미즈에라던데, 자네, 전에 이런 걸 본 적은 없나?"

"아뇨, 저는 모릅니다. 본 적도 없습니다. 하지만 설마 사장님이……?"

"글쎄, 정해진 건 아무것도 없어. 피해자는 시노자키 씨 부인의 전남편이니까. 시노자키 씨가 손잡이 부분으로 한 방 먹인 건 아닐까."

일부러 심술궂게 눈알을 데굴데굴 굴리는 너구리 형사의 마술에 넘어간 건지, 조지는 입술까지 새하얗게 질렸고 이마에 한동안 안 나던 땀이 나기 시작했다.

"그, 그런, 말도 안 돼요! 우리 사장님은 그런 분 아니에요. 그렇게 바보 같은! 말도 안 됩니다!"

순수한 미모에 고통과도 같은 우려의 빛이 떠오르는 것을 다하라 경부보는 날카로운 눈으로 보고 있었다.

"아, 됐어, 됐어. 언젠가 조사하면 알게 될 일이다. 자넨 그만 가봐도 좋아."

조지는 말없이 일어서더니 겁먹은 눈빛으로 사람들의 얼굴을 보다가 이윽고 발을 돌려 나갔다. 그때 균형을 잃은 듯한 걸음걸이가 사람들의 눈에 지독히 인상적으로 남았다.

"애송이, 엄청 충격을 받은 듯한데, 어지간히 사장을 좋아하나 보군. 아니면 다른 이유가 있든지……."

너구리 이가와 형사가 중얼거렸다.

2

"아, 자네가 도다 다마코인가."

"예."

조지 다음으로 불려 온 도다 다마코는 불안한 듯 이마에 땀을 흘리고 있었다.

아까 이가와 형사가 폭로한 정사에 대해서는 필요한 상황이 아니라면 당분간 불문에 부치는 것이 좋지 않겠나 하는 다하라 경부보의 사려 깊은 제안을 듣고 모두 찬성했으나 그래도 아직 젊은 고야마 형사는 호기심에 찬 시선으로 다마코의 몸을 훑어 내리고 있었다.

"나이는……?"

"열여덟입니다."

"여기서는 오래 일했나?"

"예, 이럭저럭 반년 됐습니다. ……예전에는 본가 저택 쪽에 있었습니다만, 이곳이 호텔이 되면서 여기로 배치되어서요……."

"본가 저택에는 어떤 인연으로 있게 된 건가?"

"주인어른…… 아니 저, 사장님의 지인이 추천해주셔서……."

다마코는 왠지 그 이상 말하기는 싫은 것 같았다. 아마 암거래상 동료의 추천일 것이다.

"여기 배치된 건 주인어른 생각인가?"

"아뇨, 그게 아니라 어르신이 여기로 오시게 되었고 같이 갈 사람으로 저를 선택하셔서요……."

외모가 썩 나쁘지 않다. 열여덟 살이라는 젊음이 기모노를 뚫고 나올 듯한 느낌의 아가씨이다. 요즘 아가씨치고 말투가 예의 바른 것은 이토메의 지도 덕분일 것이다. 말끝을 흐리는 것과 금붕어처럼 튀어나온 눈을 껌벅거리며 머뭇머뭇 상대를 보는 행동에 어딘가 의지할 곳 없는 느낌이 있어, 자못 조지 같은 불량아에게 걸려들 법한 아가씨로 보였다.

"이전에 본가 저택에 있었다면 방금까지 여기 있던 하야미 조지와 전부터 아는 사이였나?"

"아뇨, 본가 저택에 있을 때 그 사람은 바로 T 호텔에서 지내게 됐고 저는 안쪽에서 근무해서……. 물론 가끔은 마주치기도 했습니다만……."

"그럼 여기 오고 나서 친해진 거로군."

"저…… 거기에 대해 조지 씨가 뭔가 얘길 했나요?"

"아니, 별로……. 그저 그 난리가 났을 때 자네와 함께 있었던 거 같아서."

"예, 조지 씨가 말을 타러 갔다가 돌아오면 항상 맥주 한 잔을 가져다주라는 어르신의 지시가 있어서요……."

"뭐야, 그게. 그 할머니가 주는 건가."

"예. 어르신이 조지 씨를 맘에 들어 하세요……."

"자네도 어르신이 맘에 들어 하셨나?"

"글쎄요, 저는 어떤지……."

조지의 이름이 나온 후 다마코는 역시 얼굴을 붉히며 머뭇

거리고 있다.

"그런데 다마코 양."

옆에서 긴다이치 고스케가 끼어들었다.

"본가 저택에 있을 때 자네는 부인의 시중을 들었나?"

"말도 안 돼요!"

다마코는 의외일 만큼 강한 어조로 부정했다.

"저는 부엌일을 하는 하녀였어요. 부인은 너무 신분이 높으셔서 저 같은 사람이 곁에 다가갈 수 있는 분이 아니었고요."

"아, 그래. 그럼 주임님, 계속하십시오."

"예. 그럼 다마코 양, 자네를 여기 부른 건, 그저께, 즉 금요일 저녁이라고 들었는데…… 그저께 저녁, 마노 신야라는 외팔이 남자가 여기 왔지? 그 남자에 대해 듣고 싶어서야."

"아, 그 사람이요……. 그 사람 대체 어떻게 된 걸까요? 어르신은 갑자기 맘이 바뀌어서 딴 데 가버렸겠지 하셨지만요……."

"아, 그에 대해 좀 자세히 들려주었으면 하는데……."

"네, 하지만 그때는 별로 특이한 일은 없어서……. 아, 딱 오후 4시 반쯤이었어요. 그 전에 어르신이 4시 반에서 5시 사이에 주인어른의 지인이 오실 테니 정중히 모시라고 주의를 주셨죠. 그분이 주인어른의 명함을 가지고 계시기에 바로 어르신한테 그 명함을 가져갔더니 달리아의 방으로 안내하라고 말씀하셔서 지시대로 한 것뿐입니다."

아무런 실수도 하지 않았다고 다마코의 눈은 주장하고 있었다.

"그때 자네는 그 남자의 왼팔이 없다는 걸 알아차렸나?"

"네, 물론입니다."

"어르신에게 명함을 건넬 때 그 사실을 말씀드리지 않았나?"

"그렇게 실례되는 얘길 어떻게 해요……. 그분, 주인어른의 지인이라는 얘기도 들었고……."

"아, 아니, 다마코 양."

옆에서 긴다이치 고스케가 수습하듯 말했다.

"주임님은 그 일에 대해 나무라는 게 아니고, 그저 어르신에게 말씀드렸냐 아니냐를 묻고 계신 거라네."

"예, 저, 말씀 안 드렸어요. 나중에…… 그분이 자취를 감추고 나서 어떤 분이었는지 물으셔서 그때 처음 한쪽 팔이 없는 분이라고 말씀드렸습니다."

"그때 어르신 반응은 어땠지? 놀라시던가?"

"네, 웬일인지 굉장히 놀라셨어요. 이 사실은 절대 아무한테도 말하면 안 된다고 단단히 당부하셨습니다."

"하지만 자네는 그 사실을 조지 군에게 말했군."

"예…… 그러면 안 되었을까요?"

"아, 괜찮아, 괜찮아. 그럼 주임님, 주임님께서 말씀하시죠."

"예, 그래서 다마코 양, 자넨 그 남자 인상을 기억하나?"

"네, 하지만 정말 잠깐 본 거라서요……. 기억하는 것만 말씀드리면 검은 베레모에 커다란 검은 안경을 쓰고 검은 감염 방지용 마스크를 쓰고 계셨어요. 그리고 말이 잘 들리지 않아서…… 나이도 잘……."

"아, 그래. 그럼 또 한 가지 묻겠는데, 오늘 여기서 살해당한 후루다테 다쓴도란 사람을 만났지?"

"예, 아까 시체…… 아니, 그 유해를 운반했을 때 경찰분들 지시로 얼굴을 봤는데요……. 그게 왜요……?"

그때를 떠올렸는지 다마코의 눈에 공포의 기색이 어렸다.

"아, 어쩌면 그 사람이 아니었나 해서, 그 외팔이 남자 말이야……."

"어머!"

다마코는 눈을 크게 뜨고 경부보의 얼굴을 응시하더니, 이윽고 고개를 격하게 가로저었다.

"아니에요, 절대 아니에요! 후루다테 님이라면 어제 오셨을 때도 봤는데, 그분은 정말 가냘픈 분이세요. 키도 5척 4촌 정도잖아요? 하지만 금요일 저녁에 오신 분은 좀 단단한 체구에 키도 5척 6촌 정도 되어 보였는데요……."

"아, 그래. 그렇다면 절대 아니겠군. 그럼 지금 이 집에 있는 사람 중에 외팔이 남자와 비슷한 체구의 사람은 없나? 지금 여기 있는 남자는 주인어른, 덴보 씨, 야나기마치 씨, 비서인 오쿠무라 군 네 명인데, 넷 다 만나긴 만났었지?"

"글쎄요. 전혀······. 덴보 님이 아닌 건 확실한데요······."

"아, 그래. 그럼 긴다이치 선생님. 선생님께선 뭔가······."

"그럼 다마코 양에게 굉장히 실례되는 질문이긴 합니다만. 자넨 몇 도 근시인가?"

"어머!"

갑자기 다마코는 몸에 불이 붙은 것처럼 새빨개지고 안면 근육이 수축되어 당장이라도 울먹거릴 듯한 표정이 되었다.

"아, 미안, 미안. 괜찮아, 괜찮아, 다마코 양. 어르신은 그걸 다 알면서 자네를 고른 것일 테니. 그럼 미안하지만 저기 가서 요코 님을 불러주겠어?"

양손으로 얼굴을 가리고 도망치듯 나간 다마코의 뒷모습을 보던 다하라 경부보는 강렬한 시선을 긴다이치 고스케 쪽으로 돌렸다.

"긴다이치 선생님, 그럼 이토메 씨는 다마코가 근시인 걸 알고 외팔이 남자가 왔을 때 현관에 나가라고 한 거란 말씀이십니까?"

"아닐 수도 있죠. 저 아가씨 근시가 상당히 심한 것 같지 않습니까?"

"그렇다면 선생님."

옆에서 몸을 내민 것은 다마코의 증언을 속기하고 있던 고야마 형사였다.

"이토메 씨는 그 외팔이 남자를 알고 있었다는 말씀이십니까?"

"그 또한 아닐 수도 있죠."

"맞습니다. 맞고요. 주임님, 전혀 모르는 사람을 빠져나갈 탈출구가 있는 방으로 안내한다는 게 이상해요. 어지간히 조심하지 않으면 저 할망구에게 한 방 먹겠어요."

이가와 형사가 으르렁댔다. 다하라 경부보가 그 점에 대해 긴다이치 고스케의 의견을 들으려고 하는데 요코가 들어왔다.

제5장

플루트 문답

1

"아, 요코 씨, 어서 오세요. 주임님이 당신에게 물어보고 싶은 것이 있는 모양입니다. 주임님, 이쪽은 시노자키 씨의 따님인 요코 씨, 사건을 발견한 분입니다."

"아, 그래요. 아가씨, 거기 앉으시죠."

"네."

다마코 정도는 아니지만 요코도 물론 굳어 있다. 경부보가 가리킨 의자에 앉았을 때 타이트스커트가 심히 갑갑해 보였다. 그래도 다리를 꼬고 이쪽을 향해 앉았을 때 긴다이치 고스케는 아버지에 뒤지지 않는 투지를 느끼지 않을 수 없었다.

요코는 결코 미인은 아니다. 도드라진 하관은 아버지를 닮아 강한 의지를 느끼게 한다. 몸도 단단하고 늠름하며 엉덩이가 꽤 튀어나왔다. 그럼에도 이 아가씨를 상대하고 있으면 어렴풋이 따뜻함이 느껴지는 이유는 청춘이기 때문일까. 아니면 이 아가씨의 구김살 없는 성격 때문일까.

나이는 다마코보다 두세 살 위일 것이다.

"실례입니다만 당신이 그…… 시체를 발견했죠."

"네, 그런데…… 긴다이치 선생님은 모르시겠지만, 그 시체를 발견한 사람은 엄밀하게 말하면 저 혼자가 아니에요. 저 말고도 두 사람, 일행이 같이 있었는걸요."

"일행이라면……."

"야나기마치 님과 오쿠무라 씨…… 오쿠무라 히로시 씨예요."

"아, 그렇군요. 그럼 아가씨, 오늘 낮부터 상황을 자세히 설명해주시겠습니까?"

"네, 알겠습니다."

요코는 귀찮은 듯 고개를 흔들어 짧게 자른 머리카락을 정리하더니 말했다.

"점심을 다 먹은 시간이 딱 오후 1시였어요. 하는 김에 여기서 식사를 한 분들이 누군지 말씀드리면 덴보 씨, 후루다테 님, 야나기마치 님 세 분과 아버지, 저, 오쿠무라 씨까지 여섯 명이었습니다. 식사 지도는 이토메 씨가 했습니다. 그리고……."

"아, 잠깐……. 그때 어머님은요……?"

"어머니는 몸이 좀 안 좋다고 식당에 안 오셨어요."

"아, 그렇군요. 그리고……?"

"그리고 저희…… 오쿠무라 씨와 저는 탁구장에 갔습니다. 덧붙이자면 저희가 식당을 나왔을 때 다른 분들은 아직 거기 계셨어요. 그래서 살아 계신 후루다테 씨를 본 건 그게 마지막이었어요."

"그렇군요. 탁구장에 간 다음에는요……?"

"2시 정도까지 오쿠무라 씨와 탁구를 쳤습니다. 그러다 2시가 되었기에 이토메 씨 상태를 보러 갔어요. 두 번 상태를 보러 갔죠."

"왜요……? 왜 두 번이나 이토메 씨 상태를 보러 간 겁니까?"

"아, 그분 연세가 드셔서 매일 2시에서 3시까지 낮잠을 주무세요. 그래서 이토메 씨가 잠을 자는 틈에 잠깐 모험을 해보자고 오쿠무라 씨와 약속을 해서요."

"모험이라뇨……?"

"달리아의 방에서 탈출하는 탈출구의 모험 말이에요."

"앗!"

사람들의 입에서 놀란 외침이 새어 나왔다. 다하라 주임은 테이블 위로 몸을 내밀었다.

"그럼 금요일 저녁 달리아의 방에서 사라진 남자에 대해 알고 있었군요."

"네, 어제저녁 식사 때 그 얘기가 화제가 된걸요."

"요코 씨."

긴다이치 고스케가 옆에서 말을 걸었다.

"누가 그런 말을 했습니까? 아버님인가요?"

"아뇨, 아버지가 아니고 이토메 씨였어요."

"아, 그래요. 어제저녁 식사 자리에는 어머님도 계셨지요?"

"네."

"오늘 아침에는?"

"아침은 각자 먹어서요……."

"아, 그래요. 그럼 주임님, 계속하시죠."

"예, 그래서 아가씨는 그 모험을 결행했나요?"

"호호호, 모험이란 건 이토메 씨의 눈을 피한 걸 말하는 거예요. 그분 잔소리가 좀 많은 편이라. 그 탈출구는 전에도 빠져나간 적이 있어서 딱히 모험이라고 할 수 없는데요……."

"그게 몇 시쯤이었습니까, 당신이 탈출구로 들어간 건……?"

"2시 40분 정도였을까요. 맞은편 출구로 빠져나왔을 때 3시를 막 지난 참이었거든요."

"대체 그 출구란 건 어디 있는 겁니까?"

"사건이 발생한 창고 있잖아요. 그 창고 바로 북쪽에 언덕이 있어서 단층을 형성하고 있는 건 보셨죠? 그 언덕 아래 사당 같은 게 지어져 있는데, 그 사당이 맞은편 출구를 숨겨놓은 곳이에요. 그 사당 안을 통해 나왔어요. 사당에는 인천당仁天堂이라고 쓴 명판이 걸려 있습니다."

"한데 그거, 20분이나 걸립니까?"

"아뇨. 그렇게 걸리지는 않지만, 보통의 길을 오간 게 아니라서요. 한번 들어가보시는 걸 추천드려요. 좀 이상한 탈출구예요. 게다가 오늘은 외팔이 남자의 흔적이 없는지 눈에 불을 켜고 살폈거든요……."

거기서 요코가 의미심장하게 웃어서 긴다이치 고스케는 정신이 들었다.

"아, 그래서 그 탈출구에서 뭔가 찾았나요?"

"예, 긴다이치 선생님, 주웠답니다. 아주아주 훌륭한 증거를요……."

"뭐, 뭐를……?"

다하라 경부보가 끼어드는데 요코는 어머, 죄송해요, 하고 말하듯 목을 움츠렸다.

"그게요, 주임님. 도둑을 잡고 보니 내 자식이라는 말이 있잖아요. 그 반대라고 해야 할까, 아무래도 이거, 아버지의 라이터 같아요."

요코가 스커트 주머니에서 꺼낸 것은 자못 신고가 쓸 법한, 튼튼해 보이는 양은 라이터였다. 다하라 경부보는 그것을 받아 들더니 적이 긴장한 얼굴로 테 없는 안경 뒤쪽의 눈을 빛냈다.

"그러면 아버님도 최근 그 탈출구를 지나가셨단 얘기군요."

"아버지 말예요, 긴다이치 선생님. 한쪽 팔의 괴인 따위 안중에도 없는 듯한 얼굴을 하고 있지만, 이렇게 긴다이치 선생님을 모셔 올 정도이니 역시 신경 쓰고 있을 거예요. 게다가 아버진 어제 오전에 여기 오신걸요. 그때 이토메 씨가 하는 말을 들은 게 분명해요. 그래서 직접 들어가봐야겠다 싶었겠죠. 저한테는 그런 말씀 안 하셨지만요. 하지만 이 집 주인으로서 당연한 행동이라고 생각되지 않으시나요?"

"그건 그렇군요. 게다가 외팔이 남자와 인연이 깊은 손님이 오시기 직전이라면요."

"네, 그래서 이걸 아버지한테 돌려주려고 했는데 그 난리가 나서 바로 잊어버렸네요."

"그렇군요. 그럼 아가씨, 정말 송구합니다만 이 라이터, 한동안 저희에게 맡겨주시겠습니까?"

"네, 그럴게요. 그런데 주임님, 그 사실을 아버지한테 말해도 될까요? 주임님께 중대한 증거물을 뺏겼다는 사실 말예요."

"아, 별로 중대한 증거물은 아닙니다만, 말씀하셔도 좋습니다."

"어머, 그래요. 그럼 말씀드릴게요. 경찰이 중대한 증거물을 가져갔으니 아빠, 찔리는 게 있으면 한시바삐 방어 태세를 구축하지 않으면 안 돼요! 라고요."

요코가 도전하는 듯한 눈으로 말했다.

"아, 아니, 아가씨, 설마 그럴 리가……."

다하라 경부보는 옆에서 메모 중이던 고야마 형사, 이가와 형사와 눈빛을 교환했다.

"그보다 그 뒷이야기를 들려주시죠. 탈출구를 빠져나간 것이 3시 조금 지나서였다고 하셨습니다. 그 뒤에는요……?"

"어머, 죄송해요. 이야기가 곁길로 샜네요. 아무튼 탈출구를 빠져나가면 거기가 문제의 창고…… 창고 바로 옆이에요. 그 창고 바로 옆에는 밀감산이나 잡목림으로 이어지는 뒷문이 있다는 걸 다들 아실 텐데요, 외팔이 남자는 분명 이 탈출구로 빠져나와 뒷문으로 나간 게 틀림없을 거라고 얘기하고 오쿠무라 씨와 둘이서 뒷문이 잠겨 있는지 보러 갔어요. 그랬더니……."

"그랬더니……?"

"네, 잠겨 있기는커녕 뒷문은 활짝 열려 있고, 맞은편에서 터덜터덜 야나기마치 님이 마도로스파이프를 피우면서 돌아오고 계셨어요."

"야나기마치 씨가……? 야나기마치 씨는 어째서 그런 곳을 걷고 있었나요?"

"호호호, 그건 그분이 멋대로…… 라고 말씀드릴 수도 있겠지만 실은 야나기마치 님이 왜 거기 계셨던 건지 저희는 한눈에 알아봤어요."

"무슨 말씀이신지요?"

"야나기마치 님의 바짓단이 젖어 있었고 루바시카 여기저기에 거미줄 같은 게 걸려 있었으니까요."

다하라 경부보가 앗, 하고 소리가 나오려는 것을 간신히 죽였다.

"그럼 야나기마치 씨도 그 탈출구를 빠져나와서……."

"네, 그분에게도 신경 쓰이는 인물이잖아요, 외팔이 괴인은…….'"

"그렇다면 야나기마치 씨도 그 탈출구를 알고 있군요."

이가와 형사가 참을 수 없는 듯 옆에서 끼어들었다. 노형사의 너구리 같은 눈에 기묘한 빛이 번뜩이고 있었다.

"그건…… 그분의 누님이 이 집 마님이었는걸요. 그분이 중학생이었을 때 자주 친구를 데려와서 탈출구를 빠져나가는 숨바꼭질을 하다가 이토메 씨에게 야단맞고 그랬다고 해요."

"그렇군요. 그러면 야나기마치 씨 쪽이 요코 씨보다 한발 앞서 그 탈출구를 빠져나왔단 말씀이십니까?"

"네, 그렇게 되겠네요. 서로 몸에 붙은 거미줄을 보고 웃었답니다."

"그렇군요, 그렇군요. 그래서요……?"

"네, 그리고 창고 안을 잠깐 엿보고 여기로 돌아왔습니다."

"왜 창고 안을 엿봤나요?"

"네, 그건 이런 이유예요. 야나기마치 님에게 이곳은 그리운 추억으로 가득한 장소죠. 그분은 재산세 따위로 해체되기 전의 명랑장을 알고 계세요. 그래서 옛날에는 이맘때가 되면 이 창고도 밀감 상자로 가득 차 있었다는 그분 이야기를 들으며 셋이서 잠깐 안에 들어가봤죠."

"그때 창고 안에 이상한 건 없었습니까?"

"아뇨, 별로……?"

"요코 씨, 정확하게 몇 시쯤의 일이었는지 아십니까?"

긴다이치 고스케의 목소리가 묘하게 목에 걸린 것 같다는 사실을 알아차리고 요코는 그쪽으로 시선을 돌렸다.

"실은 저, 사당을 빠져나왔을 때 무심코 손목시계를 봤어요. 탈출구를 빠져나오는 데 몇 분 걸렸나 싶어서요. 3시 6분이었어요."

"그렇다면 창고에 들어간 건……?"

"3시 8분이나 9분 정도 아닐까요? 그래요, 참. 그거라면 하야미 씨에게 물어보시면……? 저희가 창고를 나왔을 때 그 사람이 마차를 끌고 돌아왔으니까요."

다하라 경부보와 이가와 형사는 서둘러 자신들의 메모에 시선을 떨어뜨렸고 고야마 형사는 속기록을 뒤지고 있었다. 대체로 조지의 진술과 일치하는 것 같았다.

"저, 그래서 손님이 도착하셨다는 걸 알게 됐죠. 그런데 선생님, 그 마차에 탄 기분은 어떠셨어요?"

"아, 굉장히 의기양양했죠. 그런 걸 타면 왠지 갑자기 스스로가 대단해진 기분이 드니 이상하네요."

"우후후, 긴다이치 선생님은 특이하세요. 아버지의 귀족 취미도 좋은 점이 있네요."

"그건 그렇고 요코 씨, 당신 오늘 여기에 긴다이치 고스케란 명탐정이 온다는 걸 알고 계셨습니까?"

"아뇨, 그건 몰랐어요. 그저 하야미 씨가 손님을 마차로 모시러 갔다는 것만 들었죠."

"아, 그렇군요. 그런데 요코 씨, 당신이 창고 안에 계실 때 잡동사니 그늘에 누군가 숨어 있었다 해도 몰랐겠군요."

"저는 그런 건 생각도 못 해봤어요."

요코는 갑자기 몸을 떨었다.

"뭔가 그런 낌새가 있나요? 그때 살인범이 창고 어딘가에 숨어서 저희의 움직임을 엿보고 있었다는 거죠?"

"아뇨, 그게 매우 미묘해서요. 그리고……? 셋이서 여기 돌아오셨군요. 그 후에는요……?"

"저희는 우선 욕실에 가서 샤워를 했어요. 실은 여기 돌아오던 중에 야나기마치 님을 졸라 플루트 연주를 듣기로 약속했거든요. 그래서 여기 도착해서는 셋 다 샤워를 하고 요 맞은편에 있는 오락실에 모여 플루트 연주를 듣기로 했죠. 그분의 플루트 연주 정말 좋아요."

그 플루트 소리라면 긴다이치 고스케도 목욕을 하며 들었었다.

"그리고요……? 그리고 또 그 창고에 가신 겁니까?"

"네, 그게, 플루트 연주가 끝나고 야나기마치 님이 왠지 침울해 보이더라고요. 왜 그러시는지 여쭤보니 파이프를 어딘가에 떨어뜨리고 온 것 같다는 거예요. 그 파이프라면 분명 뒷문쪽에서 만났을 때 입에 물고 계셨으니, 그 부근에서 떨어뜨린 게 틀림없다며 셋이서 찾으러 갔어요."

"그래서 창고 안에서 떨어뜨린 게 아닌가 하고 가셨군요."

"네, 뒷문 언저리를 찾아봐도 보이지 않잖아요. 그래서 창고 안에서 떨어뜨린 게 아닐까 제가 말을 꺼냈죠."

"그 시체를 처음 발견한 사람은요……?"

"그건 오쿠무라 씨였어요. 아, 어쩌면 야나기마치 님이었을지도 모르겠네요."

"그게 무슨 뜻입니까?"

"저는 덜렁이이고, 일단 파이프가 마차 위에 있을 리 없잖아요. 저는 땅만 보고 있었어요. 파이프는 바로 눈에 띄었어요. 어머, 딱하게도 두 동강 났네…… 하는데 갑자기 오쿠무라 씨가 무서운 힘으로 제 팔을 잡고 밖으로 내보내려 하는 거예요. 그때 오쿠무라 씨, 미친 거 같았어요. 놀라서 야나기마치 님 쪽을 보니 그분도 아연한 기색으로 마차 위를 보고 계시더라고요. 그래서 그쪽으로 휙 몸을 돌렸더니……. 이제 이 정도면 충분하지 않나요?"

"아, 조금만 더……. 힘드실 텐데 죄송합니다만, 요코 씨는 그게 시체라는 걸 바로 알아차리셨습니까?"

"아, 그거요……. 솔직히 말하면 처음에는 화가 났어요. 재미없는 장난을 치는 거라 생각했거든요. 하지만 오쿠무라 씨나 야나기마치 님이 너무 심각한 얼굴을 하고 계시는지라……. 오쿠무라 씨가 마차 위로 올라가서 잠시 몸을 만져보더니 하얗게 질려서 당황하며 내려오셨어요. 그래서 겨우 돌아가셨단 걸 알

왔죠. 그 순간, 이번에는 제가 미친 사람이 됐어요. 그다음 일은 긴다이치 선생님이 잘 알고 계십니다."

"아, 고맙습니다. 그럼 주임님, 하실 말씀이 있으신지⋯⋯."

"아, 그래요. 그럼 아가씨, 도쿄 본가 쪽에서 부모님과 함께 살고 계시죠?"

"네, 그야 물론이죠."

요코는 문득 놀리는 듯한 표정을 지었다.

"어머니랑 아주 사이가 좋다⋯⋯고 하면 거짓말이 될지도 모르겠네요. 하지만 딱히 사이가 나쁘지도 않아요. 어머니와 저는 태생도, 자란 환경도, 사고방식도 완전히 다르잖아요. 그래서 서로 간섭하지 않기로 했어요. 어머니에 대한 제 생각을 솔직히 말씀드리자면, 언제까지나 젊고, 아름답고, 아버지를 소중히 여기시는⋯⋯ 그 정도예요. 저 이래 봬도 아버지를 소중히 생각한답니다."

"아버님과 어머님 사이는 어떤가요?"

역시 요코는 조금 긴장한 얼굴이 되었다.

"아버지는 다 큰 아기예요. 일은 잘하시지만 인간으로서는 아이 같은 사람이죠. 소유욕이 강해요. 원하는 걸 손에 넣으면 그걸로 안심하는 식으로요. 그래서 최근 아버지는 만족하고 계실 거고 아버지가 만족하시면 저도 만족해요."

"최근⋯⋯ 아버님과 어머님 사이에 말인데, 뭔가 불편한 일이라도 있었는지요?"

"그게 무슨 뜻이죠? 저 전혀 눈치 못 챘는데 뭔가 그런 기색이라도 있었나요?"

"실은…… 이런 게 현장, 그러니까 그 창고 안에서 발견되어서요."

다하라 경부보가 책상 아래서 갑자기 예의 시코미즈에를 꺼내어 내밀자 요코의 눈에 번뜩 공포의 기색이 어렸다. 크게 부릅뜬 눈이 시코미즈에에 못 박힌 채 겁먹은 듯 떨리고 있다.

"보신 적 있습니까?"

"네, 알아요."

요코는 목소리를 짜내는 것처럼 겨우 말했다.

"오래전에 아버지가 갖고 있던 거예요. 그런 꼴사나운 건 좀 치우세요, 하고 아버지를 말린 적이 있죠. 하지만, 아버지가…… 설마!"

"설마…… 라니 어떤 뜻으로 하시는 말씀인가요?"

"하지만 아버지는 승리한 쪽이잖아요. 원한을 산다면 오히려 아버지 쪽 아닌가요?"

"혹시 요즘 후루다테 씨와의 사이에 트러블이라도……."

"모르겠어요. 그래요, 참. 후루다테 씨가 최근 골프장 건설을 기획하고 계셔서 아버지가 경제적으로 원조하신다던가……. 오쿠무라 씨한테서 그런 얘기를 들은 적이 있는 것 같기도 한데, 저는 사업 쪽엔 전혀 관심이 없어서……."

시코미즈에를 본 이후 요코의 태도는 명백하게 변했다. 마음의 동요를 감출 수 없는지, 말과는 달리 뭔가 딴생각을 하는 것 같기도 하고, 피로한 기색이 갑자기 짙어졌다.

"그럼 오늘은 이 정도로……. 긴다이치 선생님, 뭔가 하실 말씀이 있으신지요?"

"예, 그럼……."

다하라 경부보의 말을 듣고 긴다이치 고스케는 다시 한번 의자에서 몸을 일으켰다.

"요코 씨, 이상한 질문일지도 모르지만, 최근 아버님 체중이 어느 정도 되나요?"

"어머!"

요코는 의아한 얼굴이 되었다.

"아버지, 키가 5척 7촌 정도 되거든요. 그래서 아버지한테 가장 적합한 체중은 20관이라고, 그 이상 체중이 불면 안 된다고 평소 의사 선생님에게 주의를 받고 있어요. 그런데 아버지는 아무것도 안 하고……. 운동도 안 하고 땀도 안 내면 바로 22 내지 23관으로 쪄버리는 체질이라서요. 그래서 최근에도 23관 가까이 체중이 불어버려서 어머니한테 야단맞고……. 근데 아버지는 아버지대로 그런 체질인 게 자랑인가 봐요. 아버진 좀 무식해서…… 그만 어머니를 놀리다가 출신이 드러난다고 해야 하나……. 어머니…… 그런 높은 계급으로 태어나고 자란 어머니가 듣기에는 참을 수 없는, 즉, 그……."

요코는 눈꺼풀을 엷게 물들이면서 묘한 미소를 지었다.

"상스러운 말을 해버려요. 게다가 딸인 제 면전에서 그러니까 어머니가 정말 화가 나셔서……. 호호호, 하지만 그 이후 아버지도 조심하게 됐고 여유가 있으면 도장에 다니며 땀을 흘리고 있는지라 지금은 겨우 21관 정도 된 것 같아요."

"도장이라는 건 뭘 말씀하시는 겁니까?"

"아버진 검도 5단이에요."

"아, 정말 감사합니다. 그럼 이 정도로 끝내죠."

2

"긴다이치 선생님."

요코가 자리를 뜨자 다하라 경부보는 탐색하는 눈빛으로 긴다이치 고스케를 돌아보았다.

"방금 하신 질문은 무슨 뜻입니까? 여기 주인의 체중이 사건과 무슨 상관이 있습니까?"

"선생님."

이가와 형사가 끼어들었다.

"선생님이 말씀하신 것은 그 모래주머니 얘기 아닌가요? 그게 약 20관 정도여서……."

"아하하, 형사님, 요행수 같은 건데요, 이 집에서 몸무게가 20관을 넘을 만한 사람은 시노자키 씨밖에 없는 것 같거든요.

왠지 거기에 의미가 있지 않을까 싶어서요."

"의미라뇨……?"

"아, 그건 아직 저도 몰라요. 그래서 요행수라고 말씀드린 겁니다."

"긴다이치 선생님."

이가와 형사는 눈알을 굴리면서 말했다.

"그럼 그게 분명해지면 저희에게 알려주십쇼. 그늘에서 몰래 빼돌리는 건 안 됩니다."

"아하하, 알겠습니다."

"긴다이치 선생님, 그럼 이번엔 누굴 부를까요?"

"야나기마치 씨를 부르면 어떨까요?"

야나기마치 요시에는 변함없이 침착하고 조용한 태도였다. 나이는 마흔 전후일 것이다. 루바시카 차림이 사람에 따라서는 우습게 보일 수 있지만, 요시에는 루바시카를 오랫동안 입어온 듯 큰 대모갑 테 안경과 함께 몸에 착 붙는 느낌을 주었고, 일종의 품격까지 느끼게 하였다.

키는 5척 6촌 정도일 것이다. 피부는 검은 편으로, 올백으로 빗어 넘긴 긴 머리는 컬이 심했으며, 베레모를 쓴 얼굴의 깎아지른 것 같은 뺨 언저리에서 어딘가 깊은 고독감이 느껴졌다.

다하라 경부보는 우선 이번 사건에 대해 의견을 물었는데, 그는 물론 고개를 저으며 아무것도 모른다, 범인에 대해 짚이는 바 없다는 요지의 말을 했다.

"그런데, 당신은 어제, 토요일에 여기 도착하신 겁니까?"

"네, 어제 오후 4시에 도착하는 기차로 왔습니다."

"덴보 씨나 후루다테 씨는요……? 시노자키 씨는 어제 오전 중에 오셨다던데요……."

"덴보 씨는 신바시에서부터 동행했습니다. 후루다테 씨는 저희보다 앞서 2시 반에 도착하는 기차로 오셨다더군요."

"덴보 씨나 후루다테 씨도 오실 거란 걸 알고 계셨나요?"

"네, 물론이죠. 그게 이번 모임의 주목적이었으니까요."

"이번 모임의 목적이라뇨……?"

"아, 실은 모레가 이 집에서 죽은 제 누이 가나코의 21주기입니다. 제 누이의 21주기는 후루다테 씨의 돌아가신 선친의 21주기이기도 하죠. 고인과 아주 가까운 관계인 사람들을 모아 법회를 열고 싶은데, 그에 대해 목하 상담을 하고 싶으니 주말 휴가를 겸해 와주시지 않겠냐는 것이 이번 초대의 주요 취지로, 오쿠무라 군이 저희들 사이에서 분주하게 움직여주었습니다. 그리고 또 한 가지, 이 집도 내년부터 호텔로 탈바꿈하니까 이번 기회에 아쉬움을 달래고자 하는 의미도 있었죠."

"그렇군요. 하지만 그 초대를 의외라거나 갑작스럽다고 생각지 않으셨나요? 여기 부인과 후루다테 씨와의 관계에 비춰볼 때……."

"일반적인 시선으로 보면 그렇겠죠."

요시에는 온화한 미소를 지었다.

"하지만 세 사람은 그 일 이후에도 가까이 지내왔어서…….
그야 부인 쪽에는 뭔가가 있었겠지만, 시노자키 씨와 후루다테
씨 사이는 극히 원만하다고 들어서요. 그렇게 신경 쓰이지는
않았습니다."

"그렇다면 이곳 주인과 피해자는, 그 사건…… 즉 아내 양
도 사건 이후로도 어울렸단 말씀이십니까?"

다하라 경부보는 당연히 할 법한 확인을 했다.

"예, 일단 후루다테 씨가 기획한 사업에 시노자키 씨가 찬
성했고 받쳐주어서……. 이건 어제 기차에서 덴보 씨한테 들은
얘기입니다만……."

"그렇군요. 하지만 본인은 어떻습니까? 후루다테 씨나 시
노자키 부인과 얼굴을 마주하는 게……."

"뭐가 말입니까?"

"아, 뭐, 껄끄럽지 않나 해서……."

"아하하."

요시에는 감정의 응어리 따위는 느껴지지 않는 웃음소리
를 냈다.

"쓸데없는 걱정을 하시네요. 저, 전쟁 후에는 아니어도 전
쟁이 끝날 때까지는 종종 그 사람들을 만났었습니다."

"어떤 기회로요……?"

"아까도 말씀드렸다시피 후루다테 가문의 선대 어르신과
제 누이의 기일이 같지 않습니까. 후루다테 가문에서 매년 선

친의 기일을 기릴 때는 당연히 누님의 법회도 하게 되죠. 저는 누님의 상속자라서 항상 초대를 받았어요. 다만 전쟁 후에는 그 사람도 그 정도의 힘이 없어졌고 세간에서도 그런 것을 등한시하게 되어 자연스레 격조해졌죠."

요시에의 태도는 변함없이 담담했다.

이 사람은 젊었을 때부터 쓴맛을 보는 데 익숙해졌음에 틀림없다. 누나가 시집간 후에는 식충이라고 욕을 먹고, 그 누나가 남편의 총애를 받다가 남편 자식의 중상으로 죽음에 이르고, 게다가 자신을 모욕하고 누나를 비방한 남자에게 연인을 빼앗긴 데다가 매년 한 번씩 누나의 기일에 초대를 받아 그 남자와 전 연인의 얼굴을 마주하지 않으면 안 되었던 것이다. 보통의 정신력으로 감당할 수 있는 일이 아니고, 그걸 버텨냈다는 것은 더없이 잔혹한 시련을 버텨왔다는 것을 의미한다. 이런 초대에 응하는 것쯤이야 별일 아니었을 것이다.

"아, 잘 알겠습니다."

납득한 건지 아닌지, 다하라 경부보는 끄덕였다.

"그럼 이곳에 도착한 후의 일을 들려주십시오. 4시에 도착하는 기차로 여기 오셨다고요? 그러고는요……?"

"예, 여기 도착한 게 4시 20분이나 25분 정도였을까요. 덴보 씨와 각자의 방으로 가서 목욕하고 뭐 하고 나니 저녁 시간이더군요. 종업원의 안내를 받아 식당에 들어가서 거기서 처음으로 시노자키 씨와 만났습니다."

"후루다테 씨나 부인과는요?"

"전쟁이 끝나고는 처음이었습니다."

"이토메라는 할머니는 어떤가요?"

라고 옆에서 이가와 형사가 끼어들었다.

"누님이 계실 때 당신도 가끔 이곳에 놀러 왔다거나……."

"아, 그걸 말씀드리려던 참입니다. 지금 이 집에 있는 사람들 중에 가장 격의 없이 대화할 수 있는 사람은 그 할머니로, 전쟁이 끝나기 전에는 그분도 도쿄에 오면 저희 집을 찾아주었고 저도 이따금 여기 놀러 오곤 했습니다."

"누님이 돌아가신 후에도 계속 여기 왔습니까?"

다하라 경부보는 조금 의미심장한 태도로 물었다.

"예, 할머니가 귀여워해준 데다 저한테는 단 하나뿐인 누님이 돌아가신 곳이니까요. 후루다테 씨의 눈을 피해 이따금……. 어차피 식충이란 오명에는 익숙해서요."

"방금 전쟁이 끝나기 전이라고 하셨는데, 전쟁이 끝난 후에는 어땠습니까?"

"전쟁이 끝난 후에는 이번이 두 번째입니다."

"전에는 언제……?"

"예, 저는 쇼와 17년 말에 군에 입대해서 22년 가을 제대했습니다. 그때 할머니가 아직 살아 있다고 해서 여기 찾아온 적이 있는데, 그 뒤 얼마 되지 않아 시노자키 씨의 소유가 되어서 그 후엔……. 그래서 시노자키 씨의 초대는 그런 의미에서도 기뻤죠."

"실례지만 금요일 밤에는 어디 계셨습니까?"

"금요일 밤……?"

요시에는 이상하다는 듯 눈썹을 찌푸렸다.

"금요일 밤에는 물론 도쿄에 있었죠."

"증명할 수 있습니까?"

"증명……?"

요시에는 놀라서 경부보의 얼굴을 보더니 갑자기 정신이 든 듯 입술을 누그러뜨렸다.

"아, 금요일 저녁, 여기 와서 사라진 외팔이 남자 얘길 하시는군요. 그거라면 저 아닙니다. 저는 민간 방송국의 전속 관현악단 멤버라서 매주 금요일 밤 8시부터 금요 콘서트를 방송합니다. 지금 저한테는 그게 가장 중요한 일이라서요."

요시에는 웃으면서 방송국 이름과 그저께 밤 8시부터 방송된 곡명을 말했다.

"아, 그래요. 실례했습니다. 그럼 이야기를 원점으로 돌려 어제 일을 들려주십시오."

"알겠습니다."

요시에는 잠깐 말을 끊었다가 시작했다.

"어제 같이 식사한 사람은 시노자키 씨 부부와 그 따님, 비서인 오쿠무라 군, 그리고 손님인 저희 세 사람, 그렇게 모두 일곱 명이었습니다. 이토메 씨는 접대계라는 직책을 맡았는데 식사를 마치고 법회 이야기를 하다 보니 이토메 씨가 가장 중요한 인물이 되어 있었습니다. 그런 것에 대해서는 그분 꽤 권위자라서요. 아무튼 그 대화가 끝난 후 외팔이 남자 이야기가 나왔고요. 그 이야기로 전, 달리아의 방…… 옛날에는 그런 이름이 붙어 있진 않았지만, 거기서 뒤쪽 사당으로 나가는 탈출구가 아직 그대로 남아 있다는 걸 알았죠."

"실례지만, 그때 당신은 그 외팔이 남자에 대해 어떤 생각을 하셨나요?"

"주임님."

요시에는 잠시 몸가짐을 정리한 후 말을 이었다.

"이런 일이…… 이런 무서운 살인 사건이 일어나리라고는 아무도…… 아니, 적어도 저는 예측하지 못했습니다. 당시에는 농담이거나 장난이겠지, 그런 식으로밖에 생각할 수 없었죠. 그래서 별생각 없이 8시 반쯤 자리를 떠나 배정된 제 방으로 돌아가 잤어요. 내일은 탈출구를 한번 빠져나가볼까, 그런 생각을 하면서요. ……그래서……."

"아, 잠깐……."

긴다이치 고스케가 재빨리 말을 가로막았다.

"자리를 떠나…… 라고 하셨는데, 그러면 다른 사람들은 아직 식당에 남아 있었습니까?"

"실례했습니다. 식사를 마치고 법회 이야기를 했다고 말씀드렸는데, 그때 이미 일본식 방으로 자리를 옮겨서 하고 있었어요. 제가 도중에 자리를 뜬 건, 후루다테 씨도 덴보 씨도 각자 뭔가 시노자키 씨와 할 얘기가 있는 것 같아서……."

"그렇군요. 아, 알겠습니다. 그럼 일단 오늘 오후의 일을 말씀해주시겠습니까?"

"알겠습니다."

요시에는 눈썹 하나 까딱 않고 변함없이 담담하게 말을 이었다.

"아까 요코 씨에게 이야기를 들으신 것 같으니 오늘 오찬에 대해서도 대충은 아시리라 짐작합니다. 전 법회 이야기도 대충 끝나서 오늘 오후 5시발 기차로 이곳을 떠날 예정이었습니다. 모레 다시 돌아올 작정이었죠. 그래서 그 전에 다시 한번 명랑장을 잘 봐둘 생각으로 1시 지나 요코 씨와 오쿠무라 씨가 자리를 뜬 직후에 식당을 나갔습니다. 그리고 여기저기 돌아다니다가 갑자기 생각이 나서 달리아의 방을 통해 탈출구에 들어갔던 겁니다."

"그게 몇 시쯤이었습니까?"

"예, 2시 20분이었습니다. 기차 시간이 있으니 이따금 시계를 확인했죠. 아무튼 탈출구를 빠져나와 시계를 보니 2시 40분이었습니다. 그리고……."

"아, 잠깐……. 회중전등 같은 건……?"

"아, 전 이걸 갖고 있어서……."

요시에는 라이터를 꺼내 보였다.

"이곳 주인의 라이터를 사용하고 있어요. 점심 식사 후에 연료를 나눠 받았죠."

"예, 그렇군요. 그래서요……?"

"아무튼 그 창고 뒤쪽의 사당으로 나와 거기서 뒷문 쪽으로 돌아봤습니다. 다행히 뒷문이 열려 있어서 밖으로 나와 손목시계를 보며 잡목림 속을 어슬렁거리고 있었죠. 센티한 이야기를 하는 것 같지만, 그때는 잠깐 감개무량했습니다. 옛날에는 그 잡목림에서 뒤쪽 밀감산에 걸쳐 명랑장에 속해 있었으니까요. 아무튼 그러는 사이 슬슬 3시가 되어서 어슬렁어슬렁 뒷문으로 돌아가려던 참에 요코 씨와 오쿠무라 씨를 만났던 겁니다. 그다음 일은 요코 씨에게 들으셨을 것 같은데……."

"창고 안에 들어가셨다면서요."

"예, 명랑장이 번성했을 무렵에는 그 창고 안에 항상 귤이 가득했습니다."

"그때 파이프를 떨어뜨렸죠, 거기에……."

"그런 거 같습니다. 물론 당시에는 몰랐습니다만……."

이 야나기마치 요시에란 사람은 무섭도록 헤비 스모커인 듯하다. 다하라 경부보와의 질답 사이에도 계속해서 종이로 만 담배에 불을 붙이며 쉴 새 없이 연기를 뿜어내고 있다. 코듀로이 바지는 눈 깜짝할 사이에 담뱃재투성이가 되어버렸다.

"그리고 여기 돌아와서 플루트를 불고 계셨다더군요."

"네, 요코 씨와 오쿠무라 군이 졸라서요."

"플루트는 항상 갖고 다니십니까?"

"저건 제 밥벌이 도구니까요. 항상 연습하지 않으면 손가락이 굳어버려서요."

"야나기마치 씨."

긴다이치 고스케가 옆에서 싱글벙글 웃으며 말을 걸었다.

"굉장히 실례되는 말씀을 드리자면, 저, 당신의 플루트 연주를 욕탕에서 들었습니다."

"아, 그런……."

"처음에는 분명 도플러의 〈헝가리 전원 환상곡〉이었죠."

"잘 아시는군요."

"두 번째로 연주하신, 휘파람 같은 격렬한 멜로디는 뭔가요……?"

"아, 그건 〈왕벌의 비행〉입니다.

"아, 그렇군요. 림스키코르사코프군요. 그건 몇 분 정도 걸리나요?"

"대충 1분 정도 걸릴 듯싶은데요."

"그렇군요. 마지막 곡은 글루크의 〈정령들의 춤〉인가요?"

"하하하, 긴다이치 선생님은 해박하시군요."

"아, 실은 저……."

긴다이치 고스케는 늘 하는 버릇대로 겸연쩍게 다섯 손가락으로 더벅머리를 긁어대면서 말했다.

"언젠가 플루트에 대해 갑자기 공부할 일이 생겨서요……."

"쓰바키 가문의 사건 말이죠."

"아십니까?"

"저희 동족 가문에 발생한 사건이니까요. 무서운 사건이었습니다(《악마가 와서 피리를 분다》 참조)."

"그런데 야나기마치 선생님, 〈정령들의 춤〉은 5, 6분 정도의 곡인 듯한데, 도플러의 〈헝가리 전원 환상곡〉은 몇 분 정도 걸리나요?"

"11, 12분 정도일 겁니다."

야나기마치 요시에는 대모갑 테 안경 속에서 온화한 눈에 미소를 띠었다.

"〈헝가리 전원 환상곡〉이 11분. 〈왕벌의 비행〉은 1분 남짓. 마지막 〈정령들의 춤〉이 5분이라 치고 총 17분 조금 넘습니다. 그런데 긴다이치 선생님, 그사이에 요코 씨나 오쿠무라 군과의 잡담이 들어가서 연주가 끝날 때까지는 25, 26분이나 어쩌면 30분 정도 걸리지 않았을까요?"

아까부터 의아한 듯 긴다이치 고스케와 야나기마치 요시에의 플루트 문답을 듣고 있던 세 사람은 여기에 이르러 무심코 두 사람의 얼굴을 보았다.

야나기마치 요시에가 깎아지른 듯한 뺨에 온화한 미소를 띤 데 반해 긴다이치 고스케는 얼굴이 붉게 달아올라 있었다.

"아, 이, 이, 이거 실례했습니다. 일부러 길을 돌아가는 질문을 하다니……. 그럼 솔직히 여쭙겠습니다. 처음 창고에 들어가신 건 3시 8분경일 거라고 요코 씨가 그러던데요…….”

“대충 그 정도겠죠.”

“그리고……?”

“창고에서 나와, 때마침 돌아온 마차와 마주쳤습니다. 물론 마차는 비어 있었고요. 요코 씨가 말을 걸었던 거 같은데 저는 조금 떨어져 있어서 무슨 말을 했는지 듣지 못했어요. 그 후 셋이서 이쪽으로 돌아와서 오락실에 들어갔죠. 그 전에 셋 다 샤워를 하자고 해서 거기서 일단 헤어졌고요.”

“그리고 플루트 연주가 시작됐군요.”

“둘이 번갈아가면서 하도 졸라서요. 제가 제일 먼저 샤워를 마치고 오락실에 와서 사전 연습 삼아 불고 있는데 오쿠무라 군이 들어오고 이어서 요코 씨가 들어왔죠.”

“그리고 본 연주가 시작되었던 거군요. 몇 시쯤부터……?”

“긴다이치 선생님.”

요시에는 안경 너머로 긴다이치 고스케의 얼굴을 보았다.

“저는 5시 정각 기차로 후지역을 떠날 예정이었습니다. 그래서 끊임없이 시간을 의식하고 있었는데, 정식으로 연주를 시작한 건 3시 20분쯤이었습니다.”

긴다이치 고스케가 플루트 소리를 들었던 건 그보다 조금 이른 시간인 듯했으나, 그건 사전 연습용 연주였을 것이다.

“그리고 계속…… 아, 그사이 잡담을 간간이 하면서 세 곡을 연주하신 거군요. 그런데 파이프 분실을 알아차리신 건……?”

"파이프를 떨어뜨렸다는 건 여기 돌아와서 바로 깨달았죠. 저는 그게 없으면 안정이 안 돼서……."

"굉장히 헤비 스모커이시군요."

"아, 부끄럽지만……. 저도 끊고 싶긴 한데 의지박약이라서요."

"인간이라면 누구나 약점이 있기 마련이죠. 그런데 파이프는……?"

"예, 세 곡을 다 연주한 후에 이런저런 잡담을 나누었는데 제가 안절부절못하니까 요코 씨가 왜 그러냐고 묻더군요. 그래서 파이프 얘기를 했더니 그 파이프라면 분명 뒷문 쪽에서는 물고 있었다, 그렇다면 그 후에 떨어뜨린 걸 테니 같이 찾으러 가자고……."

"요코 씨가 그러던가요?"

"파이프는 제가 사는 낙이라고 과장된 말을 해버려서요."

"그래서 셋이서 찾으러 간 겁니까?"

"예, 오쿠무라 군도 같이 가줬습니다. 오쿠무라 군은 저보다 요코 씨와 함께 있고 싶었던 걸지도 모릅니다. 아, 그래요. 오락실을 나왔을 때 시계를 보니 딱 4시였습니다. 제가 기차 시간을 신경 쓰고 있으려니 오쿠무라 군이 자동차로 바래다주겠다고 해서요. 자동차라면 역까지 10분이면 가니까요."

"그래서 바로 창고로 가신 겁니까?"

"당치도 않아요. 창고는 맨 마지막에 갔습니다. 뒷문 언저리를 찾아봤는데 아무 데도 없어서 그럼 그 창고 안에 있는 게 아닐까 싶어 들여다보러 갔더니…….”

일순 정적이 흐르고 사람들의 시선은 요시에의 얼굴에 고정되었다. 요시에의 얼굴은 담담했고 이렇다 할 감정은 드러나 있지 않았다.

“그때 기분은 어땠나요? 꼴좋다고 생각하진 않았어요?”

독설을 뱉은 사람은 물론 이가와 형사다.

“그게 무슨 뜻입니까?”

“당신 누님은 그 남자에게 살해당한 거나 마찬가지잖아요. 게다가 당신은 약혼자를 그 남자에게 뺏겼고요.”

요시에는 날카로운 시선을 노형사에게 돌렸다.

“아, 당신 기억났어요. 쇼와 5년 사건 뒤 그 사람이 저를 배신하고 후루다테 씨와 결혼했을 때, 당신은 이따금 저한테 면담을 강요했죠. 오가타 시즈마라는 인물의 행방에 대해 모르냐며…….”

“기억해주시다니 영광이올시다.”

“아, 그 당시 당신의 열정, 일종의 집념이라고 해야 할까요, 그 열정에 정말이지 감복했습니다. 물론 저로서는 곤혹스러웠고 귀찮았던 것도 부정할 수는 없지만요.”

베테랑 형사의 너구리 같은 눈 가장자리의 다크서클이 핏기로 슥 짙어졌다. 하지만 역시 발언은 삼갔다.

“아무튼 이번에 그런 사건을 맞닥뜨리고 보니, 후루다테 씨 살해에 가장 강한 동기를 갖고 있는 사람은 저네요. 그런데 저한테는 부동의 알리바이가 있으니 초조하신 거군요."

"정곡을 짚으시네."

"하지만 음…… 이가와 씨라고 하셨죠."

"이름까지 기억해주시다니 황공무지로소이다."

"하지만 말입니다, 이가와 씨, 제가 그 사람에게 원한 같은 거 없다, 아무것도 문제 삼을 생각 없다고 하면 거짓말이 됩니다. 그 당시의 쓰디쓴 상념…… 증오, 분노는 지금도 앙금처럼 제 마음 깊숙이 가라앉아 있습니다. 하지만 그렇다면 지금까지 가져올 필요가 없지 않습니까. 마음만 먹으면 전쟁 전에도 얼마든지 기회가 있었어요. 게다가……."

"게다가……?"

"이제 그 사람을 죽이고 싶진 않아요. 언제까지고, 언제까지고 살려두고 싶죠."

"이야, 그건 왜죠?"

"죽어버리면 아무것도 안 되지 않습니까. 그보다 그 사람이 살아남아 아까 제가 말했듯 마음속으로 꼴좋다, 꼴좋아, 라고 계속 부르짖는 쪽이 훨씬 유쾌하잖아요. 아하하!"

요시에는 처음으로 본심을 토로했는데, 담담한 말투였지만 그럴수록 듣는 사람에게는 한층 소름 끼치게 마음을 두드리는 비통한 부르짖음으로 다가왔다.

"아, 실례했습니다."

다하라 경부보는 온화하게 고개를 숙였다.

"이 사람의 무례함을 용서해주십시오. 이 영감님은 쇼와 5년 사건만 나오면 마치 집념의 결정체처럼 변해서요. 그런데 야나기마치 씨, 후루다테 씨는 왼팔을 벨트로 몸통에 결박하고 있었는데, 그에 대해 어떻게 생각하십니까?"

"모릅니다."

요시에는 바로 말하고 나서 그 후 말을 고르듯 덧붙였다.

"후루다테 씨는 항상 타인의 의표를 찌르는 일만 생각하던 사람이었습니다."

다하라 경부보는 탐색하는 듯한 눈으로 상대의 얼굴을 보다가 이윽고 긴다이치 고스케 쪽으로 몸을 돌렸다.

"긴다이치 선생님, 또 무슨 하실 말씀이⋯⋯?"

"아, 그래요. 그럼 또 한 가지 여쭤보고 싶은 게 있는데⋯⋯."

"자, 하시죠."

"당신은 아까 2시 40분쯤 탈출구를 나와 3시 넘어서까지 뒷문 밖 수풀 속을 거닐었다고 하셨는데, 그동안 누군가 만난 적은 없었나요?"

"아뇨, 딱히. 전 뒷문에서 상당히 멀리까지 거닐었어요. 요코 씨와 오쿠무라 군을 만날 때까지 아무도 만나지 못했습니다."

"아, 그래요."

긴다이치 고스케는 표정도 바꾸지 않고,

"그럼 마지막으로 하나 더……."

"예, 말씀하시죠."

"어제저녁 식사 후에 외팔이 남자 얘기가 나왔을 때 말인데요. 그때 긴다이치 고스케라는 남자를 초대할 예정이라는 얘기도 나왔나요?"

"아뇨, 그런 얘긴 안 나왔습니다. 그래서 선생님이 현장에 달려오셨을 때 실례지만 어떤 분일까 생각했죠. 명성은 전에도 들었습니다만……."

마지막으로 다하라 경부보가 시코미즈에를 꺼내 보이며 그것이 어떻게 쓰였는지를 설명하자 요시에는 일단은 놀란 기색을 했으나 그것이 정말 놀라서 그런 건지, 아니면 연기였는지는 알 수 없었다. 하지만 그것이 누구 것인지를 알았을 때 요시에의 얼굴에 떠오른 놀란 표정은 진짜처럼 느껴졌다.

그는 갑자기 말수가 줄었고 잠자코 생각에 잠겼다.

제6장

___

인간문화재

1

야나기마치 요시에 다음으로 불려 온 것은 비서인 오쿠무라 히로시였다. 오쿠무라는 스물일고여덟 정도 되었을 것이다. 키는 5척 6촌 정도, 자못 스포츠맨 같은 균형 잡힌 체격을 하고 있고 제법 남자다웠다. 자기소개를 해달라고 했더니 재작년인 쇼와 23년에 구(舊)제국대학을 졸업하고, 신고가 이 명랑장을 손에 넣을 무렵부터 비서로 일하고 있다고 했다.

"그래서 자네도 어제 오전에 시노자키 씨와 여기에 왔겠군."

다하라 경부보가 가장 먼저 질문을 던졌다.

"예, 하지만 전 그저께도 여기 와 있었습니다. 사모님과 아가씨를 모시고요……."

오쿠무라의 대답에 사람들은 무심코 얼굴을 마주 보았다. 다하라 경부보는 몸을 내밀었다.

"그저께 몇 시 기차로……?"

"아뇨, 기차가 아니라 자동차로 왔습니다. 여기 도착한 건 점심이 지나서였습니다."

"그 후 자넨 계속 여기 있었나?"

"아, 그렇진 않고요, 사모님과 아가씨를 여기 모시고 오는 것이 제 역할이어서 일단 쉬고 저녁을 먹은 후 차를 타고 도쿄에 돌아갔다가 같은 차로 어제 아침 다시 사장님을 모시고 여기 왔습니다."

"그럼 자네가 운전을 하나?"

"예. 기사는 따로 있습니다만, 저도 운전이 가능해서 뭐, 호위의 의미와 도쿄에 연락하는 의미도 겸해 사모님과 아가씨를 모시고 왔죠."

"그래서 자네는 금요일 몇 시쯤 여기를 출발했나?"

"5시쯤 아니었을까요. 어쨌거나 10시 반까지 어떤 장소로 사장님을 모시러 가지 않으면 안 되어서 굉장히 바빴습니다."

"오쿠무라 군."

다하라 경부보는 재빨리 상대를 뚫어지게 보았다.

"딱 그때…… 금요일 저녁 자네가 이곳에 있을 때 외팔이 남자가 여기 왔다가 사라졌단 이야기는 들었겠지?"

"예, 어젯밤에 들었습니다."

"자네는 그때쯤 여기서 뭘 했나?"

"글쎄요, 뭘 했을까요. 사모님에게 도쿄 소식을 듣거나 아가씨가 두고 온 물건을 내일 올 때 갖고 와달라는 부탁을 받기도 하고, 목욕도 하고 밥도 먹고……."

오쿠무라는 별로 익살스럽게 말할 생각은 없었을 테지만

타고나길 대범한 성격인 듯 느긋하게 대답하는 투가 밉살스럽게도 느껴진다.

"그때 이토메 할머니를 만나지 않았나?"

"만났습니다. 사모님이 오셨으니 할머니……가 아니지, 어르신 쪽에서 인사하러 왔습니다. 그때 5시에 여길 떠나야 하니 일찍 저녁 준비를 해달라고 부탁했습니다."

"그렇군. 그럼 오늘 일을 들려주게. 점심을 먹은 후에 무슨 일이 있었나?"

"예, 그건 아까 요코 씨한테 들으셨을 거 같은데, 혹시 모르니 말씀드리죠."

오쿠무라는 거기서 한바탕 이야기를 했는데, 그것은 아까 요코한테 들은 것과 별반 다르지 않았다.

"탈출구 속에서 사장님의 라이터를 주웠다고 하지 않았나?"

"아, 맞다 맞아. 그래서 제가 요코 씨한테 말했어요. 아버님이 여길 몰래 살펴보신 듯한데, 아무렇지 않은 얼굴을 하고 계셔도 역시 신경 쓰이시나 봅니다, 라고요."

"사장님이 거길 빠져나간 건 언제쯤이었지?"

"언제쯤이냐뇨……?"

"아, 어쩌면 금요일 저녁이 아니었을까 싶어서……."

"금요일 저녁……?"

오쿠무라는 눈을 동그랗게 뜨고 경부보의 얼굴을 보았으

나 갑자기 풋 하고 웃었다.

"그럼 외팔이 남자가 사장님 아니었을까 생각하시는 건가요? 말도 안 돼요. 저희 사장님은 그야 다소 허영기가 있긴 하지만 그런 연극을 할 사람이 아니에요. 게다가 그래요, 참. 저희가 발견한 라이터, 어제 아침 여기 오는 차 안에서 사장님이 사용하신 걸 기억하고 있습니다. 그러니 분명 여기 와서 이토메 씨의 이야기를 듣고 만약을 위해 조사해보신 게 아닐까요."

"아, 그렇군. 그럼 마지막으로 다시 한번 묻겠는데. 시노자키 씨는 후루다테 씨가 기획한 어떤 일을 원조하기로 했다던데, 그건 무슨 일인가?"

"아, 그거요. 그건 좀…… 아직은 말씀드리기 어렵습니다. 사업상 비밀이라."

"아, 아니, 오쿠무라 군. 사업의 내용을 들으려고 하는 게 아니야. 그거, 잘되어가고 있었지? 시노자키 씨와 후루다테 씨 사이는……."

"예, 그야……. 사장님도 의욕이 강하셨어요. 그분한테는 부인을 넘겨받지 않았습니까. 그래서 그 보상으로 후루다테 씨에게 뭔가 해주자. 즉, 남자 대우를 해주겠다는 마음이죠. 저희 사장님이란 분, 세간에는 이런저런 말이 많지만 제법 의리와 인정이 넘치는 분입니다."

오쿠무라 히로시도 문제의 시코미즈에를 알고 있었다. 그가 비서가 되었을 때 사장은 이 시코미즈에를 가지고 있었지만 재작년 말에 총을 입수한 후로는 잘 쓰지 않게 된 것 같은데, 어디에 어떻게 처리했는지는 모른다는 대답이었다. 그 시코미즈에가 현장에 있었다는 말을 듣고 그 역시 갑자기 입이 무거워졌다.

"긴다이치 선생님, 뭔가 하실 말씀이……?"

"예. 그럼 오쿠무라 군, 다마코라는 종업원을 기억합니까?"

아무렇지 않은 말투였지만 사람들은 깜짝 놀라 오쿠무라의 얼굴을 보았다.

"다마코라뇨……?"

대답하는 오쿠무라의 안색에서 무언가의 진실을 찾아내려는 듯 다들 일제히 오쿠무라의 얼굴에 시선을 고정했다.

"아, 전에 시노자키 가문의 본가에 있다가 이토메 씨 요청으로 여기 온 아가씨, 또 한 가지 말하자면 상당히 심한 근시이지만 안경 쓰는 걸 싫어하는 아가씨 말인데요."

"아, 그 아가씨……. 포동포동하고 귀여운, 금붕어처럼 눈이 좀 튀어나온, 하지만 그게 또 제법 귀여운 아가씨 아닙니까?"

"네, 네. 그 아가씨요."

"아, 그런가요. 그 아가씨, 근시인가요? 그런데도 안경을 쓰면 건방져 보일까 봐 불편함을 참고 있는 거군요. 아하하, 그렇게 말씀하시면……."

"아십니까?"

"예, 그 아가씨라면 그저께 저녁, 제 식사 시중을 들었어요."

딱 잘라 말하는 오쿠무라의 얼굴을 긴다이치 고스케는 물끄러미 응시하다가 이윽고 더벅머리를 꾸벅 숙이고는 말했다.

"아, 정말 감사합니다. 그럼 이 정도로……."

2

오쿠무라 비서 다음으로 불려 온 것은 덴보 전 자작이었다. 계란형의 얼굴에 커다란 팔자수염을 기른, 난쟁이 같은 이 늙은 귀족에게도 별로 의심스러운 점은 없었다.

어제 4시 반에 도착하는 기차로 여기 온 것, 야나기마치 요시에와 같이 있었던 것, 어제저녁 식사를 마치고 이토메 할머니에게 외팔이 남자에 대해 들었지만 별로 신경 쓰지 않았다는 것, 그리고 오늘 점심 식사 등에 대해 이야기했지만 이것이 이 사람의 성격인지, 아니면 일부러 뽐내는 건지, 모든 것에 대해 무관심하게 툭툭 던지는 듯한 말투로 일관해 담당 경찰들을 초조하게 했다.

"당신은 어젯밤 외팔이 남자에 대해 듣고도 별로 신경 쓰지 않았다고 하셨는데, 쇼와 5년 가을의 사건을 아시는지요?"

"아, 그야 물론이지."

"그럼 그때 한쪽 팔을 잘린 인물이 그대로 행방불명되었다는 것도 알고 계시겠군요."

"아, 당연히 알고 있지."

"그런데 외팔이 남자가 와서 그대로 사라졌다는 이야기를 들었는데도 별로 신경 쓰이지 않으셨습니까?"

"그건 이미 꽤 오래된 이야기고, 말하자면 뭐, 전설 같은 거니까 말일세."

"전설이라고 하셨습니까?"

"아, 그야 실제로 있었던 일이긴 하네만…… 어쨌든 20년이나 된 이야기 아닌가. 그래서……."

"그래서요?"

"아니, 그때 한쪽 팔을 잘린 오가타 시즈마라는 남자가 살아 있고, 다쓴도에게 복수를 맹세했다고 치면 20년이나 기다릴 건 없지 않나. 지금껏 얼마든지 기회가 있었을 텐데. 뭐, 어젯밤은 그렇게 생각해서 별로 신경 쓰지 않았다는 얘길세."

"하지만 현실에 이런 일이 일어나면 아무리 당신이라도 신경 쓰지 않을 수 없겠죠."

"그야 그렇겠지. 하지만 별로 나와 관련 있는 일이라곤 생각지 않네만……."

이 계란형 머리와 큐피 인형 같은 몸을 한 난쟁이 같은 옛 귀족은 옛 귀족 특유의 위엄과 교활함을 지니고 있어 건들거리는 대답이 한층 담당 경찰들의 신경을 건드렸다.

"그럼 오늘 오후 일을 들려주시겠습니까?"

"아, 그래."

덴보 전 자작은 계란형 머리로 끄덕였다.

"식사가 끝난 건 1시 조금 지나서였을까. 그 후 요코라는 아가씨와 비서인 오쿠무라가 먼저 식당을 나가고 그 뒤 얼마 안 돼 야나기마치가 나가고, 결국 나중에 나와 다쓴도, 그리고 주인인 시노자키 군 셋이 남았네. 그런데 나도 시노자키 군에게 하고 싶은 얘기가 있었고, 다쓴도 군도 할 얘기가 있었던 듯해. 그래서 뭐, 다쓴도에게 우선권을 주고 내가 식당을 나선 게 1시 반쯤이었을 거야. 그때 시노자키 군에게 단둘이 얘기하고 싶은 게 있다고 했더니 그럼 2시 반에 여기로 와달라기에 한 시간쯤 그 근처를 어슬렁거리다가 딱 2시 반에 식당에 돌아왔고, 시노자키 군이 혼자 기다리고 있었네."

예의 자못 무관심한 태도였으나 이야기에 절도가 있는 걸 보면 이 사람은 말할 내용을 미리 머릿속에 정리해두고 온 것이 분명하다.

"그렇군요. 그럼 그때 이미 후루다테 씨는 거기 없었군요."

"아, 5분 정도 전에 이야기가 끝났고 누군가 불러 날 찾으러 보낼까 생각하던 참이었다고 시노자키 군이 그러더군."

"그래서 몇 시쯤에 시노자키 씨와 이야기하셨습니까?"

"딱 3시까지. 3시가 되어 이야기를 끊고 헤어졌네."

"그리고요……? 어디에 계셨습니까?"

"아, 그 후에 내 방에 돌아가서 침대에 누워 있었네. 내가 배정받은 곳은 2층에 있는 히아신스의 방인데, 거기서 뒹굴뒹굴하던 중에 요란한 여자 비명 소리가 들려서 무슨 일이지 하고 뛰어나가보니 요코란 아가씨였던 게지. 4시 20분 정도의 일이었을까."

"그러면 3시부터 4시까진 혼자 자기 방에 계셨단 말이군요."

"맞아."

"그에 대해 증명해줄 사람이 있습니까? 당신이 히아신스의 방에 틀어박혀 계셨다는 사실에 대해……."

"글쎄, 나는 일일이 고용인들에게 이제부터 방에 올라가 쉬겠다고 말을 하지는 않으니까 말일세. 하지만……."

하고 덴보는 일부러 크게 눈썹을 찌푸렸다.

"설마 자네들 나를 의심하고 있는 건 아니겠지? 난 다쓴도란 남자에게 아무 감정도 없고 그 남자를 죽여봐야 나한텐 전혀 득 될 게 없으니까."

"당신과 시노자키 씨는 어떤 이야길 하셨습니까?"

"그건 이 사건과는 아무 관계 없는 일이야. 다쓴도와는 완전히 별개의 이야길세."

"하지만 혹시 괜찮으시다면 들려주시면 좋겠습니다만. 어떤 종류의 이야기인지 윤곽만이라도……."

그때 처음으로 이 옛 귀족은 불쾌한 기색을 노골적으로 드러냈다.

"거래 이야길세. 어떤 종류의."

"어떤 종류의…… 라뇨?"

"어떤 골동품 컬렉션에 관해서 말이야."

토해내는 듯한 말이 입술에서 나왔을 때 덴보의 뺨에 슬며시 굴욕의 빛이 어리는 것을 보고 다하라 경부보는 정신이 든 것 같았다.

"아, 이거 실례했습니다."

그는 당황해서 책상 위에 고개를 숙였다.

영락한 신세인 이 옛 귀족은 기세등등한 신흥 재벌을 상대로 골동품 브로커 같은 것을 해서 먹고사는 모양이다. 노골적으로 그에 대해 파고드는 것은 역시 자존심을 들쑤시는 일이 될 게 틀림없다.

"그럼 또 한 가지 여쭙겠는데, 후루다테 씨와 시노자키 씨의 이야기란 어떤 일이었는지 모르십니까?"

"그 얘기라면 시노자키 군에게 직접 듣는 게 어떻겠나."

"예, 물론 그럴 생각입니다만, 만약을 위해 들려주셨으면 해서요. 뭔가 후루다테 씨가 기획한 사업을 시노자키 씨가 지원해준다거나……."

"아, 그런 얘기였어. 자세한 내용은 나도 모르네만……."

"시노자키 씨 부부와 후루다테 씨 사이는 그 뒤로 잘 풀렸나 보군요."

"그야 그렇지. 사업 뒤를 받쳐주려고 할 정도니까."

"하지만 남자들끼리는 그렇게 결론이 났어도 부인 쪽은 어떨까요. 그다지 좋은 기분은 들지 않을 거 같은데요."

"그야 그렇겠지만, 나는 시즈코 같은 여자는 잘 모르겠네. 그 여잔 옛날부터 나한텐 수수께끼였어."

"옛날부터라뇨?"

"아, 그건 말이지, 원래 야나기마치와 결혼하기로 약속했단 말일세. 그런데 막판에 야나기마치를 배신하고 다쓴도와 결혼했지. 보통이라면 자기가 배신한 남자를 만나는 건 다소 떳떳하지 못하거나 부끄럽게 여길 텐데, 그 여잔 태연했어. 법회에서 야나기마치와 만나도 눈썹 하나 까딱하지 않아. 야나기마치란 인간, 이제까지 존재조차 몰랐다는 듯한 태도였네. 기가 세다고 해야 할지, 차갑다고 해야 할지……."

"그럼 야나기마치 씨 쪽은 어떤가요? 시즈코 씨에 대해 지금까지 어떤 감정을 품었는지…… 혹시 아십니까?"

"글쎄."

덴보는 커다란 팔자수염을 비틀었다.

"설마 싶네만 그 남자도 내 이해력을 초월한 존재야. 어제 기차에서 물어보니 아직 독신이라던데, 그게 시즈코와의 실연에서 온 건지 어떤지. ……뭐 내 알 바 아닐세."

덴보의 태도나 말투는 다시 원래의 무관심하고 툭 던지는 듯한 투로 돌아갔다. 커다란 배를 내밀고 늘어지게 의자에 몸을 파묻은 모습은 다소 기형적이었지만, 자못 따분하고 재미없어 보였다. 아니, 일부러 그런 부분을 강조하고 있는 것처럼도 보인다.

"아, 그래요. 감사합니다. 긴다이치 선생님, 무슨 하실 말씀이 있는지요?"

"네, 그럼 덴보 씨에게 또 하나 여쭤볼 게 있는데요. 1시 반쯤 식당을 나와 2시 반에 딱 맞춰 돌아왔다고 하셨는데, 그사이 한 시간을 어떤 식으로 보내셨는지 그걸 여쭙고 싶습니다만……."

덴보 전 자작은 힐끗 긴다이치 고스케의 더벅머리를 보았다.

"하지만 말이오, 긴다이치 선생. 당신은 그동안의 알리바이 조사를 하고 싶겠지만 유감스럽게도 확실히 그걸 입증할 수 있을지 어떨지…… 설마 이런 일이 일어나리라고는 생각도 못 했으니까. 나는 이 저택 안을 어슬렁어슬렁 돌아다녔을 뿐이라…… 어쩌면 고용인이 내 모습을 보았을지도 모르지. 그저……."

"그저……?"

"음, 3분인가 5분, 시즈코…… 아, 시즈코 씨와 잠깐 이야기를 하기는 했네만……."

"부인과……?"

사람들은 서로 시선을 교환했다.

"그게 몇 시쯤이었습니까?"

"글쎄, 몇 시쯤이었는지는 모르겠어. 여기저기 집 안을 돌아다니다가 뜰에 나갔거든. 거기서 뜰 안을 돌아다니고 있으려니 때마침 시즈코 씨의 방 앞이었네. 자네도 알지 모르겠네만 이곳은 미로장이라는 별명이 있을 정도로 뜰의 구성도 미로처럼 되어 있네. 그 미로 속을 여기저기 걸어 다니는 사이에, 갑자기 시즈코 씨 방이 나왔어. 이건 내 탓이 아니야. 미로 탓이지. 그때 시즈코 씨, 베란다에 의자를 가져다 놓고 프랑스 자수 같은 걸 하고 있어서 잠깐 말을 걸었다네."

"그게 3분인가 5분이라고 하셨나요? 어떤 대화를 하셨습니까?"

"딱히 이렇다 할 건……. 잠깐 서서 이야기한 것뿐이라. 기분이 나쁘다니 어떤 상태냐고 한 정도야. 시즈코 씨 쪽에서는 올라오라고 했지만 올라갈 정도의 볼일도 없어서 말이지. 서서 잠깐 이야기하고 헤어졌네."

생각해보면 이 사람과 시즈코는 일찍이 숙부와 조카며느리의 관계였으니 여기서 만나 이야기를 했다 해도 별로 이상할 건 없지만…….

"그때 옆에 하녀나……."

"아니, 아무도 없었어."

"아, 그래요. 그 외에 누군가를 만나시거나……."

"그래."

덴보는 잠깐 고개를 갸웃거렸다.

"그래, 참. 시즈코 씨와 헤어져서 돌아오던 중에 아직 길을 헤매고 있었네. 그런데 일본식 방 창문 안쪽에 누군가 자고 있는 게 보였어. 장지문이 열린 채여서 보인 거지. 그래서 허둥거리며 그 자리를 벗어났는데, 나중에 시노자키 군에게 들으니 그 사람이 이토메란 할머니였던 것 같네."

이토메가 2시부터 3시까지 낮잠을 잔다는 사실은 아까 요코도 말했다. 그렇다면 덴보가 안뜰로 들어간 것은 2시를 넘어서의 일임에 틀림없다.

"아, 그렇군요."

"그러면 또 하나. 그 한 시간 사이에 그 창고 쪽으로는 안 가보셨습니까?"

"아니, 안 갔어. 나는 주로 건물 안과 정원을 돌아다녀서 뒤쪽으로는 가보지 않았네. 그 창고는 안쪽 담 바깥에 있는데, 나는 안쪽 담에서 밖으로는 나가지 않았으니까."

"그 탈출구에 대해선 아십니까?"

"아니, 그게 말이지, 긴다이치 군. 나도 이 건물에 탈출구가 많다는 건 알고 있네. 하지만 내 사고방식으로는 그런 건 아이들의 장난에 속하는 것이라 전혀 흥미가 없었네. 흥미가 없으니 호기심도 없고 탈출구를 찾으려는 생각도 없었어."

"아, 정말 감사합니다. 주임님, 그 밖에 하실 말씀이⋯⋯?"

"아, 없습니다. 다음에는 누구를⋯⋯?"

"이토메 씨를 부르면 어떨까요?"

"그래, 그럼 내가 그렇게 전하지."

덴보는 두꺼운 수염을 손가락 끝으로 넘기면서 위풍당당하게 나갔는데, 그 뒷모습을 보며 사람들은 수상한 듯 얼굴을 마주 보았다.

"주임님."

이가와 형사는 목소리를 낮추었다.

"저 아재, 뭔가 숨기는 게 있습니다. 제 오랜 세월의 감이 잘못되지 않았다면 저 아재, 뭔가 뒤에 구린 걸 갖고 있는 게 틀림없어요."

"그야 골동품 매매인가 뭔가로 나쁜 짓을 하고 있는 건 아닐까요."

"아뇨, 그런 게 아닙니다. 이번 사건에 관해 뭔가 아는 겁니다. 게다가 1시 반부터 2시 반 사이에 분명 뭔가 있었어요. 긴다이치 선생님, 어찌 생각하십니까?"

"예, 저도 이가와 씨 의견에 동의합니다. 다만 그게 이번 사건과 얼마나 연결되어 있을지……."

"그렇지, 참. 살인은 3시에서 4시 20분까지 일어났으니까."

다하라 경부보가 중얼거렸을 때 뒤뚝거리는 발소리가 들려왔고 이내 이토메 씨의 아담한 모습이 나타났다.

3

이토메는 원숭이가 나무에 착지하듯 의자 위에 사뿐히 앉
더니 엽낭 같은 입을 오므리고 싱글거리며 사람들을 둘러보
았다.

"자, 자, 저한테 뭔가 물어보실 게 있는 거 같은데, 뭐든……
노인네라고 걱정하지 마시고요. 저는 귀도 잘 들리고 눈도 보
이니까요."

인간도 이 정도로 오래 살면 요괴를 닮아간다. 사람들은 잠
시 독기가 빠진 모습으로 이 인간문화재 같은 노파를 보았지
만, 이윽고 경부보가 몸을 내밀었다.

"할머니, 언제까지고 건강하셔서 좋겠어요. 대관절 올해 몇
살이신가요?"

민주적으로 변한 세상이다. 전쟁 전에 감히 이런 말투를 쓰
는 사람이 있었다면 바로 이 작은 마님에게 일갈을 당했을 것
이다.

이토메도 세상이 변했다는 사실을 납득한 듯했다.

"나이는 묻는 게 아니지. 이래 봬도 100살이 되려면 아직
좀 남았다우. 호호호, 긴다이치 선생님, 뭐든 물어보시지요."

지극히 민주적인 태도다.

"아, 그래요. 그럼 주임님, 빨리 시작하시죠."

"알겠습니다. 그럼 이토메 씨, 가장 먼저 묻고 싶은 건 금요

일 저녁 일인데, 외팔이 남자가 와서 사라졌다고요…….”

“그래요. 긴다이치 선생님.”

이토메는 의자 위에서 빙글 긴다이치 쪽으로 몸을 돌렸다.

“이 일에 대해 다마코에게 들으셨지요?”

“예.”

“역시 사실이었나요?”

“예, 사실이었습니다.”

“아이고, 여러분, 다마코가 외팔이 남자가 왔다고 한마디만 해주었다면 제 발로 나갔을 텐데요. 그걸 알았을 때는 이미 늦었어요.”

“하지만 이토메 씨, 달리아의 방에 탈출구가 있다는 사실은 당신도 알았을 텐데요. 그런데 그런 방에 왜 신원 미상인 남자를 안내하라고 명하신 겁니까?”

“외람된 말씀입니다만, 주임님, 그때 저는 그 사람이 신원 미상의 남자라고는 생각도 못 했습니다. 그날 아침 주인어른으로부터 전화가 왔고 또 주인어른의 명함을 가지고 왔으니까요.”

“그래도 탈출구가 있는 방에 안내한 건…….”

“그것도 주인어른의 명령이어서요. 아니, 그렇게 생각했지요.”

“그렇군요.”

긴다이치 고스케가 옆에서 말했다.

"그래서 이토메 씨가 인사하러 갔을 때 달리아의 방은 안에서 잠겨 있었군요."

"아니요, 열쇠를 안에서 돌렸는지 밖에서 돌렸는지 모릅니다. 어느 쪽이든 잠겨는 있었지요."

"하지만 방 안에 열쇠가 있다고 하지 않았습니까?"

"아, 그래요."

이토메는 약간 당황한 듯했다.

"정말 그렇네요. 그러니까 탈출구를 통해 도망친 게 아닐까 하는 의심이 나온 게지요. 나이를 먹으면 그만 깜박깜박하네요."

그렇게 말하는 이토메의 얼빠진 얼굴을 긴다이치 고스케는 물끄러미 지켜보며 물었다.

"이토메 씨는 그 뒤 탈출구를 빠져나가보셨습니까?"

"당치도 않아요. 건강하다 해도 이렇게 나이를 먹었지 않습니까. 보통의 길로 가도 위험할 판국에 탈출구라니 도저히, 도저히……."

"이토메 씨는 그 사실, 외팔이 남자에 대해 부인에게 말씀하셨습니까?"

"아뇨, 이야기 안 했습니다. 이 사실은 부인과는 관계없는 일이고 주인어른도 안 오셨는데 무턱대고 놀라게 하는 것도 안 되겠다 싶어서요."

"하지만 어제 아침 주인어른이 도착했을 때는요……."

"그야 물론 말씀드렸습니다."

"그때 주인어른의 안색은 어땠나요?"

"당연히 놀라셨지요. 아, 그래요. 그때 옆에 부인이 계셔서 그분도 굉장히 놀라셨고요. 바로 다마코를 불러 넌지시 당시 상황을 물어보셨습니다."

"그래서 주인어른은 탈출구에 들어가셨던 거 같습니까?"

"저한테야 아무 말씀도 안 하셨지마는 들어가시지 않았을까요? 손님을 맞이하기 직전에 말이지요."

"그래서 저를 초대하기로 한 건 언제입니까?"

"어제 느지막이⋯⋯. 그리고 오늘 아침 일어나자마자 제가 전화로 전보를 보냈답니다. 이런 일을 남에게 맡길 수는 없지요. 그 전보, 몇 시쯤 선생님 댁에 갔는지⋯⋯?"

"오늘 아침 9시 무렵 받았습니다. 가자마와 상의한 후 가기로 하고 10시쯤 그렇게 하겠다고 신바시역에서 전보를 보냈는데, 몇 시쯤 여기 도착했습니까?"

"12시쯤입니다. 정확히 점심 식사 전이었지요."

"저는 2시 반에 도착하는 기차로 여기 오겠다고 말씀드렸는데, 이토메 씨는 누군가에게 그 사실을⋯⋯."

"아뇨, 주인어른과 부인 외에는 아무한테도⋯⋯."

"그럼 손님들은 제가 여기 온 걸 모르셨겠군요."

"네, 주인어른이나 부인이 말씀하시지 않은 한은요."

"아, 그래요. 아, 감사합니다. 그럼 주임님, 말씀하시죠."

다하라 경부보는 두 사람의 일문일답을 주의 깊게 듣고 있
었지만 긴다이치 고스케가 재촉하자 정신이 든 듯 말했다.

"그럼 이토메 씨, 오늘 오후 일을 들려주십시오. 2시부터
3시까지 낮잠을 주무셨다던데……."

"네, 네. 아무래도 나이를 먹었으니까요. 하루 한 번 눕지 않
으면 도저히 밤까지 버티지를 못하겠습디다. 무기력하다 싶지
만……."

"그래서, 오늘도 낮잠을 주무셨나요?"

"잤습니다. 그거라도 잤으니 여러분을 상대할 수 있는 게지
요."

"이토메 씨가 낮잠을 주무시는 동안 덴보 씨가 이토메 씨
방 앞의 뜰을 지나갔다던데 이토메 씨는 모르셨나요?"

"어머, 세상에나!"

노파는 눈을 크게 떴다.

"어머, 이런. 전혀 몰랐습니다. 저는 낮잠 잘 때 장지문을 열
어두는 습관이 있습니다. 그래서 아무도 뜰을 다니지 않게 하
라고 말을 해두기는 했습니다마는, 그럼 덴보 씨가 잠든 제 모
습을 보신 건가요? 아이고, 정말이지……. 한데 덴보 씨는 왜
그런 곳에……."

"뜰을 둘러보다가 길을 잃었다고 하더군요. 뭐, 그건 그렇
고 3시까지 주무셨군요."

"예, 오랜 습관으로 대개 딱 한 시간 만에 눈이 뜨입니다. 그

리고 목욕을 하는데 스기라는 종업원이 긴다이치 선생님이란 분이 오시니까 응접실에서 맞이하라는 주인어른의 전갈을 가져왔기에 대충 씻고 일어나서 응접실로 갔고 좀 지나 선생님이 오셨지요. 선생님, 그게 4시 조금 지나서였지요?"

"예, 제가 있던 곳에는 딱 4시에 맞이하러 왔습니다."

"예, 예. 그다음은 선생님도 잘 아시는 대로입니다."

이토메는 실제 귀도 잘 들리고 나이에 비해 목소리도 높고 명료하여 청취에 아무 문제가 없었다. 그 나이에는 자칫 자기한테 불리하면 귀가 안 들린다고 시치미를 떼기 마련인데, 이토메는 그런 부분도 없어서 덴보와는 반대로 담당 경찰들에게 호감을 주었다.

하지만 역시 이야기가 다쓴도를 살해한 범인에 이르자 모른다, 아는 바 없다, 짐작이 가지 않는다고 일관하며 말꼬리를 잡힐 법한 바보짓은 일절 하지 않았다.

"그건 그렇고 이토메 씨, 이 집 근처에 가끔 외팔이 남자의 유령 같은 것이 나타난다던데 이토메 씨도 그 얘길 들으셨죠?"

"그거야 뭐, 꽤 오래된 이야기니까요."

"당신은 그에 대해 어떻게 생각하십니까?"

"그게 말이에요, 주임님, 이따금씩 그런 얘기를 들었으니 이 눈으로 보고 싶다고 생각은 했지마는 이상하게 제 눈에는 뜨이지 않더군요. 그래서 주임님이 그런 질문을 하셔도 뭐라 답을 드려야 할지……. 하지만 일단 경계는 해야겠다고 생각하고 있었지요. 그런 만큼 그저께 밤 다마코가 외팔이 손님이 왔다고 한마디만 해줬다면 하고, 그게 너무 유감스럽습니다."

이토메는 진지한 얼굴로 자못 아쉬운 듯 이야기했지만 그 것이 본심인지 아닌지 얼굴만 봐서는 긴다이치 고스케도 판단이 서지 않았다.

"이토메 씨는 오가타 시즈마라는 남자가 살아 있다고 생각하십니까, 아니면 죽었다고 생각하십니까……?"

"아니, 주임님, 그 질문이라면 그때부터 귀에 딱지가 앉을 정도로 들었습니다. 여기 오신 이 형사님…… 이름이 뭐라고 하셨지요, 형사님?"

"이가와라고 합니다, 할머니."

"그래요. 이가와 씨, 이가와 씨, 나이를 먹으면 자꾸 잊어버려서요. 여기 있는 이가와 씨도 호되게 물어보시는데요. 이분 왠지, 제가 오가타 씨를 어딘가에 숨겨두고 있는 양 말씀하시는데, 그건 정말이지 당치도 않은 이야기랍니다."

"할머니, 이제 슬슬 본심을 토해내면 어때. 시대도 변했고 이제 그 사건이라면 시효가 끝났으니까."

이가와 형사가 베테랑의 집념을 드러냈지만,

"호호호, 또 그런 얘길 하시고……. 제가 본심을 토하든 안 토하든 어차피 아무것도 모른답니다."

이토메는 상대도 하지 않았다.

"그럼 이토메 씨도 오가타 시즈마라는 남자의 생사는 모른단 말씀이군요."

"예예, 누가 몇 번을 물어봐도 답은 하나입니다. 저는 아무 것도 모른다는……."

그것이 거짓인지 진실인지 그런 점에 있어서는 당할 수 없는 노인이다. 풀썩 의자 위에 앉은 채 물끄러미 사람들의 얼굴을 둘러보는 이토메는 절대 마음의 틈을 보여주지 않았다.

다하라 경부보도 단념한 듯 그 문제는 내던지고 화제를 바꾸었다.

"그건 그렇고 여기 주인과 부인, 물론 사이가 좋은 거죠?"

"그야 뭐."

이토메는 말할 것도 없다는 듯 입을 오므리고 웃었다.

"주인어른은 말할 것도 없고 부인 쪽도 태어나 처음으로 남자다운 남자를 접하지 않았을까요. 그래요, 참. 긴다이치 선생님."

"예."

"선생님 같은 분의 눈에는 부인의 모습이 굉장히 부족한 듯 보이실지 모르겠지만 그런 분, 남 앞에서는 애정 표현을 가급적 삼가는…… 그런 습관이 젊었을 때부터 배어 있어서 좀처럼 보여주질 않지요. 하지만 그런 만큼 둘만 남으면 정이 깊고 아기자기한 분이라……."

이토메가 나이에 맞지 않게 거기서 뺨을 확 물들이는 걸 보면 정이 깊고 아기자기한 모습을 때때로 보았는지도 모른다.

"이토메 씨는 그 사람이 후루다테 씨의 부인이었을 때부터 알고 계셨군요."

"예, 하지만 여기 오신 적은 거의 없었지요. 아무래도 다쓴도 씨가 여기를 싫어하셔서요. 전쟁 중에도 그, 엔슈 바다 근처에 미군이 상륙할지도 모른다는 소문이 있었지 않습니까. 그래서 여기는 오히려 정신없다며 가루이자와로 거처를 옮겼을 정도니까요."

"그에 반해 야나기마치 씨는 이따금 여기 와 있었다고 하던데요."

"네, 그분도 정말 불쌍한 분이라……. 굉장히 누님을 생각하던 분이어서요."

"야나기마치 씨와 여기 부인의 관계도 이토메 씨는 알고 있었죠."

이토메는 말없이 물끄러미 다하라 경부보의 얼굴을 보았지만 이윽고 빈정거림이 담긴 엷은 미소를 염낭 같은 입술 끄트머리에 띠었다.

"주임님, 설마 20년도 더 지난 옛일을 가져와서 야나기마치 씨가 그런 짓을 했다고 생각하시는 건 아니지요? 야나기마치 씨는 그런 분이 아닙니다."

"아, 아니, 별로 그런 건 아닌데……. 긴다이치 선생님, 뭔가 질문하실 거 있는지요?"

"아, 그래요. 그럼 이토메 씨에게 또 한 가지 여쭙겠는데요…… 그 범행 현장이 된 창고 속에 커다란 모래주머니가 하나 있습니다만. 모르시는지요?"

"모래주머니라니요……?"

"예, 쌀 포대 정도는 아닙니다만 딱 이 정도 크기의……."

긴다이치 고스케는 손으로 크기가 어느 정도인지 보여주며 설명했다.

"어머나, 그럼 그 모래주머니가 아직 남아 있었던 겝니까."

"아, 그럼 이토메 씨는 그 모래주머니의 존재를 아시는군요. 그거 어디 쓰이는 겁니까?"

"아, 그건 저기, 지난달에 태풍이 왔지 않습니까. 그때, 요 위에 있는 하천이 범람하면 위험하다고, 농가에 흙을 담은 자루를 몇 개씩 나눠줬습니다. 그때 여기에도 여섯 개 정도 흙 자루를 만들어달라고 하더군요. 그런데 여기는 농가와 달라서 쌀 포대 같은 것은 없지 않습니까. 다행히 옛날에 밀감산을 가지고 있을 때 쓰던 저런 주머니가 있어서 그걸로 흙 자루를 여섯 개 만들었던 겝니다. 그게 아직 남아 있었군요."

"예, 하, 하나만요……."

긴다이치 고스케는 히죽거리며 웃고 있는 이가와 형사의 심술궂은 시선을 옆얼굴에 느끼고는 무심코 말을 더듬으며 우물거렸다.

"어머, 그런데 그게 무슨……?"

"아, 됐습니다. 됐습니다. 그저 좀 여쭤보고 싶었을 뿐이라……."

역시 다하라 경부보는 웃지 않았으나 이가와 형사나 고야
마 형사가 히죽히죽 웃고 있는 것을 이토메 씨는 여우에 홀린
듯한 얼굴을 하고 번갈아 보고 있었다.

제7장

노 가면을 쓴
여자

1

"아, 많이 기다리셨죠. 집사람한테 의사가 와 있어서……."

시노자키 신고가 변명을 하면서 방에 들어온 것은 9시도 한참 넘어 슬슬 10시가 되어가는 시점이었다.

"아, 부인이 어디 아프신가요?"

"역시 너무 놀랐나 봅니다. 일종의 히스테리인지, 흥분해서 열이 나서요……. 그래서 집사람도 나중에 청취인지를 할 텐데 가급적 부드럽게 해주셨으면 합니다."

"그럼 부인도 청취에 응해주신다는 건가요?"

"그야 물론입니다. 그 사람도 관계자 중 한 명이니까요."

"아, 그렇습니까. 감사한 일입니다. 아무튼 시노자키 씨, 거기 앉으시죠."

"예, 그럼……."

전후에 나타난 걸출한 인물 중 하나라는 평판의 이 남자도, 이번 사건으로 적잖이 타격을 입었음에 틀림없다. 침착하려 애를 쓰고는 있었지만 어딘가 넋이 나간 느낌이다. 수수한 오시마* 기모노에 두꺼운 띠를 두른 모습, 5척 7촌, 20관이라는 체구도 어쩐지 위축된 것처럼 보인다.

"그럼 여러 가지 여쭤보고 싶은데요, 우선 시간순으로 들려주십시오. 그저께 저녁, 당신은 어디 계셨는지요?"

"아, 예. 여러분은 제가 그저께 밤에 여기 나타났다 사라진 외팔이 남자 아닐까 의심하시는 거군요."

"아뇨, 아뇨. 의심 같은 건 아닙니다. 그저 조금이나마 그럴 가능성이 있는 분의 알리바이를 확인하고 한 분 한 분 지워나가면 조사에 편리해서……. 혹시 싫으시다면 무리하게 밀어붙이지는 않겠습니다만……."

"아, 답변을 거부할 생각은 없습니다만, 너무 황당한 생각 아닌가 싶어서요."

신고는 싱긋 웃지도 않고 그저께 금요일 오후 4시부터 5시까지 S 씨와 함께 있었다고 어느 유명한 사업가의 이름을 댄 후 오쿠무라가 자동차로 데리러 올 때까지의 행적을 간단하게 읊었다. 지나친 곳이든 만난 사람이든 죄다 유명한 장소 혹은 인물이라 조사하려면 어렵지 않게 조사할 수 있는 것들이었다.

"아, 정말 감사합니다. 이건 정말 극히 형식적인 것들이니 신경 쓰지 마시고요. ……그럼 다음으로 어제 일을 여쭤보겠습니다. 어제 여기 도착하신 것은……?"

---

* 大島, 진흙으로 염색하는 명주로 유명하다.

"아침 9시쯤이었습니다."

"오쿠무라 군도 함께였죠."

"예, 맞습니다."

"그래서 외팔이 남자에 대해서 들은 것은 언제쯤입니까?"

"도착하자마자 들었습니다. 이토메 씨도 시즈코나 요코가 겁을 먹을까 걱정되어서 그저께 밤에는 숨겼다고 하더군요. 그래서 제가 도착하자 털어놓았던 겁니다."

"그때 그 자리에 계신 분은……."

"저희 부부와 이토메 씨뿐이었습니다."

"부인은 굉장히 놀라셨다던데요."

"그야 놀라죠. 아무리 누군가의 장난이라 쳐도 경우가 경우이니까요."

"그래서 탈출구에 들어가보셨군요. 그런데 몇 시였습니까? 탈출구에 들어가신 건?"

"예, 여기 도착하고 바로 목욕을 할 생각이었는데 몸을 더럽힐 거면 목욕 전에 하는 게 낫지 싶어서……. 10시쯤이었습니다. 그곳을 조사해보고 긴다이치 선생님에게 전보를 칠 생각을 한 겁니다."

"아, 잠깐."

긴다이치 고스케가 가로막았다.

"그 사실, 긴다이치 고스케를 불렀단 것, 또 제가 오늘 2시 반 기차로 여기 온다는 사실을 누구에게 말씀하셨습니까?"

"시즈코와 이토메 씨에겐 얘기했습니다."

"그 외에 누군가 아는 분은……?"

"그 외엔 없을 겁니다."

"아, 그래요. 그럼 주임님, 계속하십시오."

"예, 그래서 시노자키 씨, 탈출구에 뭔가 있었습니까?"

"아뇨, 아무것도……. 아무것도 없었으니 긴다이치 선생님과 상의할 생각이 들었죠."

"최근 누군가 그곳을 지나간 듯한 흔적은 없었습니까?"

"그것도 잘 모르겠습니다. 거미란 녀석은 눈 깜빡할 사이에 줄을 치니까요."

그렇게 말하는 걸 보면 신고도 어지간히 거미줄을 뒤집어쓴 모양이다.

"그때 이 라이터를 떨어뜨리셨죠."

다하라 경부보가 라이터를 꺼내 보여주자,

"맞습니다. 요코가 주웠다더군요. 실은 전 회중전등을 갖고 있었습니다. 그런데 그게 도중에 이상해져서 라이터를 켜고 살펴봤죠. 그랬더니 전지 접촉이 좀 안 좋았던 것뿐, 바로 원래대로 돌아와서 라이터를 주머니에 넣으려고 했는데 떨어뜨렸나 봅니다."

"따님에게 들으실 때까지 눈치 못 채셨던 건가요?"

"아, 물론 알아차렸죠. 하지만 그 탈출구엔 두 번 다시 들어가고 싶지 않아서요. 들어가보시면 알겠지만요."

"아, 그래요. 그래서 오늘 아침 긴다이치 선생님에게 전보를 치셨군요."

"맞습니다. 전보를 치기까지 꽤 망설였습니다만, 역시 오늘 모임이 있어서 어제 늦게 이토메 씨에게 부탁했죠."

"아, 그걸 부인이 옆에서 들으셨고요."

옆에서 긴다이치 고스케가 재확인했다.

"그렇죠."

"그럼 어제 일 말인데요, 2시 반 도착하는 기차로 우선 후루다테 씨가 오고, 4시 도착 기차로 덴보 씨와 야나기마치 씨가 오셨다는 거군요."

"예, 맞습니다."

"그래서 어젯밤 만찬 뒤에 외팔이 남자가 왔다는 걸 이토메 씨가 말씀하셨고요."

"예, 할머니, 입을 잘못 놀린 거죠. 주의를 시키지 않았던 제 불찰입니다."

"다들 깜짝 놀라셨죠."

"일단은요. 하지만 놀랐다기보다 오히려 의아한 표정이었고 아무도 자기 의견을 말하는 사람은 없었습니다. 어쩌면 제가 장난을 친다고 생각했던 걸지도 모르겠습니다. 아하하."

신고는 거기서 처음으로 웃었지만 그 웃음은 건조하고 목에 걸린 것 같은 소리였다.

"그럼 이번에는 오늘 오후에 대해 들려주십시오."

"알겠습니다. 오후 식사 후에 후루다테 씨와 저만 식당에 남았습니다. 그 전에 덴보 씨도 단둘이 얘기하고 싶은 게 있다고 하셔서 그럼 2시 반에 여기로 오시라고 말씀드렸죠. 후루다테 씨와는 2시 25분경까지 대화를 했습니다. 후루다테 씨가 가시고 5분 정도 지나 덴보 씨가 오셨죠."

"후루다테 씨와의 이야기는 뭔가 사업상의 일이었다던데, 그 이야기는 원만하게 합의점에 도달한 겁니까?"

"아뇨, 좀처럼 거기까진……."

"하지만 그럼 이상하지 않습니까."

"이상하다뇨……?"

"그 대화, 후루다테 씨에게 있어서는 중대한 문제가 아니었습니까."

"예, 그렇죠. 그렇게 말씀하시면요."

"그런 중대한 문제를 합의점에도 도달하지 않았는데 도중에 일단락 짓다니요……. 덴보 씨가 오셔서 방해가 됐다면 모를까요."

"아, 그거……."

신고는 떨떠름한 미소를 띠었다.

"그건 아마 이런 거겠죠. 그분…… 후루다테 씨 말입니다, 뭐라 해도 도련님이에요. 기획은 분명 재미있습니다. 이 근처에 골프장을 짓자는 계획이었는데요. 그건 제 희망이기도 합니다. 그런데 그 사람의 계산은 엉망이에요. 이쪽은 장사꾼이니 그 계산의 엉성함이 바로 눈에 들어옵디다. 그 부분을 꼬집었더니 후루다테 씨는 횡설수설했던 겁니다. 그래서 이내 저도 떨떠름한 표정이 됐죠. 그런 모습을 숙부님…… 즉 덴보 씨에게 보이고 싶지 않았던 거죠. 그분, 이미 내 뜻대로 됐다고 의기양양하게 덴보 씨에게 자랑했던 거 같아요. 그래서 그런 추태를 보이고 싶지 않았던 거 아닐까요. 어쨌든 그럼 다시 한번 생각해본다며 허둥지둥 여길 나갔던 겁니다."

"아, 그렇군요. 그래서 후루다테 씨가 가버린 후 5분 정도 지나 덴보 씨가 오셨군요. 뭐라더라, 골동품 컬렉션에 대한 이야기였다던데요."

"예, 그래요."

"그 얘긴 어떻습니까? 원만한 합의점에 도달했습니까?"

"아뇨. 이쪽도 결렬됐습니다. 그분들의 희망에 맞추는 건 어렵네요."

신고는 쓴웃음을 지었다.

"그 면담은 3시에 끝났다고 하던데요……."

"제 쪽에서 끝냈습니다. 슬슬 긴다이치 선생님이 오실 시간이었고, 시즈코도 신경 쓰여서요."

"아, 그래요. 그래서 바로 부인에게 가셨습니까?"

"네, 그런데 시즈코의 방……이란 저희 부부의 방을 말하는 거지만, 그 방 앞까지 가니 문에 종이가 붙어 있고 한동안 쉬고 싶으니 방해하지 말아달라, 손님이 오시면 일어날 테니…… 라는 글이 쓰여 있어서, 저는 그대로 옆방인 서재에 틀어박혔죠. 그리고 4시 조금 전에 종업원이 와서 손님이 탕에서 나오셨다기에 응접실 쪽으로 갔어요. 한발 늦게 시즈코가 왔고 그 뒤 이토메 할머니도 와서, 긴다이치 선생님을 마중할 사람을 보냈고⋯⋯."

그리고 긴다이치 고스케가 응접실에 온 것이 4시 5분경이었던 것이다.

"그렇다면 3시 이후 당신의 알리바이는 없는 겁니까?"

신고는 날카로운 시선을 다하라 경부보 쪽으로 보냈다. 번쩍번쩍 빛나는 커다란 눈이었다.

"그렇다면 후루다테 씨가 살해당한 것은 3시 이후로 확인된 겁니까?"

"아뇨, 아직 확실한 건 아닙니다만, 대충 뭐 그 정도 아닐까 싶습니다."

신고는 잠시 멍한 눈으로 아무것도 없는 쪽을 바라보면서 뭔가 생각하는 표정을 지었다.

"제 알리바이를 증명하는 건 좀 무리일 것 같은데요. 물론 그동안 서재 안에 틀어박혀만 있던 건 아닙니다. 오히려 서재 앞의 뜰을 산책하는 데 더 많은 시간을 투자한 것 같아요. 한데 긴다이치 선생님."

"예⋯⋯?"

"들으신 적 있지 않나요. 이 건물을 지은 후루다테 다넨도의 설계로 이 집 뜰의 나무들이 완전히 미로처럼 되어 있고 어디에서든 남에게 보이지 않도록 교묘하게 설계되어 있다는 거 말입니다……."

"예, 그 얘긴 여러 번 들었습니다."

"제가 지금 서재와 거실, 침실 등으로 쓰고 있는 한쪽 면이 옛날 다넨도 백작이 기거하셨던 곳이라더군요. 그 부근의 뜰은 특히 세심하게 설계되어 있어서 제가 산책하는 걸 본 사람은 분명 아무도 없을 겁니다."

"그렇다면 3시부터 4시까지의 알리바이는 없다는 말씀이십니까?"

다하라 경부보는 온화한 말투로, 하지만 단도직입적으로 찔렀다.

"아, 그렇게 되네요. 3시에 덴보 씨가 물러가고 저는 바로 종업원을 불러 슬슬 손님이 오실 시간이니 오시면 욕실로 안내하라고 했죠. 4시에 만날 거라고 말해두었습니다. 그 후 4시 조금 전에 종업원이 손님이 저쪽에서 기다리신다고 말하러 올 때까지는 아무도 만나지 않아서, 그동안의 알리바이는 없는 셈입니다."

다하라 경부보를 정면으로 바라보는 신고의 눈은 여전히 무표정했고 말투도 담담하고 억양이 없었다.

"이런 걸 여쭤보는 것은 실례지만, 후루다테 씨에 대한 부인의 감정은 그 후 어땠나요?"

"아, 그거요."

신고는 잠시 멍한 눈빛이 되었다.

"남자들끼리는 결론을 냈으니 당신도 딱 끊어내라고는 했습니다. 그리고 본인도 그럴 작정이었지만 얼굴을 마주하면 아무래도. 게다가 주위에서 무슨 말을 들으면 역시 마음이 아프지 않습니까."

그 뒤, 후루다테 다쓴도가 일찍이 자신의 계모와 오가타 시즈마 사이를 모략했다는 사실에 대해 알고 있었냐는 질문에 신고는 지금껏 전혀 몰랐다고 답했고, 또 시즈코와 야나기마치 요시에가 약혼한 사이였다는 사실도 조금 전까지 몰랐다고 답했으나, 역시 그 일들에 대해 비판하는 말은 하지 않았다.

이번 청취도 여기까지는 비교적 담담하게 진행되었다. 하지만 마지막 질문에 신고의 기분은 크게 동요했다.

"그럼 시노자키 씨, 마지막으로 하나 보여드리고 싶은 것이 있는데요……."

느닷없이 다하라 경부보가 책상 아래에서 내민 시코미즈에가 코앞에 보였을 때, 신고는 반사적으로 의자에서 몸을 일으켜 눈을 커다랗게 부릅떴다. 그는 한동안 물끄러미 그 시코미즈에를 응시했지만 이윽고 숨을 크게 들이쉬더니 말했다.

"그, 그건 제 거 같은데, 그, 그게 어디에……?"

"현장의 밧줄 아래 있었습니다. 보세요, 이 손잡이 쪽에 혈흔이 묻어 있죠. 그래서 후루다테 씨는 이걸로 후두부를 맞아 졸도한 게 아닌가 합니다."

신고는 털썩 의자에 주저앉더니 갑자기 솟구쳐 나온 이마의 땀을 닦았다. 그 눈은 당장이라도 튀어나올 것 같았다. 아무래도 요코도 이 시코미즈에에 대해서는 말해두지 않은 모양이다.

"긴다이치 선생님, 그게 정말입니까?"

"시노자키 씨, 주임님이 말씀하신 건 사실입니다만 당신은 이 시코미즈에를 어디에 두고 오셨는지요?"

신고는 날카롭고 겁먹은 듯한 눈으로 말없이 시코미즈에를 응시하더니 이윽고 말한다기보다는 중얼거리듯이 입을 열었다.

"나는 이미 오랫동안 이 시코미즈에를 본 적이 없었소. 이건 원래 군도였는데, 전쟁 직후의 소란스러운 시기에 호신용으로 이렇게 개조한 거고, 그 후 권총을 입수해서 이런 걸 쓸 일은 없었어요. 그래, 이 별장을 산 쇼와 23년 무렵에는 이 시코미즈에를 아직 가지고 있었지. 그리고 언젠가 여기 왔다가 잊고 돌아간 후로 난 이걸 쓴 적이 없어요. 이건 이 집의 가재 창고에 있었을 터인데……."

"그럼 당신이 이런 시코미즈에를 가지고 있단 걸 이토메 씨는 아시겠군요."

"아, 알고 있지. 그리고 요코도……."

"부인이나 오쿠무라 군은……?"

"그래, 오쿠무라 군도 알고 있어요. 시즈코는 어떨지…….

그 사람과 사귀기 시작했을 무렵, 나도 간간이 이 시코미즈에를 가지고 다녔는데. 하지만 그게 시코미즈에란 걸 그 사람이 알았을지 어떨지……."

"그렇다면 후루다테 씨도 알았겠군요."

신고는 깜짝 놀란 듯 긴다이치 고스케를 보았다.

"그래, 후루다테 씨는 알고 있었어. 한번 그 사람 앞에서 뽑아 보인 적이 있어요. 물론 그 사람이 원해서……."

무슨 영문인지 이 시코미즈에 이야기가 나온 이후 신고는 갑자기 사기가 저하된 사람처럼, 멍한 기색이 점점 짙어졌고 말투도 느릿느릿하고 뭔가 질 나쁜 술에라도 취한 것 같은 표정이었다. 그 시코미즈에가 현장에 있고 흉기로 쓰였다는 사실이 그에게는 왠지 지독한 충격이었던 모양이다.

2

시즈코는 실제로 아름답다. 긴다이치 고스케는 전에 이 사람을 도쿄 극장의 로비에서 슬쩍 본 적이 있다. 시노자키 신고의 조수로서 활약하던 무렵의 일로, 표면적으로는 전 백작 후루다테 다쓴도 부인이었지만 당시에도 이미 신고와 이런저런 소문이 나 있었다.

"저 사람이야, 시노자키와 묘한 소문이 난 후루다테 시즈코란 여자……."

긴다이치 고스케의 귓가에 쓸쓸하게 속삭인 사람은 가자마 슌로쿠였다.

그때 신고는 같이 있지 않았다. 바이어로 보이는 외국인과 둘만 있었다. 분명 신고의 요청으로 극장을 안내하는 역할을 맡았을 것이다. 로비에 서서 외국인과 이야기하는 걸 들어보니 영어를 유창하게 구사하고 있었다. 당시에도 시즈코는 기모노 차림이었지만 화려한 꽃무늬의 외출복을 품위 있게 차려입고 있었고 재기가 폭발하는 느낌이었다. 주변 일본인들의 시선이나 평판에도 전혀 신경 쓰지 않는 느낌이라서 긴다이치 고스케도 감탄했다.

지금의 시즈코도 기모노 차림이지만 그때에 비하면 훨씬 수수하다. 갈색 줄무늬. 거친 바둑판무늬에는 분홍이나 파랑 실도 섞여 있는 것 같았지만 언뜻 봐서는 눈에 잘 띄지 않는 수수한 느낌이다. 그것을 한층 돋보이게 하는 것이 홀치기 무늬의 띠, 푸른색과 흰색으로 염색한 천 곳곳에 금이나 은, 붉은 실로 커다랗게 겐지구루마*가 수놓아져 있다. 의관을 단정하게 갖추어 입은 옷매무새와 주름 하나 지지 않은 흰 버선 같은 것이 보기에도 산뜻하다.

"아, 안녕하십니까. 몸이 좋지 않으신데 불러내서 죄송합

---

* 源氏車, 우차牛車의 바퀴를 본뜬 문양의 한 가지.

227

니다."

이 아름다운 사람을 앞에 두고 아직 젊은 다하라 경부보가 자꾸만 헛기침을 하는 것은 몸이 다분히 경직되었기 때문일 것이다.

"네, 하지만 해야 할 일이니까요."

"놀라셨죠?"

"그야 당연⋯⋯히요."

"그에 대해 여러 가지 여쭤보고 싶은 게 있습니다만⋯⋯."

"뭐든 말씀하세요."

"순서대로, 여기 오셨을 때의 일부터 여쭤보겠습니다. 부인은 금요일 오전에 여기 도착하셨다더군요."

"네⋯⋯. 오늘 모임을 위해 여러 가지 준비를 해두려고요."

"따님이 같이 있었는지⋯⋯?"

"오쿠무라 씨가 운전해주기로 해서⋯⋯ 드라이브를 갈 예정이라더군요. 여기 도착하고 나서 점심을 먹더니 바로 둘이서 드라이브를 나가버렸어요."

"그동안 부인은 저택 안을 여기저기 돌아다니셨군요."

옆에서 추궁하듯 질문의 화살을 날린 것은 너구리 같은 베테랑 형사 이가와다. 의심의 기색을 노골적으로 눈동자에 띠고 있다. 일단 이 너구리 형사에게는 누구나 의심스럽게 보이는 모양이다.

"네, 어쨌든 오랜만에 왔으니까요⋯⋯."

"오랜만이라니, 언제 마지막으로 오신 겁니까?"

역시 시즈코는 기분 나쁜 표정을 지었지만 이내 냉정을 되찾았다.

"솔직히 말씀드리면 이곳이 시노자키의 이름을 갖게 된 후 두 번째 방문이에요. 시노자키와 결혼하고 한 번 여기 같이 와서 주말을 보낸 적이 있습니다만 저는 이 집을 별로 좋아하지 않아서요."

"그래서 어떤가요? 그저께 여기 와서 여기저기 다녀보니 뭔가 변한 것은 없었습니까?"

"아뇨, 별로……. 남편이 예전과는 많이 다를 거야, 라고 해서 그런가 보다 했습니다만, 바깥에서 본 바로는 그렇게 많이는……. 그야 방 하나하나는 호텔식으로 개조되었지만요……."

"오, 방을 하나하나 둘러보신 겁니까?"

"제 역할 중 하나는 손님들의 방을 배정하는 거예요. 이토메 씨와 상의해서 여러 손님의 방 배정을 한 후 하나하나 검토하러 다녔죠."

"그때 뒤쪽 창고에도 가보셨습니까?"

"아뇨, 가지 않았어요."

"하지만 거기 그런 창고가 있다는 건 알고 계셨죠?"

"네, 어렴풋이 기억하고 있었던 거 같아요."

"아, 그래요. 그럼 주임님, 부탁드립니다."

"아, 잠깐 그 전에 저부터 여쭤보고 싶은 게 있는데요…….”

옆에서 말을 더듬으며 끼어든 사람은 긴다이치 고스케였다. 이런 미인을 앞에 두고 탐정 역할을 하는 것이 부끄러운지 적잖이 수줍어하는 기색이다.

"예, 하세요.”

"그럼 실례합니다……. 부인, 부인도 이 집에 이런저런 탈출구나 장치 같은 것이 있다는 얘기는 들어보셨겠죠.”

"네, 물론입니다.”

"그에 대해 부인은 얼마나 알고 계십니까? 실제 어떤 방에 어떤 식으로 탈출구가 설치되어 있는지에 대해서 말입니다.”

시즈코는 엷게 미소 지었다.

"긴다이치 선생님, 저는 그에 대해 이러쿵저러쿵 말씀드릴 생각은 없어요. 그런 장치가 많은 집을 지은 분에게는 분명 그럴 만한 이유가 있었으리라 생각합니다. 하지만 저는 여자이지 않습니까. 어릴 때부터 그런 데 호기심을 가지는 건 품위 없는 일이라며 꾸중을 들었어요.”

"그럼 실제론 아무것도 모르신단 거군요.”

"네, 전혀 몰라요. 제가 전부터 이 집을 싫어했던 이유 중 하나랍니다. 저는 별로 로맨티스트가 아니에요.”

"아, 감사합니다. 그럼 주임님, 질문하시죠.”

"예. 아, 그럼…… 부인은 금요일 저녁 5시쯤 마노 신야라는 이름의 외팔이 남자가 여기 왔다가 사라졌다는 사실을 언제 처음 들으셨습니까?"

"네, 그건 어제 아침에 남편이 여기 오자마자 바로 들었습니다. 이토메 씨가 갑자기 그 얘길 해서 저도 굉장히 놀랐지만, 그땐 그게 그렇게 중요한 일인지 몰랐어요."

"어젯밤 늦게 부군이 그 일로 긴다이치 선생님에게 전보를 치라고 이토메 씨에게 지시하신 걸 옆에서 들으셨다던데 그때는 어떤 생각이 들었습니까?"

"솔직히 말해 놀랐어요. 그렇게 중대한 일이었나 싶어 새삼 자문자답하고 있었죠."

"부인은 그 일을 누군가에게 이야기하셨습니까? 긴다이치 선생님을 불렀다는 사실 말입니다."

"아뇨, 아무한테도 얘기하지 않았어요."

"부인, 부인은 그 남자를…… 금요일 저녁에 왔다가 사라진 남자를, 부인의 전남편…… 아, 실례, 후루다테 다쓴도라고 생각하시진 않았습니까?"

시즈코는 어머…… 하는 듯한 시선을 말없이 이 베테랑 형사에게 보냈다.

그녀는 알아차렸을 것이다. 이 늙은 형사가 자신에 대해 심상치 않은 적의와 모멸적 감정을 갖고 있다는 것을. 하지만 그녀의 표정은 변하지 않았다. 노의 가면처럼 새침한 냉정함을 그녀는 태어날 때부터 타고난 것 같다.

"그게 무슨 뜻인가요? 그분이 그저께 밤 여기 오셨다는 건가요?"

"부인은 아까 그 남자…… 아, 실례, 후루다테 씨의 시체를
보셨죠."

"네……. 그게 무슨……?"

"이거 놀랍군요. 그럼 부인은 그 남자, 아니 피해자가 왼팔
을 웃옷 아래에서 벨트로 몸통에 묶어 외팔이 남자 흉내를 낸
걸 모르고 계셨단 말씀이십니까?"

시즈코의 얼굴에 처음으로 동요의 기색이 어렸다. 그녀는
긴다이치 고스케 쪽으로 시선을 휙 돌렸다.

"긴다이치 선생님, 이분 말씀이 사실인가요?"

"사실입니다, 부인. 부인은 모르고 계셨습니까?"

"네, 몰랐어요. 하지만 그분이 왜 그런 짓을……?"

"그건 이쪽에서 묻고 싶군요. 당신의 전남편이 왜 외팔이
남자 흉내를 냈는지 말입니다."

이가와 형사는 변함없이 도전적인 태도였다.

"긴다이치 선생님, 그거, 누군가가 그분을 살해하고 그런
식으로 분장시킨 건 아닐까요?"

하지만 긴다이치 고스케의 대답보다 이가와 형사가 끼어
드는 속도가 빨랐다.

"그럼 누가 그런 짓을 했단 겁니까? 범인은 왜 당신 전남편
을 죽이고 그 뒤에 정성스럽게 외팔이 남자로 변장시켜둔 건가
요? 일단 그쪽 의견을 말씀해주시지요!"

분명 이가와 형사에게 있어서는 20년 동안의 집념이 여기에 응축되었을 것이다. 조사 과정에 계속 귀족 계급 사람들에게 우롱당하고 농락당한 그간의 한이 전쟁이 끝난 지금에 와서 폭발했다고 해야 할 것이다.

노의 가면 같은 시즈코의 얼굴에도 역시나 곤혹스러운 기색이 어렸다. 그것을 보고 옆에서 긴다이치 고스케가 구명보트를 내밀듯 입을 열었다.

"아니, 부인. 후루다테 씨가 외팔이 남자 흉내를 내다가 누군가에게 살해당한 건지, 살해당한 후에 범인이 후루다테 씨를 외팔이 남자로 변장시킨 건지, 현재는 뭐 하나 확실한 게 없습니다. 하지만 전후 상황을 감안할 때 전자일 가능성이 높아 보입니다. 그래서 금요일 밤 여기 와서 사라진 외팔이 남자도 후루다테 씨가 아니었을까 하는 의문을 여기 계신 형사님이 품고 계신 것도 무리는 아니라 생각해주십시오."

긴다이치 고스케의 설명에 시즈코도 겨우 납득했는지 누구에게랄 것 없이 고개를 숙였다.

"알겠습니다. 금요일 밤에 나타난 사람이 그분이었다면 저와 같은 시각에 이 집에 있었던 게 되는군요. 하지만 저는 모릅니다. 아까도 말씀드렸다시피 그 사람에 대해선 어제 아침 이토메 씨에게 들을 때까지 전혀 몰랐습니다. 게다가……."

"게다가……?"

이가와 형사는 따지는 듯한 태도다.

"네, 금요일 저녁 여기 와서 사라진 사람이 그분인지 아닌지, 그건 조사해보면 바로 알 수 있지 않을까요. 그분도 상당히 발이 넓으니 금요일 저녁에 어디서 뭘 하고 있었는지 조사해보면 바로 알 수 있을 거예요."

"아, 그거 좋네요."

이가와 형사가 뭔가 말하려고 하기 전에 긴다이치 고스케가 끼어들었다.

"알리바이 조사란 거로군요. 주임님, 도쿄 쪽으로 연락해서 일단 조사해보면……."

"예, 그럼 빨리 진행해보죠."

"그럼 주임님, 계속하십시오."

긴다이치 고스케는 이가와 형사가 더 끼어들지 못하게 할 작정이었다. 실제 그는 이 노형사의 노골적인 적의와 반감에 질린 참이었다. 그런 것은 수사하는 데 방해만 될 뿐 아무 도움도 되지 않는다. 이가와 형사도 그걸 알았는지 그대로 입을 다물었다.

"그럼 오늘 사건에 대해 이야기를 해주십시오. 오늘 점심 식사 때는 식당에 나오지 않으셨다면서요."

"네…… 좀 기분이 안 좋아서요."

"그럼 오늘은 후루다테 씨를……?"

"한 번도 본 적 없습니다. 시체를 본 건 별개로 치고요."

"그럼 이번에 여기 와서 후루다테 씨를 만난 건……?"

"어제저녁 식사 때뿐이었습니다."

"그렇군요. 어젯밤 회식에서는 덴보 씨나 야나기마치 씨와도 만나셨겠네요."

"네."

"그 뒤 두 분과는……."

"두 분 다 본 적 없습니다. 아니, 저, 그래요, 참. 덴보 님은 오늘 오후에 잠깐 봤네요."

"그 일 말인데요. 그럼 오늘 오후 일에 대해 여쭤보고 싶습니다만."

"말씀하세요."

"부인은 식당에 나가지 않고 방에 틀어박혀 계셨죠."

"네. 그때 방문에 종이를 끼워두었어요. 아무도 만나고 싶지 않아서요. 참, 남편이 식당에 나오라고 저를 불렀을 때 거절했더니, 그럼 긴다이치 선생님이 3시쯤 도착하실 테니 목욕이라도 하고 4시쯤 만나자고, 그때는 함께하자고 했어요. 저도 승낙했습니다. 그 뒤 다마코가 식사를 가져다주어서 방에서 혼자 먹었습니다."

"그 후 문에 종이를 끼워둔 거군요."

"네."

"3시 무렵 남편분이 방 앞까지 가셨다던데요, 모르셨습니까?"

"어머, 그랬어요? 전 전혀 몰랐어요. 선잠이 들었나 봐요."

이가와 형사가 다시금 의심에 가득 차 눈을 빛낸 것은 두말할 필요도 없겠다.

"하지만 덴보 씨가 방 앞을 지나갔을 때 베란다에 나와 프랑스 자수인가를 하고 계셨다던데요……."

"맞아요. 그건 몇 시쯤이었을까요."

다하라 경부보는 메모에 눈을 떨어뜨렸다.

"덴보 씨는 1시 반쯤에 여기 사장님이나 후루다테 씨와 헤어져 2시 반쯤 남편분이 계신 곳으로 돌아가셨어요. 그 사이 한 시간 정도 저택 내부와 뜰을 어슬렁거렸다고 하셨는데, 당신과 만난 것은 그 사이의 일이니까……."

"그럼 2시경의 일이었겠죠. 그에 대해 덴보 님은 뭐라고 하시던가요?"

"아, 그저 잠깐 몸 괜찮으시냐고 했다던가, 딱 두세 마디 하고 헤어졌다고 하셨습니다만."

시즈코의 얼굴이 확 흐려졌다. 거의 감정을 드러내지 않는 그녀이지만 어쩐 일인지 그때는 희미한 한숨을 쉬었다.

"긴다이치 선생님."

"예……?"

"저희 몰락한 귀족이란 정말 슬픈 존재랍니다. 전 오늘 곰곰이 그 생각을 했어요."

"무슨 말씀이신지……?"

"덴보 님 얘긴데요, 옛날에는 그런 분이 아니었답니다. 좀 더 자존심이 강하고 의연한 데가 있는 분이었어요. 그런데 이젠 어떤가요. 오늘은 저에게 울부짖고 하소연하질 않나, 결국은 협박까지 하시고……."

"덴보 씨가 무슨 말을 하셨나요……?"

긴다이치 고스케의 목소리는 태연자약했다.

"네, 아무래도 골동품 컬렉션 얘기 같았어요."

"아, 그래요. 그 얘긴 남편분도 하셨습니다."

"네, 남편은 뭐라고 했는지 모르겠지만 그게 별로 기분 좋지 않은 모양이에요. 전에도 한번 덴보 님의 중개로 손에 넣은 서화 중에 의심스러운 물건이 있다고 해서 남편은 이제 그분의 말을 신뢰하지 못하는 듯해요. 그런데 덴보 님 입장에선 이번 거래가 매우 중요한 일이었던 모양이에요. 그래서 제게 중재를 해달라고 우는 것까진 좋았는데 제가 대충 응대하니 갑자기 협박조로 나와서요……."

"협박조라니 어떤 식으로요?"

"남편의 사업에 뭔가 구린 데가 있다. 나는 그 비밀을 쥐고 있다. 남편을 살리는 것도 죽이는 것도 내 소관이라는 둥 무서운 얘길 하시더군요."

"그 비밀이란 뭘 말하는 건가요?"

"몰라요, 그 얘긴 하시지 않았어요. 말씀하셨어도 전 못 알아들었을 거예요. 저도 진력이 나서 그런 얘길 저한테 하셔봐야 소용없잖아요, 직접 남편에게 말씀하세요, 하고 도망쳤는데도 다시 또 끈덕지게······."

"그럼 덴보 씨는 상당히 오래 당신이 계신 곳에 머물렀군요."

"네, 반 시간 정도는 계시지 않았을까요."

"그래서 부인은 어떻게 하셨나요?"

"어떻게 하다뇨. 결국 도망치는 수밖에 없었어요. 그러는 사이 남편과 약속한 시간이 다 됐다며 물러가셨죠."

그렇다면 덴보는 2시 반 정도까지 시즈코에게 붙어 있었다는 게 된다. 여기에 한 가지 엇갈리는 부분이 나왔다. 덴보는 두세 마디밖에 하지 않았다고 했으나 그런 식으로 시간을 단축시켰던 것은 협박 섞인 말을 했다는 사실을 은폐하고 싶었기 때문일까.

"그래서 덴보 씨가 가시고 나서요······?"

"네, 저 완전히 기분이 상해버렸어요. 이제 뭘 더 하기도 싫어져서 방으로 돌아와 안락의자에 앉아 여러 가지 생각을 하다가 꾸벅꾸벅 졸고 말았죠. ······역시 피곤했나 봐요. 하도 이런저런 일이 있어서요."

노의 가면을 쓴 여자치고는 드물게 말이 많다. 긴다이치 고스케는 딱한 듯 보고 있었다. 이런 부류의 여자가 말이 많아졌다는 것은 그만큼 심리적으로 발버둥 치고 있다는 뜻이리라.

"그래서요······?"

"네, 그리고 긴다이치 선생님이 오셨으니 응접실로 오라고 남편이 다마코를 시켜 알려줘서 거기 갔죠. 그다음 일은 긴다이치 선생님도 잘 알고 계시죠."

"그럼 마지막으로 하나 더. 부인은 후루다테 씨의 그런 마지막에 대해 뭔가 의견은 없습니까?"

시즈코의 얼굴에는 명백하게 고통의 기색이 떠올랐다. 하지만 그것이 격정적으로 폭발하지 않은 것은 이 여자의 천성일까, 아니면 극도의 피로로 인하여 바야흐로 탈진 상태에 다다랐기 때문일까.

그녀의 목소리는 아무 억양도 없고 마치 뭔가를 암송하는 것 같았다.

"그건 무서운 일이에요. 기묘한 일이고요. 하지만 저는 아무것도 모릅니다. 제게 묻고 싶으신 건 단지 그것뿐인가요?"

"아, 그래요. 그럼 또 하나, 진짜 마지막 질문인데요."

다하라 경부보가 책상 아래에서 시코미즈에를 꺼내 느닷없이 상대 앞에 들이댔다.

"이걸 보신 적 있습니까?"

시즈코의 눈이 갑자기 커졌다.

"그건 남편의…… 아니, 저, 전에 남편이 갖고 있던 것과 비슷한데, 그거 어디 있었나요?"

"현장에서 발견된 겁니다. 후루다테 씨는 먼저 납이 든 이 손잡이로 후두부를 강타당해 혼절한 상태에서 밧줄로 목이 졸린 겁니다."

"하지만, 설마…… 하지만, 설마…… 남편이 이런 짓을…….”

"아뇨, 남편분이 하셨다는 건 아닙니다. 남편분은 이걸 여기 머물던 중에 잃어버렸다고 말씀하셨는데 그 사실을 아십니까?"

"아뇨, 몰라요."

시즈코는 공포로 눈을 크게 떴다.

"제가 남편과 사귀기 시작했을 때, 그걸…… 아니, 그것과 비슷한 걸 가지고 있었어요. 저는 너무 야만적이니까 그만두라고 이따금 충고했었죠. 그래서 저와 결혼했을 땐 더는 그런 걸 들고 다니지 않았어요. 하지만 그걸 어떻게 처리했는지는 남편도 말 안 했고 저도 물어보지 않았습니다."

"부인은 이게 시코미즈에란 걸 알고 있었어요?"

다하라 경부보의 손에서 시코미즈에를 잡아채듯 받은 이가와 형사가 그것을 쓰윽 빼내 보이자,

"이렇게 빼면 칼날이 번뜩인단 걸 알고 계셨냐고."

시즈코는 그에 대해 안다고도 모른다고도 하지 않았지만 격렬한 전율이 그녀를 엄습했다. 전율은 이 노 가면을 쓴 여자를 감쌌고, 무언가 검은 구름 같은 것이 그녀를 꽉 메운 것처럼 보였다…….

제8장

탈출구의 모험

1

문제의 탈출구의 탐험이 진행된 것은 그날 밤 11시가 넘어서였다. 그 탐험에 참가한 것은 다하라 경부보와 이가와 형사, 고야마 형사, 긴다이치 고스케 네 사람이었다.

그 전에 그들은 가재 창고를 조사해보았는데, 그곳은 일본식 방으로 자물쇠도 걸려 있지 않고 아무나 들어가려고만 하면 자유롭게 들어갈 수 있었다. 하지만 거기에 시코미즈에가 있다는 것을 대체 누가 알고 있었을까. 시노자키 신고 외에…….

이토메가 안내해준 달리아의 방은 2층에 있었다. 이 2층은 복도가 T 자형으로 되어 있어 계단을 올라와 복도를 똑바로 가면 T 자의 세로줄에 해당하는 복도의 오른쪽에 방이 네 개 있었다. 이토메가 말하기를 그 복도 왼쪽에는 넓은 옥상 테라스가 있어 여름철에는 그곳을 비어가든으로 쓸 작정이지만, 장래 그곳에 방을 네 개 만들 계획도 있다고 한다.

아무튼 T 자형의 가로줄 복도 위쪽에 방이 두 개 있고 달리아의 방은 그 오른쪽에 위치해 있었다.

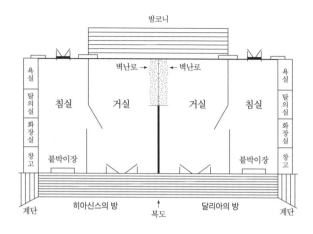

발코니

욕실 | 탈의실 | 화장실 | 창고

벽난로 → | ← 벽난로

침실 | 거실 | 거실 | 침실

욕실 | 탈의실 | 화장실 | 창고

붙박이장 | 붙박이장

계단 | 히아신스의 방 | 복도 ↑ | 달리아의 방 | 계단

　　복도에 접한 문으로 들어가자 다다미 열두 장 정도 넓이의 거실이 있고, 그 거실 우측 문 옆은 다다미 열 장 정도 크기의 침실이었다. 침실에는 화려한 더블베드가 놓여 있고, 더블베드의 베개 쪽 방향, 즉 복도에 접한 벽 한가운데에는 붙박이 형태의 호화스러운 양복 서랍장이 무게감 있게 버티고 있다. 그 침실에서 좀 더 오른쪽 문으로 들어가면 화장실과 욕실인데, 이세 개의 이어진 방은 동북동을 향해 창이 열려 있어 큰 창문 유리를 통해 아득히 먼 저편에 우뚝 솟아 있는 후지산의 봉우리가 어느 방에 있어도 볼 수 있도록 설계되어 있었지만, 지금은 밤이어서 창문마다 두꺼운 셔터 문과 커튼이 드리워져 있었다.

　　아무튼 문제의 탈출구 말인데, 그것은 거실의 벽난로 안쪽에 있었다. 여기서 거기 나란히 있는 두 개의 가족실, 즉 달리아의 방과 히아신스의 방의 약도를 소개하도록 하겠다.

두 가족실은 좌우대칭이었다. 이 두 가족실 사이에 있는 벽은 3척 이상이었다. 벽의 두께와 너비까지 3척은 충분히 될 만한 난로의 깊이가 심상치 않았다.

이 벽난로 위에는 바닥에서 높이 4척 정도, 너비 3척, 길이 6척 정도의 대리석 선반이 붙어 있었는데, 마노 신야라는 외팔이 괴인이 사라진 후 이 선반 위에 열쇠가 놓여 있었다고 한다.

아무튼 이토메 씨가 벽난로 선반 아래 붙어 있는 비밀 버튼을 누르자 난로의 쇠 살대가 바닥으로 가라앉음과 동시에 난로 안쪽의 벽돌 벽이 왼쪽 벽 안으로 이동하게 되어 있었다. 이것은 분명 메이지 시대에 만들어진 것은 아니다. 아니, 탈출구 그자체는 메이지 시대에 만들어진 것이지만, 이 입구 장치는 누군가가 나중에 손길을 더해 고안한 것이 틀림없다. 분명 그것은 가즌도 백작일 것이다.

음험하고 간사하며 의심이 많았다는 가즌도 백작은 선대 다넨도 백작이 만든 이 비밀스러운 탈출구에 깊은 관심을 가졌던 게 틀림없다. 그리고 그것을 보존했을 뿐만 아니라 수리까지 하여 전기장치 등을 통해 한층 근대적으로 진화시켰을 것이다.

"그러면 이 탈출구는 메이지 시대에 생긴 것보다 한층 정교해진 건가요."

너구리 형사가 혀를 내둘렀다.

"이토메 씨, 당신은 모르셨습니까? 가즌도 백작이 탈출구에 손댄 것을."

"그러고 보니 그분은 항상 몰래 방 안을 건드리며 다니셨습니다. 건축이 취미라면서요."

가즌도 백작이 탈출구를 건드렸다면 그것은 단순히 이런 비밀스러운 구조에 아이 같은 호기심을 느꼈기 때문일까. 달리 뭔가 목적이 있었던 것은 아닐까. 사람들이 탈출구로 잠입하기 전, 후루다테 가문 3대에 걸친 기괴한 성벽性癖에 대해 생각하고 있을 때 달리아의 방의 열린 문 밖으로 누군가가 나타났다.

"어허, 이게 문제의 탈출구 입구인가."

말을 걸며 들어온 사람은 난쟁이 덴보 구니타케였다.

덴보는 성긴 세로줄 무늬의 파자마 위에 갈색 울 실내복을 걸치고 있었다. 손에 수건과 비누 상자를 든 것으로 보아 이제부터 욕실을 쓰려던 모양인데, 아무래도 이 사람을 보고 있으면 기형이라는 생각이 든다.

"어, 덴보 씨, 방이 이 근처인가요?"

긴다이치 고스케가 말을 걸었다.

"아, 내 방은 바로 요 옆인데, 이쪽에서 어수선하게 사람 말소리가 들려서. 그렇군, 그렇군. 탈출구의 입구라는 게 이건가."

이 사람은 사양이나 눈치라는 걸 모르는 것 같다. 선반 앞에 있는 이가와 형사, 고야마 형사를 밀어내더니 비밀 문의 장치나 문 안에 펼쳐진 어두운 탈출구를 엿보다가 이윽고 긴다이치 고스케 쪽으로 몸을 돌렸다. 그 얼굴에는 어딘가 불안한 듯한 그늘이 있었다.

"긴다이치 군."

"예."

"이 옆에 있는 내 방은 히아신스의 방이라고 하는데, 거기에도 이것과 비슷한 선반이 벽에 붙어 있네. 설마 거기에도 이런 탈출구가……."

"아하하."

웃음을 터뜨린 사람은 이가와 형사였다.

"이토메 씨, 덴보 어르신이 저렇게 말씀하시는데. 저분에게도 탈출구가 있는 방을 배정한 건가?"

"설마요. ……덴보 씨, 그렇게 탈출구가 여기저기 있으면 이 저택은 그야말로 벌집같이 되어버릴 텐데요."

"그런데 덴보 씨, 당신은 누군가가 탈출구를 통해 들어와 습격할지도 모른다는 걱정이라도 하시는 겁니까?"

젊은 고야마 형사가 옆에서 놀렸다.

"그래그래. 당신 혹시 외팔이 괴인의 존재를 모르는 건가. 설마 당신이 외팔이 괴인은 아닐 테고……."

"영감님, 그런 얘길 하면 외팔이 괴인한테 실례죠. 외팔이 괴인은 좀 더 똑똑할 거 같으니까요."

이 두 형사의 야유와 조롱에 덴보는 어지간히 상처 입은 모양이다. 분노로 큐비 인형 같은 몸을 떨면서 날카롭게 두 사람을 노려보았지만, 말없이 종종걸음으로 문 쪽으로 갔다. 그 뒤에서 다하라 경부보가 딱한 듯 말을 걸었다.

"덴보 씨, 뭣하면 같이 방 안을 조사해보시겠습니까?"

"아, 그거까진 안 하겠소."

"덴보 씨, 만약을 위해 선반 언저리를 한번 살펴보면 어떨까요?"

긴다이치 고스케가 말을 걸었다.

"흠, 나도 그럴 작정이오."

덴보는 그대로 문밖으로 사라졌다. 살아 있는 덴보의 모습을 본 것은 그것이 마지막이 되었다.

"그런데 이토메 씨, 이 방 아래는 어떻게 되어 있습니까?"

긴다이치 고스케가 묻자 이토메는 잠깐 갈팡질팡하는 듯했다.

"네, 이 방 바로 아래는 주인어른의 방입니다. 지금도 주인어른은 거기 계실 거예요……."

"엇!"

이가와 형사와 얼굴을 마주 본 다하라 경부보는 왠지 모르게 목소리를 낮추었다.

"그럼 그 방에도 이것과 비슷한 탈출구가……?"

"그건 그렇죠. 거기가 옛날 선선대 어르신의 방이었습니다. 지하가 위험하면 위로 올라와 이 방에서 밖으로 나갈 수 있게 되어 있죠."

"그럼 이 바로 아래에도 이와 비슷한 난로가 있겠군요."

긴다이치 고스케가 확인했다.

"그렇습니다. 그러니 조심해서 내려가세요. 도중에 그것과 비슷한 벽돌 벽이 있어요. 하지만 그건 밖에서 절대로 열리지 않는 장치이니까. 부디 그걸 염두에 두시고."

긴다이치 고스케는 왠지 모르게 치미는 불안을 억누를 수가 없었다. 그건 그렇고 덴보 구니타케라는 생각지도 못한 방해꾼이 나타난 탓에 사람들이 탈출구에 잠입한 것은 11시 20분의 일이었다. 드디어 탈출구로 잠입하기 전 긴다이치 고스케는 이토메를 돌아보았다.

"이토메 씨, 분명 오전 9시 15분 후지역에서 출발하는 상행 열차가 있다고 하셨죠?"

"네, 그게 왜……?"

"저 내일 아침 그 기차로 도쿄에 돌아가고 싶은데요, 일단 그렇게 할 수 있을까요?"

"뭐라고요?"

이가와 형사가 그 말을 듣더니 따졌다.

"긴다이치 선생님은 이런 사건을 내팽개치고 도쿄로 돌아가실 생각이십니까?"

"네, 설마 이런 사건이 일어날 거라고는 생각을 못 해서 그쪽에 사소한 일거리를 남겨두고 왔거든요."

"긴다이치 선생님."

옆에서 다하라 경부보가 온화하게 말을 걸었다.

"이대로 이 사건에서 손을 떼시려는 건 아니죠?"

"아, 괜찮으시면 이후로도 돕고 싶습니다만……. 시노자키 씨도 그러길 원하시는 것 같으니까요."

"그럼 언제 여기 돌아오십니까?"

"모레 저녁까지는 돌아오려고 하는데요……. 하긴 그 안에 사건이 해결될지도 모르지만요."

"긴다이치 선생님."

이가와 형사가 예의 너구리 같은 눈알을 굴리며 말했다.

"저희를 앞질러서 선생님 혼자 공을 세우는 건 안 됩니다. 도쿄에서 뭔가 조사하실 생각인 것 같은데, 정보가 나오면 저희에게도 알려주십시오."

"하하하. 이가와 씨, 이번 사건의 뿌리는 상당히 깊은 곳에 있다고 생각해야 합니다. 제가 하루 정도 부지런히 뛰어다닌다고 진상을 판명할 수 있는 사건은 아니겠죠. 그럼 이토메 씨, 방금 말씀드린 기차 건 부탁드립니다. 시노자키 씨에게는 양해를 구해둘 테니까요."

"알겠습니다."

이렇게 해서 사람들이 탈출구 속으로 들어간 것은 앞서도 말했듯 11시 20분이었다.

우선 가장 젊은 고야마 형사가 선두에 서고, 뒤이어 이가와 형사, 다하라 경부보, 그리고 긴다이치 고스케가 따라갔다. 다들 각기 회중전등을 들고 수건으로 뺨을 덮거나 손수건이나 보자기로 코를 막는 행동을 잊지 않았던 것은 시노자키 신고가 미리 주의를 주었기 때문이다.

벽난로 선반 뒤쪽에는 가로세로 폭이 각 3척인 통로가 수직으로 뚫려 있었고 거기에 녹슨 철제 사다리가 걸려 있었다. 그것은 아무래도 난로 굴뚝의 뒤쪽에 세워져 있는 것 같았다.

"조심하세요. 주인어른 말씀으로는 꽤 위험하답니다."

선반에서 아래를 내려다보며 이토메가 네 사람의 머리 위로 성원을 보냈다.

가장 후미에 선 긴다이치 고스케가 아무 생각 없이 위를 올려다보니 이토메의 머리가 바로 눈 위에 있었다. 그녀는 당황해서 얼굴을 돌렸지만 그 순간 긴다이치 고스케는 뭔가 덜컹하는 감정을 느끼지 않을 수 없었다. 염낭처럼 쭈글쭈글한 이토메의 입가에 기묘한 미소가 떠올라 있는 것을 일순 보고 말았기 때문이다.

"이토메 씨."

"네, 네……. 뭔가 하실 말씀이라도……?"

이토메는 민망한 듯 눈에 주름을 잡으며 능숙하게 시치미를 뗐다.

"덴보 씨 말인데요."

"네, 덴보 씨가 왜……?"

"잠깐 가서 상황을 봐주실 수 있을까요? 왠지 신경이 쓰입니다."

나중에 생각해보면 이런 걸 두고 무언가 일어날 듯한 예감이 들었다고 하는 것일까.

"알겠습니다. 그분도 너무 신경질적이 되셔서……. 네, 네, 알겠습니다. 지금 가서 뭣하면 같이 탈출구를 찾아보죠."

"그래 주세요. 그럼 부탁드리겠습니다."

3척 평방 정도면 한 사람이 철제 사다리에 매달려 오르내리는 데 어려움은 없다. 하지만 어쨌든 탈출구 내부는 바닥이 보이지 않는 어둠이다. 최근 그곳을 다섯 남녀, 즉 마노 신야라는 정체불명의 괴인과 그 괴인 뒤를 쫓아 시노자키 신고와 야나기마치 요시에, 요코와 오쿠무라 히로시 네 사람이 들어갔다는 사실을 몰랐다면 아무리 직업이라고는 하나 고야마 형사도 선두에 서기를 주저했을지 모른다.

이런 모험을 결행할 때 긴다이치 고스케의 복장은 정말이지 불편할 수밖에 없다. 하카마 자락을 걷어 올리지 않으면 안 된다. 소맷자락은 여기저기 걸린다. 그럼에도 불구하고 끝까지 이 복장을 고집하는 걸 보면 이 남자 어지간히 완고한 성격임에 틀림없다.

그 긴다이치 고스케가 하카마 옆을 튼 곳을 겨우 잡고 탈출구에 들어간 후 얼마 지나지 않아 아래쪽에서 한껏 소리를 죽여 누군가가 말을 했다. 목소리의 주인은 고야마 형사였다.

"어, 여기가 아랫방의 탈출구 입구입니다. 윗방 탈출구랑 완전히 똑같은 형태의 굴뚝이 있어요."

고야마 형사는 숨을 죽이고 벽 너머의 상황에 귀를 기울이고 있는 듯했지만 거기서는 아무 기척도 느껴지지 않는 듯,

"쳇, 지금 방이 비어 있나. 우리가 여길 지나간다는 건 알고 있을 텐데."

그리고 통통 벽을 치거나 눌렀다가 당겼다가 해보고 있었다.

"어이, 엔간히 하고 내려가자고. 그 벽은 밖에서는 절대 열리지 않게 되어 있다고 아까 할머니가 말하지 않았나."

위에서 질책한 사람은 이가와 형사인 듯하다. 고야마 형사도 포기한 듯 휴대하고 있던 회중전등 불빛을 아래로 돌리고 어둠 속을 내려가기 시작했다.

긴다이치 고스케도 얼마 지나지 않아 문제의 벽까지 내려왔다. 회중전등으로 비춰보니 세로 3척에 가로 5척 정도의 벽돌로 만든 벽이 측면 고랑으로 살짝 들어가게 되어 있다. 이 벽은 안쪽에서만 열리도록 되어 있다고 이토메도 말했으니 이쪽에서는 어찌할 수가 없다. 그 역시 벽 너머에 귀를 기울이고 있었지만 인기척은 전혀 없었다. 신고는 지금 방에 없는 것일까. 신고는 그렇다 치고 시즈코는 어떻게 된 것일까. 아니면 둘 다 잠들어버린 것일까.

"긴다이치 선생님, 조심하세요. 거기서 사다리로 스무 단 정도 내려오면 이 터널이 나옵니다."

세 개의 회중전등의 빛줄기가 아래에서부터 지면을 곧게 판 굴을 비추었다. 목소리는 다하라 경부보인 것 같았는데, 그 목소리가 멍멍하게 주변에 울려 퍼지는 것은 그곳이 바로 터널 입구이기 때문일 것이다.

"지금 갑니다."

긴다이치 고스케가 철제 사다리 단 수를 세면서 내려가 보니 23단이었다. 달리아의 방 입구에서 신고의 방 바깥까지 12단이었으니 전부 35단이다. 단과 단 사이의 간격은 약 1척 이니까 약 3장* 5척 내려오게 되는 것이다.

긴다이치 고스케가 사다리에서 완전히 내려오자 거기서부 터 한쪽으로 어두운 터널이 펼쳐져 있었다. 터널도 벽돌과 시 멘트로 되어 있는 것 같았다. 어른이 서서 걸어 다니기에 충분 한 높이였다. 폭은 4척 남짓, 둘이서 나란히 가면 간신히 걸을 수 있을 정도의 여유는 된다.

"그런데 이 터널, 지금까지 잘도 유지되고 있었네요."

"아, 긴다이치 선생님, 이것은 초대 백작이 지은 것을 2대째 가 수리하고 최근 시노자키 씨가 응급 수리까지 했던 겁니다. 보세요, 여기 수리한 흔적이 이중으로 되어 있죠."

이가와 형사의 설명에 긴다이치 고스케가 주의 깊게 살펴 보니 정말 그 말대로였다. 수리 흔적에서는 아주 오래된 것과

---

* '장丈'은 길이를 나타내는 단위로 1장은 1척의 열 배인 약 3미터 정도이다.

최근 더해진 것으로 보이는 새로운 시멘트 흔적을 관찰할 수 있었다. 긴다이치 고스케는 입가를 누그러뜨렸다.

"시노자키 씨도 호기심이 강한 사람이군요. 하지만 생각해 보면 탈출구라든가 회전 벽 같은 것에는 누구라도 호기심을 가지지 않겠습니까. 스스로 만들려고 하진 않더라도 그런 것이 있는 건축물을 손에 넣었을 때 보존하고 싶다는 욕망은 누구라도 지닐 법하지요."

"시노자키 씨라는 사람은 그런 사람인가요? 그런 아이 같은 호기심을 가질 법한……?"

"그렇습니다. 다소 그런 치기랄까 허영심이랄까 그런 걸 가진 사람 같아요."

긴다이치 고스케는 앞에 보이는 어둠 속으로 회중전등 불빛을 비추었다.

"그렇지만 이 길을 가는 데는 좀 용기가 필요하네요. 최근 몇 사람이 여길 지나갔으니까 괜찮겠지만……."

"아하하, 긴다이치 선생님은 의외로 겁쟁이시군요. 그럼 제가 먼저……."

하지만 그렇게 말하는 고야마 형사의 발걸음도 별로 용감하다고는 하기 힘들었다. 역시 아까 요코가 말했듯 보통 때처럼 걸을 수는 없었다. 고야마 형사 바로 뒤에 이가와 형사가 있었고, 긴다이치 고스케와 다하라 경부보는 어깨를 나란히 하고 두 사람의 뒤를 따랐다.

상당히 넓은 탈출구라고는 해도, 역시 막힌 공간의 공기라 숨 쉬기 힘들었다. 게다가 그 공기는 죽어 있고, 고여 있고, 탁해져 있다. 어둠이 그 공기를 한층 갑갑하게 만들고 있었다. 역시 최근 수리한 흔적이 곳곳에서 보였지만 어디까지나 응급조치였던 듯 가는 곳마다 벽돌이 허물어진 데가 있었고 누수도 꽤 심했다. 또 장소에 따라서는 사소한 진동에도 벽돌이 낱낱이 허물어지는 곳이 있어 굉장히 신중하게 걷지 않으면 위험했다.

"이 터널은 길이 하나인가요?"

"아무도 갈림길이 있다고는 안 했습니다."

"갈림길이 있다 한들 이토메 할머니밖에 모르지 않겠습니까."

"긴다이치 선생님, 뭔가 갈림길이 있을 것 같다는 말씀입니까?"

"아, 아뇨. 이걸 만든 후루다테 다넨도라는 사람 말인데요. 다넨도 각하는 항상 서양식 방에서 자지는 않았겠죠. 오히려 당시의 풍습에 따르면 일본식 방에서 쉬는 일이 많았으리라 생각됩니다. 그러니 일본식 방 쪽으로도 샛길이 통할 듯싶은데, 그렇게 몇 개나 터널을 만들면 번거로우니 당연히 이 터널에 합류하게 만들지 않았을까요."

"그렇군요. 말씀대롭니다. 그렇다면 이 벽돌 일부분이 반전되도록 장치를 만들었을까요. 고야마 군, 잠깐 벽돌을 두드려 봐."

"으차차차."

고야마 형사가 익살을 떨며 오른쪽 벽을 두드리자마자 머리 위에서 와르르 대여섯 장의 벽돌이 낙하해서 사람들은 무심코 비명을 지르며 뛰어올랐다. 그러자 이번에는 그 진동 때문에 벽돌이 두세 장 더 무너져 내려 한층 간담을 서늘하게 했다.

"이건 안 되겠는데요. 주임님, 무심코 벽도……. 왓!"

또다시 두세 장, 위에서 벽돌이 떨어져서 이가와 형사는 양손으로 머리를 감싸며 뛰어올랐다.

"제길, 아무것도 안 했는데 벽돌이 무너지다니……?"

"쉿, 이가와 씨!"

긴다이치 고스케는 당황해서 노형사를 타일렀다.

"너무 큰 소릴 내면 안 됩니다. 지금 건 형사님 목소리 반향으로 벽돌이 무너진 것 같아요…….'

"어어, 목소리 반향으로……?"

사람들은 그 자리에 못 박힌 채 기분 나쁜 듯 회중전등 불빛 속에서 얼굴을 마주 보았다.

"설마. 그럼 완전히 종기 만지듯 조심해야 하는 거잖아요. 와하하!"

이가와 형사가 일부러 사납게 소리 지르나 싶더니 그 순간 1미터 정도 앞에 있는 벽돌 벽이 와르르 무너져서 다들 저도 모르게 흡 하고 숨을 삼켰다.

무너져 내린 몇 장의 벽돌 산을 한참 말없이 바라보고 있는

데 그때 갑자기 묘한 일이 일어났다.

"와하하……."

어둠에 잠긴 듯한 목소리가 꼬리에 음침한 바이브레이션을 끌며 아득히 먼 곳에서 돌아왔다. 사람들은 다시 흡 하고 숨을 삼켰다.

"와하하……."

또 한동안 간격을 두고,

"와하하……."

음침한 소리는 점점 약해지고 희미해진다.

"뭐야, 메아리였나……."

이가와 형사도 목소리는 갈라지고 이마에선 식은땀이 솟아나는 듯했다.

실제 어둠 속 지하 터널의 탁한 공기를 흔들며 이쪽저쪽 벽에 부딪치고 굴절되어 돌아오는 그 메아리는 더없이 음침하고 기분 나쁜 것이었다.

사람들은 가만히 귀 기울여 마지막 메아리를 쫓고 있었다. 어둠 속에서 다하라 경부보가,

"우후후."

하고 가볍게 입을 다물고 웃으면서,

"역시 이가와 영감님도 간담이 서늘해졌……."

하고 말하려 했지만, 다하라 경부보의 말은 그대로 입안에서 얼어붙어버렸다.

"와하하……."

갑자기 아득히 멀리서 새로운 메아리가 들려왔다. 아니, 메아리일 리가 없다. 메아리는 이미 끝났다. 누군가가 탈출구 저편에서 웃고 있다.

"와하하……."

"와하하……."

"와하하……."

그 웃음소리는 일정한 간격을 두고 굴곡된 메아리를 동반하면서 음침하고 어두운 공기 속으로 사라져갔다.

누군가가 있다. 같은 터널 속에…….

2

네 사람이 일제히 손에 든 회중전등을 앞에 비추었다. 하지만 거기서 누군가의 모습을 발견하려고 했다면 그것은 그들의 망상이라고 해야 할 것이다. 네 개의 회중전등 불빛은 두세 간* 앞, 하얗게 풍화되어 조악하게 시멘트를 발라 수리한 오래된 벽돌 벽을 비출 따름이었다. 터널은 거기서 괄호 형태를 그리며 굴절되어 있는 듯했다.

---

* '간間'은 길이를 나타내는 단위로, 한 간은 1.81818미터에 해당한다.

"누가 있어요. 이 터널 안에……."

젊은 고야마 형사의 목소리가 떨린 것도 무리가 아니다. 지금 이 순간, 그들 이외의 누군가가 이 터널 안에 숨어 있다는 상상만큼 섬뜩한 것은 없었다. 게다가 이놈은 그들에게 도전장을 내민 것이다. 아까 웃음소리를 흉내 낸 건 자신의 존재를 과시하려는 것으로밖에 생각되지 않는다.

"누구냐! 거기 있는 놈!"

갑자기 이가와 형사가 깨진 종 같은 소리를 질렀다. 바로 그때 벽돌이 네다섯 장 당연한 듯 떨어졌지만 아무도 그것을 나무라려고 하는 사람은 없었다. 한참 지나,

"누구냐! 거기 있는 놈!"

"누구냐! 거기 있는 놈!"

"누구냐! 거기 있는 놈!"

여기저기 벽에 반향을 일으키며 메아리는 음침하게 어둠속으로 사라져갔지만 마지막 메아리가 사라지자마자,

"누구냐! 거기 있는 놈!"

이가와 형사에게 지지 않고 맞은편에서 깨진 종 같은 소리가 들려왔다.

목소리로 상대방의 정체를 파악하기는 어려웠다. 남자인 것만은 확실했지만 그 외에는 알 수 없었다. 나이도 성격도 판단하기 어려웠다. 목소리는 정체되고 갑갑한 공기 속에서 흐릿하게 들렸다.

"누구냐! 거기 있는 놈!"

"누구냐! 거기 있는 놈!"

"누구냐! 거기 있는 놈!"

역시나 일정한 간격을 두고 들려온 메아리가 사라지는 것을 이가와 형사는 기다리지 않았다.

"제기랄!"

하지만 성급한 추적은 어차피 무리라는 걸 금방 알 수 있었다. 이가와 형사가 대여섯 발짝 달려간 순간, 좌우의 벽에서 벽돌 대여섯 장이 엄청난 소리를 내며 낙하했다. 침착한 다하라 경부보도 무심코 소리를 질렀다.

"어이, 영감님, 우릴 생매장시킬 작정이에요?"

"하지만, 주임님."

"괜찮아요, 괜찮아요. 이가와 씨, 여기는 조심조심 가지 않겠습니까."

"긴다이치 선생님, 그게 무슨 뜻인가요?"

"아, 이가와 씨, 적은 스스로 자기 존재를 과시하고 있어요. 거기에 어떤 의미가 있는 건지 다음 행동을 보는 겁니다."

"그럼 어떡하면 됩니까?"

"이 탈출구를 그대로 천천히 가는 수밖에 없죠."

"그럼 상대가 뭔가 함정을 팠다는 말씀이신가요?"

"그건 모르죠. 하지만 방금 주임님이 말씀하신 대로 다 같이 생매장되는 건 싫으니까요. 그런데 우린 지금까지 어느 정도 걸었나요?"

"대충 15, 16간 정도 아닐까요?"

고야마 형사가 불안한 목소리로 말했다.

긴다이치 고스케는 회중전등으로 손목시계를 비춰보았다.

"11시 32분이에요. 제가 마지막으로 탈출구에 들어오면서 봤을 때 11시 22분이었어요. 그렇다면 그로부터 10분 지났으니 실제 걸은 건 그 절반 정도겠죠."

"그래서 어떻다는 말씀이십니까?"

"아, 이 탈출구를 빠져나가려면 20분 정도 걸리는 것 같아요. 이렇게 터널이 컴컴하니 낮에도 밤에도 똑같겠죠. 그렇다면 여기를 빠져나가는 데 앞으로 15분 더 걸린다는 말입니다. 조심조심 서둘러 가면 어떨까요."

"선생님, 하지만 아까 목소리, 우리에게 위해를 가할 작정이 아닐까요?"

고야마 형사의 목소리는 흥분으로 떨렸다.

"그렇다면 가만히 있는 편이 나았을 겁니다. 하나하나 이가와 형사님의 흉내를 내며 자기 존재를 알릴 필요는 없었을 거예요."

"좋아, 그럼 긴다이치 선생님 의견에 따라 조심조심 서두르자고."

어둠은 어떤 경우에도 사람을 겁먹게 한다. 게다가 언제 붕괴될지 모르는 터널 속에, 엎친 데 덮친 격으로 정체 모를 인물이 잠입해 아까부터 두 번이나 이쪽에 도전하고 있는 것이다. 그놈이 무엇을 노리고 있는지 모르니 기분 나쁜 것도 무리가 아니다.

다하라 경부보의 지시에 따라 사람들은 조심조심 서두르기 시작했다. 고야마 형사는 회중전등 불빛이 적의 목표가 되지 않을까 겁냈으나, 그렇다고 불빛 없이는 한 발짝도 걸을 수 없었다. 벽도 벽이지만 바닥이 붕괴될 우려가 있었다. 천장에서 끊임없이 스며 나와 떨어지는 물방울에 의해 바닥의 벽돌에 큰 구멍이 뚫려 있는가 하면 여기저기 물웅덩이가 생겨 그 속을 쥐가 헤엄치며 달려갔다.

그때마다 선두에 선 고야마 형사는 간담이 서늘했지만 그렇다고 비명을 지르거나 팔짝 뛰어오를 수도 없었다. 진동으로 언제 어느 때 천장이나 벽이 붕괴될지 모르기 때문이다. 쥐는 곳곳에 출몰하고 있었다.

정말이지 그것은 조심스러운 행진이었다. 공기는 한층 묵직하게 가라앉아 있었고 누수는 점점 심해졌으며 경우에 따라서는 벽돌 벽에서 폭포수처럼 물줄기가 떨어지는 곳도 있었고 물웅덩이는 발뒤꿈치까지 차올랐다. 다하라 경부보가 문득 멈춰 섰다.

"긴다이치 선생님, 지금 11시 37분입니다. 그렇다면 10분은 걸은 것 같습니다."

"아, 그래요. 그럼 반쯤 온 거군요."

"그런데, 아까 그 수상한 놈은 어떻게 된 걸까요."

"아, 저도 지금 그걸 생각하는 중이었는데요, 이가와 씨, 고야마 씨, 뭔가 인기척은 없었나요?"

사람들은 멈춰 서서 저편에 퍼져가는 어둠을 향해 귀를 기울였지만 들려오는 것이라고는 물방울이 스며 나와 떨어지는 소리와 벽돌 벽에서 줄줄 흘러내리는 모래 소리뿐이었다. 때로 물 튀기는 듯한 소리가 들렸는데, 쥐가 뛰어가는 소리일 것이다. 인기척은 전혀 없었다.

"어떤가요, 주임님. 한 번 더 고함쳐볼까요?"

"괜찮겠죠. 한번 해볼까요?"

긴다이치 고스케가 즉시 찬성하자 경부보가 말했다.

"괜찮겠지. 영감님, 해봐요."

"좋아."

이가와 형사는 배꼽 아래 단전에 힘을 주고 크게 숨을 들이쉬더니 이윽고 괴성을 토해냈다.

"어이, 누구 있나!"

옆 벽에서 벽돌이 두세 장 떨어졌지만 다행히 붕괴는 금방 멎었다.

사람들이 귀를 기울이고 있으려니 얼마 지나지 않아 메아리가 돌아왔다.

"어이, 누구 있나……."

"어이, 누구 있나……."

"어이, 누구 있나……."

마지막 메아리가 꼬리를 떨며 사라졌을 때 사람들은 긴장에 휩싸였다. 침을 삼키며 기다리고 있으려니 역시 음침한 소리가 되돌아왔다.

"어이, 누구 있나……."

"어이, 누구 있나……."

"제길!"

"역시 잠복하고 있었군."

고야마 형사의 목소리가 떨린 것도 무리가 아니었다.

"주임님, 지금 목소리 말인데요."

"예……?"

"동굴 속이라 거리감을 가늠할 수가 없긴 한데요, 아까 들려온 목소리와 거리 차이가 별로 느껴지지 않는데 어떠세요?"

"그러고 보니……?"

"그 사람도 우리와 같은 속도로 이 터널 맞은편을 향해 걸어가고 있는 게 아닐까요."

"긴다이치 선생님, 그게 무슨 말씀이십니까?"

"모르겠습니다. 어쨌든 이대로 가는 것 외에 다른 방법은 없을 것 같군요. 언젠가는 꼬리가 잡히겠죠."

"좋아, 이번엔 내가 선두에 선다."

이가와 형사가 고야마 형사와 자리를 바꾸어 선두에서 걷기 시작했다.

긴다이치 고스케는 아까부터 좌우 벽에 갈림길로 가는 비밀 문은 없을까 하고 열심히 탐색하고 있었지만 아직 그런 것은 발견되지 않았다. 혹시 그런 게 있다면 그 장치를 감춘 벽은 특별히 더 엄호를 받고 있을지도 모른다. 벽에는 한 면에 이끼 등의 민꽃식물*이 가득 자라고 있었다.

탈출구에 들어온 후 약 15분. 선두로 가던 이가와 형사가 갑자기,

"누, 누구냐! 거기 있는 건!"

소리침과 동시에 회중전등 불빛을 앞으로 비추었다. 그 순간 마지막에 따라오던 긴다이치 고스케조차 다른 사람들의 어깨 너머로 확실히 그 남자를 볼 수 있었다.

그는 검은 헌팅캡을 눈을 가릴 정도로 깊이 눌러쓰고 커다란 검은 안경을 쓰고 있었다. 커다란 감염 방지용 마스크가 그의 얼굴 반을 가리고 있었다. 마스크도 검은색이었다. 검정 터틀넥 스웨터 위에 검은 신사복을 입고 있었지만, 그 신사복 왼쪽 팔이 펄럭거리는 모습이 허전해 보였다.

그는 선두에 선 이가와 형사로부터 세 간 정도 앞에 있었다. 터널 바닥에 웅크려 한 팔로 뭔가 하고 있었던 것인지, 이가와 형사의 말을 듣고 휙 고개를 든 순간, 정면에서 회중전등 불빛

---

* 은화식물隱花植物이라고도 한다. 꽃이 피지 않고 포자를 이용하여 번식하는 식물을 말한다.

을 맞은 모양이었다.

그래서 남자가 지금 있는 곳은 이쪽 네 사람이 서 있는 장소보다 약간 높았는데, 이가와 형사에게 그것까지 고려할 여유는 없었다.

"제기랄!"

전광석화 같다는 것이 그때의 이가와 형사의 행동에 딱 맞는 표현일 것이다. 그 순간 그 노형사는 터널이 붕괴되기 쉬운 상황이란 걸 잊고 있었던 것 같다.

무턱대고 그쪽으로 돌진한 노형사는 외팔이 괴인에게 한 간 정도까지 따라붙었지만, 그 순간 더없이 기묘한 비명을 지르더니 사람들의 눈앞에서 사라져버렸다. 커다란 진동이 그곳에 일어났고 양쪽 벽에서 벽돌이 소리 내며 무너져, 그 진동이 연속 붕괴를 일으켰다. 세 개의 회중전등 불빛 속에서 미세한 먼지가 흩어지고 있었다.

외팔이 남자는 천천히 일어나더니 휙 발을 돌려 빠르게 맞은편으로 사라졌다. 등을 동그랗게 말고 있어서 키를 파악할 수는 없었지만 양복 왼팔이 덜렁거리는 것이 인상적이었다.

"기다려!"

다하라 경부보의 목소리는 목에 걸려 갈라져 있었다.

이가와 형사에게 무슨 일이 일어났는지 몰라서 무작정 그쪽으로 접근할 수가 없었던 것이다. 세 사람이 비춘 회중전등 불빛 속에 한순간 뒷모습을 드러낸 남자는 눈 깜박할 사이에 사정거리 밖으로 나갔다. 이후에는 칠흑 같은 어둠 속으로 발소리만이 차츰 멀어지다가 이윽고 사라졌다.

"영감님, 영감님, 어, 어찌 된 거예요?"

다하라 경부보의 외침에 한 간 정도 떨어진 땅 밑에서 희미한 신음 소리가 들려왔다. 조심스럽게 다가가보니 터널 폭 가득 한 간 정도 함몰되어 있었고 이가와 형사는 그 파인 구멍에 굴러떨어져 있었다.

구멍의 깊이는 4, 5척인 데다 바닥에 물이 고여 있어서 떨어진 충격 자체는 크지 않았던 것 같지만, 그 진동으로 붕괴된 벽돌에 반쯤 매몰되었고 뒤통수를 강하게 맞아서 일시적인 뇌진탕을 일으킨 모양이다.

"영감님, 괜찮아요?"

"괘, 괘, 괜찮아. 아, 호되게 당했네. 이런 곳에 함정을 만들어놓다니……."

설마 그 남자가 이 함정을 만들었을 리는 없다. 여기 이런 함정이 있단 걸 알고 성질 급한 노형사를 교묘하게 유인한 것이리라.

하지만 무엇을 위해서일까. 단순한 장난에 지나지 않는 것일까. 외팔이 남자, 혹은 외팔이 남자인 척하는 인물은 무슨 목적으로 이 지하 터널의 어둠 속을 방황하고 있는 것일까.

긴다이치 고스케는 회중전등을 늘어뜨리고 함몰된 자리의 전후좌우를 조사해보았다. 한 간에 걸친 이 함몰된 자리의 맞은편 벼랑은 이쪽보다 조금 높았고 거기서 이쪽으로 가로놓은 듯한 폭 3척 정도의 디딤널이 자리에서 벗어나 맞은편 벼랑에서 함몰된 구멍 속으로 비스듬히 떨어져 있었다.

아까 그 남자는 쭈그리고 앉아 이 디딤널 가장자리에 손을 걸치고 있었던 게 틀림없다. 이가와 형사가 무턱대고 돌진한 순간 상대는 이 디딤널을 잡아당겼던 것이다.

이가와 형사가 아래에서 도와주어 디딤널을 원래 위치에 돌려놓았다.

"주임님, 저 좀 더 가보겠습니다. 아까 그 남자의 뒤를 추적해보려고요."

"흠, 좋아. 부탁한다. 조심해."

"아, 괜찮습니다. 완력이라면 자신 있습니다."

선배의 수난을 보고 젊은 고야마 형사는 갑자기 분발한 모양이다. 고야마 형사가 디딤널을 건너 맞은편 벼랑의 어둠으로 모습을 감춘 후 겨우 이가와 형사가 기어 올라왔다.

"제길, 크게 당했네. 이런 곳에서 썩어갈 순 없지. 쥐 새끼들 먹이가 되어 뼈만 남게 된다고."

긴다이치 고스케는 엄청난 이야기를 한다고 생각했지만, 노형사가 올라온 뒤 구멍 속을 들여다보니 검게 흐려진 물웅덩이 속을 열 마리 넘는 쥐가 첨벙거리고 있었다. 붕괴된 벽돌 아래에서 꼬리가 하나 보였는데, 벽돌에 압사한 쥐의 사체일 것이다. 긴다이치 고스케는 새삼 오싹했다.

다행히 이가와 형사의 부상은 심하지 않았다. 뒤통수에 조금 큰 혹이 생겼을 뿐, 전신에 칼에 찔린 흉터가 몇 군데나 있을 정도로 젊을 적부터 산전수전 겪은 이 노형사에게 있어서 대단한 것은 아니었던 듯하다. 다만 하반신이 생쥐 꼴이 되어 있어서 굉장히 기분이 찝찝할 것 같아 딱했다.

"주임님, 고야마 녀석은 어찌 된 건가요?"

"아까 그 남자를 쫓아서 한발 먼저 가버렸어요."

"괜찮을까."

"괜찮겠죠. 우리에게 위해를 가할 생각은 없는 것 같으니까요. 이가와 씨, 그놈이 당신에게 무슨 말인가 했나요?"

"아뇨, 별로. 여기 굴러떨어졌을 때 그놈은 위에서 제 얼굴을 보고 있었는데, 말 같은 건 하지 않았어요. 그 직후 저는 까무룩 정신을 잃었고요."

"얼굴을 보셨습니까?"

"예, 하지만 검은 안경에 엄청 큰 마스크를 쓰고 있었잖아요. 베레모를 눈까지 가릴 정도로 깊게 눌러쓰고 있었으니, 뭐, 못 본 거나 마찬가집니다. 제기랄, 회중전등이 맛이 가버렸어."

이가와 형사가 옷매무새를 정리한 후, 사람들은 디딤널을 건너 출발했다. 이번에는 다하라 경부보가 선두에 서고 이가와 형사를 사이에 둔 채 긴다이치 고스케가 또 후미를 맡았다.

말하는 것을 깜박했는데, 이 탈출구는 일직선으로 이어져 있지는 않았다. 양의 창자만큼은 아니지만 곳곳이 구부러져 있고 굴곡져 있었다. 생각건대 지층 때문에 파기 쉬운 부분을 파면서 진행한 것 같았다.

디딤널을 건너자 그 언저리에는 변함없이 누수나 낙반이 격렬하게 진행되고 있었지만, 걸음을 옮기다 보니 조금씩 경사를 올라가는 형태가 되었다. 슬슬 출구가 가까워진 것이리라.

"그런데 긴다이치 선생님. 아까 그놈, 여기서 뭘 하고 있었던 걸까요?"

선두에 선 다하라 경부보가 물었다.

"저도 아까부터 그 생각을 하고 있는데, 잘 모르겠습니다. 이 터널에 뭐가 있는지……."

"주임님, 돌아가면 빨리 모두를 불러 점호해볼 필요가 있습니다. 우리가 이 터널에 들어와 있는 동안 어디에서 뭘 했는지……."

"그럼 자넨 아까 그 남자가 지금 명랑장에 있는 누군가라고 생각하는 건가?"

"확신은 없죠. 일단 의심해봐도 좋지 않겠습니까. 긴다이치 선생님은 어떠십니까?"

"일단 해보죠. 하지만……."

"하지만……?"

"전부 알리바이가 없거나 전부 알리바이가 있거나 할 거 같아요."

"아하하, 정말 그럴지도 모르겠군요."

거기에 고야마 형사가 돌아왔다.

"안 되겠습니다. 그놈 아무 데도 안 보여요."

"당연하지. 너 같은 얼간이한테 잡힐 만큼 어설픈 놈이 아니야. 아, 얼간이는 난가? 아하하."

"고야마 군, 출구는 아직 멀었나."

"아뇨, 얼마 안 남았습니다. 저기 커브를 돌면 계단이 보일 겁니다."

그 계단 언저리까지 오니 공기는 한층 건조해졌고 벽돌도 너덜너덜하게 풍화되어 있었다. 계단에는 난간이 붙어 있었던 모양이지만, 지금은 흔적도 없었다.

계단을 올라가자 다다미 두 장 정도 크기의 층계참이 있었다. 가장 먼저 올라가던 다하라 경부보는 무심코 뒤로 휘청거렸다. 고야마 형사가 뒤에서 받쳐주지 않았다면 계단에서 그대로 굴러떨어졌을지 모른다.

회중전등 불빛 속에 누군가 서 있었다. 게다가 그놈은 미동도 하지 않고 위에서 이쪽을 노려보고 있었던 것이다.

"누, 누구냐! 넌 누구야!"

그 순간 뒤에서 다하라 경부보를 받쳐주던 고야마 형사가 목구멍 안쪽으로 쿡쿡 웃었다.

"아, 죄송합니다, 주임님, 인왕*이에요. 인왕의 조각입니다. 나무로 조각한 인왕님요."

"뭐, 인왕……?"

다하라 경부보가 다시 회중전등 불빛을 비추자 역시 그것은 사람 크기의, 나무를 조각해서 만든 인왕상이었다. 위압적인 눈을 하고 입을 크게 벌리고 있는 모습이 무시무시하다.

이가와 형사와 긴다이치 고스케도 뒤에서 올라왔다.

"뭐야, 이거 엄청나잖아. 어둠 속에서 느닷없이 이런 걸 맞닥뜨리면 누구라도 간담이 서늘해질걸."

긴다이치 고스케도 옆에 다가와서 회중전등 불빛으로 그 인왕상을 확인해보았다.

"이건 금강金剛상 쪽이군요. 또 하나 입을 다문 역사力士상은 어디 있습니까?"

"잠깐 기다려주세요. 이 인왕이 이 출구의 지킴이인 거니까요. 보세요, 인왕이 서 있는 바닥을 봐주세요."

고야마 형사가 회중전등 불빛으로 가리킨 자리를 보니, 이 인왕상은 높이 8촌 정도 되는 곳에 있었다. 반지름이 반 간쯤 되는 반원형의 판자 위에 서 있었는데, 그 판자 위에 젖은 고무장화 발자국이 두 개 찍혀 있었다. 발자국은 둘 다 인왕 쪽을 향하고 있었는데, 조금 어긋나 있는 것으로 보아 나중에 방향을 바꾼 듯싶다.

---

* 仁王, 불교에서 불법을 지키는 두 신인 '금강신'을 가리킨다. 우리나라에서는 절 문 등에 좌우로 세우는데, 왼쪽은 입을 벌린 밀적금강, 오른쪽은 입을 다문 나라연금강이다.

"이거 보세요!"

고야마 형사가 옆에 있는 버튼을 누르자 인왕상이 놓인 원형 바닥이 뒤에 있는 판자와 함께 회전을 시작했고 이윽고 또하나의 인왕상이 나타났다. 바닥은 180도 회전하더니 거기서딱 정지했다. 거기에는 입을 다문 인왕상이 눈을 부라리고 있었다. 하지만 이쪽 바닥에는 발자국은 없었다.

"그렇군."

다하라 경부보도 감탄했다.

"긴다이치 선생님, 그럼 아까 입을 벌린 것이 금강상이고이 입을 다문 것이 역사상입니까? 저는 금강역사란 게 하나라고 생각했어요."

"뭐든 입을 벌린 쪽을 아형阿形, 입을 닫은 쪽을 흠형吽形이라 한다고 합니다."

긴다이치 고스케가 아는 척을 했다.

"그렇군요. 그래서 아흠의 호흡이라고 하는 거군요. 그럼우리도 아흠 호흡을 하면서 이곳을 탈출해볼까요."

"영감님, 잠깐 기다리세요."

고야마 형사가 만류하고,

"이쪽 바닥에는 발자국이 없잖아요. 그래서……."

하며 버튼을 눌러 회전무대를 반쯤 회전시키더니,

"아까 그 수상한 놈이 여기로 도망쳤을 때 이 입을 벌린 놈이 이쪽을 향하고 있었던 이유입니다. 녀석, 이렇게 무대로 올라가서……."

하고 발자국을 지우듯 무대로 올라가,

"이 버튼을 눌렀어요."

하고 벽의 버튼을 누르니 무대는 금강상과 고야마 형사를 태운 채 약간 삐걱거리면서 180도 회전했고 젊은 형사의 모습은 터널 너머로 사라졌다.

"자, 여러분. 순서대로 나가세요. 단 그 발자국은 지우지 말아주세요."

다하라 경부보, 이가와 형사 순서로 나가자 긴다이치 고스케 앞에는 다시 금강상이 돌아왔다. 긴다이치 고스케가 수상한 자가 남긴 발자국을 지우지 않도록 주의하면서 벽의 버튼을 누르자 금세 그는 회전무대를 타고 터널 밖으로 나올 수 있었다.

그곳은 다다미 넉 장 반 정도 크기의 사당 안이었고 정면에 보이는, 낡고 오래되어 반쯤 망가진 격자문 사이로 달빛이 비치고 있었다.

격자문과 목상 사이에는 허리 높이 정도의 반원형 울타리가 쳐져 있어, 옛날에는 이 울타리로 바닥의 갈라진 부분을 감추고 있었던 것 같은데 지금은 울타리도 반쯤 망가졌고 그 너머로 다하라 경부보 이하 세 사람이 서 있었다.

긴다이치 고스케는 다시금 회중전등 불빛으로 인왕상을 살폈다.

"주임님, 초대 다넨도 각하는 이 상을 어디에서 가져온 걸

275

까요. 이거 상당히 오래된 작품인데요. 게다가 고야마 씨, 이쪽에서 이 무대를 회전시킬 수 있는 장치가 있습니까?"

"그걸 아무리 해도 못 찾겠어요. 저도 아까 많이 찾아봤는데요……."

"긴다이치 선생님, 그런 게 있을 리 없어요. 그런 게 있으면 외부 침입자에게 언제 어느 때 습격당할지 모르잖습니까."

"하지만 이가와 씨, 그럼 아까의 수상한 놈은 어디에서 이 터널로 들어온 걸까요. 달리아의 방에는 일찌감치 파수꾼이 붙어 있었잖습니까."

"긴다이치 선생님, 그럼 역시 다른 곳에도 그 지하도의 입구가 있다는 말씀이십니까?"

"하지만 선생님, 그럼 아까 그 수상한 놈은 왜 그쪽으로 도망치지 않았을까요?"

"그건 말이죠, 이가와 씨. 그 입구는 쥐의 함정보다 먼 곳에 있을 겁니다, 분명히요. 그래서 그놈은 돌아갈 수 없었던 거죠."

하지만 그 순간, 긴다이치 고스케는 비명을 지르며 펄쩍 뛰었다. 거미줄이 얼굴에 착 달라붙었기 때문이다.

"아이고, 실례했습니다. 방금 주의를 드리려던 참이었는데, 선생님의 명론탁설*에 귀를 기울이느라고……."

---

* 名論卓說, 이름난 이론이나 학설.

다하라 경부보는 웃음을 참고 있다. 이가와 형사, 고야마 형사도 싱글거리고 있었지만 다들 거미줄을 뒤집어쓴 듯 콧등이 까맣게 되어 있다.

"너무하네요. 귀띔 좀 해주시지……."

긴다이치 고스케는 손수건으로 콧등을 문지르면서 말했다.

"하지만 이걸로 알게 됐습니다. 요코 씨가 거미줄을 뒤집어썼다는 게 무슨 얘긴지……."

"아, 다들 여기서 당했어요."

사당 안은 먼지투성이였다. 한쪽 면에는 거미줄이 쳐져 있다. 이 작은 생물은 생명력이 왕성하여 아무리 없애도 거미줄을 치는 것을 잊지 않는 것이다.

격자문 밖으로 나와 돌아보니 사당의 처마에 현판이 한 장 걸려 있었고 '인천당'이라는 글자가 반쯤 지워져 있었다.

격자문 외측이나 인왕상 뒤의 판자에는 오래된 짚신이 열 켤레 정도 걸려 있었고, 센자후다*가 끈끈하게 붙어 있는 것은 어디까지나 여기가 탈출구의 출구라는 것을 감추기 위한 고육지책일 듯싶었다.

밖에는 안개가 잔뜩 껴 있었고, 안개 속에 홀연히 서 있는 잡목림 가지 위에 반달이 붉고 푸른 색으로 빛나고 있다. 전나

---

* 千社札. 신사나 사찰을 참배한 것을 기념하기 위해 신사나 절에 붙이는, 이름과 주소가 적힌 지폐.

무가 심어진 곳 너머로 문제의 창고가 보였고 이 인천당과 창고 중간에 뒤로 나가는 문이 닫혀 있었다.

시계를 보니 11시 55분, 탈출구에 들어선 것이 20분이었으니 35분 걸린 것이다. 요코 일행이 약 20분 걸렸다고 한 것도 사실이겠다 싶었다.

그런데…… 하고 긴다이치 고스케는 무심코 몸을 떨었다.

권력이라는 것의 무서움을 또렷이 본 기분이었다. 권력을 움켜쥐고 그것을 유지하면서도 자신의 생명을 지키려는 집념이 그런 커다란 탈출구를 만들었던 것이다.

권력이란 뭘까, 긴다이치 고스케는 새삼 생각해보지 않을 수 없었다.

제9장

현장부재증명

1

그날 밤 긴다이치 고스케가 잠자리에 든 것은 1시 반이 지나서였다.

탈출구 모험을 끝내고 서양관 로비로 돌아오니 이토메 씨가 자지 않고 기다리고 있었다.

"어머, 탈출구 속에서 뭔가 이상한 일이라도 있었나요?"

이토메 씨의 놀라는 모습은 다소 과장된 듯했으나 역시 노련한 이가와 형사도 눈치채지 못한 모양이었다.

"뭐, 미끄러져 굴러서 구덩이에 떨어진 것뿐이야. 그것보다 할머니, 할머니에게 부탁이 하나 있는데."

산기슭의 가을도 중반을 넘어섰고, 게다가 밤 12시를 지나면 한기가 몸에 스민다. 누수가 심한 탈출구를 빠져나온 사람들에게는 무엇보다 온수 목욕과 편안한 침대가 필요했지만, 일단 쇠는 뜨거울 때 두드리라는 말도 있다. 그래서 이가와 형사의 요청에 따라 남자만 한 사람씩 정면 현관 옆에 있는 프런트로 불렀는데, 긴다이치 고스케의 예언대로 과연 아무도 알리바이는 없었다.

　가장 먼저 부른 사람은 시노자키 신고였는데, 그는 11시 20분에서 12시까지, 즉 수사진이 탈출구에 들어가 있었을 때 침실에 틀어박혀 있었다고 했지만 증인은 없었다. 어제 그런 일이 있어서 부인과 침실을 따로 썼다고 한다.

　"하지만 시노자키 씨."

　다하라 경부보가 갑자기 의심스러운 눈이 되었다.

　"우리가 11시 20분쯤 당신이 계시는 방 난로 뒤쪽을 지나 지하 터널로 내려갔는데요. 그때 당신 방에는 아무도 없는 것 같았습니다만……."

　"아, 그거라면 제가 일본식 방에 가 있을 때겠죠. 제 아내가 큰 충격을 받았다는 건 여러분도 상상하실 수 있겠죠. 당분간 일본식 방에서 혼자 자고 싶다더군요. 저도 거기에 동의했습니다. 이토메 씨는 당신들 쪽에 볼일이 있어 다마코가 대신 시중을 들었습니다. 시즈코는 심지가 굳은 편이지만 역시 신경질적인 데가 있습니다. 게다가 오늘 같은 밤에는 더요. 그럴 때를 대비해 주치의 선생님이 수면제도 처방해주었죠. 그걸 먹고 잠들 때까지 같이 있어달라고 하기에 저는 그 말대로 했습니다. 머리맡에 앉아 아내가 잠들길 기다렸죠. 좀처럼 잠을 못 이루는 것 같았지만 그래도 간신히 잠이 들어서 손목시계를 보니……."

　"몇 시였습니까?"

"11시 20분이었습니다."

신고는 웃지 않고 대답했지만, 그 말을 듣고 다하라 경부보
와 이가와 형사의 얼굴에 갑자기 의심의 기색이 역력해졌다.

"허허, 그러면 우리가 달리아의 방에서 탈출구로 들어간 것
과 같은 시각이었겠군요."

이가와 형사가 의심스러운 듯 콧방귀를 뀌었지만 신고는
표정 하나 바꾸지 않았다.

"그런 것 같네요."

"그런 바보 같은! 그럼 너무 딱딱 맞아떨어지잖아. 엉터리
가 틀림없어."

"워, 워. 이가와 씨, 기다려요."

다하라 경부보는 침착한 성격이다. 테 없는 안경 너머로 탐
색하는 듯한 눈을 하고 신고를 보았다.

"시노자키 씨, 그것을 증명해줄 사람은 있습니까?"

"글쎄요, 없겠죠. 아내가 약을 먹은 건 10시 50분, 이건 아
내도 기억하겠지만, 잠들 때까지 몇 분 걸렸는지…… 거기까진
기억 못 할 겁니다……. 하지만……."

신고가 갑자기 눈썹을 찌푸렸다.

"하지만……? 시노자키 씨, 무슨 일 있습니까?"

"아뇨, 긴다이치 선생님, 시즈코가 잠들기를 기다렸다가 통
로로 나왔더니 거기 다마코가 기다리고 있었습니다. 어쩌면 그
아이가……."

283

그렇게 말하며 신고는 울적한 듯 고개를 좌우로 저었다. 이 것은 5분이나 10분의 문제다. 그것을 다마코가 정확히 증언할 수 있을지 어떨지, 미덥지 않아 포기한 것이리라.

시즈코가 잠든 것은 11시 10분이었을지도 모른다. 그리고 신고는 서둘러 자신의 방으로 돌아와 검은 터틀넥 스웨터에 검은 양복, 검은 헌팅캡에 검은 안경을 착용하고, 커다란 검정 마스크를 쓴 다음 왼팔을 스웨터에 묶어 외팔이 남자 모습으로, 우리보다 한발 앞서 그 탈출구에 잠입했을지도 모른다. 그렇다, 그러고 보니 아까 긴다이치 고스케도 지적하지 않았던가. 그 괴인이 잠입한 입구는 쥐가 있던 함정보다 멀리 있을 거라고. 그것은 신고의 방이라는 의미가 아니었을까…….

"그런데 시노자키 씨, 다마코 씨가 통로에서 기다리고 있었다는 것은……? 뭔가 특별한 용건이라도 있었던 겁니까?"

긴다이치 고스케가 옆에서 물었다.

"맞아요, 그 아이 뭔가 저한테 중요한 할 말이 있다고 했었는데…….

"중요한 할 말이라니요……?"

"아, 저는 안 들었습니다. 왠지 피곤해서. 할 이야기가 있다면 이토메 씨에게 하라고 말해두었는데……. 하지만 그 아이가 정확한 시간을 기억할 거라는 생각은 안 드는군요."

신고는 건조한 목소리를 내며 웃었다.

"하지만 만약을 위해 나중에 다마코 씨에게 들어보죠. 내친

김에 중대한 이야기란 것도요."

"그럼 그렇게 해주시죠."

신고는 침대에 들어가 있었던 듯 파자마 위에 가운을 걸치고 있었는데, 아직 잠이 들지는 않았다는 증거로, 눈이 붉게 충혈되어 있었고 낮의 사정 청취 때에 비하면 훨씬 초췌한 느낌이었다. 이런 남자에게도 이번 사건은 어지간히 큰 충격이었던 듯 말하는 모습에서도 열기는 느껴지지 않았고 이 알리바이 조사의 의미를 들으려고도 하지 않았다. 모든 면에서 회의적이고 될 대로 되라는 태도였다.

시노자키 신고에 이어 불려 온 사람은 야나기마치 요시에였는데, 그의 모습을 본 사람들은 절로 눈을 크게 뜨지 않을 수 없었다. 이 남자는 지금까지 밖을 걷고 있었던 게 확실했다. 루바시카 위에 걸친 점퍼도 코듀로이 바지도 밤이슬에 흠뻑 젖어 있다. 구두 끝에는 붉은 진흙까지 묻어 있었다.

"야나기마치 씨, 당신 외출하셨습니까?"

의심스러운 듯 다하라 경부보가 던진 질문에, 요시에는 전혀 신경 쓰지 않는 듯 시원스럽게 대답했다.

"예, 잠시. 산책하고 왔습니다."

"그런데 야나기마치 씨, 산책을 하기에는 밤이 너무 늦었어요. 안개도 짙고요. 게다가 언뜻 보니 구두에 진흙이 묻은 거 같은데 대체 어디를 돌아다닌 겁니까?"

이가와 형사의 날카로운 질문에도 아랑곳없이 요시에는

의자에 앉아 몸을 젖히고 양다리를 쭉 뻗더니 말했다.

"큰맘 먹고 잠깐 동굴 탐험을 하고 왔습니다."

"야나기마치 씨, 그럼 아까 그 터널 속에 있었……."

"아, 잠깐 주임님, 기다려주세요. 야나기마치 씨, 당신이 탐험한 동굴이란 게 뭐죠……?"

"당연히 지금부터 20년 전, 오가타 시즈마란 인물이 들어가 행방불명이 되었다는 도깨비의 암굴을 말하는 겁니다."

앗 하고 말하듯 사람들은 얼굴을 마주 보았다. 긴다이치 고스케는 몸을 내밀었다.

"야나기마치 씨, 그럼 그 동굴은 지금도 있는 겁니까?"

"있습니다. 여기 계신 형사님도 잘 아실 텐데요. 아니, 긴다이치 선생님."

요시에는 변함없이 담배를 손에서 떼지 않고 말했다.

"이건 제 나쁜 버릇인데, 기분 전환이랄지, 서비스 정신이 투철하다고 해야 할지, 이번 사건 수사에 미흡하나마 도움이 되어 여러분을 기쁘게 해드리고 싶다는 그런 마음이 들어서요."

"그건 어떨지……. 하지만 뭐, 좋습니다. 그래서 어떻단 건가요?"

"아, 형사님에게 의심을 받아도 할 수 없지만, 여러분이 달리아의 방에서 탈출구로 잠입하셨다고 들어서 저는 저대로 그 도깨비의 암굴로 잠입해보았던 겁니다. 왜냐하면……."

"왜냐하면……?"

"예, 저는 전부터 그 터널과 동굴이 어딘가에서 연결되어 있지 않나 하는 의심을 갖고 있었거든요."

"그건 또 어떤 이유로요……?"

"긴다이치 선생님은 오늘 처음 그 지하도를 다녀보셨는데, 아마 이미 눈치채셨을 거라 생각합니다. 그 터널, 전부 인간의 힘으로 판 게 아니라 전부터 있던 천연 동굴의 상당 부분을 교묘하게 이용해서 만든 거라는 사실을요……."

"아, 저는 부족해서 아직 거기까진 알아차리지 못했습니다. 다만 인공적으로 만든 것치고는 너무 큰일을 벌였구나 하고 생각하긴 했지만요……."

"그럼 좀 더 꼼꼼하게 조사해보시죠. 그러면 제가 말씀드린 게 망상이 아니라는 걸 알게 되실 겁니다. 그런 이유로 저는 전부터 두 동굴이 이어져 있을 거라 생각했기에 아까 잠깐 도깨비의 암굴 쪽으로 잠입한 겁니다."

"그래서 뭔가 발견하셨습니까?"

"불이 이거였어서."

요시에는 라이터를 딱 울리며 씁쓸히 웃었다.

"게다가 제 별거 아닌 탐험으로 발견될 정도라면 벌써 옛날에 발견되었겠죠. 쇼와 5년 사건 때 형사님들은 그곳을 꽤 꼼꼼히 조사하셨으니까요. 다만……."

"다만……?"

"예."

거기서 요시에는 이제껏 길게 뻗고 있던 양다리를 거두더니 의자에서 갑자기 앉은 자세를 고쳤다.

"아까 누군가가 터널 안에서 큰 소리를 지르지 않았습니까?"

사람들은 깜짝 놀란 듯 요시에의 얼굴을 뚫어지게 보았다. 요시에도 긴장해서 그렇지 않아도 깎아지른 듯한 뺨이 한층 날카로운 선을 그렸다.

다하라 경부보가 뭔가 말하려 했을 때 이가와 형사가 끼어들었다.

"야나기마치 씨, 그 사람 뭐라고 소리쳤나요? 당신이 그걸 들었다면……."

"아뇨, 의미까진 모르겠습니다. 그저 멍멍하고 멀리서 희미하게 울리는 소리였어서…… 저도 환청인가 의심했을 정도니까요."

"그렇다면 그 소리를 터널 안에서 들은 게 아니란 말이오?"

"의심된다면 확인해보십시오. 제가 환청이 아닐까 의심한 지점으로 언제든 안내할 테니까요."

"야나기마치 씨, 그 소리를 어디쯤에서 들으신 겁니까?"

"문제의 우물…… 명도의 우물인가 지옥의 우물인가 하는 바닥이 안 보이는 우물 근처에서요. 전 우물 바닥에서 들려오는 게 아닐까 하고 서둘러 가까이 달려갔을 정도였죠."

"아, 그 우물은 지금도 있습니까?"

"긴다이치 선생님, 그 우물은 사람의 힘으로 메울 수 있을 만한 것이 아닙니다. 굉장히 깊은 우물이니까요. 우물이라기보다 크레바스, 균열된 땅 같은 거죠."

"그러면 당신이 들은 목소리란 땅속에서 들려온 거란 말씀이시군요."

다하라 경부보가 옆에서 끼어들었다.

"그렇습니다. 다만 바로 발밑에서 난 건 아니었습니다. 멀리, 아득한 곳에서…… 즉 이 건물 쪽에서 나고 있었어요."

"그렇군요. 그러면 당신이 들어간 동굴과 우리가 방금 탐험하고 온 터널과는 2단식으로 되어 있다는 말씀이십니까?"

"그렇게 생각했습니다."

"아, 감사합니다. 그런데 야나기마치 씨, 동굴을 나왔을 때 누군가의 모습을 보진 못하셨습니까? 예를 들어 그 사당에서 나온 게 아닐까 생각되는 인물이요……."

"아뇨, 그런데 주임님, 그 인천당은 내벽 밖에 있죠. 문제의 동굴 입구는 내벽 안에 있습니다. 저 오늘 밤은 한 번도 내벽에서 밖으로 나가지 않았어요."

야나기마치 요시에는 그 말을 하고 의자에서 일어섰으나 잠시 주저하는 기색을 보인 후에 덧붙였다.

"긴다이치 선생님, 이것은 제 망상일지도 모르지만……."

"네, 뭔가요?"

"오늘 밤 당신들이 탐험한 그 터널 말인데요, 보기보다 훨씬 복잡다단하게 걸쳐 있는 게 아닐까 싶습니다만……."

"뭔가 근거라도 있는지요."

"아니요, 누님…… 즉 쇼와 5년에 이 집에서 뜻하지 않은 최후를 맞이한 누님의 말이 생각나서 그렇습니다. 그 일을 당하기 전에 누님이 한번 이런 말을 한 적이 있습니다. 나는 이 집이 기분 나빠서 견딜 수가 없어. 언제 어디에 있어도 누군가에게 감시당하는 것 같은 기분이 들어서 참을 수가 없어. 그때 누님은 일종의 노이로제 상태였기 때문에 저는 크게 신경 쓰지 않았는데요, 이제 와서 생각해보면……."

"이제 와서 생각해보면……?"

"아, 그 뒤는 상상에 맡기죠."

야나기마치 요시에는 가볍게 인사하고 나갔다. 아까 만난 외팔이 남자와 닮은 사람을 찾으라고 하면 이 남자가 가장 비슷하지 않을까 싶은데…….

다음은 덴보의 차례였으나, 그를 부르러 간 이토메 씨는 빈손으로 돌아왔다.

"덴보 씨는 아무리 불러도 답이 없습니다."

"주무시는 걸까요?"

"아뇨, 일어나 계시긴 한 것 같은데요. 샤워를 하고 계신 것 같은데, 그 소리 때문에 아무리 문을 두드려도 들리지 않는 모양입니다."

시계를 보니 12시 반이다. 지금 샤워를 하기에는…… 하고 긴다이치 고스케는 문득 불안을 느꼈지만 이가와 형사는 아무렇지 않게 말했다.

"주임님, 그 아재는 넘겨도 괜찮지 않습니까. 아까의 외팔이 남자가 누구든 그 뾰족 머리가 아닐 거란 건 확실하니까요. 아하하."

노형사의 한마디에 덴보 구니타케는 생략하기로 하고 마지막으로 불려 온 사람은 오쿠무라 비서였다.

오쿠무라 히로시는 명백히 잠자리에 들었다가 일어난 듯 눈을 게슴츠레 뜬 채 파자마 위에 바지를 입고 양복 상의를 걸친 괴상한 모습이었다.

이 남자도 알리바이는 없었다.

진술에 따르면 그는 10시를 넘어 사장의 부름을 받고 그 방에 갔다. 사장은 마침 첫 번째 사정 청취가 끝나 자기 방으로 막 돌아온 참이었던 것 같다. 사장의 용건은 간단했다. 내일 아침 도쿄의 어느 곳에 두세 번 전화를 걸어두라는 것이었는데, 그것은 모두 비즈니스상의 용건으로 이번 사건과는 관계없다. 개요를 빠르게 받아 적고 사업상의 일에 대해 여러 가지 지시를 듣고 있는데 부인이 뭔가 사장님께 용건이 있는 것 같아 물러나 이쪽으로 돌아온 것이 10시 40분이었다. 그때부터 옆에 있는 오락실에서 당구를 치고 있었는데, 그로부터 얼마 지나지 않아 당신들이 2층으로 올라가는 모습이 보였다. 드디어 탈출구의 모험이 시작되는 건가, 생각하면서 당구를 쳤지만 혼자는 심심해서 곧 방으로 내려와 목욕을 했다. 침대에 들어간 것이 11시 10분 무렵의 일이었다 등등. 그러므로 중요한 시간에는 알리바이가 없다는 것.

이렇게 덴보는 예외로 치고 취조를 받은 세 사람 중 야나기마치 요시에만이 알리바이다운 것을 갖고 있었지만, 그 또한 본인의 주장일 뿐 진실인지 입증될 때까지는 확실한 게 아니었다.

하지만 실은 알리바이 따위 아무래도 좋은 것이다. 그 외팔이 남자가 누구든 그 시각에 그 장소에서 대체 뭘 하고 있었던 것일까. 문제는 그거라고 긴다이치 고스케가 생각하고 있으려니, 거기에 고야마 형사가 다른 형사와 둘이서 슈트 케이스를 들고 들어왔다. 파트너인 에토 형사는 옷걸이에 걸린 꽤 사치스러운 낙타털로 만든 외투와 감색 더블브레스트* 세 벌, 그 외에 와이셔츠나 넥타이 등을 양손에 들고 있다.

"주임님, 피해자의 짐은 결국 이 슈트 케이스 하나인 것 같은데요."

"열어봤나?"

이가와 형사가 옆에서 물었다.

"예, 열어봤습니다. 보세요, 피해자가 몸에 걸치고 있던 양

---

* 섶을 많이 겹치고 양쪽에 단추를 단 양복저고리나 외투.

복 주머니에서 아까 이 열쇠가 나왔잖아요. 이거 슈트 케이스 열쇠였습니다. 그래서 열어봤는데, 안에는 이렇습니다."

고야마 형사가 열어 보이자 안에서 나온 것은 파자마와 가운과 화장 도구였다. 감색 더블브레스트 상의 주머니에는 3000엔 정도 들어 있는 지갑 외에 명함 지갑, 손목시계와 방 열쇠가 있었다. 바로 이토메 씨를 불러 그 의류들을 보여주었더니, 이토메 씨는 딱 잘라 말했다.

"예, 예. 후루다테 씨는 그 양복에 그 외투를 걸치고 어제…… 아니, 그저께가 되겠네요, 그저께 여기 오셨습니다. 예, 틀림없습니다. 그 슈트 케이스를 들고요. 뭣하면 주인어른이나 부인에게 물어보십시오. 어제 낮에 여러분과 식사할 때도 그 감색 더블브레스트를 입고 계셨습니다."

사람들은 무심코 얼굴을 마주 보았다.

그렇다면 후루다테 다쓴도가 그저께 여기 왔을 때 이 슈트 케이스에는 뭔가 들어 있었던 것일까. 파자마와 가운과 화장 도구뿐이었을까. 어쩌면 마차 위에서 시체로 발견되었을 때 입고 있던 검은 양복이나 회색 터틀넥 스웨터가 들어 있었던 것은 아닐까.

"이가와 씨, 명랑장 주변에 때때로 출몰한다는 외팔이 괴인은 어떤 복장을 하고 있었나요? 혹시 검은 양복에 이런 터틀넥 스웨터를 입고 있진 않았나요?"

긴다이치 고스케의 질문에,

"예, 맞습니다. 그러고 보니……."

이가와 형사는 도중에 말을 끊더니 기분 나쁜 듯 다른 사람들과 얼굴을 마주 보았다.

이 지역 주민들의 말을 종합해보면 검은 양복과 검은 터틀넥 스웨터는 전설화된 외팔이 괴인의 유니폼 같은 것이었던 모양이다. 후루다테 다쓴도도 그 사실을 알고 있었던 게 틀림없다. 게다가 그가 그 유니폼과 비슷한 의상을 슈트 케이스에 감추고 이 명랑장에 왔다면,

"이놈, 대체 뭘 계획하고 있던 거냐."

이가와 형사가 기분 나쁜 듯 중얼거리는 것도 무리가 아니다.

긴다이치 고스케는 생각난 듯 이토메에게 다마코에 대해 물어보았다.

"그게, 선생님. 이상해요. 어제 부인이 일본식 방 쪽에서 주무신다고 했죠. 그래서 다마코를 보냈는데 그 후로 모습이 보이질 않습니다."

"그 후로 모습이 보이지 않는다고요……?"

"아녜요, 또 조지랑 노닥거리고 있겠죠. 그 아이, 조지에게 푹 빠져 있거든요. 호호호, 무리도 아니죠. 둘 다 전쟁고아잖아요. 서로 기대는 사이라 할까요. 아주 사이가 좋답니다."

이토메가 재치 있게 둘러대며 아무렇지 않게 웃어서 긴다이치 고스케도 이내 그 말에 낚여 그녀의 일을 방치해버렸던

것인데, 이는 나중에 큰 후회로 남게 된다.

2

긴다이치 고스케는 갑자기 복도 중간에 멈춰 섰다.

종업원인 스기의 안내로 미로 같은 길고 긴 복도를 지나 자신에게 배정된 일본식 방으로 돌아와서,

"낮에 데운 목욕물을 그대로 두었으니 일단 목욕하시면……."

하고 말하는 스기의 말을 들었을 때 긴다이치 고스케는 마음속 깊은 곳에서 감사하지 않을 수 없었다. 저 붕괴 직전의 터널, 지하의 어둠 속을 헤매고 온 뒤에 따뜻한 목욕물은 무엇보다 필요한 것이었다.

스기가 간 뒤 긴다이치 고스케는 수건과 비누 상자를 덥석 쥐고 욕실 쪽으로 향했는데 거기서 갑자기 멈춰 섰다.

욕실에 밝게 불이 켜져 있는 것은 물론, 누군가가 목욕하는 소리도 들렸다. 시간은 이미 새벽 1시. 지금 이 건물의 이 구역에 그 외에 다른 손님은 없을 것이었다. 누구일까. 아니, 그게 누구든 그놈은 더운물을 쓰는 데 조금도 거리낌이 없다.

긴다이치 고스케가 유리문을 열어보니, 넓은 탈의실 바구니 속에 성긴 흑백 체크 스웨터와 바지, 속옷 등을 난잡하게 벗

어놓은 것이 보였다. 젊은 남자인 것 같다.

"누구……? 거기 누구 있습니까……?"

"긴다이치 선생님, 접니다. 조지예요."

"아, 자네인가……."

긴다이치 고스케는 무심코 눈을 찌푸렸다. 그렇다, 이 남자가 남아 있었다. 이 남자 역시 아까 지하도에 있던 외팔이 남자가 아니라는 보장은 어디에도 없다.

긴다이치 고스케도 알몸이 되어 목욕탕의 흐릿한 유리문을 열자, 조지가 목까지 욕조에 담근 채 싱글거리며 장난스럽게 웃고 있다.

"자네는 항상 이 욕탕을 쓰나?"

"농담이시죠? 보통은 이 탕을 쓰지는 않죠. 오늘 밤은 선생님에 대한 특별 서비스."

"근데 자네가 먼저 와 있는 건 무례한 걸세."

긴다이치 고스케는 눈이 부신 듯 상대의 시선을 피하면서 조지와는 가급적 떨어진 곳에 몸을 담갔다. 나란히 있으면 새삼 빈약한 자신의 몸에 기가 죽을 것 같아서다.

"뭐, 그런 겁니다. 하지만 이거 어르신께는 비밀로 해주세요. 알면 야단맞아요."

"그럼 왜 왔지? 자네들이 쓰는 목욕탕은 따로 있을 텐데."

"그야 있죠. 하지만 오늘 밤은 선생님에게 상황을 좀 여쭤보고 싶어서요."

"상황이라니, 무슨 상황?"

"모르는 척하시면 안 됩니다. 탈출구 안에서 무슨 일이 있었는지요."

"조지 군, 어떻게 그걸 알지?"

두 사람은 완만한 반원형을 그리는 대리석 욕조 안에서 두 간 정도 간격을 두고 마주하고 있었다. 탕이 깨끗해서 욕조 가장자리에 몸을 기대 다리를 쭉 뻗은 상대의 몸이 손에 잡힐 듯 투명하게 보인다. 역시 사타구니는 수건으로 가리고 있지만 5척 6촌의 몸은 균형이 잘 잡혀 있고 다리 근육도 불거져 있다. 혼혈치고는 털이 많지 않고 살짝 상기된 희고 윤기 있는 피부는 눈부실 정도로 청춘 그 자체다.

긴다이치 고스케가 응시하자 조지도 탕 안에서 몸을 굽혔다 폈다 하면서 대답했다.

"선생님, 하늘은 한 사람에게 모든 걸 주지 않는다는 게 이야기군요."

"무슨 말인가, 그게……?"

"아뇨, 신은 선생님의 여기……."

조지는 긴다이치의 머리를 가리켰다.

"……를 만드는 데 전념하셨지만 몸 쪽은 손을 놓았나 봐요. 불쌍해 보여요."

"무슨 소릴. 바보 취급 마라. 이래 봬도 역전의 용사라고."

"그렇네요, 선생님, 그 몸으로 군대에 끌려가셨다면서요."

"그래, 남자란 존재는 살아만 있으면 무조건 다 전장으로 가야 했어. 자네들이 어머니 찌찌에 매달려 있을 때의 일이다."

"맞아요, 여자는 여자대로 적이 상륙하면 스스럼없이 강간 하도록 하고, 불알을 꽉 쥐어 죽이라고 교육받았다고 하더군 요. 아하하."

터져 나오는 웃음소리를 듣고 긴다이치 고스케는 무심코 상대의 얼굴을 보았다.

"어이, 아까 한 질문의 답은 안 하나?"

"아까 한 질문의 답이요?"

"시치미 떼지 마. 오늘 밤 탈출구 속에 뭐가 있었냐는 이야 기, 자넨 그걸 어떻게 알았지?"

"그야 알죠. 선생님들이 탈출구를 빠져나온 후 사장님을 시 작으로 한 사람씩 불러 뭔가 조사하지 않았습니까. 선생님, 탈 출구 안에 누군가 있었던 겁니까?"

"그래, 맞아. 조지 군, 우리가 탈출구 안에 있을 때 자넨 대 체 어디 있었나? 11시 20분부터 12시까지 말이야."

"선생님, 그럼 역시 탈출구 안에 누군가 있었군요."

"됐으니까 내 질문에 대답해. 11시 20분부터 12시까지 자 넨 어디 있었나?"

"제 방에 있었습니다."

"누군가와 함께?"

"아뇨, 저 혼자 있었어요. 얼마 후면 보이 셋이 올 예정이지만 지금은 저 혼자니까요."

"증인이 있나? 자네가 방에 있었단 걸 증언해줄……."

"아, 진짜. 그럼 저 의심받는 건가요? 맙소사, 그럼 다맛페라도 끌어들일걸."

"그래, 그 다마코라는 아이와 함께 있지 않았나?"

"아뇨, 다마코와는 오늘…… 아니, 어제저녁 현장을 나와 바로 헤어졌고 그 뒤로 만나지 않았어요."

"그 다마코 말인데, 지금 어디 있는지 모르나?"

"몰라요. 다맛페한테 무슨 일이 생겼나요? 설마 그 애가 수상하다는 건 아니죠?"

"농담 그만. 그렇다면 11시 20분부터 12시까지 자네가 자네 방에 있었다고 말해줄 증인은 아무도 없다는 거로군."

"알리바이 조사인가요. 예, 없는 것 같습니다. 긴다이치 선생님, 그럼 역시 탈출구 속에 누가 있었던 겁니까? 그런데 그놈이 도망쳐서 선생님들은 그게 누군지 파악을 못 했고, 그래서 알리바이 조사를 하시는 건가요?"

긴다이치 고스케는 잠시 묘한 기분이 들었다.

그가 아이일 적에는 알리바이 같은 말은 몰랐다. 그러고 보니 소년 시절 읽었던 번역 탐정소설에는 현장부재증명이라고 쓰고 알리바이라고 후리가나*가 붙어 있었다. 지금은 이런 애

---

* 振り仮名, 일본어에서 한자 위에 읽는 법을 히라가나로 표기한 것.

송이도 알리바이라는 말을 안다. 탐정소설의 영향도 엄청나다고 해야 할 것이다.

긴다이치 고스케는 일부러 의심스러운 듯 눈을 껌벅거렸다.

"어이, 조지 군. 자네는 검은 베레모에 큰 검은 안경, 감기용 마스크에 검은 장갑, 그리고 검은 터틀넥 스웨터, 그런 걸 가지고 있나?"

"검은 베레모에 큰 검은 안경, 감기용 마스크에 검은 장갑, 검은 터틀넥 스웨터? 긴다이치 선생님, 그, 그럼 탈출구에 있던 사람은 금요일 저녁 여기 와서 달리아의 방에서 사라진 외팔이 남자란 말씀입니까? 그럼 그놈은 아직 이 저택 어딘가에 숨어 있단 말이군요."

"그런 건 아무래도 좋네. 그보단 내 질문에 대답해. 검은 베레모에 큰 검은 안경, 감기용 마스크에 검은 장갑, 검은 터틀넥 스웨터, 그런 걸 자넨 갖고 있냐고 물었네."

"농담 아닙니다. 제가 그런 걸 갖고 있을 리가 없잖아요."

"그럼 누가 갖고 있지?"

"그런 걸 제가 알 리가 있겠습니까."

"조지 군, 혹시 시노자키 씨가 그런 걸 갖고 있는 걸 본 적 없나?"

"우리 대장이요……?"

혼혈아 조지는 요란한 물소리를 일으키며 욕조 안에서 앉은 자세를 고치더니 긴다이치 고스케의 얼굴을 들여다보았다.

"그럼 긴다이치 선생님은 외팔이 남자를 우리 대장이라고 생각하시는 건가요?"

"그럴지도 모르지 않나. 금요일 저녁 시노자키 씨의 알리바이는 부정확하고, 범행이 있었던 오늘…… 아니, 어제로군, 어제 오후 3시 전후 알리바이도 없어. 게다가 흉기로 사용된 시코미즈에도 시노자키 씨 물건이야. 동기가 확실치 않지만 그거야 여러 가지 있을 테고 그런 복잡한 사정을 가진 부부니까……."

"하지만…… 하지만……."

조지가 헐떡였다.

"오늘 밤…… 아니, 어젯밤 알리바이는 있었잖아요. 11시 20분에서 12시까지……."

"그런데 조지 군, 그게 없어."

"주인어른과 부인이 같이 계시지 않았어요?"

"같이 있지 않았어. 그런 일이 일어난 후니까. 침실을 따로 썼단 말이야. 고인에게 미안했겠지. 시노자키 씨는 자기 방에 틀어박혀 있었다고 하는데, 누구 하나 증인이 없어."

"긴다이치 선생님."

조지는 벌떡 욕조에서 일어났다. 역시 수건을 허리에 두르고 있었지만 온몸이 분노로 떨리고 있다. 그는 위에서 긴다이치 고스케를 노려보았다.

"선생님은 주인어른의 적이에요, 아군이에요?"

"나⋯⋯? 그렇군. 나는 말하자면 정의의 편, 아니, 항상 진리의 편이라고 해야 할까."

"아니꼬운 놈! 네놈이 가자마 선생님의 친구가 아니었다면 여기서 목 졸라 죽였어. 널 비틀어버릴 거야!"

한 발 앞으로 나와 긴다이치 고스케를 덮칠 것처럼 뻗어 온 조지의 양손은 정말 긴다이치 고스케의 가느다란 목을 비틀어버릴 듯이 움찔거리고 있다. 이 무서운 형상을 보고 공포를 느끼지 않는다면 거짓말이리라. 하지만 그 이상으로 긴다이치 고스케는 원래 부랑아였던 이 혼혈아에게 깊은 흥미를 느끼지 않을 수 없었다.

긴다이치 고스케는 일부러 상대를 도발하듯 히죽 웃었다.

"그렇군. 자네가 그렇게 흥분하는 걸 보니 역시 범인은 시노자키 씨로군. 자네는 그걸 알고 있어서⋯⋯."

"거짓말쟁이! 거짓말쟁이! 이 은혜도 모르는 놈아! 가자마 선생 댁에 신세를 지면서 선생 친구에 대해 잘도 그렇게 말하다니. 아, 알았다. 네놈은 그런 가느다란 몸으로 참전해서 심하게 고생했을 테니 직업군인을 싫어하겠지. 그래서 우리 주인어른을 범인으로 몰아세우고 싶은 거야."

긴다이치 고스케는 웃음을 터뜨렸다.

"그렇군. 최근 그런 사고방식이 유행이지. 뒈져라, 직업군인 따위⋯⋯ 하는 게⋯⋯. 아하하!"

탕에서 목만 내민 채 웃고 있는 긴다이치 고스케의 붙임성 있는 표정에 조지는 기세가 누그러졌는지 풀썩 양팔을 내렸다.

"범인은 주인어른이 아냐. 설령 주인어른이 울컥해서 그런 짓을 했다 쳐도 주인어른이라면 그런 잔재주는 안 부려. 주인 어른이라면…… 주인어른이라면…….."

"어떻게 할까?"

"깨끗이 자수할 거야."

"그렇군. 하지만 조지 군, 시노자키 씨가 그 사람에 대해 뭔가 욱할 만한 이유라도 있는 건가?"

조지는 놀란 듯 위에서 긴다이치 고스케를 노려보더니 갑자기 울상을 지었다.

"내가 알겠냐? 난 아무것도 몰라. 주인어른은 바보야, 바보라고!"

조지는 거기까지 말하더니 욕조에서 나와 흐릿한 유리문을 소리 내며 닫고는 옷을 대충 입고 탈의실을 나갔다. 긴다이치 고스케는 멀어지는 발소리에 귀를 기울이며 욕조 안에서 미동도 않고 생각에 잠겼다.

무엇이 저 젊은이를 그리도 동요시킨 걸까. 조지는 무엇을 알고 있는 걸까. 주인어른은 바보야, 라니 무슨 뜻일까. 시노자키 신고는 뭐가 그리 바보인 걸까…….

그로부터 얼마 지나지 않아 긴다이치 고스케는 자기 방으로 돌아왔다. 그는 가져온 가운으로 갈아입고 종업원이 정리하고 간 이불 위에 앉아 뭔가를 생각하면서 조용히 담배를 한 대 피우다가 갑자기 생각난 듯 정리함에서 솜으로 된 잠옷을 꺼내어 걸치고는 구석에 놓여 있던 밥상 쪽으로 걸어가 앉았다.

긴다이치 고스케는 노트를 꺼내고 먼저,

현장부재증명.

이라고 썼다.

아까 조지가 한 말을 듣고 생각난 김에, 범행 시에 있던 각 인물들의 알리바이를 조사해보려고 생각했던 것이다. 다만 범행 시각을 긴다이치 고스케와 조지가 잡목림 속에서 후루다테 다쓴도인 듯한 인물을 목격한 3시 5, 6분 전부터 요코 등 세 사람이 시체를 발견한 4시 15분 무렵까지라고 가정했을 경우이다.

- 시노자키 신고: 점심 식사 후 2시 25분 무렵까지 후루다테 다쓴도와 면담. 2시 30분부터 3시 5분 전까지 덴보 구니타케와 면담. 그 후 4시까지 알리바이 없음.

- 시노자키 시즈코: 점심 식사 후 4시 조금 전까지 자기 방에 틀어박혀 있었다. 다만 그동안 20, 30분 덴보 구니타케와 이야기를 했다. 그것은 분명 1시 30분부터 2시 30분까지일 것이다. 다른 시간의 알리바이는 어떨까? 생각해 볼 것.

- 시노자키 요코 / 오쿠무라 히로시: 점심 식사 후 2시 40분

까지 탁구장. 그동안 때때로 이토메 씨의 모습을 보러 갔다. 2시 40분부터 3시 6분까지 탈출구 안. 탈출구를 나와 야나기마치 요시에를 만나 3시 10분 무렵 셋이서 창고 속을 들여다봤지만 시체는 없었다. 이후 두 사람은 오락실에서 야나기마치 요시에의 플루트 연주를 들었다. 4시 15분경 셋이서 시체 발견.

• 야나기마치 요시에: 점심 식사 후 2시 20분까지 혼자. 2시 20분부터 40분 넘어서까지 탈출구 안. 3시 넘어 요코와 오쿠무라를 만나 이후 시체를 발견할 때까지 행동을 같이했다.

• 덴보 구니타케: 점심 식사 후 1시 반부터 2시 반까지 혼자. 다만 그사이 20, 30분 정도 시즈코와 만나 이야기를 했다. 2시 반부터 3시 5분 전까지 시노자키 씨와 면담. 그 이후는 알리바이 없음.

• 이토메 씨: 2시부터 3시까지 낮잠. 2시 40분 무렵까지 요코가 때로 상태를 보러 갔다. 덴보 구니타케도 그 모습을 보았지만 몇 시쯤이었는지는 불명. 그 이후의 시간은 알리바이 없음.

긴다이치 고스케는 자신이 적은 메모나 기억을 더듬어 이상과 같은 현장부재증명을 작성해보았으나, 범행을 마차가 돌아온 후라고 보고 각 사람들의 알리바이 표를 조사해보면,

- 시노자키 신고: 알리바이 없음.

- 시노자키 시즈코: 알리바이 없음.

- 시노자키 요코 / 오쿠무라 히로시 / 야나기마치 요시에:
  알리바이 완전.

- 덴보 구니타케: 알리바이 없음.

- 이토메: 알리바이 없음.

이상과 같다.

다만 범행이 마차가 돌아오기 전까지라고 보면 야나기마치 요시에도 수상하다. 그는 탈출구를 나와 요코나 오쿠무라를 만날 때까지 20분 이상 범행 현장 근처에 혼자 있었다. 게다가 그는 동기에 관한 한 가장 강한 동기를 가진 인물이다. 하지만 그는 시체를 마차 위에 둘 시간은 절대 없었다.

문제는 거기에 있다.

범인은 왜 시체를 마차 위에 두어야 했을까. 아니, 그 전에 피해자는 거기에서 무엇을 하고 있었을까. 범인이 피해자의 한쪽 팔을 포박했던 게 아니라면…… 그런 것은 도저히 생각할 수 없는 일이지만…… 후루다테 다쓴도는 자신의 한쪽 팔을 벨트에 묶고 대체 무엇을 하고 있었던 것일까. 의문은 돌고 돌아 다시 원점으로 돌아올 뿐이었다.

게다가……. 긴다이치 고스케는 생각을 계속한다……. 외팔이 남자가 지금 이 집에 머물고 있는 사람 혹은 고용인이 변장한 것은 아니라고 치고, 실재하는 인물일 경우, 그놈은 이 건물의 어디에 숨어 있는 것일까. 그리고 금요일 저녁부터 현재에 이르기까지 어디서 음식물 등을 보급받고 있는 것일까. 게다가 그놈은 아까 탈출구 안에서 대체 무엇을 하고 있었던 것일까.

긴다이치 고스케는 생각에 지치는 일은 없는 성격이었지만, 여기서 생각을 정리하기에는 너무나 데이터가 부족했다. 아무튼 일단 도쿄에 돌아가보자고 생각했다. 도쿄에 돌아간다 해서 이거다 싶은 추리가 나오지는 않을 것이다.

하지만 다행히 경시청의 유력 인사들 중에는 긴다이치 고스케의 지인이 있다. 거기에 가면 쇼와 5년의 사건에 관한 조사 자료가 있을 것이다.

게다가 가자마 슌로쿠와 만나보고 싶었다. 가자마라면 시즈코를 중심으로 한 시노자키 신고와 후루다테 다쓴도와의 삼각관계의 경위를 누구보다 잘 알고 있지 않을까.

긴다이치 고스케는 그날 밤 대충 이상과 같은 방침을 세우고 잠들었지만, 천만뜻밖에도 실제 그다음 날 그는 도쿄에 돌아갈 수 없게 되었다.

제10장

_____

육조의 귀족

1

종전 후 5년이 지났지만 기차는 여전히 붐볐다.

긴다이치 고스케와 고야마 형사는 오전 9시 15분 후지역을 출발하는 완행열차에 겨우 올라탔지만 좌석을 찾는 것은 도저히 불가능했다. 종전 직후만큼은 아니지만 지금도 식품을 원산지에 가서 사려는 사람들이 굉장히 많은 것 같았다. 간사이 방면에서 오는 이주자들도 있었다. 외지에서 오는 사람도 있었다. 이런 사람 저런 사람으로 뒤범벅이 된 차량에 겨우 몸을 밀어 넣기는 했지만 좌석을 찾기란 당치도 않은 일이었다.

"이래선 도쿄까지 꼼짝없이 서서 가야겠군요."

콧등에 땀을 흘리며 투덜대는 젊은 형사에게 긴다이치 고스케는 달래듯 말했다.

"어쩔 수 없죠. 이것도 한때니까요."

고야마 형사는 서의 명령으로 도쿄에 파견되어 가는 것이다. 용건은 말할 것도 없이 관계자들의 금요일 저녁 알리바이 조사와 사건의 배후 관계 조사였다. 원래대로라면 쇼와 5년 이후로 이어져온 일이니 이가와 형사가 출장을 가는 것이 맞지만 이가와 형사는 이가와 형사대로 여기에 중요한 임무가 남아 있어서 고야마 형사가 대신하게 되었던 것인데, 이 젊은 형사는 이런 일에 익숙지 않은 듯 왠지 불안해 보였다.

피해자가 피해자, 관계자가 관계자인 만큼 시즈오카현의 경찰 본부가 나선 것은 말할 것도 없고, 도쿄 경시청의 개입도 불가피했다. 하지만 관할인 후지 서로서는 쇼와 5년의 사건도 있어, 어떻게든 자기들의 힘으로 해결하고 싶다는 의향이 있었고, 다하라 경부보도 그럴 작정이었으며, 이가와 형사의 기백으로 말하면 보통이 아니었다. 그래서 고야마 형사의 책임도 한층 중대해졌다.

"괜찮습니다. 본청에서 여러 가지로 협조해줄 거고, 게다가 제가 드린 소개장, 가지고 계시죠."

"예, 물론입니다."

고야마 형사는 웃옷 주머니를 눌렀다. 긴다이치 고스케가 써준 소개장이란 말할 것도 없이 도도로키 경부에게 가는 것이었다.

"저도 여유가 된다면 경부님을 만나봐도 좋습니다. 어쨌든 도쿄에 가면 그곳을 연락처로 해두죠."

"선생님, 정말 잘 부탁드립니다."

이렇게 해서 북적거리는 열차에 겨우 비집고 탄 두 사람이었으나 긴다이치 고스케는 좌석을 잡자마자 바로 창에서 얼굴을 내밀고 자동차로 배웅하러 온 오쿠무라 비서에게 말을 걸었다.

"오쿠무라 군, 수고했어요. 이제 가보셔도 됩니다."

"긴다이치 선생님, 자, 잠깐 기다려주십시오! 저쪽에서 명랑장의 보이가 오고 있는 것 같습니다."

"어?"

긴다이치 고스케와 고야마 형사가 돌아보니 바야흐로 역전 광장 한가운데 애마 후지노오에서 내리는 혼혈아 하야미 조지가 보였다. 궁벽스러운 주변 풍경 속에 연지색 제복이 불타는 것처럼 선명하게 보인다.

조지는 열차가 다시 멈춘 것을 보더니 마침 그 자리에 있던 기둥에 말의 고삐를 서둘러 묶고 개찰구로 돌진했다.

"긴다이치 선생님! 긴다이치 선생님!"

조지는 창에서 얼굴을 내민 긴다이치 고스케의 더벅머리에 시선을 고정시키더니 미친 듯 손을 흔들며 고함쳤다.

"내리세요! 당장 열차에서 내리세요! 주인어른의 요청입니다. 대사건 발생! 대사건 돌발!"

플랫폼에 있는 사람들은 말할 것도 없고 창이란 창에서 여러 얼굴이 일제히 조지 쪽을 돌아보았다. 그 정도로 조지의 복장은 독특했고 그 태도나 말투는 격렬했다.

긴다이치 고스케는 잠시 주저했다. 하지만 다음 순간 조지가 한 말이 그의 결심을 이끌었다.

"덴보 씨가…… 덴보 씨가…….'

"고야마 씨, 당신은 이대로 가주세요. 저는 여기서 내리겠습니다."

기차는 당장이라도 출발할 기세였다. 열차 안은 빈틈없이 만원이었다. 게다가 이럴 때 긴다이치 고스케의 복장이란 정말이지 불편하기 그지없게 만들어져 있다. 소매가 붙은 기모노나 하카마 등은 당시 여행자들이 애용하던 것은 아니었다. 악전고투 끝에 긴다이치 고스케가 겨우 혼잡을 뚫고 밖으로 탈출하는 데 성공했을 때 열차는 이미 출발하고 있었다.

긴다이치 고스케는 열차의 진행 방향으로 따라 달리면서 수첩 속에 끼워둔 명함을 한 장 꺼내 창 너머로 고야마 형사에게 건넸다. 가자마 슌로쿠의 명함이다.

"이 남자를 만나보세요. 이번 사건에 대해 의견을 들어봐주세요."

그렇게 말하는 것이 고작이었다. 다음 순간 열차는 플랫폼을 벗어나 차츰 속도를 높여갔다.

"대체 무슨 일이야. 덴보 씨가 어떻게 됐다는 거지?"

여기저기 터진 옷을 신경 쓰며 긴다이치 고스케가 개찰구로 돌아가자 오쿠무라 비서와 조지가 나란히 서 있었다.

"저…… 저는 아직 잘 모르겠습니다. 다만 주인어른이 굉장히 흥분하셔서……. 저, 주인어른이 그렇게 흥분하신 거 본 적이 없어요."

"시노자키 씨가 흥분한 게 어떻단 건가?"

"아무튼 긴다이치 선생님을 다시 모셔 와, 라고 하시는 겁니다. 덴보 씨한테 큰일이 생겼다고, 전 그렇게만 들었습니다."

"그래서 자네, 그 말로 달려온 건가?"

"예, 주인어른이 그렇게 하라고 하셔서요. 미국 서부극 같네요. 아하하."

그때 아하하 소리만큼은 여유가 있었으나, 역시 조지도 겸연쩍었을 것이다. 그렇지 않아도 명랑장에 살인 사건이 났다는 것은 이 부근 일대에 알려졌고, 신문기자 등도 속속 모여드는 판국에 주변에는 사람이 가득하니 말이다.

"긴다이치 선생님, 안내하죠."

"잘 부탁드립니다."

"그럼 선생님은 자동차로 서둘러주십시오. 저는 말을 타고 뒤에서 천천히 돌아가겠습니다. 너무 달리게 하면 말이 불쌍해서요."

어젯밤의 무섭고 사나운 얼굴은 어디로 갔는지 조지는 천진난만한 얼굴로 싱글거리고 있다.

그리고 10분 후 긴다이치 고스케를 태운 자동차가 명랑장 정면 현관 앞에 정차하자, 정보를 캐러 온 신문기자들이 옆으로 다가왔다. 그들 중 상당수는 도쿄에서 달려왔고 개중에는 긴다이치 고스케의 얼굴을 아는 사람도 있었다.

"긴다이치 선생님, 선생님도 이번 사건에 관여하고 계셨습니까?"

"선생님, 후루다테 전 백작이 살해당했다던데, 예의 삼각관
계의 갈등 때문인가요?"

"이 명랑장에선 여러 가지 일이 있었는데 그런 일이 이번
사건과도 관련 있는 것인가요?"

집요하게 질문해대는 기자들을 적당히 상대하면서 도망치
듯 정면 현관으로 달려 올라가 로비에 들어가자마자 마주한 사
람은 바쁜 듯이 안에서 나온 에토 형사였다.

"긴다이치 선생님, 현장은 히아신스의 방입니다. 바로 가주
십시오. 여기 주인의 요청으로 현장은 그대로 두었습니다."

에토 형사는 그렇게만 말하고는 빠른 걸음으로 현관 밖으
로 나갔다.

이 명랑장은 후지산을 배경으로 하여 V 자형으로 지어졌
고, 아래쪽 꼭짓점에 정면 현관이 있다. 그리고 현관에서 오른
쪽 날개가 되는 건물에 일본식 방이 있고 그쪽은 단층이었지
만, 왼쪽 날개인 서양식 건물은 2층이었다. 히아신스의 방은
왼쪽 날개 건물의 2층 막다른 곳, 달리아의 방 옆에 있다는 사
실을 긴다이치 고스케도 알고 있었다.

현관 로비를 왼쪽으로 돌아가자 새빨간 융단을 깐 넓은 대
리석 계단이 있고, 그 계단을 올라가 복도를 똑바로 가면 T 자
형 복도의 가로 부분에 해당하며, 그 복도를 왼쪽으로 돈 지점
에 히아신스의 방 문이 있다. 열린 방문 밖에 경관이 한 명 서

있었다. 그는 긴다이치 고스케를 보더니 말없이 길을 비켜주었는데, 경관의 긴장한 얼굴을 보아도 그 방 안에서 보통 아닌 사태가 벌어졌다는 것을 짐작할 수 있었다.

안으로 들어가보니 그곳은 옆의 달리아의 방과 정확히 좌우대칭을 이루고 있었고, 다다미 열두 장 크기의 거실 오른쪽에 넓은 벽난로가 있고 대리석 선반이 붙어 있는 것도 이웃한 달리아의 방과 똑같았다. 하지만 거기에는 사람 그림자조차 없고 왼쪽에서 샤워기 물소리가 들렸다. 그 소리에 섞여 애써 낮춘 듯한 사람의 대화가 간간이 들려왔다.

거실 왼쪽은 침실로, 달리아의 방과 좌우대칭인데, 커다란 더블베드가 큰 면적을 차지하고 있다. 그 침대 옆에 지금 오도카니 앉아 있는 것은 이토메이다. 여든이 다 되어가는 이토메의 키로는 다리가 바닥에 닿지 않는다. 버선 위에 신은 슬리퍼가 허공에 붕 떠 있었다.

침대 머리맡에 전기스탠드가 놓인 작은 책상이 있고, 그 책상과 한 쌍인 회전의자는 지금 이쪽을 향하고 있었는데, 그곳에는 시즈코가 앉아 무릎에 올린 양손을 꽉 움켜쥐고 있었다.

시즈코는 오늘 아침에도 일본 옷을 입고 있었지만 기모노는 어제와 달랐다. 엷은 오시마 무늬에 연지색 띠가 잘 어울린다. 무릎 위에서 깍지 끼고 있는 양손, 그중 왼손의 약지에 끼워진 다이아의 크기가 눈길을 끌었다. 시즈코는 상체를 반듯이 하고 있었고 얼굴은 정면을 향하고 있었지만 변함없이 노의 가

317

면 같은 그 얼굴에는 아무 표정도 없다. 기분 탓인지 피부가 푸석하게 일어나 있는 것 같았다.

침대 끝에 있는 창 옆에 시노자키 신고가 서 있었다. 신고는 부인에게 등을 돌린 채 창 너머로 후지산을 보고 있었지만, 정말로 후지산을 보는 것일까. 튼튼한 어깨선이 왠지 초췌하게 보이고 대충 묶은 허리띠의 매듭이 큰 엉덩이 위에 축 늘어져 있는 것이 우스꽝스럽고 초라해 보였다.

긴다이치 고스케가 침실에 들어섰을 때 세 사람은 이렇게 기묘한 삼각형을 그리고 있었지만 그의 모습을 보더니 3인 3색의 표정이 격렬하게 변화했다.

"긴다이치 선생님……."

헐떡이듯 한마디를 하고 말을 잃은 신고의 눈은 번들번들 핏발이 서서 무섭게 보였다. 시즈코는 가볍게 인사했을 뿐 그저 물끄러미 긴다이치 고스케의 더벅머리를 응시하고 있다. 노의 가면 같은 냉정함이 없었다면 천진난만하게 보였을지도 모른다. 가장 법석을 떤 것은 이토메였다. 침대에서 폴짝 뛰어내리더니 긴다이치 고스케를 반겼다.

"어머, 긴다이치 선생님, 딱 맞게 오셨네요."

"무슨 일이 또……? 덴보 씨가 어떻게 된 겁니까?"

"네, 그게……."

그렇게 말하면서 이토메는 닫아두었던 욕실의 유리문으로 걸어갔다. 욕실 안에서는 변함없이 요란하게 샤워기 소리가 들리고 있었다.

이토메는 그 문을 두드렸다.

"저, 여보세요. 경찰 여러분. 긴다이치 선생님이 돌아오셨습니다."

안에서 문을 연 이가와 형사는 웃지도 않고 묵묵히 비켜서서 긴다이치 고스케를 들여보내주었다. 문 안쪽은 탈의실이었고 정면에 크고 깊은 세면대가 달려 있었다. 하지만 문제는 탈의실이 아니라 오른편 문 안쪽의 욕실인 듯했다.

욕실은 다다미 석 장 정도의 크기였다. 에나멜을 바른 커다란 타원형 욕조 옆에 다하라 경부보가 서 있었고, 테 없는 안경을 걸친 경부보의 눈은 일말의 깜박임도 없이 욕조 안을 응시하고 있었다. 긴다이치 고스케 쪽으로 번쩍하고 빛난 그 안경은 바로 욕조 속으로 시선을 돌렸다.

"긴다이치 선생님, 시노자키 씨의 요청으로 아직 아무것도 손대지 않았습니다. 곧 감식반이나 의사가 올 겁니다. 그 전에 이 자리의 모습을 신중히 보아주십시오."

욕조 안에는 물이 가득 차 있다. 물은 엷은 녹색을 띠고 있었고 향기로운 냄새가 났다. 탕 바닥에는 발끝을 욕조 가장자리에 올린 자세로 난쟁이 덴보 구니타케가 가라앉아 있었다. 위를 올려다보는 자세로 잠든 이 옛 귀족의 나신은 지독히 볼품없이 보인다. 두 눈은 부릅뜬 채 천장을 보고 있었지만, 일찍이 위엄을 뽐내던 팔자수염은 보기에도 무참하게 시들어 있고

민머리에 아주 조금 남은 머리카락이 흐느적흐느적 탕 안에서 흔들렸으며, 동시에 자못 허세의 가면이 벗겨진, 쇠퇴한 노귀족의 구슬픈 말로인 듯 비참했다.

수건이 걸린 벽의 한쪽에서 샤워기 물이 폭포수 같은 소리를 내며 흐르고 있었다.

2

사건 발견의 전말은 이러했다.

노인인 이토메는 오늘 아침부터 기분이 좋지 않았다. 종업원인 다마코가 어디 갔는지 보이지 않는다. 게다가 아침에는 다들 방에서 식사를 하겠다고 했다. 허드렛일을 해줄 종업원이 있기는 하지만 남 앞에 내세울 급은 아니다.

할 수 없이 이토메가 노구를 끌고 손수 식사 준비를 하지 않으면 안 되었다. 그녀는 우선 연장자 공경의 의미에서라도 가장 먼저 히아신스의 방으로 식사를 날랐다. 이토메는 문을 노크했지만 안에서는 대답이 없고 샤워 소리가 희미하게 들렸다. 아침 입욕 후 샤워를 하나 보다 하고 가급적 큰 목소리로 불러보았지만 대답은 없었다.

이토메는 곤란해서 주변을 둘러보았는데 다행히 문 옆에 꽃병을 두는 받침대가 있었다. 중국풍의 튼튼한 검은 받침대에는 복잡하고 어수선한 중국풍 문양이 조각되어 있었고 역시 중국식으로 구운 커다란 항아리가 놓여 있었지만 꽃은 꽂혀 있지 않았다.

이토메는 영차, 하고 항아리를 복도에 내려놓고 그 위에 밥그릇을 둔 다음 문 너머를 향해 최대한 큰 소리로 식사를 가져다 뒀다고 이야기하고 돌아섰다. 샤워 소리가 워낙 요란해서 목소리가 들릴지 불안했지만 알까 보냐 하고 이토메는 화가 나 있었다.

시각은 정확히 8시였다고 한다.

이토메는 그 후 야나기마치 요시에, 시노자키 신고 순서로 식사를 날랐고 마지막으로 일본식 방 쪽에 시즈코의 식사를 가져갔을 때 다마코에 대해 물어보았지만 돌아온 것은 모르겠다는 무성의한 대답뿐이었다. 그 점에선 요코나 오쿠무라나 긴다이치 고스케는 시중들기 수월했다. 그들은 모두 식당에 나와 이토메의 노고를 덜어주었다. 9시 10분 전 긴다이치 고스케는 오쿠무라가 운전하는 차로 명랑장을 출발했다. 이미 많은 신문 기자가 몰려들고 있었지만 긴다이치 고스케는 교묘하게 그들을 피해 명랑장을 탈출했다.

긴다이치 고스케를 보내고 이토메는 그길로 히아신스의 방에 갔지만, 거기서 무심코 어머 하고 눈을 치켜올렸다. 검은 꽃병 받침대 위에 놓인 쟁반은 아직 손을 대지 않은 채였고, 거기에 샤워 소리는 여전히 요란하게 울리고 있었다. 이토메는 멍하니 생각했다. 어젯밤 12시 넘어 다하라 경부보의 요청으로 덴보를 부르러 왔을 때도 샤워 소리가 들렸다는 사실을.

메이지의 원로 후루다테 다넨도 각하에게 봉사해온 이토메는 남을 신경 쓰지 않는 다부진 여성이었지만, 역시 어제에 이은 오늘이기에 퍼뜩 정신이 들었다. 손잡이를 잡아보았지만 문은 잠겨 있었다. 이토메는 덴보의 이름을 부르면서 세차게 문을 두드렸지만 대답은 없었고 들리는 것은 샤워 소리뿐이었다.

이토메는 꽃병 받침대에서 쟁반을 내렸다. 받침대를 문 앞에 가져와 영차 하고 그 위에 기어 올라갔다. 튼튼한 검정 받침대는 이토메의 무게를 버티기에 충분했다. 문 위에는 스테인드글라스 회전창이 붙어 있다. 그것을 반쯤 열면, 사람이 기어 들어가지는 못하더라도 안의 상황을 엿볼 수는 있었다.

다다미 열두 장 크기의 거실에는 인기척이 없었다. 비스듬히 오른쪽 전방에 난로가 보이고, 벽난로 선반 위의 작은 가마쿠라 칠기 접시 위에 은색의 물건이 빛나고 있다. 이 문의 열쇠인 것 같았다. 왼쪽에 침실로 통하는 문이 보였지만 그 문은 닫혀 있었고 안쪽에서 샤워 소리가 들려온다. 반쯤이라고는 하나 회전창이 열려 있으니 샤워 소리는 아까보다 크게 들렸다. 이토메는 거기서 두세 번 덴보의 이름을 불렀지만 대답은 없고 들리는 것이라고는 샤워 소리뿐이었다.

이쯤 되자 아무리 다부진 이토메라도 무릎이 덜덜 떨렸다.

문이 잠겨 있고 열쇠가 방 안에 있는 이상 열쇠의 주인도 당연히 이 방에 있을 것이다. 그럼에도 불구하고 이렇게 불러도 답이 없는 건 어째서일까. 샤워 소리는 벌써 한 시간 이상 계속되고 있다. 만약 어젯밤 들었던 샤워 소리가 지금까지 계속되고 있는 거라면……?

이토메의 떨림은 금세 멎었다. 그녀는 천천히 꽃병 받침대에서 내려왔다.

앞에서도 말했듯 이 방 앞 복도는 T 자형으로 되어 있어, 세로줄의 아래쪽에서 정면 현관으로 내려가는 계단이 이어져 있다. 가로줄의 좌우 가장자리에서는 뒤쪽 계단이 내려오고 그곳을 내려가면 정면 현관을 통하지 않고 조리장이나 고용인이 모이는 장소, 그리고 오른쪽 날개 부분의 일본식 방으로 갈 수 있게 되어 있다.

이토메는 그 뒤쪽 계단의 오른쪽으로 내려갔다. 덴보의 옆방 바로 아래가 시노자키 신고의 방이었다는 사실은 전에도 언급했다. 노크하자마자 안에서 문이 열리고 신고가 얼굴을 내밀더니, 이토메의 안색을 보고는 의아한 듯 눈썹을 찌푸렸다.

"이토메 씨, 왜 그러나."

아무리 침착한 이토메라도 이때만큼은 마음의 동요를 누를 수가 없었다.

"주인어른……."

그녀는 그렇게 말하고 이내 다른 질문을 했다.

"다마코를 못 보셨나요? 오늘 아침부터 모습이 보이지 않습니다만……."

"다마코……? 아니, 못 봤어. 그 아이가 어떻게 됐나?"

"오늘 아침부터 보이질 않습니다. 그리고……."

"그리고……?"

"이 위에 있는 히아신스의 방 말인데요……."

"히아신스의 방……? 아, 덴보 씨의 방 말이군. 그 방이 왜……?"

"샤워기를 계속 틀어둔 상태입니다. 어쩌면……."

"어쩌면……?"

"어젯밤부터 계속 틀어둔 상태가 아닐까 싶습니다만."

이토메는 거기서 겨우 침착함을 되찾았다. 지금까지 불안을 느끼고 있던 이유를 말하자, 신고의 눈이 순식간에 커졌다.

그는 아무 말도 하지 않고 이토메의 몸을 밀치더니 성큼성큼 뒤쪽 계단을 올라갔다. 모직 기모노에 두른 띠의 매듭이 강아지풀처럼 흔들리고 큰 엉덩이가 요동치고 있었다.

히아신스의 방 밖에 멈춰 선 신고는 거세게 문을 두드리며 덴보의 이름을 계속 불렀지만 이번에도 대답은 없었다. 문을 두드리는 것을 그만두고 귀를 기울여보니 분명 샤워 소리가 들렸다.

이토메의 말을 떠올려 검은 꽃병 받침대 위에 올라가 반쯤 열린 회전창으로 안을 엿보니 비스듬히 오른쪽 전방에 보이는 벽난로 선반 위에 있는 것은 분명 은색의 열쇠였다. 꽃병 받침대에서 내려와 문손잡이를 덜그럭거리고 있는데, 한발 늦게 이토메가 달려왔다.

"주인어른, 열쇠를……."

여벌 열쇠를 구멍에 넣어 돌리기 전, 신고는 다시 한번 큰 소리로 덴보의 이름을 불렀다. 대답이 없는 것을 확인하고 열쇠를 돌렸다. 그리고 이토메와 함께 침실로, 욕실로 들어갔고 욕조 안의 시체를 본 것이다.

그 후로 신고는 사무가로서의 본분을 유감없이 발휘했다. 그는 이토메의 손을 잡아끌어 몸을 돌렸고 욕실을 뒤로했다.

"주인어른, 샤워기는……?"

"그대로 둬. 전부 그대로 놔둬."

신고는 창문이라는 창문은 전부 조사했으나 전부 걸쇠가 안에서 걸려 있었고 이상은 없었다. 침실에서 거실을 벗어나 문밖으로 나왔을 때 이토메는 무언가를 찾는 것처럼 두리번두리번 주변을 둘러보고 있었다. 침실을 지나갈 때 그녀는 침대 아래까지 들여다보았다. 그리고 거기서 찾는 것을 발견하지 못했을 때 그녀는 한편으로는 안심하고, 한편으로는 불안이 가중되는 것이었다.

복도로 나오자 신고는 문을 잠그고 이토메와 함께 계단을 내려가 정면 현관 옆에 있는 프런트에 들어갔다.

시각은 바야흐로 9시였다.

"경찰들은 아직 있지?"

"네, 다하라 씨라는 주임님과 이가와 씨라는 형사님⋯⋯. 순사도 두세 명 있는 듯합니다. 알릴까요?"

"아니, 잠깐 기다려. 조지를 여기로 불러줘."

"그 아이를 왜요⋯⋯?"

"일단 불러."

이토메는 힐끔 신고의 얼굴을 보았지만 바로 물러났다. 이 토메가 곧바로 조지를 데려왔는데, 그는 이미 제복을 입고 있 었다.

"조지, 여기서 후지노오를 타고 가면 후지역까지 몇 분 걸 리지?"

조지는 잠시 당황했지만 주인의 성격을 잘 알고 있기에 쓸 데없는 말은 하지 않았다.

"예, 20분이면 갈 듯싶습니다."

"15분 안에 가라. 9시 15분에 출발하는 열차에 긴다이치 고 스케 선생님이 탄다. 무슨 일이 있어도 그때까지 가서 선생님 을 도로 불러와. 알겠나? 알아들었나?"

"옛, 알겠습니다. 하지만 용건은요?"

"덴보 씨에게 큰일이 생겼다고 해. 그걸로 충분해."

조지는 놀란 듯 신고의 얼굴을 쳐다보았지만 직립 부동의 자세로 말했다.

"알겠습니다. 조지는 이제부터 후지노오를 타고 후지역으로 가서 긴다이치 선생님을 모셔 오겠습니다."

빙글 발길을 돌린 조지의 사슴처럼 날렵한 몸이 붉은 회오리바람이 되어 달려갔다.

신고는 프런트 안을 서성이다가 문득 걸음을 멈추고 이토메 쪽을 돌아보았다.

"이토메, 시즈코는 일어났겠지."

"네, 아까 식사도 드셨습니다."

"여기 불러줘."

"네, 그런데 경찰 쪽은 어쩔까요?"

"그보다 시즈코가 먼저다."

그는 단호하게 말하더니,

"경찰은 그 뒤에 불러. 긴다이치 선생님이 오실 때까지 너무 들쑤시게 하고 싶지 않아."

이토메는 문득 이상한 기분이 들었다. 긴다이치 고스케라는 남자, 키도 작고 궁상맞고 더벅머리에 말까지 살짝 더듬는다. 정말이지 볼품없는 풍채의 남자인데, 그런 남자를 시노자키 신고 정도의 인물이 이 정도로 신뢰할 가치가 있을까. 하지만 이토메는 말없이 고개를 숙이고 나갔다.

얼마간 시간이 흐른 후 시즈코가 이토메를 따라 들어왔다.

"안녕히 주무셨어요. 어젯밤엔 멋대로 굴어서……. 막 인사를 드리려던 참이었어요."

신고는 눈부신 듯 두세 번 눈을 껌벅거렸다. 특별히 공들여

화장한 것도 아닌데 오늘 아침의 시즈코는 유달리 아름답다고
생각지 않을 수 없었다.

"시즈코, 잠깐 나와 같이 가줘."

"네……? 어디로요……?"

의아한 듯 고개를 갸웃거릴 때 이 여자는 무척 천진난만하
게 보이기도 한다.

"일단 와봐. 나와 같이 가주었으면 해."

신고는 먼저 앞장서 방을 나서더니 이토메를 돌아보고 손
목시계로 눈을 돌렸다.

"지금부터 10분 지나면 경찰들에게 그 일을 보고해줘요.
그리고 당신도 같이 와요. 알겠죠?"

"알겠습니다, 주인어른."

"그럼 시즈코……."

남편의 엄한 기백에 압도당한 것인지, 시즈코는 말없이 신
고의 뒤를 따랐다. 신고는 정면 현관에서 2층으로 올라가 곧장
히아신스의 방으로 가서 열쇠를 돌리고 문을 열더니 시즈코 쪽
을 돌아보았다.

"덴보 님께 무슨 일이 있나요?"

주저하듯 중얼거리면서 남편의 얼굴을 응시할 때 이 노의
가면의 여자도 역시나 긴장한 탓인지 결이 고운 이마에 근육이
희미하게 경련하는 것이 보였다.

그러나 신고는 질문에 대답하지 않고 거실을 나와 침실을

지나서 탈의실과 욕실 사이에 있는 문 앞에 서더니 거기서 다시금 시즈코 쪽을 돌아보았다. 변함없이 샤워 소리가 격하게 울리고 있었다.

"욕조 탱크 쪽을 봐봐."

남편이 비켜주자 시즈코는 몸을 뻗어 욕조 속을 들여다보았는데, 그 순간 시즈코의 전신을 무서운 경련이 덮쳤다.

시즈코는 몸을 미세하게 떨면서 눈도 깜박이지 않고 욕조 속의 시체를 응시하더니, 다음 순간 몸을 돌려 탈의실을 나가 침실까지 가서는 겨우 침대 머리맡의 쇠기둥에 몸을 기댔다. 어깨를 들썩이며 크게 호흡하고 있다. 이마에서 진땀이 솟구치고 있었다. 신고는 일부러 욕실 문도 탈의실 문도 열어둔 채 침실로 돌아오더니 거칠게 호흡하는 시즈코를 말없이 지켜보았다.

"여보!"

한참 지나 시즈코는 헐떡이듯 말했다.

"덴보 님은…… 덴보 님은 돌아가신 건가요?"

"아, 보다시피."

신고의 목소리는 건조하고 강철 같은 견고함과 차가움이 있었다.

"오늘 아침 이 방문은 잠겨 있었어. 게다가 열쇠는 문 너머의 벽난로 선반 위에 있었지. 우리는 이토메가 보관하고 있는 여벌 열쇠로 들어와서 저 시체를 발견했어. 창문이란 창문은 보다시피 전부 안에서 잠겨 있었어. 그에 대해 당신은 어떻게 생각해?"

"어떻게 생각하다뇨……?"

시즈코는 다시 침대 쇠기둥에 매달려 신고에게 등을 돌린 채 어깨를 들썩이며 호흡하고 있다.

"덴보 님은 심장 발작 같은 지병이라도 갖고 있었던 건가?"

시즈코는 잠시 생각한 끝에 대답했다.

"아뇨, 그런 얘기 들은 적 없어요. 건강이 그분의 최고 자랑 거리였어요."

"그래, 나도 그렇게 들었어. 그렇다면 이건 어떻게 되는 거지. 아니, 쓸데없는 예측은 그만두지. 사인은 부검하면 언젠가 판명될 테니."

"부검……?"

시즈코의 전신은 다시금 미세하게 경련했지만 이윽고 남편 쪽을 휙 돌아보았다.

"그럼 타살이라는 거예요?"

"그러니까 부검 결과가 알려줄 거라고 했잖아."

신고는 창가에 서서 아내에게 등을 돌리고 있었다. 비스듬 히 오른쪽 방향으로, 오늘도 후지산이 화창하게 보인다.

시즈코는 침대의 쇠기둥에서 몸을 떼고 옆에 있는 회전의 자에 앉더니 천천히 남편을 돌아보았다. 그녀는 늠름한 신고의 등에 시선을 보내면서 말했다.

"하지만 당신은 방금 말씀하셨어요. 문은 잠겨 있었고 열쇠는 이 방 안에 있었다고. 그럼 누가 어째서……?"

"그러니까, 이 방에도 어딘가 탈출구가 있는 게 아닐까."

"여보!"

시즈코는 히스테릭하게 외쳤다.

"당신, 진심으로 그렇게 생각하는 거예요?"

"글쎄, 어떨까. 어쨌든 다쓴도 씨의 조부님이 만든, 한번 들어가면 나오지 못하는 미로 같은 건물이니까 말이지. 아하하."

신고는 이쪽으로 빙글 몸을 돌렸다.

"자, 들어봐. 어젯밤 긴다이치 선생님은 그 탈출구에서 외팔이 남자로 생각되는 인물을 만났던 것 같아."

처음 듣는 얘기인 듯 시즈코의 아름다운 눈썹이 크게 들려 올라갔다.

"그게 대체 누구예요?"

"누군지 몰라. 도망쳐버렸다니까. 그래서 그놈은 나일지도 모르고 야나기마치 씨일지도 모르고 오쿠무라 군일지도 몰라."

"말도 안 돼!"

"그래, 나도 그렇게 생각해. 하지만 그놈이 우리가 아니라면 여기 한 사람 정체불명의 외팔이 남자가 실재한다는 게 돼. 게다가 그놈은 변화무쌍하게 탈출구에서 탈출구로 출몰하는 것 같아. 그러니 그놈에게 있어서는 자물쇠가 걸린 밀실이든 아니든 문제없지 않을까. 아하하!"

마지막의 웃음소리에는 듣는 사람을 오싹하게 만드는 무시무시함이 있었다.

"여보, 그런 기분 나쁜 말은 하지 말아요…… . 그보다 여보!"

시즈코는 회전의자에서 일어났다. 그때 바깥쪽 문이 열리고 누군가가 들어오지 않았다면 분명 시즈코는 남편의 가슴에 매달렸을 것이다.

이토메는 딱 10분 늦게 다하라 경부보와 이가와 형사를 안내해 왔다.

그로부터 약 15분 뒤 긴다이치 고스케가 후지역에서 오쿠무라 비서가 운전하는 자동차로 급하게 되돌아왔던 것이다.

제11장

밀실의 열쇠

1

"덴보 씨, 가족은……?"

욕조에 잠긴 시체에서 눈을 거두고 긴다이치 고스케는 누구에게랄 것도 없이 물었다.

"그게, 아무도 없다고 하더군요. 작년에 부인과 이혼했다고, 이건 시노자키 씨 부부에게 방금 들은 겁니다."

"간단하게 말하자면 부인이 도망갔어요. 최근 화족의 이혼이 유행한다지 않습니까."

"자식은……?"

"없다고 합니다."

"그러니 부인도 인연을 끊기 쉬웠겠죠."

화족의 특전을 잃었을 때 덴보의 뾰족한 머리도, 곤충의 촉수를 연상케 하는 팔자수염도 모두 권위를 잃어버린 것이리라.

"그런데 이 목욕물 좋은 냄새가 나네요. 게다가 색도 있고."

"아, 저거예요."

이가와 형사가 턱짓으로 가리킨 벽에는 수염을 깎을 때 보는 거울이 붙어 있고 그 아래 선반 위에 지름 3촌, 높이 5촌 정도의 원통형 양철 캔이 붙어 있다. 윤기 나는 진홍색 거울 측면에는 하얀 글씨의 알파벳이 가로 글씨로 빈틈없이 나열되어 있었다.

긴다이치 고스케가 샤워기의 물줄기를 피하면서 눈을 가까이 가져가보니,

Bathclinic.

이라는 상품명이 크고 하얀 글씨로 쓰여 있었고 그 아래에 빈틈없이 나열된 가로 글씨는 효능이나 용법에 대한 것인 듯했다. 원통형의 캔 뚜껑이 열려 있어 안을 들여다보니 옅은 녹색의 자잘한 분말이 들어 있고, 찻숟가락 반 정도 크기의 쇠숟가락이 붙어 있었다. 선반 위에도 옅은 녹색 분말이 흩어져 있다.

"이게 뭡니까?"

"뭐, 일본식으로 말하자면 욕탕의 꽃 같은 거랄까요. 몸을 따뜻하게 해주거나 근육을 부드럽게 해주거나……. 미국인이 가져온 거겠죠."

"아, 그렇군요. 덴보 씨는 이런 걸 일부러 가져온 겁니까?"

"아, 그건 어젯밤 이토메 할멈이 제공한 거라더군요. 그에 대해 할멈이 뭔가 할 얘기가 있는 것 같던데, 그보다 긴다이치 선생님, 잠깐 이쪽으로 와보세요. 이 시체, 묘한 구석이 있습니다."

"묘하다뇨?"

"고인의 왼쪽 팔을 보시죠."

탕 바닥에 가라앉아 있는 덴보는 왼쪽 팔에 서양 수건을 감고 있다. 앞은 가리지 않고 팔에 타월을 감고 있는 것을, 긴다이치 고스케도 아까부터 이상하게 여기고 있었다.

"그 타월이 무슨……?"

"치워보면 깜짝 놀라실걸. 잠깐 이걸……."

이가와 형사가 소매를 걷어붙이고 탕 안에 손을 뻗어 타월을 걷어낸 순간, 긴다이치 고스케는 무심코 눈을 크게 떴다.

덴보는 왼팔에 손목시계를 차고 있는 게 아닌가. 밴드는 금속제로, 신축성이 매우 좋아서 덴보가 찬 손목시계는 일반적인 손목보다 높은 위치, 즉 팔꿈치 가까운 곳에 채워져 있었다.

시곗바늘은 11시 45분을 가리키고 있는 듯했지만 지금은 9시 40분이다. 그렇다면 이건 분명히 어젯밤 11시 45분이 틀림없다. 어젯밤 11시 45분이라면 긴다이치 고스케 일행이 탈출구 안에 있던 시각인데, 이것이 덴보가 죽은 시각을 의미하는 것일까.

긴다이치 고스케가 그에 대해 뭔가 물어보려 하는데 침실 쪽에서 우르르 사람들이 난입했다. 개중에는 어제 만난 모리모토 의사의 얼굴도 보인다.

"뭐야, 뭐야. 또 사람이 죽었다고. 이래서야 우린 늦잠도 변변히 못 자질 않나."

"헹, 그쪽은 그렇게 늦잠을 자는 나이인가 보오?"

"그래, 이가와 영감이랑은 달라서 우린 와구와구 먹고 쑥쑥 자라는 나이다 이거지. 아, 이쪽인가, 죽은 사람이⋯⋯."

"모리모토 선생님, 고인의 왼팔을 봐주십시오."

다하라 경부보의 귀띔에 모리모토 의사도 덴보의 왼팔에 눈을 돌렸다.

"그렇군."

의사가 기묘한 신음 소리를 내자, 누군가가 휘익 하고 날카롭게 휘파람을 불었다.

"전문가에게 이런 말씀을 드리는 건 정말 쓸데없는 짓일지도 모르겠지만 사인을 면밀히 조사해주십시오. 고인이 익사한 것인지, 아니면⋯⋯."

"아, 잘 알겠어. 손목시계를 찬 채 목욕하는 바보가 있겠냐마는."

"긴다이치 선생님, 이곳은 이분들에게 맡기고 저쪽으로 가시지 않겠습니까. 이토메 씨가 저희에게 하고 싶은 말이 있는 모양입니다. 이가와 영감님, 영감님도 같이 가실래요?"

"아, 난 저 손목시계에 미련이 있어서. 사진 촬영이 끝나고 가지요."

"사진이라면, 바깥쪽 거실 벽난로 선반 위에 있는 그릇에 이 방 열쇠가 놓여 있어요. 그것도 잊지 말고 찍어줘요. 사진을 찍으면 이제 그 샤워기를 잠가도 되겠지. 긴다이치 선생님, 가실까요."

다하라 경부보의 독촉을 받고 긴다이치 고스케가 욕실을 나오자 그곳은 전에도 말했듯 탈의실이었다. 침실에서 문을 들어가자마자 정면에 크고 깊은, 에나멜을 칠한 세면대가 달려 있다는 사실은 전에도 말했다. 그 세면대 위의 벽에 커다란 거울이 붙어 있었고 거울 아래에는 대리석 선반이 벽에서 돌출되어 있었다. 선반 위에 비누 상자와 머리빗, 서양식 면도칼, 셀룰로이드제 빗과 크림이 있다. 모두 최근 사용한 것처럼 흠뻑 젖었다가 그대로 마른 듯했다.

세면대에는 수도꼭지가 두 개 있어, 한쪽은 냉수, 한쪽은 온수가 나오는 구조였다.

긴다이치 고스케는 세면대 앞에 서서 그 깊이나 크기를 측정하듯 보다가 문득 대리석 선반에 눈을 돌리더니 어, 하듯 갑자기 눈썹을 찌푸렸다. 그 선반을 위에서 옆까지 각도를 바꾸어 관찰하는 것을 보고 다하라 경부보가 물었다.

"긴다이치 선생님, 거기 무슨……."

"주임님, 잠깐 이 선반 위를 보세요. 비누 상자 바로 옆입니다. 이 선반 지금은 건조되었지만 어떤 시기에는 젖어 있다가 그대로 마른 게 틀림없어요. 거기에 누군가가 뭔가를 놔뒀죠. 그 흔적이 지금도 희미하게 남아 있는데요, 뭘 놔둔 흔적일까요?"

경부보가 들여다보니 복잡한 줄무늬를 그리고 있는 대

리석 표면에 역시 작은 고리 같은 흔적이 희끄무레하게 남아 있다.

"긴다이치 선생님, 이거, 손목시계 흔적이……."

"저쪽 사진 촬영이 끝나면 손목시계를 빼서 여기 둬보죠. 과연 이 흔적과 맞을지."

다하라 경부보의 요청으로 바로 이가와 형사가 손목시계를 빼서 욕실에서 나왔다. 손목시계와 그 흔적은 딱 맞았다.

"그럼 뾰족 머리 아저씨, 일단 손목시계를 빼기는 뺐었군요."

"그래요, 손목시계를 빼서 이 선반 위에 놓았죠. 그 뒤에 욕조를 썼고. 욕조를 썼다는 건 욕조의 물이 비눗기로 탁해진 것만 봐도 알겠고 이 비누도 그대로 말랐잖아요. 욕조에서 나와 여기서 머리를 말렸겠지요. 머리를 말렸단 건 시체의 얼굴을 보면 알 수 있어요. 그리고 고인은 손목시계를 찬 후에 세면대에서 얼굴을 씻으려 했어요. 그런데 그때는 손목시계가 방해가 되니 팔꿈치 쪽으로 밀어 올린 거고……."

다하라 경부보의 말은 한 마디 한 마디 나뭇가지라도 뚝뚝 부러뜨리듯 딱딱했다. 경부보는 깊고 커다란 세면대로 눈을 돌렸다. 이가와 형사도 그곳을 보았다. 지금은 비어 있었지만 이가와 형사가 바닥에 마개를 꽂고 수도꼭지 두 개 중 하나를 틀자 청결한 물이 나와 금세 세면대를 채웠다. 넘칠 듯 찰랑거리는 세면대의 물을 보고 세 사람은 소름이 끼쳐 얼굴을 마주 보왔다. 그것은 사람 하나 익사시키기에는 충분한 양이었다.

텐보가 여기서 얼굴을 씻고 있을 때 누군가가 뒤로 몰래 다가와 뒤통수를 눌러 세면대에 밀어 넣었다면……?

"알았다, 알았어. 그때 고인은 왼팔에 타월을 감고 있었어. 그래서 범인은 손목시계가 있단 걸 알아차리지 못하고 그대로 욕조 안에 넣은 거군."

"아, 너무 성급히 결론짓지 않는 게 좋겠지만, 주임님이나 이가와 씨가 말씀하시는 대로라면 언젠가 부검 결과가 증명해 주겠죠. 폐에 들어찬 물에 이 욕탕의 꽃 같은 것이 포함되어 있는지 어떤지에 따라……."

긴다이치 고스케는 어두운 얼굴로 중얼거렸는데, 그 사실은 그날 저녁 안에 판명이 되었다. 텐보의 폐에 들어찬 물에는 배스클리닉은 들어가 있지 않았던 것이다. 이 보고를 받았을 때 긴다이치 고스케는 새삼 이번 사건의 범인이 지닌 더없이 잔인한 야만성에 아연하지 않을 수 없었다.

"그건 그렇고 주임님, 후루다테 씨의 사인은 파악했습니까?"

긴다이치 고스케가 물었다.

"아, 그래요. 아까 선생님이 외출하신 후, 서에서 연락이 왔는데 사인은 역시 교살 쪽이었다고 합니다."

"즉 그 시코미즈에의 자루 쪽으로 뒤통수를 팍 하고 쳐서 전 백작 선생을 졸도시킨 뒤 그 자리에 있던 밧줄로 목을 졸랐다. 그러면 전부 앞뒤가 맞는 듯한데 그래도 범인은 굉장히 잔인한 놈이거나, 아니면 후루다테 씨에 대해 굉장히 깊은 원한이 있는 놈이 분명하겠군요."

이가와 형사가 추가 설명을 한 뒤 다시 다하라 경부보가 말했다.

"그래도 범인은 굉장히 힘이 센 놈이라고 할 수 있겠어요. 후루다테 씨 하마터면 목뼈가 부러질 뻔했다니까요."

두 사람의 설명을 들으면서 긴다이치 고스케는 괴로운 눈을 하고 탈의실에 있는 다리가 달린 정리함 안을 보고 있었다. 그 정리함에는 덴보가 벗어놓은 파자마나 팬츠, 실내용 가운 같은 게 흐트러져 있었고, 정리함 밑에는 슬리퍼가 한 켤레 놓여 있었다.

"이 정리함 만져도 될까요?"

"예, 그렇게 하시죠. 아까 제가 휘저어놓은 거라."

정리함 안에 있는 것은 팬츠와 성긴 세로줄 무늬의 파자마 상하의, 그리고 부드러운 갈색 울로 된 실내용 가운뿐. 팬츠 외에는 모두 본 적이 있는 제품이었다. 긴다이치 고스케는 가운을 양손에 들고 펼쳐보다가, 엇 하고 눈썹을 찌푸렸다.

"긴다이치 선생님, 왜요……?"

그 가운에는 단추가 없고 옷과 같은 천으로 만든 가느다란 끈 모양의 밴드를 끼워서 묶도록 되어 있다. 실제 어젯밤 달리아의 방에 얼굴을 내밀었을 때 덴보는 같은 천으로 된 밴드를 앞쪽에서 묶고 있었다. 그 가운에도 같은 천의 가느다란 끈으로 만든 밴드 구멍이 양쪽 겨드랑이와 등, 총 세 군데에 붙어 있었는데, 가장 중요한 밴드가 어디에도 보이지 않는다.

이가와 형사도 처음으로 그것을 눈치챈 듯 두리번두리번 주변을 둘러보았지만 밴드는 아무 데도 보이지 않았다. 나중에 침실에서 거실까지 찾아보았지만 밴드는 결국 이 방 어디에서도 발견되지 않았다.

이 가운에 대해 긴다이치 고스케의 시선을 붙든 또 한 가지는, 허리 언저리의 양쪽 겨드랑이와 왼쪽 가슴에 같은 천으로 만든 주머니 세 개가 붙어 있고 왼쪽 허리에 붙어 있는 주머니가 하나 뒤집어져 있다는 것이었다.

"이가와 씨, 이거 이가와 씨가 뒤집어놓으신 건가요?"

"당치도 많은 말씀을. 전 정리함 속 물건의 개수를 조사해 봤을 뿐입니다."

"다하라 씨, 덴보 씨가 어젯밤 달리아의 방에 왔을 때 이 가운을 입고 계셨는데, 주머니는 이런 식으로 뒤집혀 있었습니까?"

"아뇨, 그런 보기 흉한 모습이었다면 저도 알아차렸을 텐데요."

"알았다. 범인 자식 뭔가 뾰족 머리 아재의 물건을 노리고 온 게 분명해."

이가와 형사는 탈의실에서 뛰어나갔다. 탈의실 밖에는 침실이 있었는데, 그곳에 신고 등 세 사람의 모습은 보이지 않았다. 보초를 선 경관의 말에 의하면 지하 로비에서 기다리고 있다고 했다.

침실 침대 옆에도 다리 달린 정리함이 있어, 거기에 덴보의 바지 외에 속옷이나 양말이 반듯하게 접힌 상태로 놓여 있었고, 침대 머리맡에 비치된 양복장을 여니 낯익은 스코치 트위드*의 스리피스나 와이셔츠가 넥타이와 함께 옷걸이에 걸려 있었다. 양복장 바닥에는 보스턴백이 놓여 있었는데, 상당히 오래된 소장품인 듯한 그 가방에는 K. T.라고 덴보의 이니셜이 새겨져 있었다.

보스턴백을 여니 갈아입을 와이셔츠 두 벌과 넥타이 세 개, 파자마가 놓여 있고 화장 도구가 들어 있을 듯한, 입구를 끈으로 묶는 형태의 주머니가 하나, 양말이 두 켤레, 수건, 손수건, 휴지 등. 모두 깔끔하게 정리되어 있다. 이 명랑장에 며칠 머물 생각으로 왔는지는 모르지만 덴보는 상당한 멋쟁이에다 깨끗한 걸 좋아하며 정리벽이 있는 사람인 듯했다.

양복 상의의 안주머니에서 두 번 접도록 만들어진, 인조가 죽으로 만든 지갑이 나왔는데, 안에는 약간의 지폐와 명함, 가마쿠라에 살고 있었던 듯 가마쿠라에서 도쿄까지 오가는 정기권. 그 밖에 전차 회수권. 옛 귀족인 덴보도 전후에는 전차를 이

---

* 스코틀랜드 모직물로 만든 옷.

용해온 모양이다.

"그런데 이가와 씨, 이걸 보고 어떤 느낌이 드셨습니까?"

"긴다이치 선생님, 이건 제 감인데요, 누군가 이걸 휘젓고 간 게 틀림없습니다. 보세요, 양복 상의 주머니가 반쯤 뒤집혀 있잖아요."

"그렇네요. 덴보 씨는 꼼꼼한 분이었던 것 같은데, 이건 이상하네요."

"보스턴백 안의 물건도 뒤진 후에 다시 정리해둔 것 같은 냄새가 나요."

양복장 아래에는 서랍이 네 칸 있었는데 그중 하나는 누군가가 서둘러 여닫은 듯 약간 어긋나 있어서 좀처럼 열 수가 없었다. 서랍 안은 물론 전부 비어 있었다.

"긴다이치 선생님, 그러면 범인은 단순히 덴보 씨의 목숨을 노린 것이 아니라 덴보 씨의 소지품을 노렸던 겁니까?"

"그래, 분명 그거야. 범인 자식, 뾰족 머리 얼굴을 세면대에 처박아 익사시키고 목욕물에 담가 익사한 것처럼 보이게 한 다음, 전리품은 없나 하고 소지품을 한바탕 뒤지고 간 거야."

"하지만 영감님, 그 전리품이 뭔데요?"

"글쎄. 긴다이치 선생님, 선생님은 뭔가 아시나요?"

"그럴 리가요. 저도 전혀 모릅니다. 짐작도 가지 않아요. 하지만 주머니까지 뒤지고 갔다면 노리는 물건은 별로 큰 건 아닐 거 같습니다."

"알았다!"

이가와 형사가 큰 소리를 질러서 긴다이치 고스케와 다하라 경부보는 무심코 그쪽을 돌아보았다. 노형사는 눈가를 붉게 물들였다.

"그거, 그 가운의 밴드에 꿰매둔 겁니다. 그 끈, 폭이 1촌 5분* 정도잖습니까. 상당한 물건이 달려 있었을걸요. 범인은 그걸 알아차리고 밴드와 같이 가져간 게 틀림없어요."

긴다이치 고스케는 미소를 지었다. 젊었을 때 읽었던 외국의 탐정소설에 그와 비슷한 이야기가 있었던 것을 떠올렸기 때문이다. 그 소설에서 감춰놓은 물건이란 분명 보석이었던 걸로 기억한다. 서화와 골동품을 거래하며 생계를 유지하는 몰락 귀족 덴보가 그런 귀중한 물건을 가지고 있을 것 같지는 않지만, 실제로 밴드가 분실된 이상 함부로 이가와 형사의 가설을 비웃을 수는 없었다.

그곳은 그대로 놔두고 세 사람이 거실 쪽으로 나왔을 때 욕실에서 모리모토 의사와 감식반 무리가 우르르 따라왔다.

"다하라 군, 고인은 항상 그러듯 운반해 가겠네. 저녁까지는 사인을 파악해 보이지."

"돌팔이 선생, 잘 부탁해."

"좋아, 일에는 여러 방식이 있으니 나중에 결과물을 잘 보

---

* '분分'은 길이를 나타내는 단위로, 1분은 약 0.3센티미터에 해당한다.

기나 하라고."

모리모토 의사가 후다닥 나간 뒤에 젊은 감식반 직원이 이 가와 형사에게 물었다.

"영감님, 사진을 찍으라고 하신 게 이 청동상 얘긴가요?"

"그래, 그 청동상도 찍어둘까. 하지만 문제는, 청동상의 발 밑에 열쇠가 놓여 있지. 그 열쇠의 위치를 확실히 찍어둬야 해."

여러 각도에서 청동상과 열쇠를 촬영한 후, 긴다이치 고스 케도 벽난로 선반 옆으로 다가왔다.

벽난로 선반은 대리석으로 되어 있다. 높이는 긴다이치 고 스케의 가슴 정도, 그 대리석 위에 신장 1척 2촌 정도의 청동상 이 놓여 있다. 청동상은 벌거벗은 여자의 모습으로, '목욕하는 여자'라고 해야 할까, 나신의 여자가 양 무릎을 세우고 앉아 있 는 모습이다. 머리카락을 뒤로 늘어뜨리고 양손으로 무릎을 감 싸고 있다. 그 여자의 발끝에 길이 2촌 정도의 은색 열쇠가 놓 여 있다.

"형사님, 이 청동상과 열쇠 사이에 어떤 인과관계라도 있을 까요?"

긴다이치 고스케가 묻자 옆에서 다하라 경부보가 받았다.

"긴다이치 선생님, 이거 좀 이상합니다."

"이상하다뇨?"

"아니, 오늘 아침 이토메 할머니가 여기 왔을 때 문은 제대 로 잠겨 있었는데 아무리 불러도 답이 없다, 게다가 샤워 소리가 들려왔다. 그사이에 할머니가 샤워 소리는 어젯밤부터 계속되고 있는 게 아닐까 하고 알아차렸다. 그래서 복도의 꽃병 받침대를 문 앞으로 가져와 올라서서 문 위쪽 회전창을 반쯤 열고 안을 들여다보았는데, 거기 있는 열쇠가 보였다고 했죠."

"뭐, 뭐, 뭐라고요? 그럼 문은 잠겨 있었단 겁니까?"

"그렇다고 합니다."

"게다가 열쇠는 여기 있었고요."

"그렇다고 합니다. 그래서 할머니는 이상하다고 생각했죠. 문이 잠겨 있고 열쇠가 여기 있다면 덴보 씨는 방 안에 있을 터였어요. 그런데 아무리 불러도 답이 없다. 게다가 샤워 소리는 어젯밤부터 계속되었던 게 아닌가 하는 의혹이 불쑥 할머니의 뇌리에 스쳤던 겁니다. 그래서 할머니는 갑자기 불안해져서 한층 아래 있는 시노자키 씨에게 그렇게 보고하고 본인은 프런트에서 여벌 열쇠를 가져와 시노자키 씨와 둘이서 방에 들어왔더니 그렇게 돼 있었다고 합니다. 시노자키 씨가 창문이란 창문은 죄다 살펴봤는데 걸쇠는 전부 안에서 걸려 있었다고 해요."

"게다가 범인의 모습은 아무 데도 보이지 않았다……?"

"맞아요. 긴다이치 선생님, 그때 할멈이 침대 밑까지 들여다봤다고 해요. 게다가 범인, 혹은 범인인 듯한 인물은 아무 데도 보이지 않았다고 하고요. 선생님, 이 수수께끼를 어떻게 푸실 거요?"

이가와 형사는 너구리 같은 눈알을 데굴데굴 굴리며 도전하는 태도다. 보기에 따라 이 노형사, 이번 사건을 즐기는 듯 보이기도 한다.

"하지만 이 방에도 탈출구가……?"

"아, 하지만 긴다이치 선생님, 이 방에 탈출구는 절대 없다고 할멈은 주장하더라고. 그 할멈이 하는 말이니 신뢰는 안 가지. 나중에 우리 손으로 엄중히 조사해보려고 생각은 하는데요, 혹시 여기 탈출구가 없다면 선생님, 이 수수께끼를 어찌 풀참이시죠?"

"아, 네."

너구리 같은 베테랑 형사의 도전을 받아들여 긴다이치 고스케는 기쁜 듯 벅벅, 박박, 더벅머리를 긁어댔다.

"그, 그, 그럼 이, 이, 이거, 밀실 살인이라는 게 되는군요."

엄청 말을 더듬는 한편, 눈을 동그랗게 떴다.

"그런 것 같습니다만, 긴다이치 선생님, 아무쪼록 잘 부탁드립니다."

베테랑 형사와는 반대로 다하라 경부보 쪽은 언뜻 저자세로 보이지만 내심 강하게 투지를 불태우고 있다.

"그렇군요. 그럼 문제는 이 열쇠네요."

긴다이치 고스케는 다시 한번 벽난로 선반 위의 열쇠로 눈을 돌렸다.

이 열쇠는 길이 2촌 정도의 보통 열쇠로, 머리 쪽은 고리로 되어 있고 문손잡이에 넣는 쪽은 복잡한 형태를 그리고 있다.

하지만 이 열쇠는 대리석 선반 위에 직접 놓여 있지 않고 세로 1척 5촌, 가로 1척 정도의 옻을 살짝 칠한 그릇 같은 것에 놓여 있고, '목욕하는 여자'의 청동상도 그 그릇 속에 앉아 양손으로 무릎을 감싸고 있다. 그릇의 재료는 부드러운 붉나무인 듯 한쪽 면에 가마쿠라 칠기 같은 조각이 새겨져 있고, 모양은 두 마리의 용이 구슬을 감고 있는 모습이다.

"아까부터 생각했는데 이 청동상 묘한 곳에 놓여 있네요. 항상 이렇게 그릇 안에 둡니까?"

"아뇨, 이토메 씨도 그게 이상하다고 하더군요. 보통은 대리석 위에 직접 놓아둔다고 합니다. 그릇은 침실 침대 옆의 사이드 테이블에 두는 소품함인데요, 시계나 지갑, 혹은 안경 등을 넣어두는……. 누가 이 쟁반을 이런 데 가져왔지 하고 이토메 씨도 이상하게 생각하고 있었어요."

"그렇군요."

긴다이치 고스케는 짐짓 점잔 빼는 얼굴을 하고 청동상을 들어보려 했으나 그것은 크기는 작아도 꽤 묵직했다.

"이 열쇠, 여벌은……?"

"딱 하나 있습니다. 어느 방이든 열쇠는 두 개씩 있는데요, 하나는 손님에게 주고 나머지 하나는 이토메 씨가 프런트에 보관하는 거죠."

"긴다이치 선생님, 그걸 몰래 범인에게 빌려주었냐고 하실 거라면 그 할머니한테 물어뜯길걸요."

아무래도 이가와 형사가 그렇게 당한 듯하다.

"그럼 누군가가 몰래 밀랍 따위로 본을 떠서 새로 여벌 열쇠를 만들었다는……."

"아하하, 그쪽 탐정소설에 자주 그런 얘기가 나오는 모양인데, 그렇다면 그거 선견지명이 있는 건데요. 이 방에 뾰족 머리 씨가 묵는다는 걸 미리 알았다는 얘기니까요."

이가와 형사는 연민의 정을 금할 길 없다는 표정으로 긴다이치 고스케의 더벅머리를 내려다보고 있다. 노형사는 힘줄이 불거진 몸을 하고 있지만 장신에 마른 체형이었다.

"하지만 형사님, 이렇게 생각해보면 어떨까요. 그놈이 이 히아신스의 방뿐만 아니라 명량장 내 모든 방의 여벌 열쇠를 몰래 만들어뒀다면요?"

"뭣 때문에……?"

"즉, 뭐랄까요. 장래 살인 충동을 느낄 경우를 대비해서요. 아하하, 형사님, 그런 얼굴 안 하셔도 됩니다. 저, 정신은 멀쩡하니까요. 그러나 가능성이 전혀 없는 것도 아니지만, 실제로는 있을 수 없는 일이죠. 좋아요, 그렇다면 이토메 씨가 보관하는 프런트 열쇠 이외에 다른 여벌 열쇠는 절대 없었다고 칩시다. 그렇다면 이거 밀실 살인이란 게……."

하고 말하던 긴다이치 고스케는 문 위에 반쯤 열린 회전창으로 눈을 돌렸다.

"아아, 이 방은 꼭 밀실이라고는 할 수 없네요."

"긴다이치 선생님, 저 회전창 말씀인가요? 내기하지 않겠습니까. 긴다이치 선생님, 선생님은 남자치곤 키가 작은 편이지만 저 회전창으로 빠져나올 수 있을 리 없어요. 내 목을 걸수 있는데."

히쭉 웃는 노형사의 말에도 긴다이치 고스케는 전혀 대수롭지 않은 듯 대꾸했다.

"형사님, 배려는 정말 감사하지만, 뭐, 물러나시죠. 그런 목은 받아봐야 썰어서 된장조림으로도 못 만들어요. 헤헤헤."

긴다이치 고스케는 못된 녀석이다.

"아, 하지만 형사님, 범인이 굳이 저 회전창을 빠져나올 필요는 없어요."

"그럼 어찌하는데요?"

"당당히 열쇠를 가지고 문을 통해 밖으로 나가죠. 그리고밖에서 문을 잠그고 으랏차 하고 회전창에서 벽난로 선반을 노려 열쇠를 던집니다. 즉 저 청동상은 그 표적이었단 얘기고요."

"허허, 그럼 선생님의 이른바 범인이란 양반은 동전 던지기의 달인인가요."

"어쩌면 제니가타 헤이지*의 자손일지도 모르죠. 아, 농담

---

* 錢形平次, 노무라 고도의 추리소설 시리즈에 등장하는 탐정. 에도 시대를 배경으로 활약한다. 추리 실력은 물론, 악당을 향해 엽전을 던져 맞히는 솜씨가 대단한 인물.

은 그만하고 제가 말하고 싶은 건, 이거, 절대 밀실 살인으로 볼수 없단 겁니다. 그럼 아래층으로 내려가서 이토메 여사님의 이야기를 들어보시지 않겠습니까."

덴보의 시계는 11시 45분에 멈춰 있다. 그것이 덴보의 최후의 시각을 가리키는 거라면 관계자 누구에게도 알리바이가 없는 것은 어젯밤 12시 이후에 진행된 알리바이 조사로도 확실하다. 아니, 여기 단 한 사람, 정확한 알리바이를 입증할 수있는 인물이 있었다. 다름 아닌 탈출구의 괴인이다. 그 괴인이 몇 살이든, 그놈은 알리바이를 입증할 수 있는 유일한 인물이지만, 그렇다고 해서 내가 탈출구 속 그 괴인이오, 라고 이름을 대고 나설 인물이 있을지, 장담할 수가 없다.

2

프런트로 불려 온 이토메는 완전히 풀이 죽어 있었다. 제아무리 남을 신경 쓰지 않는 이토메라도 이번 사건만큼은 자기책임인 양 송구해하고 있었다.

"어젯밤 12시 넘어서였습니다. 여러분의 분부로 덴보 씨를 부르러 갔을 때 샤워 소리가 들려오고 덴보 씨의 대답이 없다고 말씀드렸죠. 그때 이상하다고 생각했어야 했습니다."

"이토메 씨, 그건 당신만의 실수가 아니에요. 우리도 이상하다고 생각했어야 했습니다. 시간이 시간이었으니까요."

긴다이치 고스케가 위로해도 소용없었다.

"하지만 여러분은 그분이 전에 목욕을 하셨다는 걸 모르셨잖아요. 저는 알고 있었는데도."

"그런데, 그…… 덴보 씨는 몇 시쯤 목욕탕에 들어갔는지요?"

이가와 형사는 목에 생선 가시라도 걸린 것 같은 목소리다. 그때 탈출구의 괴인이 뾰족 머리 씨일 리 없으니 그 사람을 부를 필요 없다고 주장했던 사람은 이 노형사다. 역시 창피한 모양이다.

"그런데 여러분이 탈출구에 들어가신 건 11시……."

"20분이었습니다."

긴다이치 고스케가 자못 밝은 목소리로 대답했다.

"그렇군요. 그때 긴다이치 고스케 선생님이 주의를 주셔서 여러분이 탈출구에 들어가시고 저는 바로 옆에 있는 히아신스의 방으로 덴보 씨의 문안을 갔었습니다."

"아, 잠깐."

긴다이치 고스케가 끼어들었다.

"그때 탈출구의 입구나 달리아의 방의 문은 어떻게 하셨습니까?"

"그건 그대로 두었습니다. 여러분이 언제 어느 때 돌아오실지 모른다고 생각해서요. 어머나!"

이토메는 새된 소리를 질렀다.

"그럼 그 탈출구도 달리아의 방도 아직 열어둔 상태이겠군요."

긴다이치 고스케와 다하라 경부보, 이가와 형사 세 사람은 무심코 가슴이 덜컹해서 얼굴을 마주 보았다.

달리아의 방 바로 아래는 시노자키 신고의 방이다. 달리아의 방의 탈출구 입구가 열린 상태라면 신고는 탈출구를 통해 달리아의 방으로 갈 수 있다. 아니, 아니, 그 탈출구의 벽돌 문은 탈출구 옆에서도 열리는 구조로 되어 있기 때문에 신고는 언제든지 원할 때 달리아의 방으로 갈 수 있다. 그리고 달리아의 방 문이 잠겨 있지 않았다면 거기서 옆에 있는 히아신스의 방으로도 갈 수 있다는 것이다, 누구의 눈에도 띄지 않고.

금세 세 사람의 긴장이 전해진 듯, 이토메도 약간 당황해서 말이 빨라졌다.

"그런데 덴보 씨는 완전히 신경질적이 되서서 제가 옆방으로 갔더니 안에서 문을 잠그고는 거듭 말을 걸어도 저라고 몇 번이나 확인시켜드린 뒤에야 겨우 문을 열어주셨어요. 그때 덴보 씨는 난로 속을 조사하고 계셨던 듯 코끝에 그을음이 묻어 있었죠. 오호호."

이토메는 염낭 같은 입을 오므리며 웃었지만 금세 진지한 얼굴이 되었다.

"어머, 저란 사람은, 웃을 일이 아닌데요. 정말이지, 아유,

어찌 된 일일까요. 후루다테 씨는 그렇다 치고 덴보 씨까지, 세상에, 설마…….”

이토메는 감탄사를 연발한다.

나이를 먹고 약간 요괴 같은 느낌까지 겸비하게 된 이 여성은 덴보의 죽음에 놀란 것은 확실했지만 그것이 애도의 마음에서 오는 것인지, 아니면 내심 쾌재를 부르고 있는 것은 아닌지, 어렴풋이 흐려진 이토메 씨의 안색에서 진의를 포착하기는 어렵다.

“덴보 씨의 콧등에 그을음이 묻어 있어서 이토메 씨는 어떻게 하셨습니까?”

“그게요, 긴다이치 선생님, 덴보 씨가 불쌍해졌습니다. 이 방에는 절대 탈출구 같은 건 없으니 부디 안심하세요, 라고 몇 번이나 몇 번이나, 저, 그, 그래요, 역설했답니다. 역설을요, 그래요, 역설, 역설…….”

이토메 씨는 역설이란 말을 생각해낸 것이 만족스러운 듯 아주 기분이 좋다.

“그렇군요. 당신이 역설하니 덴보 씨는 안심하셨습니까?”

“그분 상당히 의심이 많은 분이니까요. 완전히, 라고는 할 수 없을 거 같지만 일단은 뭐, 납득은 하신 듯했습니다. 그래서 제가 코에 그을음이 묻어 있다고 말씀드렸더니 이제부터 목욕할 거니까 괜찮다고 하셨죠. 그렇다면 좋은 걸 가져다드리지요, 하고 프런트로 돌아가서 그 배스클리닉이라는 입욕제를 가지고 와서 드렸습니다. 그랬더니 덴보 씨, 또 문을 잠그고 계셨어요."

"그렇군요, 그렇군요. 덴보 씨 어지간히 신경질적이 되어 계셨군요."

"그랬답니다. 이번에도 저라는 걸 확인하시고는 열어주셨습니다. 저는 입욕제를 건네고 효능이나 사용법 등에 대해 여러 가지로 설명을 드렸죠."

"덴보 씨, 분명 기뻐하셨겠군요."

"그런데요, 긴다이치 선생님, 그런 분은 의심이 많다고 해야 할지, 뭐, 옛날 분이셔서 새로운 것에 회의적이랄까, 그래요, 회의적, 회의적……."

이토메는 다시 회의적이라는 말을 생각해내서 득의양양한 듯 두세 번 그 말을 반복한 후,

"좀처럼 신뢰하시지 않더군요. 오히려 별로 달갑지 않은 얼굴을 하셔서, 화가 날 정도였습니다."

"하지만 저렇게 사용하신 걸 보면 내심 기쁘셨던 거 같지 않습니까."

"그러게요. 하지만 그런 분은 좀처럼 생각을 솔직하게 얼굴에 드러내지 않으시니까요."

"이토메 씨, 당신은 어떻습니까. 생각을 솔직히 얼굴에 드러내는 편인가요?"

"그건 뭐, 긴다이치 선생님, 저라는 사람은 정직하게 타고나

서, 생각하는 바가 있으면 바로 얼굴에 드러나는 편이랍니다. 그러니 선선대 어르신께서도 이토메는 사람이 정직해서 좋아, 이토메, 이토메, 하고 돌보아주셨죠."

"정말이야, 할멈?"

"어머, 여기 형사님은 의심도 많으셔라. 어차피 사실인걸요. 형사라는 일을 오래 하다 보면 남의 말 하나하나에 다른 생각이 있지 않나 하고 의심하게 되시죠. 휴, 싫다."

"괜찮아, 괜찮아. 할멈에게 예쁨 못 받아도. 이래 봬도 당신이 아니면 낮밤이 의미 없다는 여자도 있거든."

"그건 그렇겠죠. 오이를 거꾸로 먹어도 제멋이고 사람마다 취향은 제각각 아니겠어요. 호호호."

"뭐라고, 이 할망구가."

"아, 됐습니다, 됐습니다."

긴다이치 고스케는 웃음을 겨우 참으면서 중재에 들어갔다.

"그래서, 이토메 씨는 그 입욕제를 건네고 방을 나오셨군요."

"말도 안 되죠. 방을 나올 상황이 아닌걸요. 그분은 처음에는 방에 들여보내주셨어요. 그런데 두 번째는 문지방에 서서 이야기했어요. 입욕제를 건네받더니 알았어, 알았어 하고 말씀하시면서 저를 밖으로 밀어내고는 안에서 딸까닥 문을 잠그더군요."

"아, 덴보 씨, 또 안에서 문을 잠그셨군요."

"그렇습니다. 긴다이치 선생님, 아무리 신경질이 나셨다고는 하나 그건 너무하지 않습니까. 저 화가 나서, 화가 나서……."

"그거 몇 시쯤의 일입니까. 정확하게는 모르시죠?"

"아뇨, 정확하게 압니다. 11시 30분이었습니다. 여러분이 돌아오실 때까지 깨어 있지 않으면, 하는 생각에 시계를 봤거든요. 프런트의 시계는 매일 아침 라디오에 맞추기 때문에 그렇게 틀리지는 않을 거예요."

그로부터 15분 후 덴보의 시계는 멈춰버린 것이다. 15분이라는 시간은 쓰는 사람에 따라 유효하게 이용할 수 있을 것이다. 하지만 범인은 어디로 들어가서 어디로 나온 것일까. 그 방에 탈출구가 없다면 범인은 문으로 들어간 게 분명하지만, 이토메 씨의 말에 의하면 덴보는 무섭도록 신경질적이었다고 한다. 문에 파괴된 흔적이 없다면 덴보가 들여보내줬다는 말인데, 그 정도로 신경질적이었던 덴보가 아무 의심 없이 방에 들였다면 상대는 어지간히 친밀한 인간이었음에 틀림없다.

긴다이치 고스케는 다시 몸이 떨리는 기분이었다.

"그런데 이토메 씨, 여기 형사님 말씀에 의하면 당신은 시노자키 씨와 함께 그 시체를 발견하셨을 때 침대 밑까지 들여다봤다던데 범인이 또 그 방에 숨어든 것은 아닐까 생각하신 겁니까?"

"당치도 않아요. 그런 무서운 일……. 그럼 그때 범인은 아직 그 방에 있었다고……."

"그럼 할멈, 당신 왜 침대 밑까지 들여다봤어. 당신이 찾던 게 범인이 아니라면 대체 뭘 찾았던 거야?"

"다마코예요, 형사님. 다마코는 대체 어디 간 걸까요?"

지금까지 공허하게 흐려져 있던 이토메의 얼굴에 겁먹은 기색이 깊어진 것은 이럭저럭 진짜 같았다.

"이토메 씨, 그 아이가 어떻게 됐다는 건가요?"

다하라 경부보가 몸을 내밀었다.

"아, 주임님, 다마코가 오늘 아침부터 보이질 않습니다. 게다가 어젯밤 잠깐 이상한 일이 있어서요."

"이상한 일이라뇨?"

"어젯밤, 저기, 순서대로 여기 불려 와서 취조를 받았잖아요. 그 아이는 비교적 순서가 빨랐죠. 그 뒤에 저한테 와서 오늘 밤 일로 뭔가 할 얘기가 있다고 했습니다."

"오늘 밤 일로…… 라고 했다고?"

이가와 형사도 끼어들었다.

"네, 지금 돌이켜보면 뭔가 골똘히 생각하는 것 같은 얼굴이었습니다. 하지만 저는 여하튼 마음이 어지러웠고, 뭐, 여러 가지로 어수선한 상황이었죠. 할 말이 있다면 나중에 하자고 쫓아 보냈어요. 그 아이가 오늘 아침부터 보이지 않는 겁니다. 왠지 신경이 쓰여서요."

"그래서 침대 밑까지 들여다본 겁니까?"

"긴다이치 선생님, 웃지 말아주세요. 이런 걸 늙은이의 기우라고 하는 걸까요. 덴보 씨가 저렇게 되셨잖아요. 너무 놀라서 그 아이도 혹시나 하고……. 아, 안 돼, 싫어, 제발 괜찮기를, 괜찮기를."

"할멈, 그건 할멈의 기우야. 그 아이 또 혼혈아한테 가 있는 거 아냐? 꽤 친밀한 거 같던데."

"그런데 형사님, 방금 전에 조지가 돌아왔어요. 곧장 붙잡고 물어봤는데 그 아이도 모른다는 겁니다. 어제저녁 창고 앞에서 헤어진 게 마지막이라고."

그렇다, 어젯밤 목욕탕 안에서도 조지는 그렇게 말했다. 긴다이치 고스케는 치밀어 오르는 불안을 누르고 말했다.

"그렇다면 이토메 씨, 그 아인 어제 여기서 주임님에게 이야기한 것 외에 뭔가 아는 게 있는 것 같다는 말씀입니까?"

"그, 그, 그런 겁니다. 그때 친절하게 들어주었으면 좋았을 걸……."

"그래서 이토메 씨, 당신이 다마코를 마지막으로 본 건……."

"그게 말입니다, 주임님, 아까부터 여러 가지로 생각해보니그게 10시 반 무렵의 일이었습니다. 부인이 당분간 잠자리를 따로 하고 싶어 하시니 일본식 방 쪽으로 잠자리를 준비해달라고, 주인어른이 말씀하셨죠. 원래대로라면 제가 가야 하는데마침 여러분께서 탈출구에 들어갈까 어쩔까 이야기를 나누던

때여서, 다마코에게 죄다 맡겼던 겁니다. 그게 마지막입니다, 그 아이의 모습을 본 건."

그렇다, 시노자키 신고가 시즈코가 잠들기를 기다려 통로로 나오니 거기에 다마코가 기다리고 있었다고 한다. 그때 다마코는 신고에게 뭔가 긴히 할 이야기가 있다고 했다고 한다. 그것이 11시 20분이었다고 하니 시간적으로 딱 맞는다. 그 이후 아무도 다마코의 모습을 보지 못한 것 아닌가.

"다하라 씨."

"알겠습니다. 어이, 아무도 없나?"

경부보가 부르자 에토 형사가 바로 얼굴을 내밀었다. 경부보가 간단하게 사정을 설명하고 저택을 구석구석 빠짐없이 수색하도록 명령했을 때 일동의 얼굴은 흙빛이 되어 있었다. 이가와 형사도 나가려는 것을 긴다이치 고스케가 불러 세웠다.

"이가와 씨, 당신은 좀 더 여기 머물러주십시오. 아직 이토메 씨에게 들으실 게 있지 않습니까."

"들을 거라뇨?"

"덴보 씨가 범인이 노릴 만한 귀중품을 가지고 계신 건 아닌지……."

"그렇지, 그럼 할멈에게 물어볼까……."

누군가가 덴보의 물건을 뒤진 흔적이 있다는 사실을 이야기하자 이토메 씨는 눈을 동그랗게 떴다.

"귀중한 물건이라 하시면……."

"작은 물건인 것 같아. 작고 귀중하다면, 글쎄, 보석 같은 것일까."

"당치도 않습니다. 전쟁 전이라면 모를까, 전쟁 후에 그분은 곶감 빼 먹듯, 양파 껍질 벗기듯 가지고 있던 걸 쓰는 생활을 하고 있었어요. 이건 덴보 씨만 그랬던 건 아니지만, 그분은 정말 곤란한 상황이었고 그 때문에 부인과도 헤어지셨다고 하더군요."

이 점에선 이토메 다음에 불려 온 신고나 시즈코도 같은 의견이었다. 그렇다면 범인은 무엇을 노렸던 것일까. 아니, 그보다도 그놈은 노리던 것을 성공적으로 손에 넣었을까.

신고와 시즈코는 따로 불렸는데 신고는 어제저녁 식사 때 덴보와 만난 것이 마지막이라고 했다. 그때는 야나기마치 요시에나 오쿠무라 비서, 요코도 함께였지만 그런 사건이 있던 후라서 아무도 함부로 입도 뻥긋하지 못했다. 저녁 식사 후 자신은 서재로 돌아갔고 그로부터 얼마 지나지 않아 청취가 시작되었는데, 그동안 만난 사람은 요코뿐이고 요코는 탈출구에서 발견한 라이터 이야기를 하러 왔던 거라고 했다. 덴보의 죽음이 타살이라고 하더라도 누가 범인인지 짚이는 데가 없고, 덴보를 죽여야 할 동기나 원인도 전혀 짚이는 데가 없다고 설명했다. 또 덴보가 남이 노릴 만한 귀중품을 가지고 있으리라고는 생각지 않는다고 딱 잘라 말했다.

시즈코는 시즈코대로 자신은 저녁 식사도 방에서 한 터라

363

덴보와 만난 것은 2시 무렵 베란다에 프랑스 자수를 가지고 나갔을 때뿐이고, 그 사실에 대해서는 어젯밤에 이야기한 그대로이다. 그 후에는 한 번도 덴보와 만나지 않았으며, 혹시 그 사람이 살해당했더라도 범인은 전혀 짚이지 않는다고 설명했다. 또 그 사람은 최근 하루 생활도 곤란할 정도라고 들었으니 그를 살해하면서까지 손에 넣어야 할 귀중한 물건을 지니고 있을 거라고는 절대 생각되지 않는다고 했다. 이 또한 신고나 이토메와 같은 의견이었다.

신고도 시즈코도 다마코가 아침부터 보이지 않는다는 말을 듣고 깜짝 놀랐다. 경우가 경우이니만큼 둘 다 불길한 예감에 충격을 받았던 게 틀림없다. 게다가 시즈코는 여자이기에 받은 충격은 컸다.

"다마코가……? 하지만 그 사람은 그저 단순한 고용인일 뿐이잖아요. 그야 본가에 있었던 적은 있습니다. 하지만 정말 짧은 기간이었고 허드렛일을 했겠죠. 저 같은 사람은 얼굴도 잘 모를 정도였습니다. 그런 사람이 왜 또……."

시즈코는 가급적 조심스럽게 표현했음에도 특권 의식이 노골적으로 드러나 있어서 이가와 형사의 반감을 사기에는 충분했다.

"그런데요, 부인, 허드렛일을 하는 하녀라도 그 아이는 역시 인간인데요. 개나 고양이가 아니라는 말이지요."

"그게 무슨 뜻인가요?"

"그 아이가 이번 사건에 대해 뭔가 아는 듯합니다. 개나 고양이라면 알아도 야옹도 못 하겠지만 그 아이는 인간이니까 말을 할 수 있죠. 그러니 범인이 노릴 가치는 충분히 있어요. 그래서 저희가 마음을 졸이는 거고."

"그럼 그 사람에게 무슨 일이 생겼다는 건가요?"

"아, 그게요, 부인."

이가와 형사가 너무 거침없이 말하자 다하라 경부보가 안 되겠다 싶었는지 끼어들었다.

"그 아인 분명 이번 사건에 대해 뭔가 알고 있는 듯합니다. 그 사실을 이토메 씨와 시노자키 씨에게도 말하려 했죠. 그런데 어쨌든 상대는 허드렛일하는 하녀고."

다하라 경부보도 약간의 빈정거림을 담아 말했다.

"게다가 아시다시피 나이도 젊어요. 이 아이가 뭘 알겠나 하고, 두 사람 다 바쁘단 이유로 변변히 이야기도 들어주지 않았던 거고요."

"그럼 남편은 어젯밤 그 아이와 만났나요?"

"당신이 잠든 후 복도에 나와보니 그 아이가 뭔가 긴히 할 말이 있다며 기다리고 있었다더군요. 하지만 남편분은 너무 피곤해서 할 말이 있다면 이토메 씨에게 하라고 하고 다마코를 내버려둔 채 그대로 자기 방으로 돌아왔다고 하셨어요. 그게 어젯밤 11시 20분. 그런데 방금 명랑장에 있는 사람들을 하나씩 불러 물어보니 그 11시 20분이 다마코가 마지막으로 목격

된 시각인 것 같습니다. 그에 대해 뭔가 짚이는 부분이 있습니까?"

"그렇다면 제가 알 리 없어요. 그 아이는 어젯밤 제 잠자리를 챙겨주러 왔어요. 그때 제가 두세 마디 말을 했어요. 뭐, 노고를 치하하는 말이었죠. 그 후 저는 신경안정제를 먹고 남편이 옆에서 지켜봐주는 가운데 잠들었어요. 약을 먹은 건 10시 50분이었습니다. 약은 잘 들었죠. 오늘 아침까지 아무것도 모르고 푹 잤으니까요."

"그렇다면 부인, 다마코를 만난 마지막 인물은 남편분이라는 얘기가 되는데, 그에 대해 부인은 어떻게 생각하십니까?"

잠자코 경부보의 얼굴을 보고 있던 시즈코의 얼굴에 차츰 공포의 기색이 퍼져갔다.

"그럼 당신은…… 당신들은…… 남편이 그 아이를 어떻게 했다고 하시는 건가요? 남편은 그 아이한테 아무 얘기도 못 들었다고 했지만 실제로는 뭔가 들었고, 그래서…… 그래서…… 이대로 놔두면 안 되겠다고 생각해서 그 아이를 어떻게 했을 거라는 말씀인가요?"

그것은 무서운 암시였다. 듣기에 따라 수사 당국에 부인이 남편을 무고하는 것 같기도 했다.

이가와 형사가 분연한 얼굴로 말했다.

"그럼 부인은 다마코의 신변에 뭔가 일이 생겼을 경우 그 책임이 남편분에게 있다고 말씀하시는 겁니까?"

"마, 말도 안 돼요!"

시즈코는 있는 힘을 다해 목소리를 쥐어짰다.

"당신들이 그렇게 말씀하셨잖아요. 물론 그 사람은 본디 암거래상 보스입니다. 여러 가지 나쁜 짓도 해왔겠죠. 지금도 하고 있을지도 모릅니다. 하지만 다마코 같은 별 볼 일 없는 전쟁고아에게 약점을 잡히는 바보짓을 할 사람도 아닙니다. 저는 그 사람을 믿습니다. 네, 믿고말고요."

듣기에 따라서는 어느 쪽으로도 받아들일 수 있는 말을 남기고 시즈코는 비틀거리는 걸음걸이로 방을 나갔다. 기가 막혀하는 사람들을 뒤에 남겨두고.

다만 그녀의 이야기 덕분에 여기 한 가지 확실해진 점이 있다.

덴보라는 사람은 젊었을 때 상당히 지독한 폐결핵을 앓은 적이 있는 것 같다. 당시에는 아직 마이신 등의 좋은 약이 없었던 시대라, 신선한 공기와 영양과 안정으로 극복하는 것 외에 치료 방법은 없었다. 덴보는 신슈의 다카하라 요양원에 3년 동안 머물렀고 규칙적인 생활과 굉장히 강한 의지로 그 병을 극복했다는 것이 자랑거리였다고 한다. 그곳에서는 모두가 시간에 얽매여 있었다. 아니, 덴보 자신이 엄격한 일과를 짜서 만사 그 일과에 따라 행동하도록 스스로를 구속했다. 그 이후 덴보는 목욕할 때 외에는 손목시계를 절대 벗어놓지 않는 습관이 몸에 배었다고 한다. 잘 때조차 왼쪽 손목에 시계를 차고 있었다고 한다.

이런 사실을 놓고 보면 어젯밤 덴보의 행동은 이렇게 되지 않을까.

이토메가 가자마자 덴보는 목욕을 했다. 욕조에서 나와 몸을 닦고는 오랜 습관대로 우선 손목시계를 집어 왼팔에 찼다. 그리고 거울을 보고 수염을 깎고, 그 뒤 세면대에서 얼굴을 씻으려고 했다. 손목시계가 걸리적거려 팔꿈치 쪽으로 밀어 올렸는데, 때마침 이 팔꿈치 쪽에 타월을 걸치고 있었다. 덴보는 얼굴을 씻으려고 세면대를 향해 몸을 구부렸다. 그 뒤로 숨어든 범인에게 그것은 절호의 기회였다. 범인은 덴보의 뒤통수에 손을 대고 강제로 머리를 세면대에 처박았던 것이다.

난쟁이 같은 덴보는 원래 힘이 약했다. 분명 온 힘을 다해 범인의 폭력에 저항했겠지만 결국 극복하지 못했다. 깊고 커다란 세면대에 채워진 물은 덴보를 익사시키기에 충분했다.

덴보는 분명 왼손을 세면대 바닥에 대고 버텼을 것이다. 덴보의 팔은 짧았다. 물속 깊이 들어간 손목시계는 그 순간 멎었거나, 혹은 수 초 수 분 뒤 정지했을 것이다. 덴보는 시간에 대해 신경질적이었다고 한다. 그래서 그 시계는 항상 정확한 시각을 가리키고 있었던 게 틀림없다. 덴보의 시계는 11시 45분쯤에 멈춰 있다. 그렇다면 이 더없이 잔인한 살인 행위가 일어난 것은 어젯밤 11시 45분 전후라는 얘기가 되고, 그때 긴다이치 고스케 일행은 탈출구 안에 있었다고는 하나 이 명랑장 안

팎에는 아직 상당수의 형사나 경관이 잠복해 있었을 터였다.

그것은 범인에게 있어 굉장히 위험한 행동이라 하지 않을 수 없다. 범인이 굳이 그 위험을 무릅썼다는 것은 매우 절망적인 심경에까지 몰렸기 때문은 아닐까.

아무튼 범인은 덴보를 죽음에 이르게 한 뒤 시체를 욕조에 집어넣고 갔으나, 그때 시계의 존재를 눈치채지 못했던 것일까. 설마…… 알아차렸으면서 모르는 척 방치하고 간 거라면 부자연스럽게 멈춘 시각이 범인에게 있어 문제가 되지 않았거나, 아니면 따로 생각한 바 있어 그대로 두고 간 것은 아닐까. 범인이 샤워기를 틀어둔 것은 물론 사건 발견을 가급적 늦추려는 의도였으리라. 어젯밤 12시 넘어 이토메가 덴보를 데리러 갔을 때 범인의 의도는 보기 좋게 성공했다.

긴다이치 고스케는 거기서 이 사건의 범인의 남달리 교활한 지략을 느끼고 오싹 몸을 덮치는 떨림을 막을 수 없었다.

아무튼 마지막으로 야나기마치 요시에가 불려 왔는데 그는 어제저녁 식사 때 덴보와 만난 것이 마지막이라고 단언했다. 또 덴보처럼 독으로도 약으로도 쓸 수 없는 인물의 목숨을 노리다니 이상하다며 고개를 갸웃거렸다. 또 덴보는 상당히 생활에 쪼들렸다는 이야기를 들었다, 그런 사람이 목숨까지 걸고서 지키지 않으면 안 될 정도로 귀중한 물건을 소지했으리라고는 생각되지 않는다며 역시 고개를 갸웃거렸다.

다마코에 대해서는 전혀 기억에 없다며, 야나기마치 요시에는 의아해하는 듯했다. 게다가 덴보에게 변고가 일어난 것이 손목시계가 가리키는 시각이었다 치고, 거기에 야나기마치 요시에의 도깨비의 암굴 탐험이 사실이라면 그는 분명한 알리바이를 갖고 있으며 다마코 일에 대해서도 마찬가지라 할 수 있지 않을까.

이렇게 그날 오전은 다마코의 행방을 수색하는 데 시간을 쏟았으나 끝내 찾지 못하고 결국 그날 오후 마침내 도깨비의 암굴과 탈출구에서 대대적인 탐색이 시작되었다. 거기 외에 다마코가 있을 만한 곳은 없으리라는 결론이 났기 때문이다.

제12장

도깨비의 암굴

1

도깨비의 암굴과 지하의 탈출구를 탐험하기 전에 한 가지 실험이 행해졌다.

외팔이 남자가 사라졌다는 달리아의 방과 덴보가 살해된 히아신스의 방이 이웃해 있고, 두께 3척을 넘는 벽돌 벽을 중심으로 좌우대칭을 이루고 있다는 것은 전에도 언급했다.

그리고 그 바로 아래층에 똑같이 만든 방이 두 개 나란히 있어, 이 또한 2층의 방들과 같이 좌우대칭을 이루고 있었다. 하지만 아래층 두 개 방의 경계는 등을 맞대고 있는 난로의 부분은 별도로 치고 나머지는 장식하기 쉬운 널빤지로 되어 있다. 그러므로 필요에 따라 그 판자를 떼어내면 다다미 스물 네 장 넓이의 응접실을 만들 수 있는 것이다. 하지만 이 사건의 경우 장식된 판자는 붙어 있었고 달리아의 방 바로 아래가 시노자키 부부의 방이라는 사실은 전에도 말한 대로이다.

어제 오후 시노자키 신고가 덴보와의 면담을 마치고 자신의 방으로 돌아왔더니 문에 시즈코의 메모가 붙어 있어서 자신의 서재에 틀어박혀 두문불출했다는 것은, 바로 옆방을 말하는 것이다.

이 두 개의 방에는 각각 독립된 베란다가 있는데, 주의 깊은 다녠도 각하의 설계로, 베란다와 베란다 사이에는 가림막이 설치되어 있어 어느 쪽 베란다에서도 맞은편을 엿볼 수 없는 구조이다. 게다가 두 개의 베란다에서 두 사람이 동시에 뜰로 내려오더라도 딱 얼굴을 마주치는 일은 없도록 나무나 정원석이 배치되어 있다. 그리고 거기서 두 개의 미로가 언제 어디서 합류하든 기다랗게 명랑장의 정원을 우회하고 있어서 이 정원을 걷는 사람이 어디를 산책하건 누구도 어디에서도 엿볼 수 없도록 사각死角을 제공하고 있다는 사실도 전에 언급한 바 있다.

어젯밤에는 시즈코가 일본식 방 쪽에서 자고 싶다고 해서 신고는 달리아의 방의 아래층 방에서 혼자 잤는데, 문제는 그 방의 거실과 침실에 머물면서 히아신스의 방 욕실에서 나는 샤워기 물소리를 듣지 못했을까 하는 것이었다.

실험 결과 그 점에 관한 한 신고는 결백했다. 메이지 시대에 만들어진 이 건물은 우아함과 맵시라는 측면에서는 크게 결핍되는 부분이 있을지도 모르지만 그 대신 비할 바 없이 견고하게 만들어져 있어, 샤워 소리는 물론 거기서 잠시 격투가 벌어진다 해도 신고의 귀에 들릴 가능성은 일단 없는 듯했다. 또 신고가 침실에 있었다고 치면 탈출구 안을 한두 사람 오르내리는 정도는 알 수 없을 만큼 모든 것이 견고하게 지어져 있었다.

이 실험이 끝났을 무렵 경찰에서 다하라 경부보에게 연락이 왔다.

해당 지역 전화국을 조사한 결과, 금요일 오전 10시 10분, 분명 도쿄에서 명랑장에 전화가 걸려 왔다고 한다. 다만 전화를 건 사람이 정말 신고인지는 전화국에서도 확인해줄 수 없었다. 전화는 신고의 자택도 아니고 사무실도 아니고 어느 공공건물에서 걸려 온 것이었다. 누구든 출입 가능한 곳이었는데 아무튼 누가 그 건물 전화를 이용했느냐에 관한 한, 조사는 쉽지 않았다. 누군가가 신고의 이름을 사칭한 것일지도 모르고, 혹은 심술궂은 눈으로 본다면 신고 자신일지도 몰랐다. 어느 쪽이든 금요일 밤 도쿄에서 전화가 걸려 왔다는 이토메의 말에 거짓은 없었다는 사실이 입증되었던 것이다.

다음으로 신고의 명함 말인데, 그로부터 외팔이 남자를 더 들어나가기는 어려울 듯하다. 신고는 발이 넓은 사람이다. 그의 명함을 손에 넣는 것은 그리 어려운 일은 아니다. 명함에 쓰인 글자도 전문가에게 감정을 받았는데, 신고의 필적과 매우 닮았지만 신고 자신의 필적이 확실한지는 지금 시점에서 단정하기 어렵다고 했다. 하지만 그것도 심술궂은 눈으로 본다면 신고 자신이 일부러 혼동하기 쉽게 글씨를 쓴 것은 아닐까, 라고 하지 못할 것도 없다.

일찍이 달리아의 방에서 사라진 마노 신야라는 외팔이 괴인의 정체에 대해서는 사건이 완전히 해결된 지금도 극히 일부의 사람들을 제외하고는 알려지지 않은 상태이다.

아무튼 도깨비의 암굴과 지하의 탈출구 탐험에 착수한 것은 그날 오후 2시 정각의 일이었다. 긴다이치 고스케는 다하라 경부보와 함께 야나기마치 요시에의 안내로 암굴 쪽에서 잠입하기로 했다. 그 외에도 당연히 사복형사가 두 사람 참가했으며, 혼혈아 하야미 조지가 일행에 가담한 점이 주목할 만했다.

다마코가 행방불명되자 조지는 크게 흥분했다. 짙은 윤곽의 얼굴이 새빨갛게 홍조를 띠고 눈은 번들번들 핏기가 올라 미치는 건 아닐까 생각될 정도였다. 그는 이 탐험에 참가하기를 열망해 마지않았으나, 그가 참가를 허락받은 것은 긴다이치 고스케의 중재가 있었기 때문이었다.

긴다이치 고스케는 조지에 대해 어떤 종류의 강한 의혹을 가지고 있었다. 이 청년은 그가 보여주는 것보다 훨씬 많은 일을 알고 있는 것 아닐까, 또 도깨비의 암굴이나 지하의 탈출구 내부에 대해서도 사람들이 생각하는 이상으로 정통한 것 아닐까 하고.

아무튼 문제의 도깨비의 암굴 입구는 명랑장 건물에서 1정* 정도 떨어진 곳에 있었다. 명랑장의 북서쪽으로 연달아 있는 야트막한 언덕의 일부가 곶처럼 돌출되어 있었는데, 그 곶의 쑥 내민 끝이 높이 5장 정도의 절벽이 되어 낙하하고 있다. 그 절벽 기

---

* 町, 거리를 나타내는 단위로, 1정은 약 109미터이다.

늪에 커다랗게 입을 벌린 동굴 입구가 있다. 그것이 후지산 동굴까지 이어진다고 하는 도깨비의 암굴 입구이다.

그 동굴 입구는 명랑장 건물에서 보자면 서쪽 측면에 해당하며, 그 옛날 다넨도 백작이 평소에 기거했을 것으로 여겨지는 일본 가옥의 날개에 가장 가까웠다.

쇼와 5년의 참극 당시에는 일본 가옥과 동굴 입구의 중간에 정자가 있었다고 하나 지금은 흔적도 없다. 그래도 가옥에 가까운 쪽은 최근 신고의 배려로 미로를 형성한 나무들이나 울타리, 정원석 등이 제법 손질되어 있었던 데 반해, 동굴 부근은 울창하게 우거진 잡목이 가지를 벌리고 있고 황폐한 흔적이 두드러졌다.

아무튼 문제의 동굴 입구 말인데, 이것은 상당히 큰 동굴이었다. 높이는 약 1장 5척으로 찌그러진 아치형을 그리고 있고 세로로 갈라진 바위의 균열이 길고 깊었다. 그것은 종유굴은 아니었다. 긴다이치 고스케는 지질학자가 아니므로 어떻게 이런 동굴이 생겼는지 알 까닭이 없다. 하지만 그것이 인공굴이 아니라는 것만은 확실해 보였다. 동굴 입구는 낭떠러지 위에서 내려오는 문어 다리 같은 커다란 나무뿌리나 근처의 무성한 잡목 가지에 반쯤 덮여 있어, 가뜩이나 흐린 하늘 아래 음산하고 기분 나쁘게 느껴졌다.

쇼와 5년의 사건 때는 동굴 입구에 금줄이 드리워져 있었고 엄중하게 울타리로 에워싸여 있었지만, 지금은 이미 흔적도 없이 무너져 음습한 기운이 주위를 덮고 있다.

앞서 말했다시피 지금 이 동굴 입구에는 긴다이치 고스케와 다하라 경부보, 야나기마치 요시에와 하야미 조지, 그 외에 사복형사 두 명까지 모두 여섯 남자가 대기하고 있다. 다하라 경부보가 아까부터 자꾸만 시계를 보는 것은 같은 시간에 달리아의 방 입구에서 이가와 형사 일행이 탈출구에 잠입하기로 했기 때문이다. 다마코의 행방도 수색하지만 야나기마치 요시에가 말했듯 이 동굴과 탈출구가 어딘가에서 접촉 혹은 합류할지 어떨지 탐험해보자는 것이 이번 시도의 목적 중 하나였다.

이윽고 2시 정각.

"긴다이치 선생님."

다하라 경부보가 시계를 보면서 신호했다.

조지는 날뛰는 경주마 같은 존재였다. 신호가 떨어지자마자 동굴 입구 속으로 돌진하려는 것을 긴다이치 고스케가 저지했다.

"조지 군, 잠깐 기다려. 일단 야나기마치 씨에게 안내를 부탁하지 않겠나. 아니면 자넨 야나기마치 씨보다 이 동굴 내부에 정통하다는 자신이라도 있는 건가."

조지는 기가 꺾여 발을 멈췄다. 그리고 긴다이치 고스케를 향해 반항하듯 어깨를 으쓱거렸지만, 그래도 순순히 옆으로 비켜 야나기마치 요시에에게 길을 양보했다.

"야나기마치 씨, 자, 들어가세요. 다하라 씨, 당신은 야나기마치 씨와 같이 가주십시오. 저는 조지 군과 어깨를 나란히 하고 가겠습니다. 형사님, 두 분은 맨 마지막에 서주십시오."

"우후후."

조지는 토라진 듯한 웃음소리를 냈다.

"선생님은 끝까지 저를 감시할 작정이시군요."

"그야 그렇지, 자넨 요주의 인물이니까. 끝까지 내 엄중한 감시 아래 있어야 해. 잠깐이라도 이상한 짓을 하면 여기 두 형사님께 부탁해서 꽉 붙잡아달라고 할 거니까 그런 줄 알아. 말해두겠는데 두 분 다 역전의 용사이고 유도 3단이라는군."

그러고 보니 사복형사 두 사람 모두 타입은 다르지만 사나운 상판을 하고 있다.

"협박하지 마세요, 긴다이치 선생님. 저 이상한 짓 할 생각 없다니까요. 전 그저 다맛페가 걱정되어서 참을 수 없을 뿐이에요."

"알아, 알아. 그럼 얌전히 나랑 같이 가는 거야. 형사님, 일단 뒤에서 따라와주십시오."

이렇게 작은 언쟁이 있은 후 긴다이치 고스케와 조지가 어깨를 나란히 하고 동굴 속으로 들어갔을 때 야나기마치 요시에와 다하라 경부보는 이미 한발 앞서가고 있었다. 마지막으로 사복형사 두 사람이 경계의 눈을 빛내면서 따라온다. 당연히 각자 하나씩 회중전등을 들고 있다.

아까 필자는 조지에 대해 동굴 입구 속으로 돌진하려 했다는 표현을 썼는데, 그것을 읽은 독자 여러분이 조지가 동굴 속으로 뛰어 들어가려 한 것으로 해석했다면 필자의 묘사가 졸렬했다고 봐야 한다.

그 동굴 입구는 기세 좋게 뛰어 들어갈 수 있는 그런 간단한 곳이 아니었다. 어젯밤 긴다이치 고스케 일행이 빠져나온 탈출구 쪽은 인공적으로 바닥이 평면화되어 있지만, 이쪽은 바위 위에 바위가 쌓여서 만들어진 것이다. 게다가 묵직한 바위들은 다들 적당히 둥글려져 있는 데다 일대의 음습한 공기 때문인지 표면에 이끼가 자라고 있어 무심코 기세 좋게 뛰어 들어가게 되면 미끄러져 굴러서 바위 사이에 끼어 골절이라도 입는 것이 고작일 것이다.

그것은 마치 바위와 바위 사이를, 1000분의 1의 성공 확률로 줄타기하며 걷는 것과 마찬가지로 위험하기 짝이 없는 통로였다.

게다가 동굴을 받치고 있는 벽 자체가 어젯밤의 탈출구처럼 평평하지 않다. 도중에 혹처럼 생긴 거대한 바위가 툭 튀어나와 있어서 그 아래를 빠져나가지 않으면 안 되는 지점이 있는가 하면 수십 마리의 큰 뱀이 얽혀 올라오는 듯한 복잡한 주름을 그리는 벽이 있고, 게다가 그 벽 한 면에 끈적끈적한 이끼가 나 있어서 무심코 몸을 지탱하려고 그곳을 짚으면 손이 쭉 미끄러질 위험이 있었다.

게다가 이런 위험한 통로는 동굴 입구에서 직각으로 이어져 있는 것이 아니다. 동굴 입구를 들어가서 대여섯 간도 가지 않았는데 급커브를 그리고 있었고, 거기서 앞쪽은 회중전등 없이는 한 발짝도 갈 수가 없었다. 이런 우여곡절이 캄캄한 어둠 속에서 어디까지 이어져 있는지 알 수 없는 것이다.

"역시, 다하라 씨."

"예."

"이래서야 쇼와 5년의 사건 때 오가타 시즈마란 사람이 여기로 도망쳤다는 걸 알면서도 경찰들이 뒤쫓기를 주저한 것도 무리가 아니겠어요."

"긴다이치 선생님, 맞는 말씀입니다. 게다가 처음에 오가타 시즈마는 일본도를 지니고 있을 거라 생각했거든요."

역시 일본도를 든 상처 입은 멧돼지 같은 범인이 이런 위험한 동굴 어디에 숨어 있을지 모른다면 아무리 당시의 용맹 과감한 일본 경찰도 뒤쫓기를 망설이지 않을 수 없었을 것이다. 하지만 그 오가타 시즈마는 그 후 어떻게 된 것일까.

"긴다이치 선생님, 저는 동굴의 이 부분을 '개미의 행렬'이라고 부르는데, 선생님은 이 동굴을 어떻게 생각하십니까?"

앞서가던 야나기마치 요시에가 말을 걸어왔다.

"어떻게 생각하냐니요……?"

"아, 이 동굴의 발생이랄까 기원에 대해서요."

"아, 그거요. ……야나기마치 씨는 뭔가 의견을 갖고 계십니까?"

"아, 이건 정말이지 아마추어적인 생각인데요, 이 동굴은 옛날······ 그것도 몇만 년이나 몇십만 년 전, 좁은 협곡 같은 게 아니었을까 싶습니다. 좌우가 이렇게 우뚝 선 암석으로 가로막힌······."

"아, 그렇군요. 그래서요······?"

"거기에 후지산의 대폭발이 있었다. 그리고 일대를 용암이나 재가 뒤덮었는데, 이 협곡은 너무 좁았던 데다 좌우를 지탱하는 암석이 매우 견고했던 탓에 파묻힌 채 남겨진 게 아닐까 생각합니다. 아하하, 아니, 이건 정말 아마추어의 생각이지만요."

"아, 아뇨, 훌륭한 명론탁설인데요. 그렇다면 어젯밤 저희가 빠져나온 탈출구 말인데요, 그건 역시 당신이 어젯밤 지적하신 대로, 느낌으로 말하자면 지금 저희가 걷고 있는 이 동굴보다 낮은 위치에 있다고 생각되는데, 그것도 태곳적 협곡의 흔적일까요?"

"예, 이 일대에 작은 협곡이 종횡무진 잔뜩 있어요. 그것이 대폭발할 때마다 점점 묻혀간 건지, 부분적으로는 흔적으로 남았죠. 수원지가 폭발 때문에 파묻혔든지 이전하든지 해서 이런 동굴이라는 형태가 되지 않았을까요. 그것을 선선대 후루다테 백작이 이어서 보수해 저런 탈출구로 완성한 게 아닐까요."

"아, 그건 한층 더 명론탁설입니다만, 암튼 현실로 돌아와서, 이 동굴, 어디까지 이런 바위, 또 바위를 건너는 길이 계속되는 겁니까?"

긴다이치 고스케가 불안한 목소리를 낸 것도 무리가 아니다. 시계는 지금 2시 5분을 가리키고 있다. 동굴 입구에서 잠입한 지 이미 5분을 경과했는데 아직도 발을 내딛기 힘든 바위, 또 바위의 연속인 '개미의 행렬'이다.

"아아, 이제 곧 비교적 평탄한 자갈길이 나올 겁니다. 제가 임시로 꿈의 설계*라고 이름 붙인 곳인데요. 아, 그렇지, 참. 다하라 씨."

"예……?"

"거기까지 가면 어젯밤 제가 이 동굴에 들어왔다는 증거가 남아 있지 않을까 싶습니다."

"무슨 말씀이신지요?"

"아, 저는 아까부터 바위 위를 주의하고 있었는데요, 이러면 발자국도 안 생깁니다. 가끔 발자국 같은 게 있어도 누구 것인지 확실히 특정하기는 어렵죠. 하지만 좀 더 가면 비교적 평탄한 자갈길이 나옵니다. 그 자갈이란 것이 마치 강의 자갈 같거든요. 긴다이치 선생님."

"예."

"제가 이곳을 옛 협곡의 흔적일 거라 추리한 것도 그 자갈 때문입니다만."

---

* 雪溪, 눈이 연중 녹지 않고 있는 높은 산골짜기.

"아, 그렇군요. 그래서요……?"

"그래서 거기까지 가면 제 발자국…… 이 구두 자국이 남아 있지 않을까 싶습니다."

"그렇군요. 그럼 어젯밤 당신이 이 동굴 안에 있었다는 게 입증되겠군요."

"예, 어쨌거나 이 일대가 후텁지근하지 않습니까. 안으로 가도 마찬가집니다. 자갈은 흥건히 젖어 있고요. 분명 발자국이 남아 있을 듯싶습니다."

야나기마치 요시에가 말한 대로 그 일대는 누수가 심해 벽을 따라 가는 곳마다 물이 뚝뚝 떨어지고 있었고, 그것이 이끼나 풀고사리 등의 민꽃식물의 성육을 촉진하는 듯 그렇지 않아도 걷기 힘든 바위 또 바위의 연속인 길을 가면서도 무심코 벽에도 달라붙을 수조차 없는 상황이었다.

"그런데 야나기마치 씨."

옆에서 다하라 경부보가 말을 걸었다.

"당신, 이런 위험한 바위투성이의 길을 잘도 라이터 불로 다녔네요."

"그거요, 다하라 씨, 저는 이 길에는 의외로 익숙하답니다. 처음에는 오가타 시즈마 씨의 일로 흥미를 갖게 된 건데, 나중에는 방금도 말씀드렸다시피 이 동굴의 기원이 제 호기심을 자극했어요. 여기 오면 반드시 이 동굴에 들어와보죠. 이런 장소니까 몇 년 지나도 변함이 없습니다. 바위 하나하나 기억할 정도니까요. 보세요, 아무래도 가장 위험한 지점은 지나온 거 같습니다."

선두에 선 야나기마치 요시에가 회중전등 불빛으로 전방을 비쳤을 때 뒤따르던 일동은 무심코 놀라 소리를 지르지 않을 수 없었다.

2

지금까지도 천장은 그리 낮지 않았다. 다만 겹겹이 바위 또 바위 위를 걸어야 했기 때문에 몸을 구부려야 했는데, 지금 여섯 사람이 휴대한 회중전등 불빛으로 비춰본 그곳은 갑자기 시야가 트여서 흡사 '설계' 같은 길이 열 간 정도 너머까지 약간 구불구불하면서도 완만한 경사로 이어져 있다.

설계의 폭은 대여섯 간 정도일까. 위를 올려다보면 천장은 설계를 연상케 하는 길에서 2, 3장 정도의 높이로, 단단한 바위의 균열을 보이면서 회중전등 불빛이 닿지 않는 저편까지 계속되고 있다. 설계는 반드시 평탄한 길이라고만은 할 수 없었다. 여기저기 거대한 바위가 비죽비죽 얼굴을 내밀고 있다. 하지만 그 거대한 바위들 사이를 메우고 있는 것은 바야흐로 강의 모래를 연상케 하는 입자가 가는 자갈이다. 회중전등 불빛 속에서 그것이 하얗게 빛나서 설계를 연상케 하는 것도 무리가 아니다 싶다. 지금까지 더듬어 온 통로가 통로이니만큼 사람들의 눈에는 그것이 어딘가의 대광장처럼 보여 무심코 감탄의 소리를 내뱉지 않을 수 없었다.

야나기마치 요시에는 그곳을 꿈의 설계라고 이름 지었다고 했는데, 저 위험한 개미의 행렬을 지나온 후에 본 그것은 말 그대로 꿈같은 광경이다.

"긴다이치 선생님, 서두릅시다. 이가와 영감님과의 약속도 있으니까요."

한참 지나 다하라 경부보가 꿈에서 깬 듯한 목소리를 냈다. 흥분, 그리고 흥분을 억제하려는 노력 때문인지 그 목소리는 지독하게 낮고 갈라져 있었다.

긴다이치 고스케도 겨우 정신을 차렸다.

"그래, 신의 섭리에 감탄만 하고 있을 수 없지. 야나기마치 씨, 이거 어떻게 내려가는 겁니까? 여기서 뛰어내리나요?"

하지만 긴다이치 고스케는 그때 신의 섭리에 감탄만 하고 있었던 것은 아니다. 은밀하게 조지의 안색을 엿보고 있었던 것이다. 그리고 그는 확신을 가질 수 있었다. 조지에게는 이 놀랄 만한 신의 섭리도 결코 미지의 세계는 아니리라는 확신을.

"아, 그래요. 그럼 이렇게 오십시오."

지금 일행이 서 있는 곳은 다다미 넉 장 반 정도의 넓이를 차지하는 넓고 평평한 너럭바위 위였으나 설계는 거기서 1장쯤 아래로 펼쳐져 있다. 그 너럭바위와 큰 뱀이 구부러진 것 같은 벽 사이에 폭 1척 정도의 벼랑길이 만들어져 있다. 분명 그 곳은 태고부터 이곳을 찾은 많은 탐험가들에 의해 자연스럽게 밟혔을 것이다.

역시 큰 뱀이 구부러진 것 같은 벽에서 커다란 바위의 혹이 돌출되어 있다. 일행은 너럭바위에 매달리면서 몸을 움츠린 채 미끄러지기 쉬운 벼랑길을 겨우겨우 내려갔다.

여기까지 내려오니 신의 섭리의 훌륭함에 한층 놀랄 따름 이었다. 긴다이치 고스케는 지질학자가 아니니 매끄러운 강바 닥을 형성하고 있는 이 모래가 어떤 종류의 것인지 알 수 없었 지만 여섯 개의 회중전등이 회전할 때 새하얀 모래의 광택이 눈이 따끔거릴 정도로 눈 부셨다. 모래는 흠뻑 젖어 있다. 그 젖 은 모래 속에 여기저기 비죽비죽 바위가 얼굴을 내밀고 있는 것이 료안사*의 돌 정원을 연상케 할 정도로 멋지게 구성되어 있다.

일행은 한동안 멍하니 이 멋진 경관에 시선을 빼앗기고 있 었지만 그때 야나기마치 요시에가 긴다이치 고스케의 소매를 잡아끌었다.

"긴다이치 선생님, 보세요. 저기에 두 줄기 제 발자국이 찍 혀 있습니다. 안쪽으로 향하는 것과 안에서 이쪽으로 돌아오는 거요."

---

* 龍安寺, 교토에 있는 선종 사찰.

긴다이치 고스케도 이미 알아차리고 있었다. 그 발자국은 너럭바위 위에서는 보이지 않았지만 지금 이렇게 강바닥과 같은 평면에 서니 확실히 관찰할 수 있었다. 젖은 모래 위에 선명하게 두 줄의 발자국이 찍혀 있다. 발끝이 맞은편을 향하고 있는 것과 이쪽을 향해 오고 있는 것.

야나기마치 요시에는 어젯밤과 같은 신발을 신고 있다. 그 신발 자국은 지금 신고 있는 요시에의 신발 자국과 딱 일치하는 듯했다. 게다가 이 모래는 어디선가 끊임없이 솟아나는 물에 씻겨 다소나마 계속해서 이동하는 것 같다. 그러므로 거기 새겨진 신발 자국이 아주 최근 생긴 것이라는 사실은 짐작하기 어렵지 않다.

아무래도 이로써 어젯밤 탈출구의 괴인에 관한 한 요시에의 알리바이는 성립된 듯하다.

긴다이치 고스케는 거기에 또 다른 발자국이 없는지 찾아보았지만 그 결과는 실망으로 끝났다. 하지만 이 하얀 모래가 깔린 강바닥도 벽 옆에서는 거칠고 울퉁불퉁한 용암 같은 자갈 때문에 녹색을 띠고 있다. 그러니 벽을 따라 조심스럽게 그곳을 걸어가면 발자국도 사라지지 않았을까.

긴다이치 고스케는 아무렇지도 않게 조지의 안색을 엿보았는데, 그 얼굴에는 아무 반응도 드러나 있지 않았다.

"야나기마치 씨, 그런데 명도의 우물인가 지옥의 우물인가 하는 건……?"

"가보죠. 다만 이 발자국은 만약을 위해 남겨두는 편이 좋을 것 같습니다."

거기 남겨진 두 줄의 발자국을 피하면서 야나기마치 요시에가 앞장서서 걷기 시작하고, 다른 다섯 사람도 그를 따랐다. 모래를 적시고 있는 물은 예상외로 깊었다. 짚신을 신은 긴다이치 고스케의 발이 복사뼈까지 들어갔는데 버선을 적신 지하수의 차가움은 뼈를 찌를 정도였다.

회중전등의 조사照射 거리가 늘어나는 것을 보니 하얀 모래의 강바닥은 안으로 가면 갈수록 넓어지는 듯싶었다. 아무도 입을 여는 사람은 없었다. 그저 사박사박 젖은 모래를 밟는 소리만이 상쾌하다기보다 음산하게 울렸다.

"조심하십시오. 어젯밤에도 말씀드렸다시피 우물이라기보다 크레바스…… 바위의 균열이니까요. 테두리도 아무것도 없으니까."

겨우 열 간 걸어갔을 때 야나기마치 요시에가 일행에게 주의를 주었지만 그 목소리는 아까에 비하면 희미하게 들렸다. 정신을 차려보니 좌우 벽은 부쩍 좁아져서 이 동굴의 입구 정도는 아니지만 험한 터널이 천천히 계속되고 있는 듯하다. 그 멋들어진 설계는 거기서 끝나는 모양이었다.

"보세요, 이거……."

선두에 선 야나기마치 요시에가 갑자기 멈춰서 회중전등 불빛을 발밑으로 돌렸다.

설계는 그보다 조금 전에 끝났다. 이제 단단하고 평평한 바위 표면을 발끝으로 올라가고 있다. 긴다이치 고스케는 그것이 거대한 하나의 바위라는 사실을 알아차렸다. 그 바위 표면과 오른쪽 벽이 유착되어 있는 지점에서 안쪽을 향해 커다란 균열이 있고 그것이 바닥 없는 우물처럼 되어 거꾸로 낙하하고 있는 것이다. 균열의 폭은 넓은 곳은 두 간 정도, 세로로는 일고여덟 간까지 달해, 커다란 활궁ㅋ 형태를 이루고 있었다.

이 위험한 크레바스 주위에 선 사람들의 회중전등 불빛 여섯 개가 일제히 우물 안을 향했을 때, 일행은 눈 부신 듯 몸의 평형감각을 잃었다. 회중전등 불빛은 몇 장 멀리까지 미쳤지만 아직 그 앞 저 너머에 균열의 심연이 계속되고 있는 듯하다. 명도의 우물이나 지옥의 우물이라고 불리는 것도 무리가 아니다 싶었다.

"이러니 쇼와 5년 사건 뒤 다쓴도 씨가 이 크레바스 바닥을 뒤져도 실패하셨죠. 게다가 이 균열의 심부에는 유독가스가 쌓여 있는 것 같습니다."

이 깊이를 알 수 없는 어둠의 밑바닥에 오가타 시즈마의 시체가 한쪽 팔 없는 백골이 되어 누워 있는 것은 아닐까. ……그 생각을 하면 긴다이치 고스케는 명치가 아픈 듯한 공포를 느끼지 않을 수 없었다.

"그런데 여기서 안쪽은 어떻게 되어 있습니까?"

긴다이치 고스케는 이 섬뜩한 우물 너머 더 안쪽으로 회중전등을 비췄다. 그곳은 방금 지나온 설계처럼 멋진 경관과는 완연하게 달라서, 천장이 낮은 동굴이 울퉁불퉁한 바위층을 드러내며 깊고 어둡게 이어져 있었다.

"제가 아는 한 이 동굴 안을 끝까지 가본 사람은 없습니다. 저는 꽤 깊은 곳까지 탐험했지만 이 지하 터널은 끝없이 안쪽으로 계속되는 것 같아요. 게다가 안으로 가면 갈수록 한번 들어가면 나오지 못할 것 같은 길이 가지를 치고 있어서 매번 겁이 나 도중에 철수했던 겁니다. 그런데 긴다이치 선생님."

"예."

"저기 앞에 있는 동굴, 명랑장에 있는 탈출구와 닮았다고 생각 안 하십니까?"

"그렇군요. 그렇게 말씀하시니 그렇네요."

"제가 생각하기에 저쪽 탈출구도 원래는 이런 천연 동굴이었던 게 아닐까 싶은데요. 그것을 발견하신 초대 다넨도 백작이 나중에 인위적으로 손을 대어 저렇게 탈출구로 이용하신 게 아닐까 싶습니다."

아까부터 이 경탄할 만한 신의 섭리에 마음을 뺏기고 있던 다하라 경부보도 이야기가 때마침 명랑장의 탈출구에 이르자 갑자기 생각난 듯 말했다.

"그러고 보니 이가와 영감님은 어떻게 된 거지. 야나기마치 씨, 당신이 어젯밤 지하에서 목소리를 들은 게 이 부근이라고 하셨죠?"

"예, 맞습니다. 분명 이 우물 안에서 들려온 것 같은 기분이 드는데요…….”

"어이, 다들, 귀를 기울여 들어봐. 이가와 영감님이 탈출구 안에서 소리 지르기로 했어.”

다하라 경부보의 명령을 기다릴 것도 없이 일행은 크레바스 가장자리에 몸을 기울이고 온 신경을 우물 안의 어둠에 집중하고 있었다. 개중에는 바위에 배를 깔고 엎드린 사람도 있었다. 하야미 조지도 그렇게 하고 있었다.

1초…… 2초…….

갑자기 지하 아득한 저편에서 들려온 소리가 있었다. 사람의 외침 같았다. 분명 우물 안에서 난 소리다. 하지만 그것은 남자 목소리가 아니었다. 새된 여자 목소리가…… 여자의 비명 같은 것이, 때로는 멀리서, 때로는 가까이서, 미친 듯이…….

"다마코다! 다마코를 누가 죽이려고 해요! 제기랄!”

혼혈아 조지가 크레바스 옆에서 일어났다.

긴다이치 고스케가 비춘 불빛 안에서 그 얼굴은 붉은 염료를 칠한 듯 달아올라 있었다. 눈은 분노로 이글거리고 있다.

"하야미 군, 어디 가나?”

다하라 경부보의 말은 들은 척도 않고 바위에서 뛰어내린 조지는 몸의 흙을 털 새도 없이 방금 온 길로 쏜살같이 달려간다.

"하야미 군, 어디 가는 거야. 자네 미쳤나?”

"주임님, 저 녀석 뒤를 쫓아가죠. 저 자식, 이 동굴에서 탈출구로 연결되는 통로를 알고 있어요."

긴다이치 고스케가 맨 앞에 서서 하야미 조지를 쫓기 시작했다. 다른 사람들도 그를 따랐다. 야나기마치 요시에만은 망설이는 기색이었지만 그래도 생각을 고쳐먹고 뒤를 따르기 시작했다.

설계를 연상케 하는 멋들어진 하얀 모래를 흩뜨리면서 맨 앞을 달려가는 조지의 그림자가 갑자기 아까 일행이 내려온 거대한 너럭바위 아래까지 와서 사라져버렸다.

다음 순간, 그곳에 다다른 긴다이치 고스케는 거기 겨우 사람 하나 들어갈 정도의 구멍이 뚫려 있다는 사실을 알아차렸다. 벼랑길 기슭에 굴러다니는 바위 중 하나가 제거되고 그 구멍 속을 기어가는 조지의 뒷모습이 바로 눈앞에 있었다. 긴다이치 고스케도 주저하지 않고 엎드려 그 뒤를 쫓았다. 다하라 경부보와 사복형사 두 사람도 따라온다.

바위와 바위 사이에 생긴 두더지 굴 같은 그 길은 명백히 아래쪽을 향해 나아가고 있었다. 긴다이치 고스케의 기모노도 하카마도 순식간에 진흙투성이가 되었다. 그때 갑자기 깨달은 것은 어젯밤 탈출구의 탐험에서 돌아와 처음으로 조지를 만난 곳이 욕조 안이라는 사실이었다.

조지는 어젯밤에도 이렇게 두더지 굴에서 아래의 지하도로 지나간 것은 아닐까. 검은 베레모에 검은 안경, 감기 예방용 큰 마스크를 쓰고 검은 터틀넥 스웨터에 검은 양복을 걸치고 한 팔을 스웨터에 묶고…….

만약 그렇다면 옷은 모두 진흙투성이가 되었을 것이 틀림없다. 그것을 벗어버린 후 자신의 평상복을 가지고 일본 가옥 쪽 욕탕에 들어와 나를 기다렸던 것은 아닐까. 이 남자는 대체 무엇을 알고 있는 걸까.

아니, 잠깐만, 하고 긴다이치 고스케는 다시 생각한다. 어젯밤의 외팔이 괴인이 조지였다면 금요일 저녁 달리아의 방에서 사라진 외팔이 괴인도 조지가 아닐까. 마노 신야라는 이름을 대고 이 명랑장에 나타나 그대로 달리아의 방에서 사라져버린 정체불명의 인물을 유일하게 만나 응대한 사람은 다마코다. 그런데 다마코는 지독한 근시가 아닌가. 게다가 마노 신야라는 인물은 베레모와 검은 안경과 검고 큰 마스크를 써서 얼굴의 대부분을 가리고 있었다고 한다. 도다 다마코는 보기 좋게 거기에 속아 넘어간 게 아닐까.

하지만 조지가 왜 그런 수상한 행동을 한 것일까. 긴다이치 고스케의 뇌리에는 그 순간 자연스럽게 이토메의 얼굴이 조지의 배후에 오버랩되었다.

이토메 씨다. 이토메 씨가 어둠에서 실*을 끌고 있었던 것이다. 조지는 이토메가 애지중지한다는 아이가 아니었던가.

---

* 이토糸는 '실'을 뜻한다.

게다가 토요일에 후루다테 다쓴도가 이 명랑장에 찾아온 것을 알고 있던 사람은 분명 이토메뿐이다. 이토메는 그에 대해 대체 무엇을 계획하고 있는 것일까…….

그때 다시 지하에서 여자의 비명이 들려왔다. 아니, 그 비명은 아까부터 띄엄띄엄 들려오고 있었지만 그러던 것이 점점 가까이 다가온다는 건 지금 일행이 포복 자세로 전진하고 있는 두더지 굴과 아래의 지하도가 점차 가까워지고 있다는 증거 아닐까.

"제기랄, 제기랄! 다마코, 다마코, 지금 간다!"

앞에 가는 조지의 목소리가 두더지 굴에 울려 퍼졌다. 얼굴에 피가 쏠린 조지의 초조함이 눈에 보이는 듯했다.

그런데 이가와 형사는 무엇을 하고 있는 것일까.

제13장

아아, 끔찍하도다!

1

이가와 형사는 약속한 오후 2시 정각에 달리아의 방에서 탈출구로 들어갔다. 일행은 에토 형사와 현 경찰 본부에서 응원차 나온 사복형사까지 총 세 사람이었다.

언제나처럼 난로 입구까지 이토메가 배웅하러 왔다. 시노자키 신고와 시즈코의 모습은 보이지 않았다. 시즈코의 전남편 후루다테 다쓴도의 기묘한 최후와 그 후 사건의 의외의 추이와 진전이 부부 사이에 기묘한 균열을 발생시킨 듯, 그들은 서로를 피하는 것 같았다. 게다가 시즈코의 태도에는 명백하게, 생각에 잠기면 뭘 손댈지 모르는 남편에 대한 공포가 엿보였다.

"그런데 형사님, 다마코가 이 탈출구 안에 있다고 치면 살아 있을까요? 아니면……."

이토메의 얼굴에는 더 이상 요괴가 사람을 삼킨 듯 순진한 척하는 태도는 보이지 않았다. 그녀는 작은 몸을 비틀며 다마코의 신변을 걱정하고 있었다. 그를 대하는 노형사의 말투에도 전과 같은 조롱의 울림은 이제 없었다.

"아, 그렇게 끙끙 앓지 마. 다마코가 이 탈출구 안에 있다는 보증은 어디에도 없어. 그 아이, 너무 무서운 일이 연달아 일어나니까 명랑장에서 도망쳤을지도 모르지."

"그럴 리 없어요. 그 아인 아무 데도 갈 곳 없는 아이이고, 조지를 두고 도망칠 리 없습니다. 그 아인 조지에게 홀딱 빠져 있는걸요."

"뭐, 됐어. 금방 알게 될 일이야. 하지만 이토메 씨에게 말해두는데, 우리가 이 탈출구를 탐험하는 건 꼭 다마코 때문만은 아니야. 야나기마치 씨의 말이 사실인지 아닌지 확인해보는 것이 또 하나의 목적이야. 뭐, 다마코는 조만간 어딘가에서 확 튀어나올 거야. 아하하."

하지만 그렇게 말하는 이가와 형사도 자신이 없었다.

"정말 그러면 좋겠는데요……."

"그럼 다녀올게."

고작 이 정도 입씨름을 했을 뿐인데 약속 시간보다 몇 분 늦어졌다.

게다가 세 사람 중 탈출구의 내부를 아는 사람은 이가와 형사뿐이다. 자연히 이 노형사가 선두에 선 것이 그 이후의 계획을 틀어지게 만들었던 것이다.

"그럼 간다. 다들 따라와. 말은 가급적 하지 않는다."

노형사는 한 손에 회중전등을 들고 한 팔과 한 다리로 철제 사다리에 매달리면서 수직으로 낙하하고 있는 어두운 굴을 한

발 한 발 내려갔다. 이가와 형사는 금세 신고의 방 밖까지 왔다. 잠깐 멈춰 벽 너머에 귀를 기울였지만 방 안에서 사람의 기척은 느껴지지 않았다.

"자식, 뭘 하고 있는 거야."

중얼거리면서 이가와 형사는 다시 내려가기 시작했다. 바로 위에서 내려온 에토 형사의 발이 철제 사다리를 쥔 노형사의 손을 밟을 것 같았기 때문이다.

"여, 실례, 실례. 우물쭈물해서 미안. 이 벽 너머가 이 집 주인의 방이라 잠깐 상황을 엿보고 있었어. 자네들은 그런 거엔 신경 쓰지 말고 확확 내려와."

이가와 형사가 그로부터 세 단 정도 내려갔을 때 믿을 수 없는 일이 그 자리에 일어났다.

노형사의 오른손은 가로로 걸쳐진 철제 사다리의 봉을 단단히 움켜쥐고 있었고 한쪽 다리도 마찬가지로 봉을 밟고 있었는데도, 그의 몸은 급속히 깜깜한 굴 속으로 낙하했다. 그곳에서 굴 바닥까지는 세 간 가까이 되었다. 옻처럼 까만 어둠 속에서 비명과 둔중한 땅울림, 금속이 부딪쳐 격돌하고 부서지는 소리를 듣고 에토 형사는 철제 사다리 중간에 멈춰 섰다.

"영감님, 왜, 왜, 왜 그래요. 괘, 괜찮아요?"

굴 바닥은 깜깜하고 대답도 없었다.

"에토 씨, 왜, 왜 그래요. 방금 난 소린 뭡니까? 이가와 영감님, 어떻게 된 거예요?"

위에서 응원하러 온 형사의 목소리가 들린다.

"영감님이 발을 헛디뎌서 떨어진 것 같아. 자넨 거기 있어. 난 조금 가볼게."

하지만 다음 순간 에토 형사는 흡 하고 어둠 속에서 숨을 삼켰다.

없는 것이다. 철제 사다리의 가로 단이. 아무리 발로 더듬어봐도 그 발은 허공을 밟을 뿐이다. 회중전등으로 훑어본 에토 형사는 철제 사다리가 바로 발밑에서 소실되었다는 사실을 알아차렸다.

"큰일 났어. 사다리가 부러졌어."

그리고 발밑의 어둠을 향해,

"영감님, 영감님. 괜찮아요?"

두세 번 큰 소리로 부르는 동안 겨우 어둠 속에서 반응이 왔다. 희미한 신음 소리와 스멀스멀 어둠 속에서 움직이는 기척이 들려왔다.

"영감님, 괜찮아요? 저 에토입니다."

"음, 음. 난 괜찮……."

하지만 그 목소리는 평소의 이가와 형사답지 않았고 어둠 속에서 공허하게 울렸다.

"영감님, 철제 사다리가 부러졌어요. 그래서 추락한 거예요."

"그, 그건 알아. 나 오래 정신을 잃었나?"

"아, 아주 잠깐이에요. 하지만 바로 대답이 없어서 간담이 서늘해졌다고요. 어디 다치셨어요?"

"아, 음. 뭐 큰일은 아냐. 그보다 자네들은 괜찮나?"

"저…… 아니, 저희는 괜찮습니다. 영감님, 저희는 어쩌면 좋죠?"

"잠깐 기다려, 기다려."

어둠의 바닥에서 몸을 움직이는 기척이 나더니 성냥을 켜는 듯 섬광이 번쩍였다. 두세 번 성냥을 그은 뒤,

"쳇, 회중전등이 나갔어. 에토, 거기 있나?"

"예, 여기 있습니다. 뭔가……?"

에토 형사는 회중전등 불빛을 아래로 비췄다. 이가와 형사가 어두운 바닥에서 웅크리고 있는 것이 희미하게 보인다.

"누군가 위로 돌아가서 이토메 할머니한테 밧줄을 빌려 와 줘. 가급적 튼튼한 걸로. 뒤쪽 창고에 가면 밧줄이 얼마든지 있어. 그리고 회중전등도 하나 받아 와. 내가 들고 온 건 낙엽처럼 바스라졌어."

"알겠습니다! 구보타 군, 가주겠어?"

구보타는 응원 나온 형사의 이름인 듯하다.

"아, 알겠습니다. 그런데 밧줄은 어느 정도로?"

"음, 길이 3장 정도면 되겠지. 그만큼 필요하지는 않겠지만 긴 게 짧은 것보다 낫지 않겠어? 아, 그리고 구보."

"예에……?"

"이 얘긴 아무한테도 하지 마, 이토메 씨한테도. 지하 탈출 구에서 밧줄이 좀 필요하게 됐다고 해. 좀 납득이 안 가는 부분 이 있어."

"납득이 안 간다니요……?"

"뭐, 됐어. 구보, 빨리 다녀와. 너무 소란 피우지 마."

이가와 형사도 꽤 회복이 된 모양이다.

시간이 제법 흐른 뒤 구보타 형사가 밧줄과 회중전등을 가 지고 돌아왔다.

"좋아, 그럼 에토, 밧줄 끝에 회중전등을 매달아서 내려보 내줘. 회중전등은 켜둔 채로. 음, 좋아, 좋아. 구보, 할멈이 이래 저래 물어보지?"

"예, 정말이지 엄청 끈덕져요. 밧줄을 어떻게 할 거냐, 회중 전등을 어떻게 할 거냐, 달라붙어 떨어지질 않더라고요."

"그 할망구, 자기는 시치미를 떼고 있는 주제에 호기심은 남들 배는 강해서. 그 여우 같은 할망구, 뭔가 알면서 숨기고 있 어. 지금도 꼬리를 뒤로 감추고 말이지."

이런 악담이 나오는 것을 보면 이가와 형사도 이제 괜찮은 모양이다. 형사는 밧줄 끝에 묶여 있던 회중전등을 풀었다.

"좋아, 그럼 그쪽 끝을 사다리 틀에 묶어둬. 하지만 조심해. 사다리에 줄칼의 날카로운 쪽이 붙어 있지 않은지 잘 확인하고 서 해."

"여, 영감님! 누군가 사다리에 줄칼을 넣은 놈이 있는 건가요?"

에토 형사는 숨죽인 소리를 냈다.

"아직 잘 몰라. 그걸 이제부터 조사해보는 거다. 성냥만으
로는 뭐가 안 돼. 밧줄을 묶었나?"

"지금……."

"얼른 해. 밧줄을 묶었으면 회중전등을 주머니에 넣어. 이
렇게 되면 믿을 건 회중전등뿐이니까. 그리고 양손으로 밧줄을
잡고 내려와. 뭐, 괜찮아. 어차피 좁은 굴이야. 양다리를 벽에
버티면 손바닥이 까지진 않을 거야. 내가 아래에서 회중전등을
비춰줄 테니까 그걸 보고 내려와. 구보, 자네도 알아들었지?"

"예, 전 괜찮습니다."

응원하러 온 구보타 형사는 나이도 젊고 씩씩하다.

마침내 두 형사가 굴 밑으로 내려오자, 이가와 형사는 회중
전등으로 사다리의 세로 봉 끝을 비춰보기 시작했다.

"거봐, 역시 줄칼이 붙어 있었어. 하지만 기다려."

"영감님, 왜 그래요?"

"아니, 여기서 끊어졌지만 사다리는 아직 꽤 길어. 이런 좁
은 굴이니까 어딘가 벽에 부딪쳐서 기울어져 있을 거야. 맨 아
래까지 추락했을 리는 없어."

이가와 형사는 그 근방을 회중전등으로 뒤져보고 있었다.

"거봐, 거기 부러진 사다리가 있잖아."

그 지하도 옆벽에 잘린 철제 사다리가 가로놓여 있다. 그것

405

은 길이 1장 5척 정도이며 분명히 줄칼로 잘린 흔적이 있었다.

"영감님, 이거 어찌 된⋯⋯."

"뭐야, 에토, 아직 모르겠나. 나와 같이 떨어진 건, 보라고, 이쪽 사다리야."

두 형사가 내려왔을 때 이가와 형사가 조사하고 있던 것은 길이 8척 정도의 철제 사다리다.

"영감님, 그럼 이 사다리 이중으로 잘려 있던 건가요?"

에토 형사의 목소리는 떨리고 있다. 젊고 씩씩한 구보타 형사도 안면 근육이 경직되어 있다.

"그래서 아까 말했잖아. 위쪽에서 잘린 것만으론 사다리는 기울어질 뿐이라고. 그래서 가장 아래쪽을 잘라두고 그 후 위쪽에 줄칼을 넣어둔 거라고. 혹은 순서는 반대일지도 모르지만. 그래서 우리가 이 구멍으로 기어 들어왔을 때 사다리 아래쪽은 이미 없었어. 그런 건 몰랐으니 나는 이 짧은 사다리까지 내려왔지. 내 전신의 체중이 실린 순간 줄칼이 힘을 발휘해 나는 사다리째 아래로 떨어진 거야."

"하지만 누가 이런 장난을⋯⋯. 잘못되면 죽을 수도 있는 거잖아요."

"설마. 그 정도 높이는 아니니까. 하지만 잘못되면 큰 부상을 입을 수는 있겠지. 난 마지막까지 사다리를 붙잡고 있어서 다행이야. 자, 봐봐."

이가와 형사는 자신과 함께 떨어진 사다리를 비스듬히 세

위 보여주었다. 전에도 말했듯 지금 세 사람이 서 있는 곳에서부터 탈출구의 지하도가 펼쳐져 있는 것이다. 사다리는 굴과 지하도 천장이 맞닿는 아슬아슬한 지점에서 비스듬하게 부딪친 듯 거기에 날카로운 자국이 있었다.

"이걸로 나는 살았는데, 도중 어딘가에서 심하게 허리를 부딪친 모양인지 한참 숨을 쉴 수가 없었어. 충격으로 머리도 한동안 멍해졌었고."

노형사의 회중전등 불빛 속에 렌즈가 부서진 회중전등이 뒹굴고 있었다.

"하지만 누가 이런……."

"그러니까, 이 명랑장에는 온갖 도깨비가 우글거리고 있다고. 그놈이 여럿일지 하나일지는 몰라도 말이야. 그러니 다들 조심해야 해."

"하지만 이런 짓을 언제 한 걸까요? 영감님은 어젯밤에도 이 사다리를 내려가셨잖아요."

"그러니까 그 뒤의 일이겠지. 분명 어젯밤부터 오늘 아침 사이에 누군가가 이런 꼼수를 부리고 간 거야. 어젯밤 이 사다리를 내려온 건 주임과 긴다이치 선생, 고야마랑 나 네 사람이야. 주임이나 긴다이치 선생은 몸무게도 나랑 고만고만한데, 고야마는 황소 같은 몸을 하고 있고 체중도 훨씬 나가. 그런데도 아무 일 없었으니 그 뒤 누군가가 이 탈출구에 들어와서…… 분명 어제 한밤중의 일일 텐데……."

말하는 중에 이가와 형사는 새삼 상황의 무서움을 깨달은 듯 무심코 격하게 몸을 떨었다. 어둠은 사람을 겁먹게 하는데, 세 개의 회중전등 불빛 바깥쪽은 질식할 것 같은 어둠뿐이다. 다른 두 사람도 이가와 형사의 전율에 감염된 것인지 창백하게 굳은 얼굴을 마주 보면서 어둠 속에서 몸을 떨었다.

그것이 누구든 칠흑 같은 밤의 지하도를 꿈틀거리는 그림자. 게다가 이 명랑장은 어젯밤부터 경찰 부대에 포위된 거나 마찬가지였다. 그 감시의 눈을 피해 어둠에서 어둠으로 떠도는 인물. 게다가 그놈이 사다리에 그런 공작을 했다면 놈은 어지간히 생각이 많고 절망적이 되었음에 틀림없다. 거기에 생각이 미치자 이 강인한 세 형사가 떠는 것도 무리는 아니다.

"영감님, 그거 이 집 주인인 시노자키 신고 아닐까요? 이 사다리 바로 위에 시노자키 신고 방의 탈출구가 있⋯⋯."

"그래요. 그 남자라면 지리적 조건이 최고로 적합하죠."

하지만 조건이 지나치게 적합하다는 것이 이 경험파 형사의 마음에 걸렸다. 모든 조건이 시노자키 신고가 유죄라고 하는 것처럼 보인다. 그럴 때 신중하게 일을 처리하지 않으면 안 된다는 것쯤 이 노련한 형사는 경험을 통해 알고 있다.

"뭐, 좋아. 언젠가는 이 탈출구의 어둠 속에 꿈틀거리는 도깨비가 누군지 목덜미를 잡아채주겠어."

노형사는 거기서 갑자기 정신이 들었는지 말했다.

"어, 그렇지. 이런 곳에서 우물쭈물할 상황이 아냐. 자, 가자."

"영감님, 이 어둠 속을 가는 겁니까?"

바닥이 보이지 않는 어둠에 회중전등 불빛을 비추면서 에토 형사가 불안한 목소리를 낸 것도 무리가 아니다. 희미한 불빛에 비친 광경은 누가 봐도 쾌적한 행락지로는 보이지 않았다. 게다가 방금 있었던 일 같은 변사變事 후에는.

"뭐야, 겁보가 된 거야? 그럼 날 따라와. 약속 시간이 꽤 늦었다고. 서두르지 않으면……."

이가와 형사는 급히 앞장서서 걷기 시작했으나 갑자기,

"아팟, 으으으, 제기랄!"

하며 몸을 구부리고 그 자리에 웅크렸다.

"여, 영감님, 왜, 왜 그래요!"

"아, 아까 사다리째 여기 부딪쳤을 때 오른쪽 발목에 염좌가 생긴 모양이야."

"괘, 괜찮아요, 영감님?"

"괜찮아, 괜찮아. 뭐, 이깟 염좌, 나중에 습포 붙이면 금방나아."

하지만 영차, 하고 일어서서 질질 발을 끄는 모습이 누가 봐도 아파 보였다.

"영감님, 제가 선두에 설게요. 영감님은 바로 뒤에서 따라오면서 여러 가지 지시를 해주시면 돼요."

"아, 그런가. 구보타, 제법 씩씩하잖아. 그럼 그렇게 해. 에토, 자네는 맨 마지막을 맡아. 마지막은 무섭다. 언제 어느 때 뒤에서 도깨비가 튀어나올지 모르니까 말이지, 우후후."

이가와 형사도 어젯밤 일이 있으니 가급적 목소리를 죽이려 하고 있다. 그것이 어둠 속에서 묘한 박진감으로 다가오는지 에토 형사는 움직이지 않았다.

"놀리지 마세요. 저 그렇게 무섭지 않으니까요. 하지만 영감님은 심상치 않은 놈이 아직 이 지하도에 있다고 생각하는 건가요?"

"설마. 그래, 참. 구보, 자네한테 주의 줄 게 있어."

"예, 뭡니까?"

"도깨비는 분명 이미 나갔을 텐데, 이 탈출구 완전히 덜커덕거려서 사소한 진동으로도 벽돌이 부서져. 그러니 큰 소리를 내도 안 되고 뛰는 건 금물이다."

"하, 이 지하도 그렇게 위험한가요?"

"발밑을 조심하면서 가. 곳곳에 벽돌이 부서져서 떨어져 있어. 실은 어젯밤 내가 바보 같은 소릴 질러서."

"아하하, 영감님, 무서워서 비명 지르신 겁니까?"

"바보 같은 소릴! 내가 너인 줄⋯⋯?"

이가와 형사는 무심코 일갈했으나 그 말끝은 입안에서 사라져버렸다. 그 순간 두세 장의 벽돌이 와르르 무너져 내렸기 때문이다. 일행은 무심코 발을 멈췄지만 이윽고 이가와 형사가 혀를 찼다.

"거봐. 이게 바로 체험 교육이다. 근데 내 목소리는 커서 안 되겠어."

"이제 와서 알아차리다니 민폐예요. 그런데 구보, 나 생매 장당하긴 싫으니까 일단 정숙하게 행진해줘."

"알겠습니다. 그럼 채찍 소리를 줄이고 밤의 강을 건너면* 됩니까?"

"우후, 젊구먼. 제법 침착한데."

"이런 건 전선에서 가끔 경험했으니까요. 자주 척후병을 맡 았습니다."

"뭐야, 군대 퇴물이냐."

"퇴물은 너무하잖습니까. 이래 봬도 구보타 일등병, 용감한 제국 군인이었습니다. 어?"

"왜, 왜 그래, 왜 그래."

"보세요, 여기 영감님이 큰 소리 지른 유적이 있네요."

회중전등으로 발밑을 비추자 역시 산더미처럼 벽돌이 쌓 여 있었다.

"어이, 어이, 젊은이. 노인네한테 면박 주는 거 아냐. 자, 가 자고, 가자고."

---

* '채찍 소리를 죽이고 밤의 강을 건넌다.' 에도 시대 시인인 라이 산요의 시 〈가와 나카지마川中島〉의 한 구절을 인용한 것이다. 우에스기 겐신과 다케다 신겐의 가 와나카지마 전투를 묘사한 시이다.

"우후후. 그러고 보니 영감님, 지난번에 주임님께 구박받았나 보죠?"

"뭐, 그 사람은 온화한 사람이니 별말 안 했지만 긴다이치 고스케란 놈이 들들 볶았지. 그 자식, 꼴에 명탐정이라고."

한참을 가니 다시 구보타 형사가 발을 멈추고 발밑을 살피고 있다. 이번에는 신중하게 허리를 굽히고 지하도 바닥을 조사하고 있다.

"어이, 젊은이. 자네도 나한테 면박을 줄 생각이야?"

"아뇨, 선배님. 그게 아니에요. 이거 뭔가 끌고 간 자국 아닌가요?"

"뭐……?"

2

이 지하도 바닥은 장소에 따라 여러 가지 변화를 보이는데 그곳은 마침 바닥에 떨어진 벽돌이 마멸되어 일부는 얕은 물웅덩이가 되고 물웅덩이 바닥에는 검은 진흙이 고여 있다. 그 진흙 속에 두 줄기의 흔적이 또렷이 찍혀 있다.

"아, 영감님, 어젯밤엔 이런 거 없었어요?"

"눈치 못 챘어. 하지만 이 정도로 확실히 찍혀 있으면 누군가가 알아차렸을 거야. 다들 발밑만 보면서 걷고 있었으니까."

"선배님, 이건 탈출구에 가까운 굴 쪽에서 끌고 온 건데요. 보세요, 물웅덩이인 이쪽에는 찍혀 있지 않은데 저편에 진흙 자국이 두 줄기 이어지고 있으니까……."

"하지만 이거 뭔가를 끌고 온 흔적이잖아."

"선배님, 이런 얘길 하면 상상이 지나치다고 야단맞을지도 모르지만 이거 사람을 끌고 온 거 아닐까요? 여기 두 줄기는 두 개의 다리 자국인 건……."

하지만 구보타 형사의 상상을 꾸짖는 사람은 아무도 없었다. 진흙 위에 몸을 구부린 채 세 사람은 한동안 말없이 얼굴을 마주 보았다.

"어이, 어딘가 핏자국은 없나?"

핏자국은 어디에도 없었다.

"좋아, 이 자국을 따라가보자. 아, 잠깐 기다려. 이 근처에서 소리 질렀었는데, 도깨비의 암굴로 들어간 무리는 어떻게 됐을까?"

"선배님, 제가 소리 질러볼까요?"

"응, 부탁해."

"뭐라고 하면 될까요?"

"주임님, 저희 탈출구 안에 있어요. 들립니까…… 라고 외쳐봐. 하지만 조심해. 터널이 붕괴될지도 모르니까."

"너무 겁주지 마세요. 그럼 해보겠습니다."

입가에 양손을 확성기처럼 둥글게 말아 감싸고 심호흡을

한 번 한 후 소리를 내려다가 구보타 형사는 어어? 하듯이 고개를 갸웃거렸다.

"젊은이, 왜 그래, 왜⋯⋯?"

이가와 형사가 말을 거는데 쉿 하고 제지한 구보타 형사는,

"선배님, 안 들리세요? 누군가 외치고 있어요. 저거 여자 목소리 아니에요?"

"무슨 소리야. 저쪽 탐험대에 여자는 없는⋯⋯."

"쉿, 영감님, 조용히요. 구보가 말한 대로 저거 분명 여자 목소리예요."

그렇다. 분명 여자 목소리다. '비단을 찢는 듯한 소리'라는 평범한 표현이 어울릴 날카롭고 새된 여자의 비명 같은 것이 이쪽저쪽의 벽에 반향을 일으키면서 음침하게 어둠 속에서 들려온다. 마지막 메아리가 꼬리를 끌며 사라져갈 때 다시 새로운 비명이 들렸다.

"영감님, 저거 구조를 요청하는 거 아닌가요?"

"다마코다! 다마코가 살아 있어!"

하지만 이가와 형사는 서두를 수가 없었다. 두세 발짝 걷고 비틀거리며 넘어질 뻔한 뒤 자신의 발을 저주하고 있을 때 에토 형사가 바람처럼 빠져나갔다.

"영감님, 뒤에서 천천히 오세요! 저는 애송이랑 같이 가보겠습니다!"

그때 세 번째로 비명이 들려, 구보타 형사는 아무 말도 못

하고 전진을 시작했다. 이때 젊은 형사의 행동력이 무척 믿음 직스럽긴 했지만, 둘 다 달려 나갈 수는 없었다. 회중전등 불빛 이외에는 모든 것이 칠흑 같은 어둠이다. 게다가 뒤에서 쫓아오는 이가와 형사도 이 지하도가 어떤 식으로 구부러졌는지 가르쳐줄 수가 없었다. 어젯밤 한 번 지나간 정도로 그 전모를 파악할 만큼 단순한 지하도가 아니었던 것이다.

단편적으로 들리는 여자의 비명을 들어보면 맞은편을 향해 달려가는 것 같다. 소리 나는 지점으로 봐서는 넘어지고 구르며 허둥지둥 달려가는 느낌이다.

"누구냐! 여자! 멈춰! 멈추지 않으면 쏜다!"

참다못해 구보타 형사가 큰 소리를 질렀지만 그 순간 용맹하고 과감한 이 형사도 무심코 그 자리에 멈춰 서고 말았다. 말하자마자 붕괴가 일어나 몇 개의 벽돌이 무너져 내렸고 그중 하나는 형사의 어깨를 강타하고 발밑에 떨어졌다.

"왜 그래, 괜찮아?"

뒤에서 다가온 에토 형사와 마주 본 구보타 형사의 얼굴은 역시 창백하고 경직되어 있었다. 목소리도 떨렸다.

"선배님이 말한 게 이거군요."

"그래. 이 터널은 붕괴 일보 직전인 것 같아. 어쨌거나 서두르자. 하지만 달리지는 마. 땅이 울려 천장이 무너질지도 몰라."

"무섭네요."

"응, 무섭지. 잘못되면 생매장이야."

"선배님은……?"

"영감님은 괜찮아. 뒤에서 따라오실 거야. 한데 아까 그 비명은……?"

비명은 이제 들리지 않았다. 그 사실이 지하도 안의 어둠과 정적을 한층 묵직하게 만들고 있었다.

누군가가 이 터널 속으로 시체를─시체라고밖에 생각할 수 없지 않을까─끌고 갔던 것이다. 두 줄의 선은 지금도 곳곳에 남아 있다. 게다가 아까 그 여자의 비명은……?

두 사람은 한 발 한 발 주의하면서 계속 걸어간다. 전신의 신경이 바늘이 되어 긴장하고 있다.

손목시계는 이럭저럭 2시 30분을 가리키고 있었다. 철제 사다리가 낙하한 사고가 있었다 쳐도, 이미 터널의 반은 온 셈이다. 별동대는 어떻게 된 것일까. 저쪽에도 뭔가 사고가 있었던 걸까. 아니면 도깨비의 암굴과 이 지하도가 어딘가에서 교차한다는 것은 야나기마치 요시에의 터무니없는 환상이었던 것일까.

갑자기 구보타 형사가 멈춰 서서 놀란 듯 뒤따르던 에토 형사의 팔을 잡았다.

"왜, 왜 그래, 뭐가……?"

구보타 형사는 말없이 회중전등 불빛을 두 간 정도 벽 아래로 내렸다. 그곳은 지하도의 우측 벽으로, 터널은 거기서 60도 정도 각도를 그리며 왼쪽으로 휘어져 있었으나, 그 하부의 벽돌이 두세 개씩 시멘트가 발린 채 맞은편에서 허물어져간다.

"누, 누구냐!"

구보타 형사가 외치려는데, 당황한 에토 형사가 옆에서 입을 막았다.

"가, 가만있어. 어쩌면 별동대 사람일지도 몰라."

벽돌 벽은 각 변 2척의 사각형 크기로 허물어져 있었고, 거기서 검은 남자의 얼굴이 슥 보였다. 남자는 포복 자세를 하고 있는 것 같았다.

"누구냐! 말 좀 해. 대답 안 하면 쏜다!"

이번에는 에토 형사가 권총을 꺼내 자세를 취하며 소리쳤다.

"쏘지 마요. 주임님도 뒤에서 오고 있어."

전신에 진흙을 뒤집어쓴 조지는 두더지 굴에서 기어 나오더니 사나운 기세로 말했다.

"형사님, 다마코는……? 다마코는……?"

"다마코……? 오, 아까 소리치던 여자인가. 그 여자라면 이쪽으로는 오지 않았어. 저쪽으로 도망간 것 같아."

에토 형사가 굽이진 앞쪽 어둠으로 회중전등 불빛을 비추자, 조지는 전신에 묻은 진흙을 털려고도 하지 않고 주머니에서 회중전등을 꺼내더니 쏜살같이 커브 길 너머로 달려갔다.

조지의 뒤를 이어 긴다이치 고스케, 다하라 경부보, 응원 나온 두 형사, 그 뒤에서 야나기마치 요시에가 기어 오기까지 제법 시간이 걸렸다. 다들 옷은 말할 것도 없고 얼굴도 손발도 진흙투성이가 되어 있었으나 아무도 웃는 사람은 없었다.

"여, 구보타 군, 수고. 에토 군, 이가와 영감님은……."

"영감님은 뒤에 올 거예요. 자세한 보고는 나중에 영감님이 해주겠죠."

"에토 씨, 조지는 어떻게 된 겁니까?"

긴다이치 고스케가 물었다.

"그 혼혈아라면 저쪽으로 달려갔어요. 아까 비명을 지르며 가던 여자 뒤를 쫓아갔습니다."

"주임님, 가보죠."

긴다이치 고스케가 다하라 경부보를 독촉해서 가려고 하는데,

"아, 잠깐……."

불러 세운 사람은 응원 나온 구보타 형사다.

"여기에 시체……라고밖에 생각할 수 없는데, 사람을 끌고 간 게 아닌가 싶은 흔적이 있습니다."

"시체를……?"

"보세요, 여기 자국이 두 갈래 나 있죠. 이거 다리 두 개의 자국이 아닐까 하고 이가와 형사님이나 에토 형사님도 말했는데요……."

일행은 몸을 구부려 구보타 형사의 회중전등 불빛 끝으로

시선을 보냈다. 이 부근도 벽돌이 부서지고 질퍽질퍽했으나 두 줄기의 흔적은 진흙을 파고들듯이 선명하게 커브 길 너머까지 계속되고 있다. 두 줄기 사이를 발에 맞지 않아 헐떡이는 커다란 신발 자국 같은 것이 교차하고 있다. 신발 자국이 진흙을 깊이 파고든 걸 보면 뭔가 무거운 것을 들거나 끌고 있었음에 틀림없다.

"이 자국, 어디쯤부터 찍혀 있었나?"

"한참 저쪽에서부텁니다. 저희는 도중에 알아차렸어요. 구보타가 발견했습니다."

"좋아, 가보자."

일행은 서로 뒤얽히며 어두운 커브 길로 돌진했다. 두 줄기 자국과 커다란 고무장화 자국은 이 지하도가 얼마나 건조한지에 따라 짙어지거나 옅어지거나 했지만, 어디까지나 계속되고 있는 것 같았다.

한참을 가니 저편에서 남자의 포효 소리가 들려왔다. 다마코…… 다맛페라고 부르는 소리는 조지인 것 같다.

"혼혈아다. 그놈이 뭔가 발견한 모양이야."

일행은 다시 걸음을 서둘렀다. 다마코의 이름을 부르는 조지의 목소리는 아직 계속되고 있다. 그 목소리의 비통한 울림을 깨달았을 때 긴다이치 고스케는 육체적으로 격렬한 통증을 느끼지 않을 수 없었다.

조지는 어젯밤 이가와 형사가 굴러떨어진, 쥐가 있던 함정 속에 서 있었다. 옆에 둔 회중전등으로 비춰보니 뭔가를 안고 있는 것 같았다. 일행이 달려갔을 때 엄청난 쥐가 그 함정 주위를 우왕좌왕하며 도망치고 있었다.

"긴다이치 선생님!"

조지는 분노로 미친 듯한 눈을 하고 있었다.

"한발 늦었습니다. 누군가 이 끈으로 다마코를 교살하고 가 버렸어요. 다맛페, 정신 차려, 정신 차려!"

조지가 던진 끈 모양의 물건을 회중전등 불빛 속에서 본 긴다이치 고스케는 흡 하고 숨을 삼키고는 서둘러 그것을 당겨 보았다.

"다하라 씨, 이거! 이 밴드를 본 기억 있습니까?"

"밴드……?"

다하라 경부보도 그것을 받아보고 놀란 듯 안색이 바뀌었다.

"긴다이치 선생님, 이건 덴보 씨의 가운 밴드가 아닙니까."

과연 그것은 덴보 씨의 가운 밴드와 같은 천으로 만든 폭 1촌 5분 정도의 울 밴드였다. 일부 검은 얼룩이 묻어 있는 걸 보니 교살당했을 때 다마코가 피를 토한 것이리라. 어디에도 풀어헤쳐진 부분이 없는 걸 보면 그 속에 귀중품이 숨겨져 있었던 것은 아닐까 하는 이가와 형사의 추리는 단순한 환상이었던 모양이다. 그럼에도 불구하고 긴다이치 고스케는 그때 범인이 뭔가를 찾고 있었던 것은 아닐까 하는 생각을 버릴 수 없었다.

"조지 군, 일단 다마코를 이쪽으로 보내게."

"싫어, 싫어. 나, 아무한테도 안 넘겨. 다맛페, 아무한테도
안 넘겨."

"긴다이치 선생님."

야나기마치 요시에가 옆에서 귓속말을 했다.

"그 소녀, 쥐한테 상당히 갉아 먹힌 건……."

야나기마치 요시에의 목소리는 낮고 갈라져 있었지만 그
래도 조지는 놓치지 않았다.

"그래. 난 저 판자를 건너려고 하고 있었어. 그런데 아래서
쥐가 소란을 부리는 소리가 났어. 휙 보니까 쥐가 잔뜩 모여서
뭔가를 갉고 있는 거야. 그게 다맛페였어. 긴다이치 선생님, 다
맛페의 얼굴을 봐주세요."

조지는 엉엉 울면서 처음으로 다마코의 얼굴을 일행에게
보여주었는데, 그 순간 긴다이치 고스케는 무심코 고개를 옆으
로 돌리지 않을 수 없었다.

그때 다마코의 얼굴을 자세히 묘사하는 것은 그만두는 편
이 좋겠다. 그것은 독자 여러분에게 악몽을 불러올 뿐이니까.

아아, 끔찍하도다!

이런 말은 이럴 때 통용되는 말이 아닐까. 다마코는 얼굴이
고 손발이고 할 것 없이 전신이 샅샅이 갉혀, 만약 이대로 한참
방치되었다면 뼈만 남았을 것이다. 다마코의 육체를 마구 들쑤

신 수많은 쥐들은 함정 속을 우왕좌왕하고 있었다.

야나기마치 요시에는 예술가라서 신경이 섬세한 것일까. 전신을 나뭇잎처럼 떨고 있었고, 대모갑 테 안경 안쪽으로 핏발 선 눈이 보였다.

조지는 정신이 나간 탓에 그때까지 생각이 미치지 못한 듯하나, 이렇게까지 쥐가 먹어치운 걸 보면 다마코의 시체는 상당히 오랫동안 거기 방치되어 있었던 듯하다. 그렇다면 아까 그 비명 소리는?

이때 가장 먼저 움직인 사람은 응원 나온 구보타 형사였다. 그는 힐끗 다마코의 얼굴을 보더니 판자를 건너서 어둠 속으로 이어지는 커브 길로 사라졌다.

"조지 군, 어쨌든 이쪽으로 올라와. 우물쭈물하다가는 자네까지 쥐의 먹이가 되고 말 거야."

"긴다이치 선생님, 누가 다마코에게 이런 짓을 한 걸까요? 누가 다마코를 쥐에게 먹이로 던져준 걸까요? 긴다이치 선생님, 적을 조사해주세요. 다마코의 적을 조사해주세요."

"아, 그래, 알았어. 어쨌거나 이쪽으로 올라오게. 다마코의 장례를 잘 치러주어야지……."

"예."

조지는 방울방울 눈물을 흘리면서 아직은 흉포한 눈매를 하고 있었지만 그래도 다마코를 안고 순순히 올라왔다. 긴다이치 고스케와 야나기마치 요시에가 양쪽에서 팔을 빌려줬는데 그때 문득 함정 바닥을 보니 엄청난 수의 쥐가 기어 나와 그곳을 돌아다니고 있어, 긴다이치 고스케는 명치 언저리가 굳어질 정도의 공포를 느꼈다. 야나기마치 요시에도 같은 것을 본 듯 철학자 같은 얼굴이 창백해지고 마른 몸이 격렬하게 떨리고 있었다.

구보타 형사가 종종걸음으로 돌아온 것은 그때였다.

"주임님, 주임님, 빨리 와주세요. 이쪽에도 한 사람, 이쪽에도 한 사람 여자가……."

지하도 저편에서 형사의 목소리가 들려왔다. 지독히 흥분한 목소리가 갑갑한 공기 속에 울려 퍼졌다.

"여자라니 누구야?"

판자를 건너면서 다하라 경부보가 소리쳤다.

"주임님은 오쿠무라라는 비서를 아십니까?"

"흠, 알지. 오쿠무라 군이 왜?"

"그 오쿠무라 군이 말하기를 여기 아가씨인 요코 씨라는 분이라고 합니다."

"요코 씨도 죽었나?"

"아뇨, 죽진 않았습니다. 하지만 뒤통수를 세게 가격당해 다 죽어가는 상황입니다."

마침 거기에 늦었지만 이가와 형사가 달려오는 걸 보고 긴다이치 고스케는 눈을 크게 떴다.

"이가와 씨, 그 다리는 어떻게 된 겁니까?"

"뭐, 살짝 실수해서. 나잇값도 못 하고 부끄럽습니다. 오오, 이 녀석, 다마코를 찾았다고."

옆에 와서 다마코의 얼굴을 보고 역시 천군만마의 노형사도 비명을 지르며 물러섰다.

"지독한 짓을!"

"이가와 씨, 마침 잘 오셨습니다. 조지 군과 함께 따라오십시오. 저쪽에도 무슨 일이 있는 모양입니다."

다하라 경부보 팀은 다시 경사면을 뚫고 어두운 커브 길 너머로 사라졌다.

인천당의 회전무대는 지하 사당 쪽에서밖에 열리지 않도록 장치가 되어 있었다. 그런데 누군가가, 등을 맞대고 서 있는 금강상과 역사상 뒤에 붙인 널빤지를 부순 듯 사당 안에 장작패는 커다란 연장이 뒹굴고 있었다.

비서인 오쿠무라 히로시가 달려왔을 때 요코는 그 널빤지의 갈라진 틈에서 반쯤 몸을 비집고 사당 쪽으로 올라오려다가 쓰러져 있었다고 한다. 요코는 뒤통수를 무언가 견고한, 이를테면 쇠망치 같은 걸로 강타당한 듯 상처 부위에서 흘러나온 피가 그녀가 입은 카디건 뒤를 물들이고 있었다.

상처가 뼈까지 도달했는지는 알 수 없었지만 일단 그녀는 죽지는 않았다. 그저 의식을 잃었을 뿐이었지만, 아까 구보타 형사도 지적했다시피 다 죽어가는 상황인 것은 확실했다.

"이거, 이거, 그래서 말했잖아. 이 미로장에 도깨비가 들어와 있다고."

　누구인가 봤더니 이가와 형사다. 절름거리고 있는 탓일까,
선승 같은 말을 하는 이 노형사의 얼굴은 지독하게 노인 티가
났다.

제14장

밀실을 열다

1

미로장에는 지금 불길한 기운이 깊고 어둡게 드리워져 있다.

이 사건은 그 일대뿐만 아니라 일본 전역을 뒤흔들었지만 그 중심에 있는 미로장에는 지금 묵직한 공기가 깔려 있어, 경솔하게 입을 여는 사람은 아무도 없었다. 수사 담당 경찰이나 신문기자들의 출입은 점점 잦아지고 있었지만 아무도 큰 소리를 내지 않았고, 가끔 누군가가 크게 떠들기라도 하면 주위에서 여럿이 합세하여 비난의 시선을 보내는 바람에 당황해서 입을 다물고 목소리를 낮추게 되는 것이다.

누구나 말하지 않아도 아는 것이 있다. 사건은 이걸로 끝나지 않았다는 것. 또 피비린내 나는 사건이 일어나지 않을까 하는 것.

경찰차로 모리모토 의사가 간호사를 데리고 달려온 것은 오후 4시가 넘었을 무렵이었다. 모시러 온 에토 형사로부터 대충 사정을 들은 듯 그의 얼굴은 긴장해 있었고 입은 굳게 다문

채였다. 간호사는 한참 전에 서른을 넘긴 듯했는데, 빈말이라
도 미인이라고는 하기 힘들었으나 단단한 체격이 믿음직스러
운 느낌을 주었다.

두 사람은 오쿠무라 비서의 안내를 받아 요코의 방에 들어
갔다. 요코의 방은 건물 왼쪽 날개에 자리한 서양관 아래층으
로, 그곳에 늘어선 네 개의 방 가운데 가장 안쪽이었다. 내친김
에 말해두는데, 프런트에서 가장 가까운 방이 오쿠무라 비서의
방이고, 그다음이 야나기마치 요시에, 그리고 요시에와 요코
방 사이는 공실이었다.

한편 사망한 후루다테 다쓴도와 덴보 구니타케의 방만은
2층이었는데, 다쓴도와 요시에 사이에 트러블이 일어나지 않
게 하려는 시즈코와 이토메의 배려였다.

요코는 아직 의식불명 상태로 침대에 누워 있다. 침대 머리
맡에는 신고와 시즈코가 앉아 있었다. 신고의 얼굴은 침통한
기색이 깊었지만, 한편으로 어딘가 허탈해 보이기도 했다. 전
후 암거래상부터 차근차근 쌓아 올려 성공한 이 강인한 사람의
뇌리에 지금 무엇이 오가고 있는지 다른 사람들은 알 수 없다.
노의 가면 같은 시즈코도 역시 지금은 겁먹은 기색이 역력하고
때로 생각난 듯 전율이 피상적으로 그녀의 전신을 훑고 지나
갔다. 둘 다 더없이 처참한 다마코의 시체를 막 본 뒤였다.

이 방에 다하라 경부보가 있는 것은 임무가 있기 때문이고,
긴다이치 고스케가 있는 것은 신고의 요청에 의한 것이다.

다하라 경부보는 마을에서 가져온 듯 말쑥한 평복으로 갈아입고 있었지만 긴다이치 고스케는 묘하기 짝이 없는 모습을 하고 있었다. 그도 갈아입을 속옷은 가져온 듯했지만, 기모노나 하카마까지는 준비하지 못했다. 한 벌뿐인 기모노와 하카마는 아까 두더지 굴을 뚫고 갈 때 진흙투성이가 되어버려서 지금 그가 걸치고 있는 유카타나 솜을 넣은 잠옷은 이토메 씨가 준비해준 것이고, 입고 있는 하카마가 굉장히 훌륭한 상등품인 이유는 신고에게 빌렸기 때문인 듯하다.

신고는 신장 5척 7촌, 체중 20관을 넘는 데 반해 긴다이치 고스케는 5척 4촌이 될까 말까에 체중도 14관 이하일 것이다. 아무리 걷어 올려도 헐렁거리는 것은 피할 수 없지만 이 남자, 하반신에 하카마 같은 것을 입지 않으면 몸이 조여지지 않는 것 같았다. 그래도 갈아 신을 버선 정도는 갖고 있었던 모양이다.

의사와 간호사를 안내한 후 그대로 방구석에 대기하고 있던 오쿠무라 히로시의 얼굴에는 고뇌의 기색이 역력했다.

그의 말에 의하면 요코는 오늘 아침 덴보가 욕조에서 익사했고 다마코는 행방이 묘연하다는 말을 들은 이후 깊이 생각에 잠겨 있었다고 한다. 그녀는 뭔가 의혹을 품고 있거나 뭔가에 겁을 먹은 것 같았다고 한다. 오쿠무라가 말을 걸어도 제대로 대답을 하지 않았다.

"나 좀 그냥 놔둬줄래. 조용히 있게 해줘. 지금 생각하는 중이라서."

그리고 요코는 굳은 얼굴로 이런 말도 했다고 한다.

"오쿠무라 씨, 머지않아 이 집에 좀 더, 좀 더 중대한 일이 일어나지 않을까 싶어. 이제까지 일어난 것보다 훨씬, 훨씬 무서운 일이……. 난 그걸 막아야 해."

오쿠무라가 집요하게 그 중대한 일에 대해 추궁했지만, 요코는 막무가내로 입을 열지 않았을 뿐만 아니라 점심 식사 후,

"나 혼자 곰곰이 생각해보고 싶은 게 있으니 한동안 가만히 놔둬줘."

하고 자신의 방에 틀어박혔다.

2시 정각, 예정대로 경찰 부대가 두 팀으로 나뉘어 달리아의 방과 도깨비의 암굴에서 잠입했다는 것을 확인하고, 그 사실을 보고할 겸 오쿠무라는 요코의 방문을 두드렸다. 대답은 없었다.

그때는 오쿠무라도 포기하고 혼자 당구실에 가서 공을 쳤지만 역시 신경이 쓰여서 2시 반쯤 요코의 방으로 가 문을 두드렸다. 아무리 두드려도 대답이 없어서 두세 번 큰 소리로 요코의 이름을 불러보았다. 그래도 응답이 없어서 손잡이를 잡아보니 문은 잠겨 있지 않았다.

오쿠무라는 요코의 분노를 살 각오를 하고 문을 열고 안으로 들어가보았는데, 요코의 모습은 어디에도 없었다. 오쿠무라는 방을 뛰어나와 드넓은 명랑장을 구석구석 찾아보았지만 요

코는 보이지 않았다.

　오쿠무라는 어쩌면 요코도 또 지하의 탈출구로 들어간 게 아닐까 싶어 달리아의 방 앞까지 가보았다. 달리아의 방 앞에는 경관이 한 명 서 있었지만 요코에 대해서는 모른다고 했다. 아가씨의 모습 같은 것도 보지 못했다는 대답이었다.

　오쿠무라는 그 탈출구가 인천당으로 연결된다는 것을 알고 있다. 하지만 그쪽은 지하도의 내부에서밖에 열 수 없고 인천당 쪽에서는 들어갈 수 없는 구조라는 것을 오쿠무라는 알고 있다. 하지만 신경이 쓰여서 만약을 위해 그쪽으로 가보니 금강, 역사 두 개의 상 뒤쪽 널빤지가 부서져 있고 그 갈라진 틈에서 상반신이 나온 요코가 그 자세 그대로 쓰러져 있는 것을 발견했던 것이다.

　이것이 오쿠무라의 주장이었으나 끝부분의 진술이 약간 애매한 것을, 용맹 과감한 구보타 형사가 파고들자 금세 횡설수설하고 말았다.

　"거짓말이다! 이 남자는 거짓말을 하고 있어!"

　"거짓말?"

　다하라 경부보가 날카롭게 말하며 돌아보자 투지만만한 구보타 형사는 긴타로* 같은 얼굴에 홍조를 띠었다.

---

*　金太郎, 일본의 전래동화에 등장하는, 곰과 씨름을 하고 도깨비를 때려잡았다는 괴력의 동자.

"그렇고말고요. 제가 회전무대 이쪽 편으로 달려왔을 때 저 아가씬 아직 의식이 있었습니다. 이 남자를 향해 뭔가 한두 마디 하더니 그 상태로 졸도했던 겁니다. 낮고 끊어질 듯한 목소리라 저는 알아들을 수 없었지만 이 남자는 알았을 겁니다. 그때 제가 넌 누구냐고 물으니 여기 주인의 비서라고 해서 저도 안심하고 뒷일을 맡기고 주임님을 부르러 갔던 겁니다."

구보타 형사의 규탄에 자비는 없었다. 사람들의 시선을 한 몸에 받은 오쿠무라 비서의 얼굴에는 진땀이 흠뻑 배어났다.

"오쿠무라 군."

다하라 경부보는 엄격한 눈을 했다.

"요코 씨가 대체 무슨 말을 한 겁니까? 당신은 이 사건이 어떤 것인지 알고 있을 거예요. 아까 당신은 조지에게 안긴 다마코의 시체를 보았을 테죠. 요코 씨는 다마코가 쥐에 뜯겼던 그 탈출구와 같은 곳에서 나왔습니다. 요코 씨는 대체 당신에게 무슨 말을 한 겁니까?"

처참한 다마코의 시체를 떠올린 것인지 오쿠무라도 전신을 떨었지만 그래도 아직 주저하는 것을 보고 긴다이치 고스케가 옆에서 온화하게 말을 걸었다.

"오쿠무라 군, 여기선 일단 정직하게 대답하면 어떨까요. 누군가에게 폐를 끼치지 않을까 그게 겁나서 주저하는 것 같은데 그런 일은 이쪽 판단에 맡겨주십시오. 요코 씨는 뭐라고 하셨나요?"

그때의 긴다이치 고스케는 아직 꾸깃꾸깃한 기모노에 꾸깃꾸깃한 하카마를 입고 있었다. 기모노도 하카마도 진흙투성이가 되었고 얼굴도 손발도 진흙투성이였다. 하지만 더벅머리에다 약간 말을 더듬는 버릇이 있는 그의 모습은 묘하게 상대로 하여금 친근감을 느끼게 하고 붙임성 있는 말투는 오히려 설득력을 가지게 되는 모양이다.

"예, 저도 요코 씨가 한 말의 의미를 잘 모르겠습니다만……."

오쿠무라도 겨우 털어놓을 마음이 든 모양이다.

"아빠가…… 아빠가…… 라고만 말하고 정신을 잃어버렸어요."

"아빠……? 요코 씨에게 아빠란 시노자키 씨잖아."

다하라 경부보가 끼어들었다.

"그렇게밖에 생각이 안 됩니다. 그래서 저도 의미를 모르겠습니다."

"그렇다면 당신에게는 요코 씨를 습격한 사람은 시노자키 씨라고 들린 거군요."

"예, 하지만 그런 바보 같은 일이 있을 리 없지 않습니까. 사장님은 요코 씨를 눈에 넣어도 안 아플 만큼 사랑하고 계십니다. 그 귀여운 딸에게 그런 심한 짓을……."

"하지만 사람을 착각했을 수도 있죠."

"다하라 씨, 그 말씀의 의미는……? 요코 씨가 누군가 다른 사람을 시노자키 씨라고 착각했다는……?"

435

"아니, 내 말은 그 반대입니다. 시노자키 씨가 다른 인물……
혹은 다른 여성이라고 착각했다는…… 어쨌든 저 지하도의 어
둠 속이니까요."

지금 이 명랑장에서 요코와 착각할 만한 여성이라면 시즈
코밖에 없다. 거기에 생각이 미치자 오쿠무라 비서는 창백해져
서 입술을 깨물며 멈칫거렸다.

긴다이치 고스케는 더벅머리를 긁으면서 허공을 노려보고
멍하니 생각하다가 말했다.

"아, 그 문제에 대해선 천천히 생각해보기로 하죠. 조만간
의사 선생님이 오실 테니 그 전에 우리가 도깨비의 암굴이나
지하의 탈출구에 잠입한 동안 그 부부가 어디에서 뭘 하고 있
었는지 조사해보면 어떨까요?"

신고와 시즈코는 따로따로 같은 질문을 받았다. 그에 대해
신고는 자기 방에 있었거나 혹은 앞뜰을 배회했다고 대답했다.
계속되는 흉사에 자신도 동요했고 마음이 가라앉지 않았다고
부연 설명을 했다. 시즈코는 시즈코대로 일본식 방에 틀어박혀
있었고 한 발짝도 밖에 나가지 않았다고 대답했다. 그녀 역시
무서운 일이 계속되어서 안절부절못하는 마음으로 프랑스 자
수를 집어 들었지만 전혀 손에 잡히지 않았다고 덧붙였다.

그때 두 사람은 이미 요코에게 일어난 일을 알고 있었고 저
끔찍한 다마코의 시체도 본 터라 완전히 의기소침했다. 기계적
으로 대답하고, 왜 그런 질문을 하는지 반문조차 하지 않았다.

하지만 두 사람의 말을 뒷받침해줄 만한 것은 아무것도 없었다. 자기 방에 있는 신고나 미로 같은 앞뜰을 배회하던 그를 본 사람은 한 명도 없었다. 또 일본식 방에 틀어박힌 시즈코를 목격했다는 증인도 없었다.

만약 다하라 경부보의 추리가 맞았다면 신고나 시즈코 중 누군가가, 혹은 둘 다 거짓말을 하고 있을지도 몰랐다.

그런 상태에서 모리모토 의사가 도착했으니 요코의 침실에 무거운 공기가 가득한 것도 무리는 아니었고, 오쿠무라 비서가 회한과 고뇌로 자신을 책망하고 책망하고 책망하는 것도 당연한 것이리라.

"어떻습니까……?"

모리모토 의사의 진찰이 끝나기를 기다려 신고가 속삭이는 듯한 목소리로 물었다. 역시 우울한 기색이 짙었다.

"두개골절을 일으켰는지는 엑스레이를 찍어봐야 알 거고 정확한 얘기는 할 수 없습니다만, 이렇게 본 바로는 그럴 걱정은 없을 듯합니다. 하지만 상당히 심한 타격을 받은 모양인지 뇌진탕을 일으킨 것 같군요."

"선생님, 입원하는 편이 좋지 않을까요?"

시즈코가 걱정스럽게 입을 열었다.

"그건 안 됩니다. 지금은 가급적 안정시켜야 해요. 움직이는 건 금물입니다. 자택에서도 치료할 수 있도록 준비는 하고 오겠습니다."

그리고 의사는 경부보 쪽을 돌아보았다.

"다하라 군, 환자는 대량 출혈을 일으킨 것 같은가. 에토 군 말로는 큰 출혈은 없었다던데……."

"예, 현장으로 보이는 지점 부근을 면밀하게 수사해봤습니다만 혈흔 같은 건 어디에도 눈에 띄지 않았습니다. 그저 환자의 옷을 물들인 정도였습니다."

"그래, 그 정도면 빈혈은 없을 듯합니다. 어쨌거나 링거를 맞히죠. 후카오 군, 준비하게."

후카오 간호사가 준비를 하는 동안에 모리모토 의사는 다음과 같이 설명했다.

요코는 남의 배로 머리숱이 많고 길다. 그녀는 그것을 세 갈래로 땋아 뒤통수에 올리고 있었는데 그것이 타격 시 충격을 약간이나마 완화시켰을 거라고.

"하지만 선생님, 중태잖아요."

"그야 물론이죠. 하지만 에토 군에게 들은 바로는 환자는 평소 굉장히 건강했다더군요. 신경도 여자치고는 튼튼했다고."

"그건 에토 씨 말이 맞습니다."

"거기에 희망이 있다 싶군요."

"선생님, 의식이 회복되는 것은 언제쯤……?"

"다하라 군, 거기까진 나도 장담할 수 없네. 그건 환자의 건강 나름, 즉 환자가 갖고 있는 저항력 나름일 걸세."

혹은 이대로 의식을 회복하지 못할지도 모른다고는 의사

로서도 말하기 어려웠다.

드디어 이리게이터*가 준비되고 링거액이 들어가기 시작하자, 모리모토 의사는 한동안 상태를 지켜보다가 이윽고 경부보를 돌아보았다.

"다하라 군, 또 한 사람 내가 봐야 할 환자가 있지 않나."

"선생님, 이쪽은 괜찮습니까?"

"괜찮아. 후카오 군에게 맡겨두면 돼. 이 사람은 간호사로서는 베테랑이니까. 부모님도 걱정이 많으시겠지만 물러가시는 편이 좋습니다. 안정이 중요하니까요. 물론 간간이 제가 보러 올 겁니다."

요코 옆에 간호사와 오쿠무라 비서를 남겨두고 일행이 침실을 나오자 그곳은 거실이었다. 이 방은 덴보 씨의 방보다 조금 규모는 작지만 대체로 비슷한 구조였고 침실 안쪽에 욕실, 화장실, 침실 외에 거실이 있었다.

긴다이치 고스케는 마지막으로 침실을 나왔는데, 그 전에 그는 욕실과 화장실 문을 열고 거기에 아무도 숨어 있지 않은지 확인하는 것을 잊지 않았다. 거실에서는 이토메와 스기가 둘 다 얼어붙은 듯한 얼굴로 침묵하고 있었다.

후카오 간호사에게 도우미가 필요할 경우를 대비해 스기를 거기 남겨두고 마침내 일행은 복도로 나왔다. 복도에 나오

---

*   액체를 주입하기 위한 의료 기구.

자 신고는 누구에게랄 것 없이 조용히 고개 숙여 인사하고 자기 방 쪽으로 가버렸다. 시즈코는 한동안 그 뒷모습을 지켜보고 있다가 역시 사람들을 향해 말없이 고개를 숙이고는 신고의 뒤를 따라갔다.

그것을 바라보는 이토메의 눈에는 기묘한 아지랑이가 떠돌고 있었지만 긴다이치 고스케의 시선을 알아차리고는 당황해서 고개를 돌렸다.

"그럼 이쪽으로……."

"이거 정말 넓은 집이네요. 이래서야 미로장이라 불리는 것도 무리가 아니네."

"전 어제부터 집 안을 몇 번이나 조사하고 다녔는데요, 그래도 아직도 방위조차 모르겠어요."

모리모토 의사에게 맞장구를 치고 다하라 경부보는 긴다이치 고스케 쪽을 돌아보았다.

"긴다이치 선생님은 아까 그 방에서 욕실과 화장실을 들여다보시던데, 누군가 피해자를 습격할지도 모른다는 우려를 하시는 겁니까?"

"아, 그에 대해 아까부터 말씀드리려고 했는데 범인은 첫 습격에서 실패했죠. 게다가 요코 씨는 언제 어느 때 의식을 회복할지 몰라요. 그 전에 다시 한번, 이번에는 결정적인 타격을 입히려고……."

"알겠습니다. 그럼 그 방에 누군가 망을 보게 하죠."

다행히 가는 곳의 복도에 사복형사가 두 사람 서서 이야기를 하고 있었다. 바야흐로 이 명랑장의 안팎에는 경관이나 사복형사가 가득했다. 다하라 경부보는 두 형사에게 명령을 전달했다.

"하지만, 알겠나. 절대 정숙할 것. 환자는 절대안정이 필요한 상태니까."

그리고 얼마 지나지 않아 일행이 간 곳은 이 건물의 오른쪽 날개에 해당하는 일본식 건물의 가장 끝에 해당하는, 다다미 넉 장 반 크기의 방이었다. 장지문 밖에는 구보타 형사가 긴장한 얼굴을 하고 서 있다.

"이곳이 다마코의 방입니다."

이토메가 장지문을 열자 넉 장 반 다다미방의 중앙에 침상이 놓여 있었다. 위를 보고 누운 다마코의 얼굴은 하얀 천으로 덮여 있었다. 작은 니가쓰도 상* 위에 선향의 연기가 흔들리고 있는 것은 이토메의 최소한의 성의일 것이다.

고인의 머리맡에는 조지가, 발치에는 이가와 형사가 붕대를 감은 왼발을 뻗은 채 앉아 있다. 둘 다 완전히 의기소침한 얼굴로, 다른 사람들의 얼굴을 봐도 말조차 하지 못했다.

---

* 나라의 도다이사東大寺에 있는 니가쓰도二月堂에서 스님들이 한자리에 모여 식사를 할 때 사용한 밥상에서 유래했다. 다리 부분을 접으면 뒷면은 평평한 접이식으로 수납이 간편한 것이 특징이다.

에토 형사에게 들었음에도 불구하고 하얀 천을 걷었을 때 모리모토 의사의 얼굴에는 이상하리만치 공포와 경악의 표정이 떠올랐다. 무리도 아니다. 지금까지 온갖 경험을 쌓은 긴다이치 고스케조차 이 정도로 처참한 시신을 본 적은 한 번도 없었다.

"선생님, 사인이 교살이란 건 알고 있습니다. 그것을 의사 입장에서 확인해주셨으면 합니다. 그리고 사후 어느 정도 경과했는지도……."

다하라 경부보의 목소리는 침통 그 자체였다.

모리모토 의사는 말없이 끄덕이고 의사로서 해야 할 절차를 하고 있다가 말했다.

"그래요, 사인은 역시 질식사 같습니다. 그리고 사후 경과 시간 말인데 열두 시간은 훨씬 지난 듯합니다. 물론 부검 결과를 보지 않으면 정확한 말은 못 하지만……."

"선생님!"

조지는 겁먹은 듯한 목소리를 냈다.

"다마코는 부검을 하는 건가요?"

"조지 군."

긴다이치 고스케가 옆에서 달래듯 말을 걸었다.

"이런 경우에는 그렇게 해야 해. 그쪽이 원수를 찾기 쉬워. 조지 군은 다마코의 원수를 찾고 싶지 않나?"

"다마코! 다마코!"

조지가 와악 하고 소리 내어 울기 시작해서 사람들은 덩달아 울지 않을 수 없었다. 그중에서도 특히 이가와 형사는 폐부가 에이는 기분이었을 게 틀림없다. 코맹맹이 소리로,

　　"무리도 아니지. 불쌍하게도. 이럴 줄 알았다면 어젯밤에 그 탈출구를 수사해볼걸. 그랬으면 늦었더라도 이런 처참한 모습은 안 되었을 텐데."

　　그렇게 말하고는 푸념이라고 생각했는지 덧붙였다.

　　"조지 군, 참게나. 다마코의 유해는 깨끗하게 봉합되어 다시 여기로 돌아올 테니까."

　　긴다이치 고스케는 모리모토 의사를 보았다.

　　"그런데 선생님, 오늘 아침 발견한 시체 쪽은 어떤가요?"

　　"아, 그렇지 참. 다하라 군. 거기에 대해 여기 검안서를 갖고 왔는데, 그 사람은 욕조 안에서 익사한 게 아니네. 폐에서 채집한 수분에서 배스클리닉은 검출되지 않았어. 그 사람은 그냥 물로 익사한 거야. 시각은 대충 시신의 손목시계가 가리키는 것과 큰 차이 없다고 생각해도 되고. 그 이상은 자네들의 몫이니 끼어드는 것은 사양하겠네."

　　마침 그곳에 시신을 거둬 가기 위해 차량이 도착했다는 보고가 와서, 조지와 시신 사이에 극적인 장면이 전개되었으나 여기서는 생략한다. 제법 감동적인 장면이었음은 말할 필요도 없다.

2

"긴다이치 씨, 아니, 긴다이치 선생님, 이게 대체 어찌 된 거요. 당신 눈앞에서 연달아 사건이 일어났소. 그런데도 당신은 그저 졸랑졸랑 걸어 다닐 뿐 아무것도 하려고 하지 않소. 당신이 그러고도 명탐정이오?"

"아하하, 이거 뜻밖의 말씀인데요. 저 딱히 누구한테도 이 몸은 명탐정이다, 라며 뽐낸 기억은 없는 것 같은데요."

"헹, 입은 살아 있군. 당신이 애당초 여기 온 건, 저 암거래상 보스의 초대를 받고 그런 거죠."

"예, 그게……."

"그 남자는 왜 당신을 부른 거요? 당신이 명탐정도 아무것도 아니고, 그 반대로 미숙해서 불렀을 리는 없지 않소."

"아하하, 점점 뜻밖의 말씀을 하시는데, 그게 무슨 뜻입니까?"

"솔직히 말해 당신은 우리의 눈엣가시예요. 말은 그럴싸하게 하지만, 그저 쫄랑쫄랑 다니면서 우리 수사만 방해하고 있지 않습니까."

"이가와 씨, 지나쳐요."

"아, 괜찮아요, 괜찮아. 다하라 씨. 즉 하시고 싶은 말은 시노자키 씨는 제가 미숙한 걸 알면서 불렀다, 거기엔 제가 쫄랑쫄랑 돌아다니게 함으로써 수사에 혼선을 주려는 의도가 있는 게 아니냐는 것인가요?"

"그렇게밖에 생각이 안 되지 않습니까. 당신이 더벅머리를 긁고 이상한 하카마 자락을 펄럭거리는 동안 연달아 무서운 일이 일어나고 있어요. 저 암거래상 보스는 그걸 알고……."

엉뚱한 데 화풀이한다는 건 딱 이런 걸 말하는 것이다. 무리도 아니다. 이 노형사는 스스로를 걸고, 베테랑 경찰의 이름을 걸고 임하고 있다. 자기 일처럼 자부심을 가지고 있을지도 모른다. 그런데 후루다테 다쓴도의 살인 사건이 벌어지고 말았다.

좋아, 이번 기회에 쇼와 5년의 사건도 단숨에 해결하자고 의욕에 넘치던 참에, 연달아 빠르게 발생한 두 건의 살인 사건과 하나의 상해 사건, 쉴 틈 없이 터졌다는 표현이 딱 맞을 것이다. 거기다가 이 거슬리는 더벅머리 남자가 하카마 자락을 펄럭이며 쫄랑거리고 있으니 노인의 완고함에 더해 염좌의 통증도 한몫 거들어 결국은 열이 받은 모양이다.

시각은 바야흐로 밤 12시. 장소는 명랑장의 프런트다. 그곳에 삼각형 구도로 앉아 있는 사람은 다하라 경부보, 이가와 형사, 그리고 더벅머리 남자 긴다이치 고스케.

10월도 벌써 하순에 이르러 산기슭의 밤은 확 온도가 내려간다. 이토메의 마음 씀씀이 덕에 난방이 잘되고 있어서 실내의 기온은 쾌적했지만 역시 모두 극도로 피로한 기색이었다. 셋 다 어젯밤 거의 한숨도 못 잔 데다가 오늘까지 연달아 참사가 일어났다. 게다가 이가와 형사는 나이 탓에 피로한 기색이 누구보다 짙었고 방금 들어온 모리모토 의사의 보고는 이 노형사의 신경에 결정적인 타격을 입혔다.

다마코가 교살당한 것은 덴보 씨가 익사한 것과 거의 비슷한 시각이었다고.

아아, 다마코!

그 참혹한 다마코의 시체는 이 완고한 노형사의 자책감을 강하게 건드렸고 그만 푸념 섞인 미움에 이른 것이다.

하지만 긴다이치 고스케는 그때 조금도 동요하지 않았다.

"그렇군요. 그렇다면 시노자키 씨는 이런 사건이 연달아 빠르게 일어나는 것을 미리 상정하고 이 실실거리는 남자를 부른 거다, 그리고 사건이 일어날 때마다 실실거리고 쫄랑쫄랑 다니며 당신들의 수사에 혼란을 일으키도록 계획했다……고 말씀하시는 거군요."

"그렇게밖에 생각할 수 없지 않소. 그 남자라면 이 세 건의 살인에 전부 동기를 갖고 있지. 우선 후루다테 다쓴도 살인인데, 그 남자에겐 후루다테 다쓴도는 밉기 짝이 없는 남자였을게 틀림없잖아."

"무슨 말씀이신지……?"

"자기가 반한 여자를 전에 마누라로 뒀던 남자니까요. 게다가 지금도 그렇게 미남이고. 어쩌면 그 후에도 시즈코란 여자와 관계가 이어졌을지도 모르지."

"아, 그렇군요."

긴다이치 고스케는 엄숙한 얼굴을 했다.

"그럼 질투를 참지 못하고 밉살스러운 상간남을 손수 죽였다는 거군요."

"그 칼은 그 남자 거고, 그 남잔 알리바이도 없어."

"알리바이가 없는 인물은 그 외에도 많은데요, 그건 그렇고 덴보 씨 살해의 동기는……?"

"알고 있지 않소. 그 뾰족 머리 씨는 대장의 약점을 알고 있잖아. 어쩌면 다쓴도와 시즈코가 붙어먹는 것도 알고 있었을지도 모르지."

"그렇군요. 시노자키 씨에게 후루다테 씨 살해의 동기가 있다는 걸 알고 있다. 그래서 이놈을 살려두면 나중에 골치 아프겠다며 세면대 속에 고개를 처박아 익사시켰다……."

"그거야. 그건 상당히 힘이 있는 인간이 아니고는 할 수 없지. 그 장면을 다마코에게 들킨 거고, 역시 마침 그 자리에 있던 밴드로 교살……."

"그러고 보니 다마코를 마지막으로 목격한 것은 시노자키 씨였죠."

"그래요. 다마코는 내친김에 보스의 뒤를 미행한 게 틀림없어. 거기서 모든 상황을 보게 되어 교살당하고 탈출구 입구에서 던져진 거야. 그걸 나중에 쥐구멍으로 끌고 간 거고."

"일리 있는 말씀입니다만 형사님, 방금 형사님이 지적하신 대로 시노자키 씨는 힘이 센 사람이죠. 왜 다마코를 끌고 간 걸까요? 왜 안고 가지 않았을까요?"

이가와 형사의 얼굴에 문득 조소의 그림자가 떠올랐다. 사악해 보이는 그림자였다.

"주임님, 이걸로 이 남자가 얼마나 엉터린지 아시겠죠. 어이, 긴다이치 선생, 아니, 긴다이치 씨. 탈출구 안은 컴컴하오. 양손으로 다마코의 시체를 안으면 회중전등은 어쩌라고. 아니면 당신의 후원자는 고양이처럼 어둠 속에서도 눈이 보인답니까."

긴다이치 고스케가 멍한 표정을 지은 것은 그렇다 쳐도 턱을 푹 떨어뜨린 것은 보기 흉했다. 무심코 더벅머리를 손으로 긁다가 이가와 형사의 매서운 시선을 알아차리고는 당황해서 그 손을 거두었다.

"아, 송구스럽습니다. 역시 이래서야 명탐정의 '명'을 반납하지 않으면 안 되겠군요. 그럼 형사님께 한 가지 더 질문을 드리고 싶은데요, 그 밀실의 수수께끼는 어떻게 풀 수 있을까요? 문은 잠겨 있었고 그 열쇠는 방 안에 있었죠. 게다가 창문이란 창문은 안에서 전부 잠겨 있었습니다. 그런 방에 시노자키 씨는 어떻게 들어갔다 나갔다 할 수 있었을까요?"

"조작이지."

이가와 형사는 코웃음 쳤다. 정말이지 사악해 보이는 웃음이었다.

"조작이라뇨……?"

"그 방에도 탈출구가 있어. 달리아의 방과 히아신스의 방은 그 난로로 왕래 가능하게 되어 있지. 내일은 그 방을 부숴서라도 탈출구를 찾아내고 말 거야. 음, 찾아내 보이고말고."

이가와 형사는 서슬이 퍼랬지만, 온후한 다하라 경부보는 조마조마해했다.

"긴다이치 선생님, 이분을 용서해주십시오. 설마 진심으로 저런 말을 하는 건 아닐 겁니다. 하지만 이래선 뭐가 뭐래도 자극이 너무 강해요."

"주임님, 안심하세요. 저도 설마 이 노인네가……."

"노인네가 뭐야. 노인네라니. 예의를 지켜."

"아하하, 이거 실례. 그럼 정정하겠습니다. 저도 설마 아직 젊고 혈기 왕성한 이 형사님이 진심으로 그런 말씀을 하시는 게 아닐 거라는 건 알고 있습니다. 그 증거로 이분 아까부터 자꾸만 제 안색을 읽고 계세요. 멋대로 망상을 내뱉으시면서 제 반응을 확인하려 하고 계시죠. 그런데 공교롭게도 저는 포커페이스라서요."

그리고 긴다이치 고스케는 의자에서 일어섰다.

"이가와 씨, 히아신스의 방을 부술 필요는 없습니다. 혹시 원하신다면 탈출구 같은 것 없이도 그 잠긴 방에서 감쪽같이 빠져나가 보이죠."

"당신이……?"

이가와 형사는 의심이 담긴 눈을 부릅뜨고 불도그처럼 짖

어댔다.

"의심스러우시다면 저와 같이 가시죠. 다행히 다들 자지 않을 시간입니다. 제 변변찮은 실험을 보시기에 최적의 시각 같은데요. 주임님도 아무쪼록."

긴다이치 고스케는 방을 나가더니 복도의 앞뒤를 둘러보았다.

"저는 이 실험을 이 집 사람들 아무한테도 알리고 싶지 않습니다. 그러니 가급적 정숙해주십시오."

붉은 우단이 깔린 대리석 계단을 발소리에 신경 쓰며 올라가보니 아래층 요코의 방에 불이 켜진 것이 보였다.

밤이 되자 요코는 위기를 벗어나 의식 회복도 시간문제라는 말을 들었다. 그녀의 침실에는 모리모토 의사와 후카오 간호사가 같이 있을 것이다. 야나기마치 요시에의 방은 불이 꺼져 있는 것 같았다. 그는 이미 잠든 걸까. 아래층 곳곳에 경관들이 서 있을 뿐, 지금 넓디넓은 명랑장은 고요한 밤공기에 갇혀 깊은 잠에 빠져 있는 듯하다. 시각은 밤 12시 15분.

히아신스의 방과 달리아의 방 중간에 있는 복도에 경관이 한 사람 서 있다. 어느 쪽 방에도 이상이 없는 것을 확인하고 다하라 경부보가 히아신스의 방 문을 열었다. 그것은 이토메 씨로부터 받은 여벌 열쇠였다. 이가와 형사가 벽에 있는 스위치를 올리니 그 방 본래의 열쇠가 벽난로 선반 위에 놓여 있는 것이 눈에 들어왔다. 이 방은 아직 아침 사건이 발견되었을 때 그대로 손대지 않고 보존되어 있었다.

"자, 긴다이치 선생님, 이 방에서 어떻게 탈출하실 겁니까? 탈출구도 없고 문은 잠겨 있는 데다 열쇠는 저 벽난로 선반 위에 있어요. 게다가 창문이란 창문은 전부 내부에서 걸쇠가 걸려 있죠. 일단 당신의 솜씨를 한번 볼까요."

이가와 형사의 모습은 마치 아사노 다쿠미노카미*를 들볶는 기라 고즈케노스케의 말투 같다. 하지만 사실은 긴다이치 고스케가 이제부터 선보일 실험에 대해 기대와 호기심에 불타고 있었다.

"아니, 이 밀실의 트릭을 설명하기 전에 또 한 가지 밝히고 싶은 것이 있습니다. 이쪽으로 오십시오."

긴다이치 고스케는 두 사람을 안내하여 옆에 있는 침실을 통과해 욕실로 들어갔다. 욕실 선반 위에는 배스클리닉 캔이 놓여 있었다.

"주임님, 저 캔 표면에서 지문은……?"

---

* 가부키나 인형극으로 공연되는 〈주신구라忠臣藏〉에 등장하는 인물. 아코번赤穂藩의 영주인 아사노 다쿠미노카미(다쿠미노카미는 관직명. 본명은 나가노리)가 천황의 칙사 접대 역을 하다가 에도 막부에서 의전을 담당하는 기라 고즈케노스케(역시 관직명. 본명은 요시히사)에게 야단을 맞는데 격분한 아사노는 칼을 휘둘러 기라를 다치게 한다. 천황의 칙사를 접대하는 자리를 망쳐놓고 에도성에서 칼을 뽑아 상관을 다치게 한 죄로 그는 할복 명령을 받아서 할복하기에 이른다. 그 휘하의 무사들이 1년 뒤 기라의 저택을 습격하여 주군의 복수를 한다는 내용이 바로 〈주신구라〉이며, 이는 '아코 사건'이라는 실화에 기반하였다.

"예, 이토메 씨와 덴보 씨의 지문이 나왔습니다."

"그 외에는요⋯⋯?"

"아뇨, 지문은 그것뿐이었습니다만, 그게 무슨⋯⋯?"

"게다가 사건 발견 이후로 이 방에는 저렇게 경관이 서 있어서 아무도 들어올 수 없었죠."

"긴다이치 선생, 그게 어쨌다는 겁니까?"

"이가와 씨, 이거 이상하다고 생각지 않으십니까?"

긴다이치 고스케가 가리킨 욕조에는 오늘 아침 덴보가 잠겨 있던 물이 그대로 채워져 있다. 물은 물론 식었지만 엷은 녹색으로 물들어 있다.

"이토메 씨는 뭐라고 하셨죠? 문 앞에서 배스클리닉을 건넸을 때 덴보 씨는 굉장히 의욕 없는 태도로, 오히려 귀찮아하는 것 같았다고 하지 않았습니까. 그런데도 덴보 씨는 배스클리닉을 사용했어요. 어찌 된 영문일까요?"

"긴다이치 선생님, 그건 어찌 된⋯⋯?"

"덴보 씨는 반드시 그것을 사용할 필요성을 느끼게 되었던 거 아닐까요?"

"그럴 필요성이라니요⋯⋯?"

"아, 설명은 잠깐 기다려주십시오. 그런데 이가와 씨."

"네."

"우리는 범인이 덴보 씨의 물건을 휘젓고 다닌 것을 알고 있죠. 게다가 그것은 상의 주머니에 들어갈 정도로 작은 것이었다는 것도 알고 있어요. 우리는 그것이 잃어버렸던 덴보 씨의 가운 밴드에 묶여 있지 않을까 생각했지만 실제는 그렇지 않다는 것을 알았습니다. 그렇다면……."

"긴다이치 선생님! 그, 그럼 범인이 찾는 것이 그 캔 속에……."

이가와 형사의 목소리는 놀라움으로 가득 차 있었지만 역시 외부로 새어 나갈 정도로 크지는 않았다.

"덴보 씨는 어떤 이유로 위험을 감지하고 있었어요. 뭔가를 숨기고 싶어 하셨죠. 거기에 이토메 씨가 그 캔을 가져왔어요. 마지못해 받아 든 뒤에 이거야말로 숨길 장소로 안성맞춤이란 걸 깨달았죠. 그래서 욕실에 와서 문제의 물건을 캔에 든 분말 안쪽 깊숙이 밀어 넣었어요. 그때 분말을 흘려서 그것을 은폐하기 위해 배스클리닉을 사용하지 않을 수 없었다……."

노형사는 그때 이미 빨간 캔에 달려들고 있었다. 형사는 그것을 욕조 탱크 위에 가져와서 손가락을 분말 속으로 찔러 넣었다. 분말이 욕조 속으로 조금씩 떨어졌는데 다음 순간,

"있다!"

낮게 소리 지르고 엄지와 검지로 집어 올린 것은 분말에 물든 작은 니켈 캔이었다. 그것은 주사를 놓을 때 쓰는 알코올에 적신 솜을 담가두는 용기 같은 것이었다. 열어보니 정말로 알코올 솜이 들어 있었다. 그 알코올 솜을 꺼내니 그 안에서 파라핀 종이에 싼 물건이 나타났다.

453

그 파라핀 종이를 펼쳤을 때 분말에 물든 이가와 형사의 손가락이 눈에 띄게 떨린 것은 그만큼 흥분했다는 증거일 것이다.

파라핀 종이 안에서 꺼낸 것은 석 장의 네거티브필름이었다. 그것이 네거티브필름인 데다 너무 작아서 비춰봐도 영상의 주인공이 누군지는 알 수 없었다. 하지만 석 장 모두 남자와 여자 두 사람 같았다.

다하라 경부보도 이가와 형사도 감동한 탓에 무척 떨고 있었다.

"다하라 씨."

"예."

"감식과에도 숙직은 있을 테죠. 바로 이걸 보내 현상하고 인화해주십시오. 적어도 얼굴이 확실히 보일 정도까지. 빠르면 빠를수록 좋습니다."

"긴다이치 선생님!"

이가와 형사는 코가 메었다.

"감사합니다."

"이가와 씨, 말씀드릴 필요도 없겠지만 절대 비밀로. 그리고 용건이 끝나면 바깥쪽 거실로 돌아와주십시오. 이제부터 슬슬, 밀실 트릭의 내막을 공개할 거니까요."

"알겠습니다."

재빨리 나가는 이가와 형사 뒤에서 긴다이치 고스케와 다하라 경부보도 거실로 나갔다. 이가와 형사는 바로 돌아왔다.

"때마침 에토가 일어나 있어서 서로 보냈습니다. 한 시간…… 아니 왕복 시간으로 따져 두 시간 있으면 돌아오겠죠."

"긴다이치 선생님, 덴보 씨는 그 사진을 미끼로 누군가를 협박하고 있었던 거죠?"

다하라 경부보는 아직 감격에서 깨어나지 못한 모습이다.

"인간도 쇠락하면 초라해진다는 걸 보여주는 하나의 실례가 되겠군요. 게다가 협박하는 사람은 항상 협박받은 사람에게 목숨의 위협을 받는다는 또 하나의 실례이기도 합니다. 그럼 밀실 트릭을 밝혀볼까요."

"예, 부탁드립니다."

"부탁드립니다."

다하라 경부보도 이가와 형사도 지독히 경건한 태도이다. 긴다이치 고스케는 아주 부끄러워하고 있었다. 부끄러울 때 이 남자는 버릇처럼 마구 더벅머리를 긁으면서 약간 말을 더듬는다.

"두 분 다 웃지 말아주십시오. 이, 이거, 마치 어린애 속임수 같은 트릭이라서요. 게다가 이거, 제가 생각해낸 것이 아니라 젊었을 적 이런 트릭을 사용한 외국 소설을 읽은 듯한 기분이 들거든요. 주임님, 이 열쇠는 이렇게 가마쿠라 칠기 접시에 놓여 있습니다. 게다가 이 쟁반 위에 청동상이 놓여 있고요. 그런데 이토메 씨의 말에 의하면 이 청동상은 항상 대리석으로 된 벽난로 선반 위에 놓여 있었다고 합니다."

"예, 그게 무슨……."

"범인은 왜 이 접시를 필요로 했을까요? 이 대리석으로는 바늘이 서지 않았기 때문은 아닐까요?"

"바늘……?"

"예, 이거……."

긴다이치 고스케가 굉장히 수줍어하면서 소매 속에서 꺼낸 것은 하얀 면실이 끼워져 있는 바늘이다. 실은 이중으로 되어 있고 상당히 길다. 다하라 경부보와 이가와 형사는 무심코 눈을 크게 떴다.

"이 실과 바늘, 스기 씨의 반짇고리에서 슬쩍한 겁니다. 제가 실과 바늘에 관심을 갖고 있다는 거, 아무한테도 알리고 싶지 않아서요."

긴다이치 고스케는 그 바늘을 꼼꼼하게 가마쿠라 칠기 그릇에 찔러 세웠다.

"이 접시에는 어지럽게 두 마리의 용이 조각되어 있어요. 그래서 바늘 자국이 있어도 들키지 않을 겁니다. 나중에 정밀하게 검사해주십시오. 어딘가 바늘 자국이 있을 테니까요."

긴다이치 고스케는 바늘의 안정감을 확인하고 나서 열쇠를 집어 들더니, 실을 끌어당기면서 문 쪽으로 갔다. 그리고 반쯤 열린 문 위의 회전창에서 실 끝을 복도 쪽으로 던져두고 자신도 문에서 밖으로 나갔다. 딸깍하고 문이 잠기는 소리가 난다. 문밖에는 안성맞춤의 튼튼한 중국산 꽃병 받침대가 있다. 긴다이치 고스케는 그 받침대 위에 올라가 회전창에서 안을 엿보았다.

"자, 이게 밀실 트릭의 내막입니다."

실은 이제 벽난로 선반 위의 접시에서 회전창까지 죽 일직선을 그리고 있다. 이윽고 실에 매달린 열쇠가 스르륵 회전창에서 방 안으로 침입해 왔다.

긴다이치 고스케가 밖에서 조작하고 있을 것이다. 문제의 열쇠가 비스듬히 뻗은 실을 따라 활강하나 싶더니 이윽고 딸깍 소리를 내며 접시에 꽂아놓은 바늘을 중심으로 무사히 가로놓이는 것을 보고 두 수사관의 입술에서 일제히 깊은 한숨이 새어 나왔다.

다음으로 긴다이치 고스케가 강하게 밖에서 당기자 바늘은 툭 하고 가마쿠라 칠기 접시에서 떨어져 실이 달린 그대로 회전창 밖으로 사라졌다. 접시 위에는 열쇠만 놓여 있었다.

다하라 경부보와 이가와 형사도 깊은 감동을 받아 미동도 할 수 없었다. 숨을 삼키고 은색의 열쇠를 응시하고 있다.

아까 긴다이치 고스케도 지적했다시피 어린애 속임수 같은 트릭이었을지도 모르지만 어떤 기발한 속임수라도 트릭을 밝히면 이렇게 시시한 것이다. 하지만 눈 깜박할 사이…… 분명 눈 깜박할 사이일 것이다. 이런 생각을 해낸 범인의 교활한 기지랄까, 간사한 지혜에 생각이 미치자 역시 소름이 돋지 않을 수 없었다.

이윽고 복도에서 부르는 긴다이치 고스케의 목소리에 당황해서 여벌 열쇠로 문을 연 형사의 태도는 그야말로 경건함 그 자체였다.

"긴다이치 선생님, 훌륭하십니다."

그에 대해 긴다이치 고스케는 항상 그렇듯이 겸연쩍어하고 수줍어했다. 마치 자기가 이 트릭의 제안자인 것처럼.

다하라 경부보도 직립 부동의 자세로 말했다.

"긴다이치 선생님, 알겠습니다. 이 청동상은 누름돌 역할을 하고 있군요. 바늘을 뽑기 위해 실을 강하게 당겼을 때 이 가마쿠라 칠기 접시가 벽난로 선반에서 떨어지지 않을까 범인은 겁냈던 거로군요."

"말씀하신 대로일 듯싶습니다. 범인은 우쭐해서 열쇠를 벽난로 선반 위에 두고 오고 싶었겠죠. 분명 열쇠의 머리나 고리 부분을 보고 생각해낸 거겠지만 이런 트릭을 쓰면 제니가타 헤이지의 자손이 아니라도 아주 간단하게 열쇠를 방 안으로 돌려보낼 수 있습니다."

"아, 선생님, 실례했습니다."

"아, 아니, 그래서요, 주임님. 범인이 또 한 가지 겁냈을 듯싶은 건 실이 도중에 끊어지지 않을까 하는 거였겠죠. 하지만 지금 보시다시피 면실이라도 두 겹으로 해두면 괜찮습니다. 하물며 프랑스 자수용 실이라면 절대 문제없을 거라는 확신이 범인에게 있지 않았을까요."

앗 하는 날카로운 외침이 거의 동시에 두 수사관의 입에서
튀어나왔다.

"선생님, 그럼 범인은 그……."

"아니, 아니, 아니. 그렇게 믿어 의심치 않는 것은 경솔한 생
각이겠죠. 프랑스 자수 실과 바늘은 다른 사람도 훔칠 수 있을
테니까요."

긴다이치 고스케도 고민하는 눈이 되었다.

"하지만 어느 쪽이든 범인은 덴보 씨와 굉장히 친한 사람
이었을 게 분명합니다. 이토메 씨의 말에 의하면 덴보 씨는 굉
장히 신경질적이 되어서 하나하나 문을 잠갔다고 하더군요. 그
문을 본인이 직접 열고 안으로 들인 사람이니까요."

무서운 침묵이 방 안에 내려앉았다.

덴보는 입욕을 끝내고 거울 앞에서 수염을 깎던 참이었다.
바지 정도는 입고 있었겠지만 거의 전라 상태였을 것이다. 그
때 문을 노크하는 소리가 들려 덴보는 이 거실로 나온 게 틀림
없다. 그리고 상대가 누구인지 확인하고 열쇠를 돌려 문을 열
고 상대를 들인 것이다.

불쌍한 덴보는 상대의 무서운 결의를 몰랐던 게 분명하다.
손님을 이 거실에서 기다리게 한 후 덴보는 세면실로 돌아와
세면대에 몸을 기울여 얼굴을 씻으려 하고 있었을 것이다. 그
자세가 범인을 유혹했던 것이 틀림없다. 천재일우의 호기라 생

각한 범인은 고양이처럼 소리도 없이 덴보의 등 뒤로 몰래 다가왔다.

세면대 위에는 거울이 걸려 있었지만 불쌍한 덴보는 세면대로 고개를 숙이고 있어서 알아차리지 못했다.

범인은 덴보의 뒤통수에 양손을 대고 온 힘을 실어 그의 얼굴을 물로 가득 차 있던 세면대에 밀어 넣었다. 덴보는 물론 발버둥 쳤을 것이다. 필사적으로 저항했지만 난쟁이 같은 덴보는 힘이 없었다. 이렇게 늙은 전 귀족은 더없이 잔인한 방법으로 살해당한 것이리라.

당시 범인으로서 누가 가장 적합할까 라는 사실에 생각이 미쳤을 때 다하라 경부보도 이가와 형사도 전신을 관통하는 전율을 금치 못했다.

"하지만 선생님……."

이가와 형사의 목소리는 목에 걸려 떨리고 있었다. 얼어붙은 듯한 방의 공기가 이 산전수전 다 겪은 노형사조차 떨지 않을 수 없게 만들고 있었다.

"다마코는……? 다마코는……?"

긴다이치 고스케의 얼굴이 갑자기 딱딱하게 굳었다. 자책의 감정이 그의 표정을 흉포하게 만들었을 것이다. 하지만 그 표정은 이내 침통한 기색으로 바뀌었다.

"그 아가씨는 딱합니다. 분명 그 아가씨는 몰래 범인의 뒤를 따라 이 방까지 왔겠죠. 그때 문은 잠겨 있지 않았어요. 다마코는 한동안 복도에서 기다리고 있었지만 범인이 좀처럼 나오지 않아서 문을 열고 안으로 들어왔겠죠. 그 아가씨도 설마 방 안에서 이런 참극이 벌어졌을 거라고는 생각 못 해서 두세 번 범인의 이름을 부른 게 틀림없어요. 그 소리 때문에 범인은 상대가 누구인지 알아차렸죠. 범인에게는 자신이 이 방에 있었음을 남에게 알리는 것 자체가 치명적인 실수죠. 범인은 순간 덴보 씨의 가운 밴드를 벗겨 아무것도 모르는 얼굴로 이 거실로 나왔어요. 다마코도 안에 뭐가 있었는지 알았다면 좀 더 경계했겠지만 불쌍한 다마코는 그걸 몰랐죠. 그래서 범인에게는 얼마든지 기회가 있었을 게 틀림없습니다."

다시금 다하라 경부보와 이가와 형사의 전신을 무서운 전율이 뚫고 지나갔다. 방의 공기가 얼음처럼 차갑다고 생각한 것도 심리적인 이유에서일 것이다.

"그렇게 범인이 교살하고…… 그리고 어떻게 됐습니까?"

"어젯밤…… 아니, 벌써 그저께가 됐는데요, 그 순간 달리아의 방은 활짝 열려 있었습니다. 그래서 탈출구 입구로 던져 넣었든지, 혹은 매달아놓았겠죠. 여자들은 일본 옷을 입으면 굉장히 많은 끈을 묶습니다. 그런 끈이나 가운 밴드를 연결하면 상당한 길이가 되니까요."

사실 다마코의 기모노는 심하게 흐트러져 있었다. 끈들을 일단 풀고 다시 묶지 않았을까 하는 의문을 긴다이치 고스케가 가지고 있어도 수긍할 수밖에 없는 상태였다.

"그리고······? 그리고 어떻게 된 겁니까?"

"그리고 이 방에 돌아와서 덴보 씨를 욕조에 넣고 샤워기를 세게 틀어두고 그곳을 뒤졌지만 목표하는 물건은 얻지 못했죠. 범인은 우물쭈물할 수는 없었어요. 또 다른 다마코가 올지도 모르니까 바늘과 실을 이용해서 밀실을 구성해두고 여기서 도망쳤을 겁니다. 그건 분명 우리가 탈출구 속에 있을 때였겠죠. 왜냐하면 우리가 탈출구에서 나와서 이토메 씨를 이 방으로 보냈을 때 이미 샤워 소리가 들렸다고 하니까요."

그것은 역시 덴보의 손목시계가 멈췄던 시각과도 일치하는 것이다.

"범인이 실과 바늘을 준비하고 있었다면 그놈은 이 방으로 왔을 때 이미 살의를 갖고 있었단 뜻이겠군요."

"범인은 굉장히 궁지에 몰려 있고 다급한 기분이었을 테니까요. 게다가 범행 후 실과 바늘을 가지러 갈 배짱은 잔인하기 그지없는 이 사건의 범인에게도 없지 않았을까요."

"긴다이치 선생님, 범인은 왜 이 방을 밀실로 만들었을까요?"

"그것이 이 사건의 흥미로운 점입니다. 범인은 철저하게 수사를 혼란시킬 작정이었던 게 아닐까요. 혹은 일단 이렇게 하면 밀실 살인이 구성된다고 생각했죠. 그래서 그것을 실제 행해 보여 자신의 지혜를 뽐내고 혼란에 빠진 수사진을 몰래 비웃어주겠다는 이른바 건방진 엘리트 의식의 발현은 아니었을까요. 실제는 덴보 씨 살해의 경우, 밀실로 해둘 필요는 조금도 없었겠지만요."

"하지만 긴다이치 선생님, 탈출구 바닥에서 쥐 소굴까지 다마코의 시체를 끌고 갔는데 어디를 통해 그 지하도로 잠입한 걸까요?"

그것은 다하라 경부도 궁금한 점이었다. 긴다이치 고스케는 손목시계에 시선을 떨어뜨렸다.

"이가와 씨, 그 사진이 올 때까지는 아직 꽤 여유가 있죠?"

"네, 왕복에 시간이 걸리니까요."

"그리고 이가와 씨, 다리는 어떤가요? 염좌는?"

"그건 이제 괜찮아요. 이토메가 습포를 해줬더니 이렇게 붓기도 가셨습니다. 긴다이치 선생님, 왜……?"

"지금이 절호의 기회인 것 같네요. 집안사람들이 잠든 사이에 몰래 탐험하고 싶은 곳이 있습니다만."

"긴다이치 선생님, 탐험하고 싶은 곳이라니요?"

"도깨비의 암굴 안쪽 말인데요……."

"도깨비의 암굴 안쪽에 뭔가 있습니까……?"

"다하라 씨, 어제 눈치 못 채셨습니까? 야나기마치 씨는 그 명도의 우물까지 우리를 안내했지만 거기서 더는 데려가고 싶어 하지 않았던 것 같습니다. 조지도 비슷한 기미가 보였습니다. 결국 그런 일이 일어나서 우리는 그 두 사람 생각대로 된 건데, 이번 기회에 그 사람들이 뭘 숨기고 있는지 탐험해보려고 생각합니다만."

"선생님은 거기서 뭘 발견할 거라 생각하십니까?"

"흙무덤 같은 겁니다."

"흙무덤이라뇨……?"

"쇼와 5년 가을 거기서 비참한 최후를 맞았을 오가타 시즈마 씨의 무덤입니다. 상주는 물론 이토메 씨죠."

"제길! 그 할망구가!"

혀를 차며 두세 걸음 걸으려다가,

"앗, 아파파파!"

이가와 형사가 다친 다리를 칠칠치 못하게 끌어안았다.

"이가와 씨, 괜찮습니까? 그 다리로……. 뭣하면 당신은 남으셔도 됩니다."

"괜찮아요, 괜찮아. 긴다이치 선생님, 이 기회에 전부 까발려버리시죠. 그렇지 않으면 전 황천길도 맘대로 못 갑니다."

"아하하, 긴다이치 선생님, 이 영감님은 쇼와 5년 사건에 집념을 불태워온 사람이니까요. 같이 데려가시죠."

"좋고말고요. 별로 서두를 건 없으니까요."

그로부터 얼마 지나지 않아 세 사람이 도깨비의 암굴로 잠입한 것은 바야흐로 새벽 1시였다.

제15장

대붕괴

1

긴다이치 고스케 일행이 오가타 시즈마의 묘 같은 무덤을 발견할 때까지의 사정을 서술하는 것은 생략하자. 필자는 붓을 아끼는 편은 아니지만, 그렇지 않아도 지나치게 길어진 이 무서운 이야기를 조금이라도 단축시키는 것이 좋겠다고 생각하기 때문이다.

긴다이치 고스케 일행이 그 무덤을 발견하기까지 족히 한 시간은 걸렸다. 명도의 우물이라 불리는 크레바스 언저리에서 동굴이 좁아진다는 것은 전에도 말했지만 그것은 가면 갈수록 그물코처럼 갈라져서 더없이 복잡한 미로를 만들어내고 있었다.

그물코는 때로는 갈라져서, 때로는 교차하며 끝없이 안쪽으로, 안쪽으로 넓어지고 있다. 그것은 흡사 일단 헤매게 되면 두 번 다시 나올 수 없다고 하는 야와타노야부시라즈* 같은 곳

---

* 八幡の藪知らず, 지바현 이치카와시 야와타에 있는 숲으로, 한번 들어가면 나오지 못한다는 전설이 있다.

이었다. 그럼에도 불구하고 세 사람이 무사히 나올 수 있었던 것은 긴다이치 고스케의 적절한 지도하에 세 사람이 교묘하게 연계를 지켰기 때문이다.

문제의 무덤은 그런 그물코인 동굴 안쪽에 봉긋하게 솟아 올라 있었다. 그곳은 주머니 모양인 동굴의 막다른 종점으로, 천장도 낮은 데다 동굴 속 암벽이 도려낸 듯 한층 들어가서 천 연의 감실을 형성하고 있어 그것이 무덤을 지키는 듯한 형태가 되어 있었다.

그곳에는 묘석도 묘표도 없었다. 하지만 그것이 누군가의 묘라는 사실은 무덤 앞 바위의 우묵한 곳에 흙이 쌓여 있고 흙 속에 선향의 재 같은 것이 많이 섞여 있다는 사실로도 알 수 있었다. 그뿐만 아니라 바위의 평평한 곳에 초가 녹은 흔적이 두 군데 있고 대나무 통 두 개에는 붓순나무의 가지가 꽂혀 있었 으며 반쯤 껍질을 벗긴 귤이 세 개 늘어서 있었지만 붓순나무 든 귤이든 거의 시들지 않은 것을 보면 최근에도 누군가가 참 배했음에 틀림없다.

이거야말로 지금부터 20년 전 이 동굴 안에서 남몰래 비참 한 최후를 맞이한 오가타 시즈마의 무덤이 분명하다. 불쌍한 오가타 시즈마는 20년간 영원히 햇빛을 보지 못하는 이 동굴 안에서 아무도 모르게 잠들어 있었던 것이다.

세 사람은 몸이 움츠러드는 듯한 엄숙한 상념에 사로잡혀 무심코 무덤을 향해 합장했다. 그중에서도 쇼와 5년 사건에 집념을 불태워온 이가와 형사로서는 감개무량한 데가 있었을 것이다.

"긴다이치 선생님, 그렇다면 이 무덤 안쪽에 왼팔이 없는 남자의 백골이 누워 있다는 거로군요."

"예, 맞습니다. 그에 따라 오가타 시즈마 씨의 유체가 틀림없다는 것이 인정되지 않을까요."

"그럼 긴다이치 선생님은 이 무덤을 파헤치는 편이 낫다는 겁니까?"

이가와 형사는 코를 훌쩍이는 소리를 내고 있다. 너무나도 통탄스러운 오가타 시즈마의 운명을 생각하니, 그 사건에 집념을 불태워온 만큼 이 노형사의 가슴은 한층 저몄다.

"그렇게 해야겠죠. 이래서는 무주고혼*이나 마찬가지이고 너무 딱합니다. 어딘가로 옮겨 묻어주고 후하게 공양해주어야 할 것이고 경찰도 그래야 그 사건에 종지부를 찍을 수 있을 겁니다."

"긴다이치 선생님, 고맙습니다."

이가와 형사는 깊이 고개를 숙였다.

그로부터 얼마 지나지 않아 세 사람은 묵묵히 무덤을 뒤로 하고 그 크레바스에 다다랐는데, 그곳까지 족히 15분은 걸렸

---

* 無主孤魂, 자손이나 모셔줄 사람이 없어서 의지할 곳 없이 떠돌아다니는 외로운 영혼을 이르는 말.

을 것이다. 거기까지 오면 동굴은 확 트이고, 꿈의 설계의 흰 모래가 아름답게 회중전등 불빛 속에서 빛나고 있었다.

"긴다이치 선생님."

다하라 경부보는 크게 숨을 들이쉰 뒤,

"아까……라고 해도 이미 어젯밤이 됐지만, 어젯밤 9시 무렵 도쿄의 고야마 형사한테 전화가 걸려 왔는데, 금요일 저녁에서 밤에 걸쳐 시노자키 씨나 야나기마치 씨, 그리고 살해당한 후루다테 씨의 알리바이는 완전하다고 합니다."

고야마 형사는 긴다이치 고스케의 소개로 경시청의 도도로키 경부와 만나 협조를 받았다. 그리고 경시청과 분담해서 조사한 결과, 금요일 오후 세 사람의 알리바이는 완전하다는 사실이 판명되었다. 아무도 마노 신야를 사칭하여 이 명랑장에 나타난 인물에 필적하는 사람은 없었던 것이다.

"예, 예, 그래서……?"

"그렇다면 금요일 저녁 여기 나타나 달리아의 방에서 사라진 외팔이 남자는 대체 누구란 말입니까?"

"그건 물론 조지겠죠."

긴다이치 고스케는 아무렇지도 않게 말했다.

"물론 이토메 씨가 시켜서 한 거겠지만요."

"그 혼혈아가……?"

이가와 형사가 눈알을 뒤집는 것을 보면서 긴다이치 고스케는 덧붙였다.

"이가와 씨, 다마코는 지독한 근시였고 게다가 마노 신야라는 인물은 거의 말을 하지 않았다고 해요. 조지에게는 그런 장난이 재미있지 않았을까요?"

"그럼 이 명랑장 주변에 때로 모습을 드러냈다는 외팔이 괴인이란 것도……?"

"그것도 역시 조지겠죠. 적어도 그 남자가 여기 오고 나서 나타난 외팔이 괴인은요."

"즉 그 할머니는 그렇게 함으로써 후루다테 씨에게 정신적 고문을 가하려고 했단 겁니까?"

"분명 그랬겠죠. 이토메 씨의 후루다테 씨에 대한 증오와 복수심은 이가와 씨의 그 사건에 대한 집념보다 훨씬, 훨씬 더 깊었을 테니까요."

저 애절한 무연고 무덤을 떠올리고 둘 다 긴다이치 고스케의 이야기에 동의하지 않을 수 없었다.

"하지만 금요일 저녁 외팔이 괴인인 듯한 인물을 만들어두고 그 할멈은 대체 뭘 궁리하고 있던 거지?"

"토요일에 다쓴도 씨가 오니 일단 위협을 해보자는 거였을까요?"

"뭐, 그 정도였겠죠. 설마 그 뒤에 이런 대참극이 일어나리라고는 예측 못 했을 듯싶습니다."

"그럼 어제, 아니 그저께, 우리가 탈출구를 탐험했을 때 나타난 그 외팔이 괴인도……?"

"물론 조지였겠죠. 그 남자는 여기서 그 지하도로 빠지는 길을 알고 있었어요. 게다가 두더지 굴에서 지하도로 빠지는 출구는 쥐가 들끓는 함정보다 달리아의 방 쪽과 가까운 곳에 있지 않습니까."

"하지만 조지 녀석, 왜 우릴 농락하는 짓을 했을까요?"

긴다이치 고스케는 미소를 지었다.

"그것은 두 분, 아니, 주로 이가와 씨, 당신 탓이 아닐까요?"

"무슨 말씀이신지⋯⋯?"

"당신은 그 시코미즈가 누구 것인지 알게 된 후부터 시노자키 씨에게 깊은 의혹을 표시했죠. 조지로서는 맙소사, 자기가 모시는 분의 중대사이기도 하고, 거기에 외팔이 괴인이라는 인물이 실재한다는 것을 우리에게 보여주려 했던 거겠죠. 그런데 어찌 생각이나 했으랴."

"어찌 생각이나 했으랴, 라뇨⋯⋯?"

긴다이치 고스케는 거기서 욕실의 사건을 들려주었다.

"우리가 그 지하도에 있는 동안, 시노자키 씨의 알리바이가 없었죠. 그래서 그 괴인은 시노자키 씨일지도 모른다고 넌지시 비쳤더니, 글쎄, 조지 녀석, 화를 내더라고요. 저는 그때 조지가 시노자키 씨를 좋아한단 걸 알게 됐는데 이토메 씨도 마찬가지더군요. 그 할머니 조금 젊었으면 시노자키 씨에게 구애했을 겁니다. 아하하. 시노자키 씨란 사람은 그런 일부 별난 사람들에게는 굉장히 매력적인가 봅니다."

다리를 끌고 있는 이가와 형사를 부축해서 긴다이치 고스케와 다하라 경부보는 천천히 꿈의 설계를 걸어간다. 세 사람은 이제야 겨우 개미의 행렬까지 다다라 있었다.

다하라 경부보는 그 기슭에 있는 두더지 굴을 보면서 생각난 듯 말했다.

"긴다이치 선생님, 아까 여쭤봤는데 그 달리아의 방 탈출구에서 쥐가 있는 함정까지 다마코의 시체를 끌고 간 괴인 말인데요. 그놈 어디에서 지하도에 잠입한 건지, 어쩌면 이 두더지 굴이 아니었을까요."

긴다이치 고스케는 괴로운 눈을 했다.

"그 인천당의 널빤지를 박살 낸 장작 패는 연장에는 요코 씨의 지문이 찍혀 있었습니다."

"네, 그게 왜요……?"

"그렇다면 요코 씨는 자신이 연장을 휘둘러 지하도에 잠입했다는 게 되는데 그건 왜……."

"긴다이치 선생님, 그건 다마코를 찾으러 간 거 아닌가요?"

이 노형사도 긴다이치 고스케의 이런 말투에 익숙해진 듯 굉장히 온순해져 있었다.

"아니, 그런 거라면 당신들에게 맡겨도 될 겁니다. 만약 수사 당국과는 별개로 다마코를 찾겠다고 생각했다면 오쿠무라 씨를 불렀겠죠. 그런데 오쿠무라 씨의 눈을 속이고 여자의 몸으로 장작 연장을 휘둘러 그 지하도에 잠입했다면 오쿠무라 씨에게 알리고 싶지 않은 어떤 비밀을 찾으러 간 게 아닐까요."

"무슨 말씀이신지요?"

"전에도 말씀드린 것 같은데 이 명랑장을 지은 다녠도 각하 시대에는 주로 일본식 방을 침실로 쓰지 않았습니까. 게다가 야나기마치 씨도 말했죠. 그분의 누님인 가나코 씨가 자주 말씀하셨다고요. 나는 이 집이 기분 나빠서 참을 수 없다고. 어디에 있어도 누군가에게 감시당하는 것 같은 기분이 들어서 참을 수 없다고. 그 말인즉 일본식 방 쪽에도 탈출구 입구가 있어 거기서 질투에 미친 가즌도 백작이 부인을 감시하고 있었던 게 아닐까요?"

"긴다이치 선생님!"

다하라 경부보와 이가와 형사가 거의 동시에 소리쳤다. 둘 다 지독히 흥분해 있었으나, 긴다이치 고스케는 두 사람이 흥분하는 이유를 아직 모르고 있었다.

"요코 씨는 그것을 알아차렸거나, 뭔가 짚이는 곳이 있었던 게 아닐까요. 하지만 건물 내부에서 조사할 수는 없었죠. 게다가 지금 누가 기거하고 있는지 알고 있었으니까요. 그래서 외부에서 확인해보려고 했던 게 아닐까요. 그러다가 범인에게 습격을 당했지만 범인은 요코 씨를 추적할 수는 없었죠. 왜냐하면 범인도 우리가 잠입한 것을 알고 있었으니까요. 그 사실이 요코 씨를 구한 것인데, 이렇게 목숨이 간당간당한 상태로 인천당에서 탈출하고 오쿠무라 씨를 만나 기절하기 전 그분이 아빠가…… 아빠가…… 라고 한 것은 아빠가 했다는 의미가 아니라 아빠가 위험하다는 뜻이 아니었을까요."

거기서 긴다이치 고스케도 처음으로 정신이 든 듯 얼어붙은 듯이 서 있는 두 사람의 얼굴을 회중전등으로 비추었다.

"다하라 씨, 이가와 씨, 무, 무슨 일입니까?"

"긴다이치 선생님, 죄송합니다. 그렇지, 선생님은 모르셨지."

"몰랐다니 뭘요?"

"그래, 그때 선생님은 안 계셨군요. 아까 요코 씨의 방에 있을 때 도쿄의 고야마 군에게서 전화가 와서 저는 프런트에 갔었어요. 고야마 군이 가자마 씨한테 전화를 바꿔주고 가자마 씨가 선생님께 뭔가 할 말이 있다고 했죠. 제가 그 말을 전하니 선생님은 저와 엇갈려서 방을 나가셨는데, 그 직후에 시노자키 씨 부부가 들어오셨습니다."

긴다이치 고스케도 깜짝 놀랐다.

"예, 예, 그래서……?"

"모리모토 선생님으로부터 요코 씨가 위기를 벗어났다는 말을 듣고 안심해서 나가셨는데, 그때 시노자키 씨가 말씀하시길, 오늘 밤은 아내와 같이 일본식 방 쪽에서 자겠다고……."

"맙소사!"

긴다이치 고스케가 하카마 자락을 흐트러뜨리며 뛰어나가는 것을 보고,

"하지만, 서, 서, 선생님, 설마 오늘 밤…… 설마 오늘 밤……."

이가와 형사가 이를 딱딱 부딪치는 것은 다마코의 시체를 떠올렸기 때문일 것이다. 그 시체가 잔인무도하기 짝이 없는 이 사건의 범인의 성격을 더없이 선명하게 알려주지 않는가. 범인이라면 무슨 짓을 저지를지 모른다!

"좋아, 좋아. 오늘 밤이야말로 범인에게 있어 절호의 찬스야. 범인은 아직 실과 바늘의 트릭이 발각된 걸 몰라. 요코 씨도 지하도의 습격자를 확실히 보지 못한 건 아닐까. 게다가 외팔이 괴인이 지하도를 어슬렁거린다고 우리가 믿고 있다고 생각하고 있어. 그러니 범인은 아직 도망칠 수 있다고 생각하고 있을 거야. 그런데 그때 시노자키 씨의 모습은 어땠습니까?"

"굉장히 만취해 있어서, 그, 그러고 보니 왠지 자조적이고 만사를 포기한 태도였습니다."

평소 냉정한 다하라 경부보도 그때만은 굳은 얼굴로 회중전등을 든 손을 떨고 있었다.

"긴다이치 선생님, 이 두더지 굴로 들어가는 것이 가장 빠르지 않을까요?"

"영감님, 참아요, 이건 내가 해!"

"괜찮습니다. 다리 하나나 두 개쯤……. 어어."

두더지 굴로 들어간 이가와 형사는 뭔가 집어 들더니 회중전등으로 살펴보고 있다.

"영감님, 왜 그래요?"

"이거, 그 피리 부는 선생이 입에 물고 있던 양담배잖아. 선생님, 그 음악가 선생, 어젯밤 이 도깨비의 암굴 속에서 담배를 피웠던가요? 아냐, 안 그랬는데. 이 꽁초, 조금도 촉촉하지 않군."

이가와 형사가 주운 꽁초를 중심으로, 세 사람은 말없이 얼굴을 마주 보았다. 그것은 분명히 골초인 야나기마치 요시에가 한시도 입에서 떼지 않던 외국 담배꽁초로, 습기 없이 아직 새것이었다.

"다하라 씨, 야나기마치 씨도 그때 요코 씨의 침실에 있었죠. 시노자키 씨가 오늘 밤 부인과 일본식 방 쪽에서 잔다는 걸……?"

그 야나기마치 요시에의 방도 복도 쪽에서 감시를 받고 있었지만 혹시 창문으로 탈출했다면 보초를 서던 형사도 몰랐을 것이다. 사태가 긴박한 것 같다.

"어쨌든 여기 들어가는 게 최선이야. 일단 해볼까."

다시 두더지 굴에 들어간 이가와 형사가 거기서 우뚝 멈춰 선 것은 당시 이 지역뿐만 아니라 일본 전역을 떠들썩하게 만든 첫 한 발이 들려왔기 때문이다.

탕!

둔하고 어둠에 파묻힌 소리가 지하 먼 곳에서 들려오나 싶더니,

탕!

탕!

하고 두 번 정도 같은 소리가 뒤를 이었다.

"긴다이치 선생님, 저거 총성 아닌가요?"

이가와 형사가 말했을 때 긴다이치 고스케는 무심코 회중전등 불빛에 손목시계를 비춰보았다.

시각은 바야흐로 새벽 2시 반. 옛날 사람이라면 초목도 잠잔다는 한밤중이다.

긴다이치 고스케는 무릎이 덜덜 떨렸다. 이것은 그의 큰 오산이었다. 범인이 아무리 우쭐했다고는 하나 마지막 범행에서 남의 주목을 끌기 쉬운 권총을 사용할 거라고는 꿈에도 생각지 못했다. 아니면 총을 쏜 것은 피해자 쪽일까.

일순 세 사람은 막대기처럼 멈춰 섰는데, 다음 순간,

"제기랄!"

하고 이가와 형사가 이를 갈며 두더지 굴로 들어가려는 걸,

"영감님, 영감님은 못 가요!"

어깨를 잡아 뒤로 물리더니,

"내가 가보지요."

만면에 핏줄을 세운 다하라 경부보가 두더지 굴을 향해 몸을 기울였을 때,

탕!

네 번째 총성이 아까보다 훨씬 가까운 곳에서 들렸다. 잠시 후 날카로운 여자의 비명이 지하의 어둠을 찢는가 싶더니,

탕!

탕!

하고 총성이 두 발 이어졌다. 그것이 이 극도로 노후되고 황폐해진 지하도가 버틸 수 있는 한계였던 게 틀림없다. 무시무시할 정도의 땅울림과 함께 지하도가 붕괴되는 소리가 계속해서 두더지 굴에서 전해졌다.

"위험해!"

긴다이치 고스케가 발을 잡고 끌어당겨서 다하라 경부보도 잠입을 포기하고 망연히 서 있었다.

2

붕괴 소리는 계속해서 밀어닥쳤고 금세 두더지 굴에서 흙내가 올라왔다. 이 상태로는 두더지 굴 맞은편 출구도 낙반으로 파묻힐 게 분명했다.

"나가죠. 어쨌거나 여길 나갑시다."

이 도깨비의 암굴은 어지간히 튼튼한 것이 틀림없다. 지하의 대붕괴에도 불구하고 개미의 행렬은 미동도 하지 않았던 것이 세 사람에게 있어서는 행운이었다. 다리를 저는 이가와 형사를 맨 마지막으로, 도깨비의 암굴에서 탈출하자,

"영감님은 인천당 쪽으로 돌아요. 나중에 누군가 파견할 테

니까. 하지만 내가 허락할 때까진 절대 안에 들어가지 마요. 적은 총을 갖고 있고, 낙반은 아직 계속되고 있는 것 같으니. 긴다이치 선생님, 저희는 일본식 방 쪽으로 가보죠."

평소 온후한 이 경부보도 이럴 경우에는 척척 효율적으로 움직인다. 도중에 만난 사복형사 둘 중 하나를 인천당으로, 나머지 하나를 도깨비의 암굴 쪽으로 보내더니 본인은 쉬지 않고 달려갔다. 긴다이치 고스케도 빌린 하카마 자락을 펄럭거리며 경부보를 따라서 달렸다.

시노자키 부부의 침실은 그 옛날 다넨도 각하의 침소였던 곳이다. 다다미 열두 장 크기의 일본식 방에 열 장짜리 방이 이어져 있고, 안쪽 깊숙히 자리한 큰 도코노마 옆 아래쪽에는 작은 벽장이 있었는데, 그 벽장이 수상했다. 그 뒷벽은 인천당과 마찬가지로 마루째 획 회전하게 되어 있었다.

침실에는 침구가 두 채 놓여 있었다. 하나가 사람이 빠져나간 허물처럼 남아 있는 것으로 보아 거기서 시즈코가 자고 있었을 것이다. 잠자리는 상당히 흐트러져 있다.

다른 침상 위에는 신고가 누워서 잠들어 있었고 이토메의 도움으로 후타오 간호사가 바지런하게 치료를 하고 있었다. 모리모토 의사는 이미 돌아갔지만 간호사가 같은 저택 안에 있었다는 것은 신고의 운이 강했다고 해야 할 것이다. 노련한 간호사는 때로 젊은 신출내기 의사보다 의지가 되는 존재인 것이다.

긴다이치 고스케와 다하라 경부보가 들어가자 신고가 베개에서 고개를 들어 싱긋 웃었지만 그 얼굴은 어딘가 장난을 들킨 어린아이처럼 겸연쩍게 반쯤 울상을 짓고 있었다. 하지만 그것은 긴다이치 고스케나 경부보를 안심시키기에 충분했다.

긴다이치 고스케가 옆에 다가가 손을 잡아주자 그 손을 맞잡은 신고의 손바닥은 따뜻하고 힘이 실려 있었다.

"간호사 선생님, 부상은……?"

"괜찮습니다. 한 발은 단지 스쳤을 뿐이고 한 발은 복부에 명중했지만 급소는 비껴갔어요. 만약 조금만 더 위였으면 심장을 맞혔겠지만요."

간호사의 목소리는 무뚝뚝했지만 오히려 그쪽이 믿음직스러웠다.

"괜찮고말고요. 주인어른은 원래 튼튼한 분이니까요."

이토메의 달콤하고 녹아내리는 듯한 음성을 들었을 때 경부보는 망연해서 아까 긴다이치 고스케에게 들은 말을 떠올렸다.

저 할머니가 혹시 조금만 젊었으면 시노자키 씨를 꼬셨을지도 모른다고.

그때 도코노마 옆의 들어간 자리에서 조지를 따라 구보타 형사가 기어 나왔다. 형사는 권총을 한 손에 들고 무척이나 흥분해 있었다. 다하라 경부보가 그쪽으로 다가가 작은 목소리로 묻자 대답했다.

"역시 외팔이 남자 같군요. 그놈이 주인을 저격하고 부인을 이 탈출구에서 채간 겁니다."

"자네는 어떻게 그걸 알고 있나? 외팔이 남자를 봤나?"

"어르신과 이 청년에게 들었습니다. 이분들 오늘 밤 여기서 가까운 방에서 주무시고 있었다고 합니다. 총성을 듣고 뛰어와 보니 주인어른이 여기 쓰러져 있고 이 벽 너머로 도와줘, 도와줘, 외팔이 남자…… 외팔이 남자…… 하고 부인이 외치는 소리가 들렸다더군요."

그렇군, 그런 궁리를 했던 거군, 하고 긴다이치 고스케와 다하라 경부보는 얼굴을 마주 보며 끄덕였다.

조지는 눈에 핏발이 서 있었으나 아무 말도 하지 않았다. 이토메는 후카오 간호사를 돕는 데 여념이 없다. 신고는 말없이 눈을 감고 있었다.

"그래서 자넨 뒤를 쫓았나?"

"제가 여기 달려왔을 때 이 청년이 탈출구로 들어가려 하고 있었습니다. 범인이 권총을 갖고 있는 것 같아서 제가 앞장서서 들어갔습니다. 보세요, 범인은 여기서 총을 쐈어요. 살짝 벽이 그슬려 있죠."

도코노마 옆의 들어간 자리 위쪽 벽에 노 가면이 하나 걸려 있다. 그것은 긴다이치 고스케가 시즈코의 얼굴에서 항상 연상했던 젊은 여성의 가면이다.

"이 가면이 굉장히 정교하게 만들어져서 맞은편에서 조작하면 양쪽 눈이 떠지도록 되어 있습니다. 이 왼쪽 눈에서 저격했는지 벽 뒤가 타 있어요."

"그래서 자네, 범인을 쫓아갔나?"

"가려고 했습니다. 이 벽 바로 너머에 아래로 내려가는 계단이 붙어 있습니다. 그 층계참까지 갔더니 아래쪽에서 탕! 하고 총성이 나고 여자 비명 소리가 들려왔습니다. 아니, 여자의 비명이 먼저였나. 거기서 연이어 두세 발 총성이 나는가 싶더니 쿠콰콰. 그 청년이 뒤에서 받쳐 안아주지 않았다면 저도 생매장당할 뻔했습니다. 딱하게도 여기 부인, 분명 가망이 없겠죠. 대신 범인 놈도……."

구보타 형사는 젊고 의욕에 넘치는 스타일이지만 아직 아무것도 모르는 것이다. 그러고 보니 이 방도 왠지 모르게 먼지가 많은 듯한 냄새가 난다.

역시 긴다이치 고스케란 남자가 있어 트릭의 내막을 알려주지 않았다면 우리도 범인에게 휘둘려 그의 생각대로 되었을지도 모른다며 다하라 경부보도 한숨을 쉬지 않을 수 없었다.

거기에 오쿠무라 비서가 자동차로 모리모토 의사를 데려왔다. 오쿠무라 비서는 평상복 차림으로 요코의 침실 옆 가까이에 머물고 있었는데, 그것이 또 이럴 때 도움이 되었다.

모리모토 의사는 잠시 환자를 진찰하더니 말했다.

"뭐야, 의외로 괜찮지 않나. 비서가 하도 걱정을 해서 난 어느 정도 중태인가 하고 간담이 서늘했어."

그는 가지고 온 가방에서 필요한 기구를 꺼냈다.

"그럼 탄환을 뽑을 테니 다들 비키시죠."

"그럼 나중에."

긴다이치 고스케가 신고에게 인사하고 침실을 나가자 다들 그를 따랐지만 이토메만은 요지부동이었다.

"아뇨, 저는 여기 있겠습니다. 저는 이 집을 책임지는 사람이니까요."

침실에서 밖으로 나가자 감식반 사람이 기다리고 있었다.

"주임님, 이거."

그가 건넨 것은 서양식 봉투이다.

"아, 그래. 수고했어."

다하라 경부보는 그것을 주머니에 쑤셔 넣고 긴다이치 고스케와 함께 프런트로 돌아왔다. 그곳에는 한 무리의 사복형사와 경관이 대기하고 있었다. 경부보는 그 사람들에게 적당히 지시를 내려 보내더니 주머니에서 봉투를 꺼내 입구를 찢었다. 안에서 나온 것은 엽서 크기로 인화한 석 장의 사진이다. 경부보는 대충 그것을 훑어보더니 잠자코 긴다이치 고스케 쪽으로 내밀었다.

그것은 어딘가의 여관의 안방일 것이다. 흐트러진 침구 위에 두 사람의 남녀가 있었는데 그것은 명백히 다쓴도와 시즈코였다. 둘 다 알몸은 아니었지만 그에 가까운 차림이다. 정사 사진도 한 장 있는데 둘 다 얼굴이 분명치 않다. 전후 상황을 찍어 그것을 확실히 하기 위해서도 셔터를 눌렀을 것이다.

물론 몰래 찍은 게 분명하다. 그것을 촬영한 사람이 덴보라고 생각하니, 사진을 찍힌 두 사람도 문제지만 덴보의 그런 비열한 행위에 오싹해지지 않을 수 없었다.

"이걸로 보니 이가와 씨의 추리가 정확했던 것 같군요."

"예, 하지만 저희는 그걸 반대로 생각하고 있었습니다. 그래서 시노자키 씨가…… 하고. 선생님이 계시지 않았다면 엄청난 실수를 저지를 뻔했습니다."

다하라 경부보는 깊이 고개를 숙였다.

지하도의 대붕괴는 일단 진정된 듯 보였지만 작은 낙반은 새벽까지 계속되고 있었다. 그 후 시즈코와 야나기마치 요시에의 모습이 보이지 않아 지하의 낙반 바닥에 묻혀 있는 것은 아닐까 우려했지만 낙반이 그 후에도 계속돼서 손을 댈 수가 없었다.

신고의 수술은 잘 끝났다. 탄환이 급소를 비껴간 덕분에 그후의 경과는 생각보다 양호했다. 정오 무렵까지 간단한 청취라면 해도 좋다는 허가를 의사가 해주어서 긴다이치 고스케가 다하라 경부보와 함께 침실로 들어가니 신고는 침상에 누운 채눈을 감고 있었다. 주위에는 아무도 없었다.

두 사람은 양옆에서 머리맡에 앉았다.

"긴다이치 선생님, 선생님부터 말씀하시죠."

다하라 경부보는 만사 긴다이치 고스케에게 맡길 생각인

듯했다. 그 말을 듣더니 신고는 떼쟁이처럼 고개를 저었다.

"저 사람은 곤란해. 경부보 양반, 저 사람은 곤란합니다."

"곤란하다뇨……."

"나 이 선생한테는 무르거든. 이 선생, 날 죄다 꿰뚫고 있어서 거짓말도 못 해."

"아하하, 송구스럽습니다. 그 점이 여기 주임님이 노리는 바인걸요. 자, 자백하시죠. 어젯밤 일이면 됩니다. 나머지는 이미 대충 알고 있습니다. 증거도 있고요."

증거가 있다는 것은 허세가 아니었다.

그 가마쿠라 칠기 접시를 정밀 검사했더니 얽혀 있던 두 마리의 용 중 하나의 눈에서 작은 구멍이 발견되었고 그뿐만 아니라 구멍 안쪽에서 부러진 바늘 끝이 나왔다. 범인은 열쇠가 접시 위에 돌아갈 때까지 바늘이 뽑힐 것을 걱정해서 세게 꽂았으나, 부러진 부분이 너무나도 미세한 탓에 범인도 알아차리지 못했던 듯 그녀가 가진 물건을 조사해보니 끝이 부러진 프랑스 자수 바늘이 발견되었다. 그녀가 한 번이라도 그 바늘을 사용했다면 그 사실을 알아차렸겠지만 그럴 겨를이 없었던 것은 당연했다. 그 바늘과 접시 속에서 적출된 끝은 잘 맞았다.

"긴다이치 선생님, 딱 하나 여쭙고 싶어요. 덴보 씨나 다마코를 살해한 것은……?"

"역시 그 사람이었습니다. 방금 증거가 나왔다고 한 것도 그 얘깁니다. 후루다테 씨 살인에 대해서도 나중에 천천히 말쏠드리죠. 그래서 어젯밤은……?"

"어젯밤 저는 만취했었죠. 잘 자고 있었어요."

신고는 텅 빈 눈을 천장에 향한 채 담담하게 말하기 시작했다. 마치 암송하는 듯한 말투였다.

"그래서 몇 시쯤이었는지 물어보셔도 저는 답할 수 없어요. 갑자기 시즈코의 비명에 눈을 떴더니 이 방에는 환하게 불이 켜져 있고 시즈코의 모습은 보이지 않았죠. 문득 보니 도코노마 옆 움푹 들어간 자리에 있는 장지문이 열려 있어서 저는 처음으로 탈출구가 있다는 것을 알았던 겁니다. 오 하고 생각하고 그쪽을 향해 일어났을 때 탕 하고 한 발이 여기로 날아왔습니다."

그는 배에 두른 붕대를 가리켰다.

"저는 불시에 이불을 뒤집어쓰고 다다미 위로 굴렀는데, 그때 두 발째가 왼쪽 어깨를 스쳤던 겁니다."

나중에 벽 뒤로 돌아 노의 가면의 왼쪽 눈을 조사해본 결과 신고가 다다미 밖으로 굴러 나오니 총의 사정거리에서 사각으로 들어간 게 되었다. 찰나의 순간에 그 정도의 기지를 발휘할 수 있었던 것은 신고가 어떤 습격이 있을 거란 걸 예상하고 사전에 각오를 했기 때문이 아닐까. 하지만 지금 그에 대해 물어도 이 남자는 말해주지 않는다.

"거기에 이토메 씨와 조지 군이 달려왔군요."

"예, 그래요. 그 사람들이 어떻게 그렇게 빨리 온 건지 저도 모르겠어요. 둘 다 머리부터 이불을 뒤집어쓰고 있었던 거 같아요."

"그때 부인은 뭔가 말하지 않았나요? 누군가에게 습격당했다든가……."

"아, 그래요. 외팔이 남자가 어땠다든가 말했던 거 같아요."

하지만 신고의 말투에는 아무 감동도 없고 그 목소리는 오히려 기계적이었다.

"이걸로 됐습니다. 한시라도 빨리 회복하시길 기원합니다."

그 뒤에서 이토메와 조지가 취조를 받았는데 이토메는 천연덕스럽게 말했다.

"저는 그저 주인어른의 옆에 있고 싶었던 것뿐입니다. 하지만 혼자서는 무서워서 이 사람에게 같이 있어달라고 했을 뿐이지요."

그녀는 그 이상은 말하지 않았다.

지하도의 발굴이 시작된 것은 오전 8시 무렵이었다. 읍내에서 소방대원이나 공사하는 사람들이 달려와서 경찰에게 협력했다. 발굴은 인천당 옆에서 진행되었다. 달리아의 방 옆에서는 붕괴된 벽돌을 나를 수가 없었기 때문이다.

물론 그때까지 몇 번인가 시즈코와 요시에의 이름을 불렀지만 응답 같은 것은 한 번도 없어, 생존 여부는 처음부터 의심스러운 것이었다.

발굴은 좀처럼 진행되지 않았다. 어쨌거나 좁은 지하도였고 사소한 충격에도 언제 어느 때 다음의 대붕괴가 일어날지 모를 상태였기 때문이다.

오후 2시 무렵 먼저 야나기마치 요시에가 발견되었다. 그가 쓰러져 있던 곳은 쥐들이 있는 함정보다 조금 앞이었다고 한다. 그는 오른손에 권총을 움켜쥐고 왼쪽 어깨에 총상을 입고 있었다. 아직 죽지는 않아서 즉시 명랑장의 한 방으로 옮겨졌고 모리모토 의사의 응급처치를 받았지만 그로부터 두 시간 후 숨을 거뒀다. 숨을 거두기 전에 그는 머리맡을 지키고 있던 긴다이치 고스케나 다하라 경부보를 향해 다음과 같은 고백을 했다.

후루다테 다쓴도를 살해한 사람은 나다. 나는 그 시코미즈에로 다쓴도를 때려 기절시키고 밧줄로 교살했다. 그때 인천당 쪽에서 사람 목소리가 들려와서 일단 시체를 잡동사니 도구들 밑에 숨겨두고 뒷문을 통해 밖으로 뛰어나왔다. 그리고 아무것도 모르는 얼굴로 산책하고 있는데 요코와 오쿠무라 비서가 와서 아무렇지 않게 두 사람을 창고로 유도했다. 거기에 아무것도 없다는 것을 보여주고 싶었기 때문이다. 그런데 조지가 마차를 끌고 돌아와서 일단 명랑장으로 돌아온 후 요코나 오쿠무라가 목욕을 하는 동안 서둘러 창고로 돌아와 그런 공작을 해놓았다. 그렇게 한 이유는 알리바이를 보다 완전하게 하기 위해서였다…….

덴보 씨나 다마코 살해에 대해서도 질문을 받았지만 그는 이제 대답할 수 없었다. 지금까지 고백한 것이 최선이었던 듯 그 이야기가 끝나자 의식이 혼탁해지기 시작해 얼마 지나지 않아 숨을 거두었다.

생각해보면 이 남자의 인생이란 쓰디쓴 것이었으리라.

시즈코의 시체가 발견된 것은 그로부터 두 시간이나 지난 오후 6시 무렵의 일이었다.

그 소식을 듣고 다하라 경부보와 함께 달려온 긴다이치 고스케는 시체를 보자마자 너무 처참해서 우뚝 그 자리에 멈춰 서지 않을 수 없었다.

시즈코의 시체는 쥐가 있는 함정 속에 놓여 있었는데, 그 주위에는 미처 도망치지 못한 엄청난 수의 시궁쥐들이, 위에서 양쪽으로 비추는 몇 개의 회중전등 불빛 속에 흙탕물을 튀기면서 우왕좌왕하고 있었다.

이것을 발굴한 사람은 집념의 사나이 이가와 형사였는데, 노련한 이 노형사 역시 너무나 처참한 시체의 모습에 망연자실한 채 눈에 눈물을 흠뻑 머금고 있었다. 분명 불쌍한 다마코의 시체를 떠올렸을 것이다.

생각건대 쥐의 함정은 단숨에 붕괴된 것은 아니었던 듯하다. 뭔가가 버팀목이 되어 그 아래는 빈 공간이 되었을 것이다. 그 자긍심 높던 시즈코의 미모는 이제 거기에 없었다. 거기 있는 것은 엄청난 시궁쥐들에게 갉아 먹히고 물어뜯긴 고기와 핏덩어리뿐이었다. 어떤 부분은 이미 뼈가 드러나 보였다.

그녀는 긴 속옷 한 장만 입고 있었는데 벌어진 가슴에는 이미 유방조차 없었다.

강인한 발굴대 사람들조차 말을 잃고 멈춰 선 것도 무리가 아니었다.

다하라 경부보의 독려 아래 그녀의 시체는 즉시 명랑장의 일본식 방에 옮겨져 몸의 이곳저곳의 특징으로 시즈코가 틀림없다는 것을 확인한 후 모리모토 의사의 검증을 받았다.

모리모토 의사의 검시검안서는 더없이 무서운 것이었다. 그녀의 팔과 허벅지에는 두 발의 탄환이 박혀 있었지만 생명을 앗아 간 것은 그 탄흔도 아니고 붕괴로 인한 타격도 아니었다. 그녀의 생명을 앗아 간 것은 분명 그 무서운 쥐 떼들이었을 거라는 말을 들었을 때 긴다이치 고스케는 두 번 세 번 전신을 관통하는 전율을 금할 수 없었다.

그 자긍심 넘치는 여성은 산 채로 쥐의 먹이가 되고 말았던 것이다.

생각해보면 10월 20일은 지금부터 20년 전 이 명랑장에서 대참극이 벌어진 날이다. 긴다이치 고스케는 그렇게 옛날 사람은 아니지만 그래도 새삼 옛날부터 이 나라에 전해지는 말을 떠올리지 않을 수 없었다.

인과응보.

긴다이치 고스케는 깊은 한숨과 함께 그래도 새삼 안도감으로 가슴을 쓸어내리지 않을 수 없었다. 이로써 그토록 세간을 떠들썩하게 만들었던 미로장의 참극도 종지부를 찍은 것이라고.

제16장

살인 리허설

1

"조지 군, 이걸로 자네도 안심했겠지. 자네가 친애하는 대장은 무죄였어. 아니, 무죄였을 뿐만 아니라 하마터면 범인의 피의 제단에 바쳐질 뻔한 대상이었던 거야. 자네와 이토메 씨가 없었으면 범인은 목적을 이루었을지도 몰라. 그러니 이젠 모든 이야기를 들을 수 있겠지?"

"선생님, 그래서 범인은요……?"

"물론 그 여자지. 쥐에 뜯어 먹혀 죽은 여자."

쥐에 뜯어 먹혀 죽은 여자…… 라는 말을 입에 올렸을 때 긴다이치 고스케의 말투에는 더러운 거라도 토해내는 듯, 냉엄한 혐오의 울림이 있었다. 조지뿐만 아니라 거기에 있던 다하라 경부보나 이가와 형사, 속기를 하고 있던 고야마 형사 일행조차 무심코 얼굴을 마주 볼 수밖에 없을 정도로 혐오와 경멸로 가득 차 있었다.

시각은 모든 일이 끝난 화요일 저녁 8시 무렵, 장소는 명랑장 프런트, 등장인물은 일요일 밤 첫 번째 청취 때와 똑같은 멤

버들이다. 고야마 형사는 도쿄에서의 임무를 마치고 오늘 오후 돌아왔다.

"저, 조지 군, 다마코 일은 딱하게 됐네. 하지만 다마코가 쥐에 뜯어 먹혔을 때 그 아가씨는 이미 죽어 있었어. 그렇지만 다마코를 그렇게 만든 그 여자는 산 채로 쥐에 뜯어 먹혀 죽었네. 자네도 이걸로 만족하겠지."

"선생님, 감사합니다."

조지는 초연히 어깨를 떨어뜨렸다. 다마코의 시체를 발견했을 때의 그 흉포함은 이제 없었다.

"그래, 그럼 솔직히 털어놓을 거지? 금요일 저녁 달리아의 방에서 사라진 외팔이 남자는 자네가 아니었나."

고야마 형사는 놀란 듯 조지의 얼굴을 보았다. 상대는 순순히 끄덕였다.

"선생님, 죄송합니다."

"아니, 나한테 사과할 건 없어. 그건 이토메 씨가 시킨 일이지?"

"예."

"이토메 씨는 뭐라고 하면서 자네를 시키던가?"

"내일 그놈이 온다, 일단 위협할 거라고요. 어르신은 그 남자를 무척 미워했습니다."

"그래서 다마코는 자네란 걸 알아차렸나?"

"그 애는 근시라서요. 저는 일단은 다맛페를 놀리는 게 재

있어서 받아들였던 겁니다."

"내친김에 묻겠는데 최근 이 근처에 나타난 외팔이 남자란 것도 자네였지?"

"죄송합니다. 저, 그 어르신에게 약해요."

"왜? 다마코 때문에?"

"으음, 그 전부터예요. 그분 제가 혼혈아에 전쟁고아란 걸 알면서도 그런 건 문제가 아니라며 저를 굉장히 귀여워해주셨습니다."

사람들은 무심코 얼굴을 마주 보았다. 이런 종류의 인간은 항상 사람의 정에 굶주려 있는 것이리라.

"그렇군, 그럼 또 한 가지 묻겠는데, 일요일 밤 우리가 달리아의 방에서 탈출구로 잠입했을 때 도중에 대기하고 있던 남자도 자네였나?"

"예."

"왜 그런 짓을 했지?"

"그건…… 그건……."

조지는 초조한 기색을 했다.

"다들 주인어른을 의심하고 있다고 생각해서요."

"그것만은 아니겠지. 자넨 그 후로도 그놈과 그 여자의 관계가 이어지고 있다는 사실을 알았던 거 아닌가."

"서, 선생님. 선생님도 그 사실을 알고 계셨어요?"

"음, 뭐. 그런데 자넨 어떻게 알았지?"

497

"다마코에게 들었습니다."

사람들은 깜짝 놀라 얼굴을 마주 보았다.

"언제?"

"이렇게 된 겁니다. 다마코는 전에도 본가에 있었기 때문에 그 여자를 잘 압니다. 그때 그 여자가 수상한 호텔에서 남자랑 같이 나오는 걸 본 적이 있다고 합니다. 둘 다 다마코를 알아차리지 못했고요. 다마코는 놀랐지만 그때는 그 남자가 누군지 몰랐다고 합니다. 그 앤 똑똑해서 아무한테도 말하지 않고 그 일을 자기만 알고 있었던 겁니다."

"그렇군. 그래서……?"

"그런데 토요일 오후 늦게 후루다테 다쓴도라는 이름을 대고 그 남자가 이 집에 왔던 거죠. 그래서 처음으로 다마코도 그 여자의 밀회 상대가 누군지 알게 된 겁니다. 그래도 다마코는 아무한테도 그 이야기를 하지 않았는데, 그랬더니 나중에 그런 일이 생겼죠. 그때 창고를 나와 제 방에 같이 돌아온 다마코가 무척 겁을 먹고 있길래 캐물었더니 결국 그 일을 털어놨던 겁니다."

그 말을 들으니 다마코는 어디로 굴러도 살아 있을 수는 없었을지도 모른다.

"그래서 자네는 어떻게 했나?"

"다마코에게는 단단히 입막음을 시켰습니다. 하지만 그 뒤에 현장에서 주인어른의 시코미즈에가 나왔잖아요. 그래서…… 그래서…….."

"자네 본인이 주인어른이 한 짓이라고 생각했군."

"설마, 라고 생각하긴 했습니다. 주인어른이라면 뭔가 상황이 안 좋아서 그런 짓을 했더라도 떳떳하게 자수할 거라고 생각했죠. 그런 이상한 공작을 할 사람이 아닙니다. 하지만 만에 하나란 게 있으니까요."

"그래서 우리를 기만하고 외팔이 남자가 실재하는 척 위장해 수사에 혼선을 줌으로써 시노자키 씨를 구하려고 했군."

"죄송합니다."

조지는 몸을 움츠리고 송구해했다.

"아하하, 자네의 그 대단한 충성심은 일단 시노자키 씨에게 전해주지. 하지만 그 결과는 모르겠네. 칭찬을 받을지, 야단을 맞을지."

"서, 선생님, 그런 말은 하지 말아주세요. 저 야단맞을 게 뻔합니다. 주인어른은 그런 잔재주 부리는 걸 엄청 싫어하세요."

"뭐, 됐어. 그런데 자네가 그런 짓을 했단 걸 어르신은 알고 있었나?"

"일단 상의는 했습니다. 하지만 어르신은 아무 말도 하지 않았어요. 좋다고도 나쁘다고도. 그래서 그건 제 독단으로 한 거나 마찬가집니다."

"아, 그래. 괜찮아, 알았어. 그럼 마지막으로 하나, 조지 군에게 묻고 싶은 게 있는데."

"예, 어떤 일입니까?"

"금요일 아침, 어르신에게 도쿄의 시노자키 씨로부터 전화가 왔지 않나. 아니, 전화국을 조사해봐도 정말 온 거 맞던데, 그건 누가 건 건가?"

"아, 그거요."

조지는 입가를 누그러뜨렸다.

"그건 이번 사건과 아무 관계가 없습니다."

"그럼 누가 건 거지?"

"이런 겁니다. 제가 도쿄의 T 호텔에서 1년 동안 수업을 받았단 건 전에도 말씀드렸죠. 그때 저를 굉장히 귀여워해주신 보이 중에 제일 윗사람인 야마오카 씨라는 분이 있는데, 그분이 미국 호텔업을 시찰 견학하러 가게 되었다면서 목요일에 여기로 인사하러 왔습니다. 전에도 여기 온 적 있고 어르신과도 굉장히 사이가 좋아요. 그분은 목요일 밤에 하네다에서 미국으로 떠나게 되어 있었죠. 어르신은 그분에게 사소한 부탁을 했습니다. 도쿄 쪽에서요. 그리고 그 결과를, 하네다를 떠나기 전에 이러저러한 장소에서 전화를 걸어 알려달라고 부탁했던 겁니다. 야마오카 씨는 그 약속을 지켜 금요일 밤 어르신에게 전화를 한 거고요."

"그런데 그 할멈이 시노자키 씨가 건 거라고 다들 속였군."

베테랑 형사는 너구리 같은 눈알을 데굴데굴 굴리고 있었지만, 이제 그 목소리에는 불쾌한 울림은 없었다.

"예, 맞습니다. 적을 기만하려면 먼저 아군부터라고, 주인
어른까지 속인 거죠."

"즉 그걸 시노자키 씨한테서 온 전화라고 하고, 오늘 저녁
마노 신야라는 인물이 자기 이름을 가지고 그쪽으로 갈 테니
만사 잘 부탁한다고 한 거군."

다하라 경부보도 웃음을 죽이고 있다.

"예, 맞습니다. 그 어르신, 굉장히 머리가 좋은 분이라 다들
걸려들어요."

"그래서 그 명함도 할멈이 썼나?"

"물론입니다. 주인어른의 명함이라면 얼마든지 있거든요.
게다가 주인어른은 특별히 촉이 굵은 만년필을 쓰시잖아요. 그
래서 흉내 내기 쉬워요."

"그 명함을 가지고, 아가, 부탁한다, 마노 신야라는 외팔이
신사가 되어서 여기 와서 다맛페를 속여줘, 라고 한 건가."

"그런 거죠."

"할멈, 제법이잖아."

"그래서 말했잖아요. 어르신 굉장히 머리가 좋다고."

"그렇다면 조지 군, 이쪽에 이런 소동이 벌어졌을 때 야마
오카 씨는 이미 미국으로 날아가버린 거지?"

"예, 그렇습니다. 그래서 야마오카 씨는 여기 이 난리가 난
걸 아직 모르세요. 야마오카 씨가 건 전화는 진지한 내용이었
으니까요."

한바탕 유쾌한 폭소의 물결이 그 자리를 가득 채웠다. 속임수도 이 정도로 멋들어지게 걸려들면 오히려 화도 나지 않게 되는 법이다.

긴다이치 고스케도 눈물을 닦으면서 말했다.

"알았어. 조지 군, 제아무리 나라도 이렇게 제대로 걸려들었다고 어르신에게 말해주게. 그럼 자네는 이제 가봐도 돼. 언젠가 여기 있는 주임님이 관계자 여러분에게 발표를 할 거야. 그러면 자네도 누가 왜 그 남자를 죽였는지 알게 되겠지. 자, 자넨 이제 가서 다마코에게 선향이라도 올리게."

"긴다이치 선생님."

조지는 의자에서 일어나더니 직립 부동의 자세로,

"감사합니다."

깊이 고개를 숙이고 나갔다. 이가와 형사가 기다리기 힘든 듯 말했다.

"긴다이치 선생님, 방금 누가 왜 그 남자를 죽였는가 라고 말씀하셨는데 죽인 사람이 야나기마치 요시에란 건 알아요. 하지만 그 남자가 왜 후루다테 다쓴도를 죽였는지 아십니까?"

"아, 그거요."

긴다이치 고스케도 그 질문을 기다리고 있었던 듯 하카마 자락을 가지런히 하고 일어났다.

"그럼 이제부터 그 창고에 가서 범행 현장을 재연해보지 않겠습니까?"

2

시간은 8시 반을 넘어서 있었다.

하지만 전에도 말했듯 창고에는 다섯 개의 전등이 있었다. 그걸 전부 켜면 이제부터 긴다이치 고스케가 실연해 보이려는 범행 현장을 재현하기에 충분하다고 할 수 있을 것이다.

거기 있는 것은 긴다이치 고스케 외에 다하라 경부보와 이가와, 고야마 두 형사. 이 사건과 인연이 깊은 사람들이다. 긴다이치 고스케가 대체 무엇을 재연해 보이려는 것인지 다들 기대와 긴장감으로 입에 침이 괸 채 기다리고 있었다.

긴다이치 고스케는 텅 빈 창고 안을 둘러본 후 말했다.

"자, 그럼 이가와 씨, 당신이 후루다테 씨 역을 맡아주십시오."

"후루다테 씨 역이라뇨?"

"왼팔을 묶을 필요는 없지만 왼팔은 절대 쓰지 않는다고 생각해주세요."

"그리고요……?"

"벽 옆의 도르래를 돌려서 천장에서 늘어뜨린 밧줄 끝을 바닥까지 내려주십시오."

이가와 형사가 말한 대로 하니 밧줄 끝이 내려왔다. 밧줄 끝은 고리 형태로 되어 있었다.

"그럼 그 끝을 거기 있는 모래주머니 쪽으로 가져가서 고리로 모래주머니 몸통을 단단히 묶듯이 해주세요. 왼팔을 쓰면 안 됩니다."

사람들은 모래주머니란 말을 듣고 무심코 얼굴을 마주 보았다. 하지만 긴다이치 고스케가 의도하는 바는 모른다. 이가와 형사는 의아한 얼굴을 하면서도 시키는 대로 했다. 왼팔을 쓰지 않고도 의외로 무리 없이 할 수 있었다.

"그럼 이번에는 도르래를 반대로 회전시켜서 모래주머니를 높이 매달아 올려주십시오."

이가와 형사가 말한 대로 하자 20관 정도라고 하던 모래주머니가 쉽게 천장 높이 올라갔고 사람들의 입술에서도 깊은 놀라움의 소리가 새어 나왔다.

"이가와 씨, 그 모래주머니는 그대로 두시고 일단 밧줄을 그 벽의 연결용 금속에 고정시켜주십시오."

이 노형사도 아무래도 긴다이치 고스케가 무엇을 말하려는지 알아차린 듯 흥분으로 떨리는 손가락으로 밧줄이 움직이지 못하게 고정시켰다.

"그리고요……?"

그는 도전하는 듯한 시선을 긴다이치 고스케에게 돌렸다. 하지만 거기에는 이미 이전과 같은 적의는 없고 오히려 상대를 선동하는 듯하다. 다하라 경부보와 고야마 형사도 천장에서 늘어진 모래주머니를 보면서 긴장으로 안면 근육을 경직시키고 있었다.

긴다이치 고스케는 다소 겸연쩍은 듯 더벅머리를 긁었다.

"여러분은 이 모래주머니의 중량과 시노자키 씨의 체중이 거의 같다는 사실을 아시죠. 즉 후루다테 씨의 생각으로는 예를 들어 한쪽 팔밖에 없는 힘없는 남자라도 도르래의 원리를 이용하면 시노자키 씨 같은 거구의 살찐 인물을 목매달 수 있을 거다, 사전에 시코미즈에 자루로 때려 기절시키면, 하고 이른바 이것은 '외팔이 남자, 시노자키 씨를 살해하다' 사건의 예행연습…… 즉 리허설이었던 겁니다."

사람들은 천장 높이 매달린 모래주머니를 시노자키 신고의 몸으로 치환시켜 생각해본 후 새삼 무서운 전율이 발밑에서부터 올라오는 것을 금할 수 없었다.

"그렇다면 긴다이치 선생님, 후루다테 씨는 여기 오기 전부터 금요일 저녁, 외팔이 남자가 여기 나타나서 사라졌다는 걸 사전에 알고 있었던 겁니까?"

"주임님, 조지의 마차를 타고 제가 여기 도착하기 직전, 잡목림 속을 달려가는 외팔이 남자를 목격했던 건 몇 번 말씀드렸죠. 그런데 그게 후루다테 씨였다면, 아니 후루다테 씨 이외에는 생각도 할 수 없는데요, 그렇다면 후루다테 씨는 왜 그 시각에 수풀 속을 방황하고 있던 건가. 어쩌면 저 긴다이치 고스케에게 외팔이 남자의 존재를 각인시킬 필요가 있었기 때문일 겁니다. 그런데 그걸 알고 있던 사람은 시노자키 씨 부부와 이토메 씨뿐입니다. 그래서 그중 누군가가 후루다테 씨에게 통보

했던 게 아닐까, 그렇다면 금요일 저녁의 외팔이 남자의 출현도 통보할 수 있었을 겁니다. 실제로 후루다테 씨는 외팔이 남자의 유니폼을 사전에 지참하고 있었으니까요."

"그렇다면 긴다이치 선생님, 그 두 사람은 금요일 저녁 여기에 나타났다 사라진 정체불명의 외팔이 남자를 이용해서, 시노자키 씨를 죽이고 그 죄를 외팔이 남자에게 전가하려고 했던 거군요."

이가와 형사는 이미 스승을 존경하는 제자 같은 모습이다.

"그렇죠."

"그 예행연습의 현장을 야나기마치 씨에게 들킨 겁니까?"

다하라 경부보도 열정적인 청강생 중 한 사람이었다.

"맞습니다, 맞아요. 후루다테 씨로서는 명랑장에서 멀리 떨어진 창고에 아무도 올 리 없다며 대수롭지 않게 생각하고 있었을 텐데요, 어찌 생각이나 했을까요, 그만 가까이에 탈출구의 출구인 인천당이 있었어요. 그걸 놓친 것이 일생일대의 실수, 그곳을 빠져나온 야나기마치 씨는 창고 안에서 인기척이 나서 들여다보러 왔죠. 이것은 후루다테 씨로서는 치명적인 장애물이 되었습니다."

"그건 그렇겠군요. 정말요. 리허설 현장을 보이면 본무대를 연출할 수가 없죠. 리허설에서 본무대의 의도를 간파당할지도 모르고."

"야나기마치 씨가 그때 순간적으로 거기까지 간파했는지

어떤지는 모르겠지만 두 사람은 이전부터 불구대천의 원수지간이고, 또 야나기마치 씨는 후루다테 씨의 성격을 잘 알고 있었을 겁니다. 음험하고 교활한 이기주의자라는 사실을요. 그래서 또 좋지 않은 일을 계획하고 있구나 정도는 알았겠죠. 한편 후루다테 씨로서는 치명적인 현장을 보이고 말았어요. 게다가 하필 불구대천의 원수 야나기마치 씨에게요. 분명 후루다테 씨쪽이 발끈해서 시코미즈에를 휘둘러 기습하려고 했겠죠. 거기서 두 사람 사이에 심각한 격투가 벌어졌지만 딱하게도 후루다테 씨는 왼팔이 자유롭지 못했죠. 결국 야나기마치 씨에게 흉기를 빼앗기고 오히려 뒤통수를 맞아 기절했다……."

"야나기마치 씨로선 해묵은 원한이 폭발한 걸 테니까요."

이가와 형사가 탄식했다.

"그만 힘이 들어간 걸까요. 게다가 지금 긴다이치 선생님이 말씀하셨듯 야나기마치 씨가 곧바로 후루다테 놈의 계획을 알아차렸는지 어쩐지는 의문이지만 성격이 간사하고 못된 것은 알고 있죠. 뭔가 또 좋지 않은 일을 계획하는 게 틀림없다며, 거기서 교살, 거기 있던 밧줄로 목 졸라 죽였다……."

"야나기마치 씨로서는 역병 같은 그 남자를 이 세상에서 보내버리려고 했겠죠. 개인적인 원한도 있었겠고, 독을 삼킨다면 접시까지* 같은 자포자기의 심정도 한몫했을 겁니다."

---

* 악에 손을 댔다면 철저하게 악의 길을 걸어가라는 말.

하지만 그런 긴다이치 고스케의 목소리는 괴로운 듯했고 또한 슬픈 것 같았다.

"거기에 인천당 쪽에서 인기척이 들려왔던 겁니까?"

"분명 요코 씨와 오쿠무라 군이 깔깔 웃고 떠들며 오고 있었겠죠."

"그래서 서둘러 시체를 잡동사니 도구들 사이에 숨기고 모래주머니를 내려 시코미즈에와 함께 밧줄 더미 아래 눌러두고, 뛰어나가 아무것도 모르는 얼굴로 뒷문 밖에서 두 사람과 만났고 또 여기에 두 사람을 끌고 온 것은 여기에 아무것도 없다는 걸 두 사람에게도 보여줘야 했기 때문이었겠군요."

"이가와 씨가 말씀하신 대로일 겁니다."

"그때 파이프를 떨어뜨리고 간 것은 나중에 그것을 찾으러 올 구실을 만들어둔 거로군요."

"그렇다, 그게 틀림없어. 그렇게 하고 일단 본관에 돌아갔지만 다른 두 사람이 샤워를 하는 동안 몰래 이곳으로 돌아와서 시체를 마차 위에 둔 거군. 그래서 알리바이가 완전히 성립된 건가."

"긴다이치 선생님, 그때 야나기마치 씨는 그 도르래를 썼던 게 아닌가요."

"그, 그렇습니다, 그렇습니다."

긴다이치 고스케는 자못 기쁜 듯 머리 위의 까치집을 긁어 댔다.

"만약 야나기마치 씨가 그렇게 했다면 그때는 이미 후루다테 씨가 모래주머니를 써서 어떤 예행연습을 하고 있었는지 알았던 게 아닐까요. 그러니 그 도르래를 써서 후루다테 씨를 매단 인물은 아무 양심의 가책도 없이 실행할 수 있었을 듯싶습니다."

"하지만 그 야나기마치 요시에는 어젯밤 왜 또 그 지하도에 잠입한 건가요?"

이것은 이가와 형사가 한 것 중 가장 그럴싸한 질문이었다.

"그건 분명 다마코의 시체를 보았기 때문이겠죠. 그 끔찍한 다마코의 시체를 보았을 때 야나기마치 씨는 엄청난 충격을 받았을 겁니다. 그 여자는 그렇게 함으로써 범인은 남자라고 생각하게 만들고 싶었겠지만 남자라면 아무리 다마코를 죽였더라도 그 시체를 쥐가 먹도록 할 정도로 잔인하게는 하지 않죠. 그게 가능한 것은 물론 어떤 부류의 여자겠죠. 야나기마치 씨는 그 여자에게 그런 잔인성이 있다는 사실을 알아차리고 있지 않았을까요?"

그 여자라고 발음하는 긴다이치 고스케의 성대는 숨길 수 없는 혐오의 감정으로 격렬하게 떨렸다. 그는 이제까지 다뤄온 사건의 범인 중에서도 이렇게 혐오할 만한 성격의 범인은 만난 적이 없었던 게 아닐까.

"야나기마치 씨가 범인이 누군지 알았다면 다음 희생자도 예상할 수 있었겠죠."

"그렇죠. 게다가 야나기마치 씨는 그 범인을 고발할 수 없었어요. 일찍이 약혼자였던 여자…… 혹은 단순한 약혼자가 아니라 남몰래 사랑했던 여자였을지도 몰라요. 게다가 동족 의식도 있었겠죠. 그 여자가 더없이 잔인한 살인귀란 걸 알았을 때 야나기마치 요시에는 절망의 상념에 의욕을 잃지 않았을까요."

"그 살인귀가 오늘 밤 남편과 같이 잔다는 것을 알고 그 사람을 저지하려고 생각했을까요?"

"그랬을 듯싶습니다. 야나기마치 씨는 이미 사람 하나를 죽였습니다. 아무리 계기가 정당방위였다고 해도요. 그래서 그 여자를 죽이고 자신도 죽으려고 할 정도의 각오는 되어 있었을지도 모릅니다."

"그렇다면 야나기마치 씨는 일본식 방으로 통하는 탈출구를 알고 있었던 거군요."

"요코 씨조차 짐작했을 정도니까요. 하물며 시종일관 남에게 감시를 받던 누나에게 이야기를 듣고 있었는걸요. 모르는 게 이상할 정도겠죠."

"그렇다면 이렇게 되겠군요. 야나기마치 씨는 마지막 범죄를 저지하든가, 상황에 따라서는 그 여자를 죽이고 자신도 자살할 작정으로 지하도로 잠입하려고 했지만 달리아의 방에도 인천당 쪽에도 경관이 보초를 서고 있죠. 그래서 그 전날 밤 조지 덕분에 처음으로 알게 된 두더지 굴에서 지하도로 나갔죠.

한편 여자 쪽에서는 시노자키 씨가 잠든 걸 확인하고 도코노마 옆의 입구를 통해 밖으로 나갔고 마치 외팔이 남자에게 습격당한 것처럼 비명을 질러 시노자키 씨가 잠에서 깨어 일어난 참에 저격했어요. 결국은 실패했지만 시노자키 씨를 사살하고 자신은 어디까지나 외팔이 남자에게 납치당할 뻔했다고 꾸며낼 생각이었겠죠."

"말씀하시는 대로일 거라고 생각합니다. 결국 권총은 어딘가에 숨겨두고 자신은 적당한 곳에서 기절해 있는 걸 수사 당국이 발견하고 구조할 것이다…… 이런 계획 아니었을까요."

"거기에 야나기마치 씨가 오는 바람에 일이 완전히 어긋나 버렸다. 그러다가 야나기마치 씨도 한 발 맞은 걸 보고 범인은 자포자기해서 야나기마치 씨도 죽여버릴 생각이었는데 역으로 권총을 뺏기고 두 발 맞았다는 거군요."

"게다가 그 충격으로 대낙반이 일어나서 결국 야나기마치 씨의 희망대로 되었던 거겠죠."

긴다이치 고스케는 한참을 침묵한 뒤 말을 이었다.

"그 권총은 시노자키 씨가 소장하고 있던 것은 아니었어요. 후루다테 씨가 어딘가에서 입수해서 준 건지, 그 여자 본인이 직접 구입한 건지, 일단 출처를 조사해봐야겠습니다."

"그런데 긴다이치 선생님."

다하라 경부보는 의아하기 그지없는 얼굴로 말했다.

"어젯밤 잠자리를 같이하자고 말을 꺼낸 사람은 여자 쪽이 틀림없지만, 시노자키 씨가 바로 그 말에 넘어간 건 어찌 된 영문입니까? 시노자키 씨는 전혀 눈치 못 채고 있었던 걸까요, 그 여자에 대해?"

긴다이치 고스케는 사람들의 얼굴이 자신을 향한 것을 의식하고 심각한 표정을 하고 있었지만, 이윽고 싱긋 하얀 치아를 드러내며 웃었다.

"이것만은 그 개구쟁이 선생도 진심을 말하진 않을걸요. 자존심을 건드리는 일이니까요. 하지만 반신반의 정도가 아니라 강한 의혹을 갖고 있었을 게 분명합니다. 그렇지만 그런 여자를 아내로 선택한 자신의 불찰에 대해 큰 좌절감을 갖고 있었을 게 틀림없어요. 거기서 오는 될 대로 되라는 자포자기의 마음과, 또 하나는 상대가 어떤 태도를 취하든지 솜씨나 한번 보자는, 그 사람 특유의 모험가 같은 마음, 둘 다 작용하지 않았을까요. 하지만 어느 쪽이든 세상을 떠들썩하게 하는 이야기였습니다."

거기서 갑자기 화제가 끊기고 의미심장한 침묵이 네 사람 사이에 흘렀다. 난방이 없는 휑한 창고 속에 있으면 늦가을 밤의 냉기가 발끝에서 올라오는 것 같다. 고야마 형사는 거기에 매달린 모래주머니와 후루다테 다쓴도가 위풍당당하게 타고 있던 마차를 번갈아 보다가, 이윽고 희미하게 몸을 떨더니 말했다.

"그런데 긴다이치 선생님, 그 사람들은 어째서 시노자키 씨를 살해하려고 했던 건가요? 물론 재산을 노렸겠지만 굳이 이런 장소에서 하지 않아도 얼마든지 다른 기회가 있지 않습니까."

그것은 자못 이치에 맞는 질문이었지만 그 말을 듣더니 긴다이치 고스케는 갑자기 벅벅박박 까치집 같은 더벅머리를 긁어대면서 말했다.

"그, 그, 그겁니다. 그거예요. 이, 이, 이런 사건의 흥미로운 점은!"

그가 까치집을 너무나도 맹렬하게 긁어대서 비듬이 흩날리고 말더듬이 너무 격렬해서 침이 비말이 되어 무지개를 그리고 있었다. 사람들은 한편으로는 놀라고 한편으로는 식겁하고 한편으로는 난처해했다.

"긴다이치 선생님, 무슨 뜻인가요?"

"아, 이, 이건 실례."

그는 겨우 까치집 긁기 운동을 멈추고 침을 삼키더니 단전에 힘을 실어 말했다.

"하지만 고야마 씨, 어젯밤 당신 뒤에서 가자마가 전화를 바꿨죠. 가자마가 전화로 한 말을 못 들으셨습니까?"

"예, 전 자리를 벗어나 있었어요. 뭔가 비밀스러운 이야기를 하실 거 같아서요."

"아, 그렇군요. 예의상……. 아, 어젯밤 가자마한테 걸려 온 전화 말인데, 문제는 그 내용입니다. 고야마 씨나 제 요청으로 그 사람은 그 사람 나름대로 손을 써서 최근 시노자키 씨의 동정을 조사해주었어요. 그에 따르면 시노자키 씨, 여기저기서 돈을 긁어모아 가자마가 조사한 것만으로도 1000만 엔의 현금을 준비해 여기 왔다고 합니다."

"앗!"

세 사람의 입에서 예기치 않게 날카로운 외침이 새어 나왔다.

"시노자키 씨는 뭣 때문에 그런 큰돈을……?"

"저도 그에 대해 가자마의 의견을 들어봤습니다. 가자마도 약간 주저했지만 이건 고 쨩, 즉 저 말인데요, 고 쨩이니까 알려주는 거야, 라고 전제를 깔고 이런 이야기를 해주었습니다. 시노자키 군은 1000만 엔이라는 돈을 주고 그 여자를 후루다테 씨에게 돌려보낼 작정이 아니었나 하고요. 그 순간 시노자키 씨가 그 두 사람과 인연이 깊은 덴보 씨와 야나기마치 씨를 동시에 여기 초대한 의미를 저도 알 것 같은 기분이 들었습니다. 오늘이 쇼와 5년 이 집에서 비참한 최후를 맞이한 사람들의 기일입니다. 그 법회 자리에서 시노자키 씨, 그 발표를 할 작정이지 않았나, 덴보 씨나 야나기마치 씨의 면전에서요. 그런데 혹시 그 남자와 그 여자가 시노자키 씨의 결심을 알아차렸다면 법회 전에 일을 서둘지 않으면 안 되었겠죠."

깊고 깊은 침묵이 다시금 사람들 사이에 흘렀다. 세 사람의 몸에 찌릿찌릿한 전율이 올라오는 이유도, 발밑에서 스며드는 늦가을의 냉기 탓만은 아니리라.

고야마 형사는 한숨을 쉬듯 말했다.

"저 같은 사람이 생각하기엔 1000만 엔 받고 좋아하는 상대와 함께한다니 이보다 좋은 얘기는 없는 것 같은데요."

"바보 같은 소리 마!"

바로 이가와 형사의 벼락이 작렬했다.

"그건 너 같은 평민 놈의 생각이지. 저쪽은 화족이시잖아. 화족의 혜택을 받고 특권 의식 속에 나고 자란 엘리트 양반이야. 1000만 엔 따위 푼돈에는 눈길도 안 줘. 그보다 남편이 죽어주면 신헌법에 의해 그년한테 유산의 3분의 1이 돌아간다고. 더구나 그 딸도 죽어버리면 전 재산이 굴러 들어온다는 계산이야. 그 뒤에 관심이 식기를 기다려 좋아하는 상대에게 가려던 속셈이지."

"그렇군요."

다하라 경부보도 감정을 누르듯 말했다.

"그렇다면 시노자키 씨가 의사 표시를 하기 전에 일을 결행할 필요가 있었겠군요."

"즉 느리더라도 꼼꼼하게 하기보다 졸속 진행을 선택했군요. 아니, 선택할 수밖에 없었던 게 아닐까요. 이전부터 그런 계획이 있었다고 쳐도 시노자키 씨의 최근 마음을 너무 늦게 알아차린 것이 아닐까요."

"어쩌면 그년, 여기 와서 알아차린 걸지도 몰라. 그래서 서

둘러 그걸 남자 쪽에 전달했을지도 모르죠. 그렇다면 어떻게
해서든 오늘 법회 전에 결행하지 않으면 안 되었겠지. 그래서
그때 화제에 오른 외팔이 남자를 이용하려고 했던 거군요."

"그러니 두 사람도 면밀한 의논을 안 했다기보다 면밀한 의
논을 할 틈이 없었던 게 아닐까요. 일이 너무 급박해서……."

"긴다이치 선생님, 그 여자는 자기 정부를 죽인 남자가 야
나기마치 씨란 걸 알아차렸던 걸까요?"

"설마요. 그런 불행한 우연이 끼어들었을 거라고는 누구도
생각 못 할 테니까요."

"그년, 자기 남편을 의심했던 거 아닐까요?"

"그건 당연히 그랬을 겁니다. 그 여자도 후루다테 씨가 외
팔이 남자 분장을 한 건 알아차렸을 테니까요. 후루다테 씨가
외팔이 남자로 분해 뭔가 하려다가 역으로 시노자키 씨에게 당
했다…… 라고 생각하지 않았을까요. 그래서 시노자키 씨의 목
숨을 노린 것도 재산도 재산이지만 일종의 복수심…… 역으로
원한을 품은 복수심도 한몫하지 않았을까요."

"그렇군요. 이제 그 뾰족 머리 씨가 살해당한 이유도 알겠
어요. 남편을 해치우기 전에 뾰족 머리를 죽이지 않으면 나중
에 그런 사진이 나와서 본전도 못 찾게 될 테니. 거기 말려든
게 저 불쌍한 다마코란 겁니까. 맙소사."

이 노련한 형사가 격하게 몸을 떨지 않을 수 없을 정도로
이것은 무서운 사건이었다. 아무리 여기가 미로 같은 건물이라

고 해도, 어둠의 옷을 몸에 걸치고 복도에서 복도로, 지하의 탈출구에서 탈출구로 배회하는 살인귀, 그것이 고귀한 생김새를 한 자긍심 높은 여성이었기에 사람들의 공포심은 더 심해질 수밖에 없었다.

긴다이치 고스케도 생각난 듯 격렬하게 몸을 떨더니 말했다.

"그 엉뚱한 살인의 예행연습이든 어린애 장난 같은 밀실 트릭이든, 모두 엘리트 의식이 강한, 자신만 똑똑하다고 생각한, 실제는 원숭이처럼 얕은 지혜를 가진 남녀가 계획한, 그렇기 때문에 더없이 무서운 사건이었어요, 이건."

그리고 그는 세 사람을 돌아보았다.

"자, 이걸로 대충 토론도 끝난 듯합니다. 이제부터 저쪽에 가서 시노자키 씨에게 진심을 들어보지 않겠습니까? 그 두 사람의 관계를 알아차렸는지. 그리고 1000만 엔의 현금으로 그 여자를 그 남자에게 돌려보낼 생각이었는지를 말입니다."

시노자키 신고는 솔직하게 고백했다.

그리고 그날 밤 안에 다하라 경부보의 입에서 발표된 이 사건의 진상이 신문이나 라디오에서 보도되었을 때 세상이 얼마나 놀랐는지, 새삼 여기에 적을 필요는 없겠다.

대단원

1

고故 오가타 시즈마 씨의 새로운 묘를 만듦에 따라 다가오는 11월 28일 그 제막식을 거행하오니 아무쪼록 참석해주십시오, 라는 요지의 편지를 긴다이치 고스케가 받은 것은 사건이 완전히 해결되고 나서 4주 정도 뒤의 일이었다.

발신자는 말할 것도 없이 시노자키 신고, 신고의 주소는 명랑장으로 되어 있었다.

역시 배짱 두둑한 신고도 그 사건 후 명랑장에 틀어박힌 채 움직이지 않았다. 긴다이치 고스케나 지역 경찰의 조력으로 사건의 진상이 밝혀져 신고는 여러 의혹에서 해방되었지만 명예나 체면 측면에서 많은 손해를 보았다.

쇼와 24년의 추문이 컸기 때문에 그의 명예는 심각하게 실추돼서, 체면 문제 때문에 중앙 업계에서 받아들여주지 않았던 모양이다. 설상가상으로 부상도 상당히 중했다. 탄환은 무사히 적출되었지만 당분간 과격한 활동은 피하는 편이 좋다는 모리모토 의사의 충고도 있고 해서 겸사겸사 그는 명랑장에서 정양을 계속하고 있었다.

어차피 이 남자가 이대로 칩거를 계속하지는 않을 것이다. 언젠가는 권토중래*할 테지만 지금은 그를 대비한 자복雌伏 기간일 것이다. 활동적인 신고에게는 참기 힘든 무료한 기간이었을 것이 분명하지만 그는 이 무료한 기간을 이용하여 오가타 시즈마의 묘 만들기에 열중했다.

도깨비 암굴 안쪽 깊숙이 이토메의 손에 의해 남몰래 장례가 치러진 오가타 시즈마의 묘는 20년 만에 발굴되었다. 무덤 바닥에서 꺼낸 것은 왼팔을 잃은 것 외에는 오체가 갖추어진 인간의 골격이었다. 물론 오랜 세월 흙에 파묻혀 있던 탓에 마구 흩어져 있었지만 왼팔 외에는 온전하게 갖춰져 있어 발굴자들의 눈물을 자아냈다.

생각해보면 오가타 시즈마만큼 박복한 사람이 또 어디 있겠는가. 후안무치한 후루다테 다쓴도의 계략으로 터무니없는 누명을 쓴 끝에 주인 살해의 오명 속에 그 동굴 깊숙한 곳에서 무념의 눈물을 삼키며 벌레처럼 죽어갔던 것이다.

당시 세간에선 이번 사건도 모두 오가타 시즈마의 원념이 만들어낸 것이라며 떠들었지만 이것은 어느 정도 견강부회**

---

* 捲土重來, 한번 싸움에 패하였다가 다시 힘을 길러 쳐들어오는 일, 또는 어떤 일에 실패한 뒤 다시 힘을 쌓아 그 일에 재차 착수하는 일을 비유하는 고사성어.

** 牽強附會, 이치에 맞지 않는 말을 억지로 끌어다 붙이는 것.

에 지나지 않는 것이다.

신고는 도깨비의 암굴에 있는 낭떠러지 위를 개간하여 거기에 300평 정도의 평지를 조성하고 그 중앙에 검은 바위로 만든 묘를 건립했다. 묘의 높이는 1장 남짓, 표면에는,

오가타 시즈마 순난비殉難碑.

라고 쓰여 있었다.

뒷면에는 신고 자신이 고른 문장으로 비의 유래가 자세히 새겨져 있었고 비의 양쪽에는 고아한 석등롱이 두 개 서 있다. 돈벌이에는 빈틈없는 신고라서 장래 이것을 명랑장의 명물 중 하나로 만들 작정일지도 모른다.

제막식이 거행된 11월 28일은 최고로 좋은 가을 날씨였다. 아니, 해발이 상당히 높은 이 고원에서는 늦가을이라기보다 이미 초겨울이라고 해야 할지도 모른다. 새벽에는 서리와 얼음이 얼어 힘들었지만 제막식이 열리는 오후 1시 무렵에는 화창하게 개었고 바람은 약간 차가웠지만 해는 따뜻하고 동쪽 하늘에 떠오른 후지산의 높은 봉우리는 겨울눈으로 아름답게 덮여 있었다.

이 제막식에 참석한 것은 시주인 시노자키 신고와 이토메, 요코와 비서인 오쿠무라 히로시. 요코는 후두부를 강타당해 후유증이 우려되었으나 다행히 그럴 걱정 없이 그 후 도쿄의 본가로 돌아가 건강하게 학교에 다니고 있다.

의식을 회복하고 얼마 되지 않아 그녀가 고백한 바에 따르

면 이렇다.

요코는 그 탈출구에서 일본식 방으로 통하는 샛길을 알고 있었던 것이다. 아니, 확실히 알았던 것은 아니지만 그곳이 그렇지 않을까 하고 짐작을 하고 있었던 것이다. 그곳은 쥐의 함정과 달리아의 방의 중간보다 약간 쥐의 함정에 가까운 지점에 해당했다.

일요일 오후 오쿠무라 히로시와 그 지하도를 빠져나갔을 때 도중에 그녀는 뭔가에 걸려 비틀거리다 무심코 벽에 손을 짚었다. 벽이 기우뚱 흔들리는 듯한 느낌이 들었지만 갑자기 지하도 천장에서 벽돌이 너덧 장 떨어져서 그녀는 비명을 지르며 펄쩍 뛰었다. 오쿠무라가 다독여서 그녀는 웃고 떠들며 그곳을 지나갔고 금세 쥐의 함정에 다다랐다.

그 벽의 감촉을 요코는 생각해냈다. 어젯밤 덴보 씨가 살해당하고 다마코가 행방불명되었다고 한다. 게다가 덴보 씨가 살해당한 방은 밀실이고 다마코는 지하도 어딘가에 유폐되어 있는 것이 아닐까 하는 의심이 농후하다고 한다. 여기에 또 한 가지 아무도 모르는 지하도로 통하는 입구가 있고 누군가가 그것을 안다면 그놈은 굉장히 유리한 입장을 점할 것이다.

요코는 그 일을 오쿠무라에게 털어놓기가 두려웠다. 왜냐하면 그때 그녀는 이미 어떤 인물에게 강한 의혹을 품고 있었기 때문일지도 모른다.

그녀는 오쿠무라를 멀리하고 자기 방에 틀어박혀서는, 우선 명랑장의 배치도를 그려보았다. 그 배치도에는 달리아의 방과 인천당이 들어 있었고, 그녀는 달리아의 방과 인천당을 일직선으로 이어보았다. 그 지하도는 직선이 아니라 몇 개의 커브를 그리고 있었지만 결국은 일직선으로 봐도 좋지 않을까 생각했다.

요코는 그 일직선 위에 있는 쥐의 함정 자리에 × 표시를 했다. 쥐의 함정에서 인천당까지는 그리 멀지 않으니 이 × 표시가 찍힌 지점은 우선 타당하다고 생각했다. 그리고 어렴풋이 기억을 더듬어 그녀가 지금 의혹을 갖고 있는 지점에 또 하나의 × 표시를 해보았다. 그리고 그것이 일본 가옥의 날개 부분 바로 아래를 지나간다는 것을 알아차렸을 때 아연하지 않을 수 없었다.

그녀도 역시 명랑장의 유래를 알고 있다. 이곳을 지은 후루다테 다넨도라는 사람이 당시의 습관으로 일본 가옥 쪽을 더 많이 이용했으리라는 것은 상상하기 어렵지 않았다. 게다가 지금 일본 가옥 쪽에 거주하는 사람은 긴다이치 고스케와 자신의 계모라는 것을 떠올렸을 때 요코는 한층 아연함을 금할 길 없었다.

긴다이치 고스케는 일단 제쳐도 될 것이고, 같은 일본 가옥의 날개라고는 하나 긴다이치가 지금 있는 곳과 계모가 기거하는 곳은 상당히 떨어져 있다. 게다가 지금 요코가 일직선상의 × 표시를 찍은 지점은 계모가 쓰고 있는 침실 바로 아래에 해당한다.

　이 사실을 알아차리고 요코는 파도처럼 밀려오는 전율을 금할 수 없었다. 그녀는 오랫동안 자신이 그리고 있던 배치도와 눈싸움을 한 후 어떻게 해서든 한번 제2의 × 지점 부근을 조사해보자는 마음을 갖게 되었다. 하지만 이렇게 되니 요코는 오쿠무라에게 털어놓을 수 없게 되었다. 그녀는 자신의 애매한 의심을 남에게 알리기 두려웠다.

　그녀는 혼자서 이 탐험을 결행해보자고 생각했다. 아무렇지도 않게 달리아의 방 쪽으로 가보았지만 거기에는 경관이 보초를 서고 있어서 포기할 수밖에 없었다. 그녀는 돌아서서 인천당 쪽으로 가보았는데 다행히 거기에는 보초가 없었다. 하지만 그 입구가 외부에서는 열리지 않는다는 사실을 아는 요코는 물건을 두는 곳으로 가서 적당한 장작 패는 연장을 물색해 왔다.

　요코가 이렇게까지 생각한 바를 결행한 것은 계모에 대해 강한 의혹을 품고 있어서였다. 인천당의 널빤지는 단단하고 견고했다. 하지만 요코의 결의는 그 이상으로 굳건했다. 사람 하나 겨우 들어갈 만한 틈이 생겼을 때 그녀는 아무 주저 없이 그 틈으로 들어갔다.

　어둠 속을 회중전등에 의지하여 걸어갈 때 사람은 누구라도 발밑에 신경을 집중하게 마련이다. 쥐의 함정 위에 있는 발판을 건널 때 그녀는 거기에 많은 쥐 떼가 움직이는 것을 알아차렸다. 게다가 그 쥐 떼가 무언가에 모여들고 있다는 사실을 알았을 때, 그리고 그 가련한 희생자가 누구인지 확인했을 때 요코는 골수까지 얼어붙는 공포에 사로잡히지 않을 수 없었다.

보통의 여성이라면 여기서 비명을 지르고 왔던 길로 도망칠 것이다. 하지만 요코는 그러지 않았다. 피도 얼어붙을 듯한 공포와 함께 갑자기 치밀어 오르는 격렬한 분노를 누를 수 없었다. 누가 이런 잔혹한 짓을 저질렀는지, 그녀는 알 것 같았던 것이다. 그것은 이 지하도의 제3의 입구를 아는 인물 외에는 생각할 수 없다.

그녀 역시 신고의 딸이다. 그 말은 보통이 아닌 파이터라는 뜻이다. 요코는 눈을 감고 단숨에 그 발판을 건넜다. 마음속으로 저 불쌍한 다마코의 명복을 빌고 거기에 한층 더 복수심을 불태우면서 요코는 겁 없이 직진했다.

그 흔들리는 벽에 댄 손이 왼손이었다는 사실을 그녀는 기억하고 있다. 그러므로 이쪽에서 갈 때는 오른쪽이 될 것이다. 게다가 그곳에서 바로 커브가 있고 커브를 돌면 한참 지나 쥐의 함정에 도착하는 것이다.

금세 커브까지 왔다. 그곳을 돌자 요코의 걸음걸이는 자못 신중해졌다. 오른쪽 벽에 회중전등 불빛을 비추면서 한 발 한 발 벽을 더듬어 반향을 확인하기 위해 두드려본다. 때로 강하게 눌러도 보았다.

다섯 걸음, 열 걸음, 스무 걸음 하고 그녀는 마치 환자의 가슴에 청진기를 대는 의사처럼 주의 깊게 오른쪽 벽을 진찰하며 걸었다. 그녀는 이전부터 알고 있었는데, 이 지하도는 옛날부터 어떤 천연 동굴을 벽돌과 시멘트로 보수한 부분으로 만들어져 있었다.

지금 이렇게 점검하며 걸어가보니 천연 동굴인 부분과 보수한 부분이 반반 정도라는 사실을 알 수 있었다. 그리고 보수한 부분은 냄새가 났다. 금세 그녀는 벽돌과 시멘트로 보수한 부분이 길게 대여섯 간에 걸쳐 오른쪽으로 계속되고 있는 곳에 다다랐다. 그리고 그 앞은 다시 완만한 커브를 그리고 있다.

그렇다, 그때 자신은 맞은편에서 걸어와서 커브를 한 번 돌았던 것이다. 그리고 금세 뭔가에 부딪혀 비틀거렸고 왼손을 강하게 벽에 댔다. 그랬더니 벽이 흔들거리는가 싶더니 천장에서 벽돌이 떨어졌던 것이다.

있다!

요코는 입속으로 작게 외쳤다.

벽돌이 너덧 장 떨어져 흩어지고 있다. 게다가 조금 떨어진 곳에 벽돌로 굳힌 바닥의 벽돌이 한 장 떠서 날카로운 돌기 같은 형태를 만들고 있다. 그리고 그 너머에는 바로 커브 길이 되어 있다.

그렇다, 그때 나는 커브를 막 돌았던 참이라 이 벽돌이 융기된 것을 알아차리지 못했던 것이다. 몸을 기울여 살펴보니 융기된 벽돌 모서리에서 조금 떨어져 나간 부분을 발견할 수 있었다.

요코는 그곳을 지나 커브를 돌았다. 거기서 휙 돌아 오른쪽으로 가니 새롭게 원래 왔던 길로 돌아갔고, 커브를 돌자 벽돌이 융기된 부분에 발이 걸려 왼쪽 어깨가 세게 벽에 부딪쳤다.

손에 느낌이 있었다.

벽돌 벽이 빙그르르 흔들리나 싶더니 천장에서 두세 장의 벽돌이 떨어지고 그중 하나가 크게 튀어서 구르자 그 진동으로 다시 두세 장의 벽돌이 떨어졌다. 큰 소리가 났고 그 반향이 이쪽저쪽의 벽에 메아리쳤다.

하지만 그 반향보다도 요코의 심장박동이 더 컸다.

요코는 멈춰 서서 메아리가 진정되기를 기다렸다. 아니, 요코가 기다린 것은 메아리가 사라질 때가 아니다. 자신의 심장박동이 가라앉기를 기다렸다. 이윽고 심장박동이 약간 잠잠해질 때를 기다려 요코는 회중전등을 고쳐 잡고 왼쪽 벽을 조사하기 시작했다.

식물이란 것은 태양광선이 없어도 공기와 수분만 있으면 자라는 것인 듯하다. 이 지하도에는 공기도 물도 충분히 있다. 그 벽에는 여러 가지 곰팡이와 시들거리지만 새하얀 민꽃식물이 군데군데 살아 있다. 하지만 요코의 눈은 이 많은 식물들에 속지 않았다. 아니, 오히려 식물들이 그녀가 숨겨진 문을 발견하는 데 협력했던 것이다. 어느 부분에서 가냘프고 약하고 새하얀 민꽃식물이 뜯겼거나 뭉개졌거나 벽과 벽 사이의 틈새에

긴 지점이 있었다.

요코는 회중전등으로 그런 부분을 따라가다가 거기에 아치형의 문이 있는 것 같다는 사실을 발견했다. 게다가 이끼나 민꽃식물이 뜯겼거나 뭉개진 곳을 보면 누군가 최근 이 문을 여닫은 적이 있는 게 분명했다.

요코는 몸을 기울여 그 문과 바닥의 접촉면을 살펴보았다. 그곳에는 정말 조금이지만 틈이 있고 문의 중심부에 큰 쇠막대가 관통하고 있었으며 그것이 바닥 깊이 파고들어 있는 것 같았다.

알았다, 알았어. 이 문은 쇠막대를 중심으로 회전하는 것이리라. 문의 폭은 4척 남짓이라서 반만 회전을 했다고 쳐도 사람 하나는 족히 통과할 수 있을 것이다.

요코는 그 문을 밀어보고 몸을 부딪쳐보았으나 그녀의 시도는 완고하게 거부당했다. 문은 약간 출렁거렸지만 열릴 정도로 움직이지는 않았다. 분명 이 문도 내부에서만 개폐가 가능한 장치일 것이다.

하지만 요코는 만족했다. 여기에 수사 당국도 아직 알아차리지 못한 제3의 입구가 있고, 게다가 최근 누군가가 이것을 여닫았던 것이다. 그렇다는 것은 분명 이 제3의 입구에서 지하도로 잠입한 사람이 있다는 이야기가 된다.

요코는 만족했다. 돌아가서 빨리 이 사실을 수사진에게 보고할 작정이었다. 그녀는 위치를 뇌에 확실히 입력해두고 발을 돌려 그 자리를 떠나려고 했다. 그런데 그때 갑자기 그녀의 발을 못 박히게 하는 일이 거기서 일어났던 것이다.

문 너머에서 뭔가 덜컹덜컹 희미한 소리가 들렸다. 요코는 깜짝 놀라 한 걸음 물러서서 문 표면에 회중전등 불빛을 비추면서 다음에 일어날 사태를 기다리고 있었다. 처음에는 잘못 들은 것이 아닐까 의심했지만 잘못 들은 것은 아니었다. 문 너머에서 분명 덜그럭덜그럭 금속이 맞닿는 소리가 들렸던 것이다.

요코는 다시 한 걸음 물러서서 한 면에 이끼나 민꽃식물이 빽빽하게 자라 있는 벽돌 벽을 응시하고 있었는데, 갑자기 그 벽이 슬슬 움직이기 시작하는 것이 아닌가.

환각이 아닐까 생각했지만 환각은 아니었다.

요코가 상상한 대로 그 문은 중앙을 관통하는 커다란 쇠막대를 중심으로 서서히 조용히 회전하기 시작했다. 무겁고 삐걱거리는 소리를 내면서.

요코의 심장은 요동쳤다. 하지만 이상하게도 공포는 느끼지 않았다.

문이 저절로 열릴 리 없다. 누군가가 벽 너머에 있고 조작하고 있는 것이 틀림없다. 그것이 누구인지 상상했을 때 이상하게도 요코는 두렵지 않았다. 그녀가 지금 예상하고 있는 인물과 자신을 비교해보았을 때 힘 싸움에선 지지 않을 거라는 자신이 있었다. 상대가 흉기를 가지고 있을지도 모른다는 데까지는 생각이 미치지 않았다는 것에 요코의 젊음과 안이함이 있었을지도 모른다.

무거운 벽돌 문은 삐걱거리는 소리를 내면서 회전하고 있었지만 이윽고 벽과 직각의 위치가 된 지점에서 정지했다. 요코의 손에 든 회중전등은 즉각 한쪽 공간에 빛을 보냈다. 문 안쪽에도 이쪽과 같은 지하도가 있는 것 같았다. 회중전등의 초점이 이동함에 따라 두 간 정도 너머에 그 지하도가 계단으로 연결되어 있는 듯한 게 보였다.

요코는 회중전등의 불빛을 빙글빙글 돌려보았다. 하지만 그것은 회전문 뒤쪽과 그 안쪽에 있는 지하도와 지하도 안쪽에 있는 계단 같은 것을 보여주는 데 지나지 않았다. 그녀가 상상하는 인물의 그림자 같은 것도 잡히지 않았다. 그녀는 한 걸음 왼쪽으로 위치를 바꾸어 직각으로 열려 정지한 상태인 벽돌 문 반대쪽의 공간을 비춰보았지만 거기에 보이는 것도 아까와 마찬가지였다. 습하고 축축한 지하도와 그 안쪽에 보이는 계단뿐. 계단도 벽돌로 만들어져 있는 것 같았고, 거기에도 한 면에 이끼나 민꽃식물이 자라고 있었다.

끝으로 갈수록 넓어지는 회중전등 불빛의 부채꼴 모양 이외에는 사방에 칠흑 같은 어둠뿐이다. 그 사실은 대담한 요코조차 괴롭혔다.

"누구……? 거기 누구 계세요……?"

요코는 손에 든 회중전등을 빙글빙글 돌리면서 첫소리를

냈다. 분하지만 그 목소리는 떨리고 있었다.

"가만있어도 알아요. 당신이 거기 있다는 사실은……. 괜찮아요, 이대로 기싸움을 계속하고 있자고요. 지금 달리아의 방에서 잠입한 형사님들이 이쪽으로 오는 중이니까."

요코는 상대의 반응을 기다리듯 회중전등 불빛의 위치를 조금 움직여보았다. 반응은 없고 인간의 그림자 같은 것은 어디에도 드러나지 않았다.

거기에 누군가가 있다는 사실은 확실하다. 게다가 그 누군가는 요코로서도 상상 가능한 인물이다. 그렇다고 이렇게 묵언 수행을 계속하는 것은 분명 압박이기도 하고 고통이기도 했다. 요코는 그 압박감에 진 것은 아니다. 오히려 이때는 반대로 그녀의 대담함이 소용돌이쳤다고도 할 수 있을 것이다. 요코는 체력적으로 그 인물보다 우월하다는 자신이 있었다.

요코는 조금 몸을 움직여보았다. 반쯤 열린 회전문 쪽으로 전진해보았다. 반응은 없었다. 그녀는 다시 한 걸음 전진해보았다. 이때 그녀의 손에 든 회중전등 불빛에 의해 자신의 움직임이 하나하나 적에게 읽히고 있다는 사실을 계산에 넣지 못했던 것은 누가 뭐래도 그녀의 불찰이었다.

마침내 요코는 직각으로 열린 회전문의 오른쪽 공간 바로 옆까지 왔다. 그녀는 잠시 호흡을 가다듬은 뒤 그 공간으로 한 걸음 발을 내디뎠다. 이럴 경우 인간의 본능으로 앞으로 몸을 구부리게 되어 누구든 목을 앞으로 내밀게 된다.

긴다이치 고스케는 나중에 그것이 총의 개머리판 아니었을까 지적했는데, 요코는 후두부에 강한 금속제의 물건으로 타격을 받고 큰 충격으로 눈이 보이지 않게 되었다. 그때 그녀가 앞으로 기우뚱해서 회전문 안으로 쓰러졌다면 그녀도 한 방 더 맞고 끝장났을지도 모른다고 했다. 한참 행방불명 상태로 있다가 그녀 역시 쥐의 먹이가 되었을지도 모른다.

하지만 인간의 경계 태세란 무서운 것이다. 요코는 언제라도 뒤로 물러설 수 있는 체형을 가지고 있었던 듯 한순간 앞으로 기울어지려고 했지만 다음 순간 뒤로 헛발을 디디고 지하도 반대쪽 벽에 강하게 등을 부딪쳤다. 그 순간 너덧 개의 벽돌이 낙하했다. 그녀가 비명을 질렀다면 그때였을 거라고 한다.

후두부에 강한 충격을 받았을 때 회중전등을 떨어뜨린 듯 그것은 아직 불이 켜진 채 회전문 너머로 굴러가고 있었다. 하지만 다음 순간 문이 조용히 움직이기 시작해 회중전등을 그대로 가져가버렸고 주변은 칠흑 같은 어둠에 갇히고 말았다. 그때 요코는 비명을 질렀던 것을 분명히 기억한다.

그녀는 결국 사람의 그림자를 보지 못했고 냄새조차 맡지 못했다. 하지만 거기 누군가 있었고 자신에게 악의를 갖고 있다는 것은 확실했다. 그 후 요코는 무아지경이었다. 회중전등을 잃은 그녀는 엎드려서 어렴풋이 기억을 더듬어 인천당 쪽으로 돌아갔던 것이다.

그러나 적은 권총이라는 강력한 무기를 갖고 있으면서 왜 그것을 유효하게 행사하지 않았을까. 또 첫 일격으로 완전히 몸의 균형을 잃었던 요코를 왜 덮치지 않았던 걸까……. 그에 대해선 역시 그녀의 위협이 맞아들었을 거라고들 하였다.

"지금 달리아의 방에서 잠입한 형사님들이 이쪽으로 오는 중이니까."

요코가 세 번째 비명을 지른 것은 쥐의 함정을 건널 때다. 조금 정신을 차리자 쥐의 함정의 위치는 금세 알 수 있었다. 바삐 돌아다니는 이 작은 동물의 웅성거림과 와삭와삭 뭔가를 먹는 소리를 어둠 속의 정적 덕분에 두세 간 앞부터 확실히 들을 수 있었던 것이다. 요코는 그들의 먹이가 된 것이 뭔지 떠올렸을 때 전신에 소름이 돋는 공포를 느끼지 않을 수 없었다.

그와 동시에 같은 일을 당해서는 안 된다는 경계심에서 양쪽 다리로 번갈아가며 거기 걸려 있는 널빤지를 더듬어 찾아보면서 전진했다. 겨우 한쪽 다리가 거기 닿았다. 널빤지를 건너는 요코는 밧줄 타기를 하는 광대와 비슷했다. 주변은 칠흑의 어둠인 데다가 뒤통수에 받은 강한 충격으로 몸의 균형을 잃고 있었다.

요코는 좌우로 양손을 벌려 몸의 평형을 유지하면서 한 발 한 발 좁은 판자를 건너갔다. 갑자기 그녀의 입에서 무서운 비명이 새어 나온 것은 쥐 한 마리가 그녀의 왼쪽 다리에서 스커트 아래로 기어 올라오려고 할 때였다.

"꺄악!"

외치고 그녀가 앞으로 고꾸라졌을 때 뻗은 양손은 다행히 맞은편 낭떠러지에 닿아 있었다. 왼쪽 다리를 격렬하게 털어 쥐를 쫓아낸 뒤에는 한층 무아지경이었다. 겨우 인천당에 도착해 자신이 부순 널빤지 틈으로 상반신을 내밀었을 때 거기에 오쿠무라 히로시의 얼굴이 보였다.

"아빠가…… 아빠가……."

그렇게 외친 것도 물론 아빠가 위험하다는 의미였다. 그렇게만 말하고 기절한 것도 무리는 아니었으리라. 그것이 그녀가 버틸 수 있는 한계였다.

2

제막식에 참석한 사람들 중에는 명랑장의 일족 외에 이 사건과 인연이 깊은 관할 경찰들도 많았다. 다하라 경부보나 이가와, 고야마 형사의 얼굴이 보인 것은 두말할 필요도 없다. 그 외에 이 마을의 유력 인사나 구경꾼이 대거 모인 것은 이번 사건이 얼마나 이 근방 주민들을 놀라게 했는지를 말해준다.

긴다이치 고스케가 불어오는 고원의 바람에 꾸깃꾸깃한 하카마 자락을 펄럭이면서 참석한 것이야 말할 필요도 없다. 그는 때때로 말석에 앉아 있는 조지 쪽으로 의미심장한 시선을 보내고 있었다. 조지 옆에는 열일곱에서 열여덟 살 정도의 예쁜 소녀가 있었기 때문이다. 소녀의 이름은 에미코라고 했으며, 어르신이 최근 도쿄에서 데려왔다는, 보조개가 천진난만한 소녀였다. 물론 다마코의 후임이다.

조지는 좀 더 에미코에게 친절하게 해주고 싶은 듯했으나 긴다이치 고스케의 짓궂은 시선이 따라오고 있어서 그러지도 못하고 일부러 무관심을 가장한 채 떨떠름한 표정을 짓고 있었다.

제막식은 요코의 손에 의해 거행되었다. 그 뒤 신고의 초대를 받아 온 여러 스님들이 독경을 성대하게 하였다. 오가타 시즈마의 영혼도 이제 처음으로 위안을 얻었을 것이다.

그 뒤 명랑장의 일본식 방에서 잡념을 버리는 연회가 열렸는데 4시 무렵에는 승려들도 돌아가고 경찰들도 돌아가서 남은 사람은 시노자키 신고와 긴다이치 고스케, 요코와 오쿠무라 비서, 그 외에 이토메가 변함없이 조그맣게 등을 말고 앉아 있었다.

신고는 하나의 역할을 끝내고 어깨의 짐을 내려놓았다고 해야 할지, 오시마의 옷감으로 만든 옷을 편안하게 입고 있는 건 좋은데, 여전히 풀어헤친 옷깃 언저리에서 가슴털이 덥수룩하게 엿보이는 것이 영 예의가 없어 보인다.

긴다이치 고스케는 싱글벙글 웃었다.

"시노자키 씨, 완전히 건강해지셔서 다행입니다. 당신 좀 마른 데다 피부도 희어져서 꽤 호남으로 보이는데요."

"뭐라고요!"

신고가 불만스러운 듯 코를 울려서 요코가 웃음을 터뜨렸고 이토메와 오쿠무라 군도 웃음을 참으려는 듯 입을 오므렸다.

"어머, 실례예요. 긴다이치 선생님은…… 그럼 우리 아빠가 지금까지는 호남이 아니었다고 말씀하시는 건가요?"

"아유, 말도 안 되죠. 원래부터 호남이신 아버님이 다다익선, 더 멋져지셨다는 뜻입니다."

"어머, 그래요. 그럼 봐드릴게요."

"고맙습니다."

긴다이치 고스케는 꾸벅 머리를 숙였다.

"그런데 아가씨, 오쿠무라 군도. 오늘은 아버님과 이야기하고 싶은 게 하나 있는데요, 실례지만 자리를 비워주실 수 있을까요?"

"어머, 왜요?"

요코는 아버지와 긴다이치 고스케의 얼굴을 왠지 불안한 듯 번갈아 보았다.

신고는 탐색하는 눈으로 긴다이치 고스케의 얼굴을 보았다.

"아, 그래. 요코, 선생님 말씀대로 저쪽에 가 있어라. 오쿠무라 군도."

"예."

"그래요, 그럼……."

요코는 마지못해 일어섰다.

"그럼 오쿠무라 씨, 가요. 긴다이치 선생님, 아빠를 너무 괴롭히면 안 돼요."

"그럼 저도……."

요코와 오쿠무라 군이 나가자 이토메도 뒤따라 일어나려고 했다.

"아, 이토메 씨, 당신은 여기 있어주십시오."

"네……?"

이토메는 신고의 얼굴을 본다. 신고는 한층 탐색하는 듯한 눈을 긴다이치 고스케에게 향했다.

"만사 긴다이치 선생님의 말씀에 따르자고. 이 사람에게 빠지면 어쩔 수 없어."

그는 불꽃이 이글거리는 눈을 고스케에게 돌렸다.

"그러면 긴다이치 선생님, 사건은 아직 완전히 정리된 게 아니라는 말씀이신가요?"

"역시 시노자키 씨네요. 뭐, 그렇습니다."

"오, 무섭네. 선생님, 일단 부드럽게 부탁드리겠습니다."

"아, 그런데 그렇게는 안 되고요. 오늘은 일단 아무쪼록 진심을 듣고 싶어서요. 다만 이건 시노자키 씨, 당신에게 드리는 말씀은 아니고 이토메 씨에게 하는 얘깁니다."

"이토메 씨에게 진심을……? 이토메 씨, 당신 여기 계신 선생님께 뭔가 숨기는 게 있나?"

"호호호, 무서운 말씀을."

하지만 이토메 씨는 태연한 얼굴이었다. 염낭처럼 오므린 입술은 소녀처럼 천진난만하게 웃고 있다.

긴다이치 고스케는 괴로운 눈을 하고 한참동안 더벅머리를 긁다가 이윽고 머뭇머뭇 입을 열었다.

"시노자키 씨, 탐정이란 건 상스럽네요. 야비한 직업입니다. 뭐든 납득이 안 가는 데가 있으면 찬합 구석을 뒤져서라도 철저하게 규명하지 않으면 직성이 안 풀리는 존재입니다. 그렇게 타고난 직업이죠."

"아, 그건 당연한 일이겠죠. 그런데 그렇다면 이번 사건의 진상에 아직 납득이 안 가는 부분이라도 있는 겁니까?"

"예, 딱 하나 있습니다."

"뭔가요?"

"야나기마치 씨의 고백 중 일부 말입니다."

긴다이치 고스케는 한층 괴로운 시선을 신고와 이토메 쪽으로 돌렸다.

"야나기마치 씨의 고백을 나중에 우리가 추리, 실험해보면 이렇게 되죠. 즉 야나기마치 씨는 지하도를 빠져나와 인천당에서 밖으로 나갔다. 그런데 그 창고 안에서 인기척이 들렸다. 이상하게 생각하고 엿보니 천장에는 흙 자루가 매달려 있고 후루다테 씨가 도르래를 돌리고 있었다. 게다가 후루다테 씨는 왼팔을 몸통에 결박하고 외팔이 남자를 가장하고 있었다. 그래서 야나기마치 씨가 나무랐더니 갑자기 후루다테 씨가 시코미즈에를 거꾸로 쥐고 때리려고 했다. 두세 번 실랑이를 벌인 끝에 야나기마치 씨가 시코미즈에를 빼앗아 반격했는데 얼떨결에 후루다테 씨의 뒤통수를 때려 기절시켰다. 야나기마치 씨는 잠시 망연했지만 그러는 사이 후루다테 씨가 거기서 무엇을 하고 있었는지 어렴풋이나마 알게 되었다. 즉 한 팔밖에 없는 무력한 남자라도 도르래의 원리를 이용하면 덩치가 크고 살집이 많은 인물, 즉 당신이죠, 당신 같은 인물을 살해하고 허공에 매달 수 있다는 사건의 리허설을 하고 있었단 걸 깨달았다……"

"흠, 흠, 그래서……?"

그 이야기는 신고도 전에 들은 적이 있었지만 지금 현실에서 긴다이치 고스케가 이렇게나 명백하게 지적하자 이마에 진땀이 배어 나오지 않을 수 없었다. 이토메는 무슨 생각을 하는지 변함없이 소녀처럼 천진난만하다.

긴다이치 고스케는 말을 이었다.

"아무튼, 야나기마치 씨가 망연자실하는데 인천당 쪽에서 사람들이 떠드는 소리가 들려왔습니다. 즉 요코 씨와 오쿠무라 군이 웃고 떠들며 지하도를 빠져나왔던 거죠. 그래서 야나기마치 씨는 서둘러 모래주머니를 내려서 시코미즈에와 함께 밧줄 더미 아래 숨겨놓은 다음, 기절한 후루다테 씨를 밧줄로 교살한 후 시체를 잡동사니 도구 속에 숨겨두고 자신은 창고를 빠져나와 아무것도 모르는 얼굴로 뒷문 밖을 걷고 있는데, 요코와 오쿠무라 군이 왔다. 그래서 태연히 두 사람을 창고로 유인해서 거기에 수상한 건 아무것도 없다는 것을 보여주고 셋이서 나란히 명랑장 본관 쪽으로 돌아왔다. ……슬슬 세 사람이 창고를 나가려고 하는데 조지 군이 마차를 끌고 돌아왔다, 라는 얘기였죠."

"그렇군요. 그 얘긴 저도 들었는데, 거기 뭔가 납득이 안 가는 부분이 있습니까?"

"아, 거기까지는 이럭저럭 괜찮습니다. 이럭저럭이라는 건 그 얘기도 꽤나 의심스러운 이야기라고 생각하면 생각 못 할 것도 없지만 뭐, 괜찮다고 생각하면 괜찮지 않을 것도 없거든요. 시간적으로 말해서요. 그런데 도저히 납득이 가지 않는 부분은 그 이후에 대한 야나기마치 씨의 고백입니다."

"무슨 말씀이신지……?"

"야나기마치 씨는 이렇게 말했습니다. 본관으로 돌아가면서 요코 씨와 오쿠무라 군으로부터 플루트를 들려달라는 부탁을 받았다. 그래서 본관에 돌아와서 두 사람은 먼저 각자의 방으로 돌아가 샤워를 했는데 그동안 몇 분이 필요했다. 자신도 일단 방으로 돌아갔지만 얼굴과 손을 씻는 정도만 하고 바로 창고로 돌아갔다. 거기서 잡동사니 도구에 눌려 있던 후루다테 씨의 목에 밧줄 끝의 고리를 걸고 도르래를 돌려 후루다테 씨의 시체를 끌어 올린 다음 마차 좌석에 앉혀두고 서둘러 본관으로 돌아와서 플루트를 만지작거리는데 요코 씨와 오쿠무라 군이 샤워를 마치고 나왔다고. 그리고 두 사람의 부탁으로 도 플러의 〈헝가리 전원 환상곡〉을 불었다고 야나기마치 씨는 그 렇게 말씀하셨어요."

"그게, 긴다이치 선생님, 뭐가 이상하다는 겁니까?"

신고의 목소리는 속삭이는 듯했다. 그는 아직 긴다이치 고 스케가 말하려는 것을 알지 못했다. 탐색하는 듯한 눈이 날카 롭게 상대의 얼굴을 응시하고 있다. 이토메 역시 이상한 듯 긴다이치 고스케를 지켜보고 있다. 그 얼굴은 관음상처럼 온화 하다.

"아, 여기 경찰들은 그 고백으로 만족한 것 같습니다. 하지 만 제가 그걸로 만족할 수 없어요. ……그 고백에서 납득이 가 지 않는 부분은……."

"납득이 가지 않는 부분은……?"

"저는 그때 목욕탕에서 도플러의 〈헝가리 전원 환상곡〉을 두 번 들었습니다."

"그런데요……?"

거기서 긴다이치 고스케는 그날 여기 도착한 후 안내받은 욕실에서 플루트 소리를 들은 경위를 들려주고는 말했다.

"그때 제가 들었던 플루트곡이 〈헝가리 전원 환상곡〉이었 습니다. 하지만 그것은 완전한 연주가 아니고 사전 연습이었는 데요, 같은 부분을 반복해서 연주하고 있었어요. 그리고 조금 시간을 두고 완전한 연주가 시작되었던 겁니다. 그런데 나중에 야나기마치 씨에게 들으니 〈헝가리 전원 환상곡〉을 완전하게 연주하면 11, 12분은 걸린다고 하더군요. 그렇다면 제가 들은 처음 그것은 적어도 몇 분은 걸렸을 거라 생각합니다."

신고의 눈이 갑자기 커졌다. 그도 겨우 긴다이치 고스케가 하려는 말을 알아들은 것 같다.

"긴다이치 선생님!"

그는 크게 숨을 헐떡였다.

"선생님이 말씀하시고 싶은 것은 그사이 야나기마치 씨는 창고에 갈 여유가 없었다는⋯⋯?"

"예, 그렇습니다. 역시 야나기마치 씨는 샤워를 하지 않고 얼굴과 손만 씻고 오락실에 나왔을지도 모르죠. 하지만 야나기마치 씨는 창고 쪽에는 가지 않고 오락실로 가서 〈헝가리 전원 환상곡〉의 사전 연습을 하고 있었던 겁니다. 적어도 몇 분간에 걸쳐⋯⋯."

"그럼 이 사건에는 공범이 있다⋯⋯고 말씀하시고 싶은 겁니까?"

긴다이치 고스케는 괴로운 눈을 하고 한동안 말없이 더벅머리를 긁다가 이윽고 이토메 쪽을 보았다.

"이토메 씨, 여기서 일단 고백해주시죠."

"고백이라뇨⋯⋯?"

"제 질문에 정직하게 답변해주셨으면 합니다."

"아유, 저는 항상 정직하게 답하고 있습니다. 저는 태생적으로 거짓말하는 걸 몹시 싫어하거든요."

"글쎄, 어떨지요. 아하하, 뭐 됐습니다. 됐습니다. 그럼 여쭙겠습니다. 그날, 후루다테 씨가 살해당한 날 말인데요. 그날 오후 당신은 언제나처럼 낮잠을 주무시고 계셨죠. 그런데 거기 요코 씨와 오쿠무라 씨가 두 번이나 정찰을 갔다고 하는데요, 이토메 씨는 그걸 모르셨습니까?"

"아, 그거요⋯⋯."

이토메는 입을 오므리고 소녀처럼 천진난만하게 웃었다.

"그에 답하기 전에 일단 긴다이치 선생님에게 말씀드려두겠는데, 저는 다넨도 각하의 가르침이 워낙 엄격했던지라 질문이 없으면 일부러 답하지 않고 쓸데없는 이야기를 하지 않는 버릇이 몸에 배어 있답니다. 그래서 방금 하신 질문 말인데, 그렇게 물으시면 언제든지 정직하게 답변해드렸을 것을요. 예, 예, 노인이란 잠귀가 밝지요. 두 사람이 두 번이나 상황을 보러 왔다는 걸 전 제대로 눈치채고 있었답니다."

"그래서 이토메 씨는 어떻게 하셨습니까."

"별로 한 건 없습니다. 결국은 장난꾸러기 어린아이 같은 요코 아가씨, 오쿠무라 씨를 한패로 삼아 그 탈출구로 숨어들 작정이구나 하고 알아차렸죠. 일단 나오면 그때 잡아주겠노라고 인천당 쪽에서 기다릴 작정으로 어슬렁어슬렁 그쪽으로 갔답니다."

"아앗!"

신고의 목소리는 뱃속에서 용솟음치는 것 같았다. 마치 도깨비라도 보는 듯한 눈을 하고 이토메를 응시하고 있었다. 이토메는 싱긋 웃었다.

"어머나, 주인어른, 이토메는 아까도 말씀드리지 않았습니까. 질문을 받으면 어떤 일이든 정직하게 말씀드린다고요. 지금까지 아무한테도 그런 질문을 받지 않았답니다."

"알았어요, 알았어. 이토메 씨, 그래서 그때 당신은 창고 속을 엿보지 않았습니까. 아니, 엿봤죠."

"그야 들여다봤죠. 긴다이치 선생님, 우렁찬 목소리가 들리는걸요. 대체 누가 지금 이런 곳에서, 하고 어슬렁어슬렁 가봤는데……."

"어떤 상태였습니까. 그때 창고 안은……?"

"우선 모래주머니가 허공에 매달려 있었습니다. 그리고 다쓴도 씨가 바닥에 쓰러져 계셨고, 그 옆에 야나기마치 씨가 주인어른의 시코미즈에를 거꾸로 들고 망연해서 우뚝 서 계셨습니다."

"그래서, 이토메 씨는 어떻게 하셨습니까?"

"어떻게라뇨, 간략하게 야나기마치 씨에게 이야기를 듣고 바로 다쓴도 씨의 의도를 알았지요. 저는 나이는 먹었어도 머리 회전은 빠른 편이고, 또 다쓴도 씨의 성품도 잘 알고 있습니다. 다쓴도 씨가 한 팔을 묶고 주인어른과 거의 비슷한 무게의 모래주머니를 도르래로 허공에 올렸다는 말을 들은 것만으로, 저는 전부 알겠더군요. 화가 머리끝까지 난다는 건 그때의 제 마음을 가리키는 말일 겝니다. 그와 동시에 20년 전에 여기서 비참한 최후를 맞이한 가나코 마님이나 오가타 시즈마 씨의 적을 치려면 지금밖에 없다고 생각했지요. 하지만 그러려고 야나기마치 씨를 끌어들여서는 안 된다고 생각했습니다. 게다가 때마침 막 인천당에서 나온 요코 아가씨와 오쿠무라 씨를 잘 이용하자 싶어 허둥거리는 야나기마치 씨를 꾸짖어 우선 다쓴도 씨의 몸…… 말씀드려둡니다만 그때 다쓴도 씨는 아직 죽지 않았습니다. 그저 뒤통수를 맞고 정신을 잃은 것뿐이었지만 그걸 잡동사니 도구 뒤에 숨기고 모래주머니를 내려 시코미즈에와 함께 밧줄 더미 밑에 숨겨둔 다음 야나기마치 씨를 창고 밖으로 쫓아내버렸죠. 그때 야나기마치 씨도 설마 제가 다쓴도 씨를 죽이려고 생각하고 있었다는 건 꿈에도 몰랐을 겝니다."

이토메는 천진난만한 얼굴에 순수한 미소를 띠며 더없이 무서운 말을 한다. 그 말투는 담담했지만 그렇기에 그 각오가 얼마나 대단했는지 가늠할 수 없다. 신고의 눈에는 깊은 위구심이 어려 있었다.

"그렇군요. 그래서 당신도 그늘에 몸을 숨기고 있는데 야나기마치 씨가 요코 씨와 오쿠무라 군을 데려온 겁니까?"

"맞습니다. 죄다 제가 그렇게 하라고 야나기마치 씨를 설득해서 한 일입니다."

"거기에 조지 군이 마차를 끌고 돌아왔고요."

"네, 그래요. 야나기마치 씨는 마차에 대해선 몰랐지만 제 계산에는 제대로 들어맞았죠. 거기에 시체 따위 없었다는 증인은 많으면 많을수록 좋지요."

"그래서 조지 군이 말의 멍에를 벗기고 가버리길 기다려 당신은 행동을 개시했군요."

"그렇습니다, 긴다이치 선생님."

이토메 씨는 생글생글 웃었다.

"그 남자가 저 같은 노인네도 도르래를 사용하면 시체를 허공에 띄울 수 있단 것, 간단하게 할 수 있단 것을 모래주머니를 써서 가르쳐준 게지요. 전 배운 대로 했을 뿐. 도르래에 매달려 있는 밧줄 고리를 잡동사니 도구 아래까지 끌고 가서 그 남자의 목에 걸었습니다. 단단히 몸이 빠지지 않도록. 말해두지만 그때 그 남자는 아직 죽어 있지 않았습니다. 호흡도 하고 있었고 몸에 온기도 남아 있었죠. 그래서 저는 숨어 있던 곳에서 나와서 도르래를 돌렸습니다. 20년 전의 원한을 담아……. 가나코 마님과 오가타 시즈마 씨의 원한을 담아, 저는 도르래를 돌렸지요. 예, 예, 팔이 부러져라 돌리고 돌렸습니다."

역시 목소리에는 열렬한 기백이 넘쳐흐르고 눈동자에서는 살기가 용솟음치는 것 같았다. 그러나 말투는 변함없이 담담했다.

"허공에 매달렸을 때 그놈은 손발을 버둥거리고 크악, 하며 눈을 뜨고 위에서 저를 노려보았습니다. 아무래도 그놈, 자신이 지금 어떤 일을 당하고 있는지 알아차린 듯 목구멍 안쪽에서 뭔가 꿀꿀거리며 엄청나게 손발을 파닥거렸죠. 저는 아래에서 말해주었습니다. 죽어! 죽어! 너 같은 쓰레기는 죽어버리는 쪽이 세상을 위하고 사람을 위하는 게야. 널 살려두면 언젠가 넌 같은 방법으로 주인어른을 목매달 작정이겠지. 자, 죽어, 죽어, 죽어버려. ……저는 도르래를 돌리고 돌렸습니다만, 이 나이가 될 때까지 그렇게 속이 뚫리는 경험을 한 적은 없었다지요. 호호호."

소녀 같은 천진한 입술에서 담담하게 흘러나오는 말. 그렇기에 오히려 귀기가 피부에 스미는 것은 시노자키 신고도 긴다이치 고스케도 마찬가지였을 것이다. 넓은 일본식 방에는 슬슬 저물어가는 늦가을의 냉기가 퍼져나가고 있었다.

"그놈은 허공에 매달린 채 목에서 콜록거리는 소리를 내면서 손발을 버둥버둥, 뭔가 자꾸만 욕지거리를 하고 있었습니다. 정말 체념을 모르는 놈이었죠. 저는 그놈을 높이 올리거나 또 낮게 내리거나 하며 실컷 골려주었는데 그러는 사이에 축 늘어졌죠. 그래도 만약을 위해 두세 번 올렸다 내렸다 하며 이제 절대 숨을 쉴 염려는 없다는 것을 확인하고 나서 슬며시 마차 위에 내렸습니다. 이 마차 위에 내려놓는 것은 갑자기 생각해낸 것으로, 처음에는 대구포처럼 허공에 매달아둘 작정이었지만, 그러기엔 아무리 그래도 불쌍한 생각이 들었고 조부님이 유행을 따라 즐겨 타던 마차에 타고 손자가 삼도천을 건

너는 것도 그 거드름쟁이의 마지막으로는 어울리지 않나 하고, 그것은 적어도 제가 베푸는 인정이었지요."

이야기를 마친 이토메는 무릎 위로 주먹을 꼭 움켜쥔 채 이제 여기까지라고 포기하고 각오한 모습으로 생글거리며 웃고 있다. 그 고백이 너무나도 처참함에도 불구하고 이토메의 얼굴은 어디까지나 밝았다.

긴 침묵이 일본식 방을 지배했다. 그 침묵을 깬 것은 신고였다.

"긴다이치 선생님, 그래서 당신 이 할머니를 어쩌실 생각이십니까?"

긴다이치 고스케는 물끄러미 이토메의 얼굴을 응시하고 있었으나, 이윽고 빙긋 웃더니 그녀 쪽으로 손을 내밀었다.

"이토메 씨, 그 손바닥에 있는 것을 저한테 주시겠습니까?"

"엇?"

이토메는 깜짝 놀란 듯 양손을 강하게 맞잡고 긴다이치 고스케의 얼굴을 보았다.

"괜찮으니까 저한테 주십시오. 당신에게는 그런 건 필요 없습니다. 자, 저한테 주십시오."

이토메의 몸은 희미하게 떨렸다. 그리고 장난을 들킨 어린아이처럼 겸연쩍은 얼굴로 손에 있는 것을 머뭇머뭇 긴다이치 고스케 쪽으로 내밀었다. 작은 병이었다.

"청산가리군요."

아까부터 이상한 듯 두 사람의 대화를 지켜보던 신고가 놀란 듯,

"긴다이치 선생님!"

하고 무심코 몸을 내밀었으나 긴다이치 고스케는 돌아보지도 않았다.

"이토메 씨."

"예."

"당신은 저를 오해하고 계세요."

"오해라뇨?"

"저는 경찰의 사람이 아닙니다. 저는 여기 계신 시노자키 씨의 의뢰를 받아 이 사건을 조사하게 된 겁니다. 사례는 과분하게 받았습니다. 그런 것치고는 경찰에도 충분히 협조한 것 같습니다만. 이 이상 자잘한 일을 들쑤셔 뭔가를 알게 된다고 하나하나 경찰에 보고할 의무는 없는 남잡니다. 이건 제가 약속드리겠습니다."

긴다이치 고스케는 작은 병을 옷소매에 넣었다.

"그 대신 이토메 씨에게 하나 부탁드릴 것이 있습니다."

"예, 어떤 일인지요?"

"이 시노자키 씨란 사람은 사업에 있어서는 탁월한 분입니다. 앞을 내다보는 분이죠. 하지만 부인을 선택하는 데 관해서는 유감스럽게도 낙제감이라고 할 수밖에 없어요. 게다가 시노자키 씨는 아직 젊고요. 당연히 후처가 필요하겠죠. 그러니

차후 시노자키 씨가 부인을 새로 데려오게 된다면 당신이 일단 제대로 감정해주십시오."

"긴다이치 선생님!"

"그럼 전 이만 실례……."

긴다이치 고스케는 감동으로 몸을 굳힌 시노자키 신고와 눈물을 흘리며 떨고 있는 이토메를 뒤로하고 표연히 자리에서 일어섰다.

긴다이치 고스케의 주문으로, 조지의 마차를 타고 후지 역까지 가는 중이었다. 마부석에 있던 조지가 저편을 보며 말했다.

"긴다이치 선생님, 선생님은 이상한 분이에요."

"뭐가……?"

"이 마차, 기분 나쁘지 않습니까?"

"어째서? 아, 그런가. 이 마차에 시체가 타고 있었어서……? 근데 난 그런 거 전혀 신경 안 쓰는 성격이야. 게다가 자동차라면 언제든지 탈 기회가 있지만 이런 멋진 마차를 탈 일은 좀처럼 없으니까. 하물며 자네처럼 핸섬한 마부를 데리고 가다니 한층 화려한 기분이 드는군."

"잘도 그런 얘길 하시네요."

"그보다 조지 군, 또 예쁜 아가씨가 왔잖아. 에미코라고 했던가. 자네 벌써 그 아이를 자기 걸로 만든 거 아냐?"

"아유, 긴다이치 선생님, 진짜."

맞은편을 보고 있는 조지의 귀가 빨갛게 되었다.

"아직 다마코의 사십구재가 오지 않았잖아요."

"어, 자네 같은 젊은 사람이 의외로 고풍스러운 말을 하는
군."

"게다가 저, 요전에 주인어른에게 주의를 받았어요."

"주의라니 어떤 주의를?"

"아직 젊으니까 어쩔 수 없지만 여자 때문에 울더라도 여자
를 울리면 안 된다고요."

"시노자키 씨가 그렇게 말씀하셨나?"

"주인어른, 그걸 금료옥조*로 삼고 계신 듯해요."

"자네도 거기 동의하나?"

"뭐, 그렇습니다. 그래서 가령 에미코라 해도……. 그 아이
도 다마코와 마찬가지로 전쟁고아인데요, 그 아이를 행복하
게 해줄 자신이 생길 때까지 전 절대 손을 내밀지 않기로 했습
니다."

"그거 좋은 마음가짐이군. 그날이 하루라도 빨리 오길 빌겠
네."

"고맙습니다. 저도 그럴 생각으로 노력하고 있습니다. 이

---

* 金料玉條, 금과 보석처럼 선하고 아름다운 법과 규칙. 사람들이 절대적인 원천
으로 따라야 할 규칙과 법률을 의미한다.

라!"

조지가 채찍을 울리자 후지노오는 갑자기 속도를 높였다. 딸가닥딸가닥 경쾌한 말발굽 소리가 상쾌한 가을 하늘에 메아리친다. 돌아본 긴다이치 고스케의 눈에 들어온, 저녁놀을 정면에 받은 후지산의 봉우리는 어떤 화가가 그린 어떤 그림보다 아름답다고 생각지 않을 수 없었다.

구시대의 욕망이 만들어낸 지하 세계

장경현(추리소설 평론가, 조선대학교 교수)

《미로장의 참극》은 1950년대에 〈미로장의 괴인〉이라는 제목으로 발표한 중·단편을 '요코미조 붐'이 한창이던 1976년 장편소설로 새롭게 써서 출간한 것이다.

이 작품은 메이지 시대에 급격한 신분 상승을 이룬 후루다테 다넨도 백작의 이야기와 그의 욕망과 자기만족이 응축된 저택 명랑장에 대한 서술로 시작한다. 그리고 3대에 걸친 백작 가문의 추악한 행적과 비참한 몰락이 담담한 지역 서사처럼 기술된다. 일제의 잔혹성을 36년간이나 겪어야 했던 우리로서는 일본의 패전이 사필귀정으로 보일 뿐이지만, 일본인에게는 이전의 격변과 함께 세상이 뒤집히는 대혼란이었을 테고, 그 결과 이 시리즈의 일관된 소재인 몰락한 화족과 무너져가는 지역 봉건사회의 신구세대 안에 짙은 어둠과 병증이 깃들었다.

메이지유신으로 인한 격변과 그로 인한 혼란과 욕망을 바깥으로 쏟아내어 주변 국가에서 증폭된 폭력과 가학성은 패전 이후 내부로 향했고 일본 사회가 자기 발톱에 상처받아 신음하는 모습을 긴다이치 고스케는 조용히 지켜본다. 도입부에서 기술한 후루다테 백작 가문의 행태는 뒤집힌 사회에서 신분 상승을 한 이들의 탐욕스럽고 경박한 모습이다. 그러나 이들도 곧 패전과 산업화의 물결에 밀려나고 시노자키와 가자마처럼 혼란을 틈타 부를 얻은 실업가들이 그 자리를 차지한다. 이 과정은 너무나 급박해서 자연스러운 전환이라고 할 수 없다. 3대인 다쓴도 백작은 미모의 부인 시즈코를 시노자키에게 빼앗기는데 오히려 시즈코는 단순한 욕망의 대상에서 자신의 능력을 살리는 주체적인 존재가 된다(나중에는 이것도 의문이지만).

도입부부터 그 상징성이 두드러진다. 귀족이 타던 화려한 마차를 그 자리를 빼앗은 시노자키가 보내자 긴다이치가 그것을 타지만 초라한 긴다이치의 모습은 마차와 어울리지 않는다. 게다가 마부는 전쟁의 산물이라고 할 수 있는 하야미 조지이며, 다쓴도는 초라한 옷을 입은 채 자신의 소유였던 화려한 마차에서 시신으로 발견된다.

그런가 하면 작품 속 화족들의 외양 묘사는 자못 신랄하다. 후루다테 가즌도와 덴보의 팔자수염은 몰락한 귀족의 허세를 상징한다. 특히 작품 중후반 덴보의 수염은 매우 초라하고 비참하게 그려져서 이러한 의도를 노골적으로 보여준다. 여기 나온 화족들은 모두 왜소하고 신경질적이며 거만하면서도 비열하고 비굴한 이중성을 띤다. 사실 화족이라고 해도 근본은 비천한 출신이었고 격변기에 운 좋게 지배계급이 된 것이므로 그들의 고

귀함이란 매우 얄팍한 것에 지나지 않는다. 신흥 자본가인 시노자키와 가자마 역시 손을 더럽혀 부를 얻은 졸부일 뿐이다. 그래서 작중인물들은 하나같이 겉만 번지르르할 뿐 내면은 매우 경박하고 속물적이다. 긴다이치 고스케와 다하라 경부보를 제외하고는. 심지어 긍정적으로 묘사되는 인물들조차 언행을 보면 그다지 상종하고 싶은 생각이 들지 않는다. 그래서인가, 사건이 종결되고 후일담을 보아도 찜찜한 맛이 남는다.

이렇게 본다면 철저하게 지배계급을 위해 만들어진 대저택의 광대한 지하 미로는 당시 일본 사회의 양면성을 여실히 보여주는 상징적 장치라 할 수 있을 것이다. 오가타 시즈마라는 존재 또한, 지배계급의 관점에서는 공포와 불안의 대상이나 피지배계급의 관점에서는 슬픔과 연민의 대상이라는 이중성을 지닌다. 심지어 저택을 둘러싸고 있는 아름다운 자연도 비밀을 가리기 위한 방벽이기도 하고 새로운 세대에게는 돈벌이의 수단으로만 인식되기도 한다.

건물 자체에 비밀이 깃든 '-장' 또는 '-관'이 배경이 되는 일본 추리소설은 독자적인 장르를 형성한다고 해도 과언이 아니다. 아야쓰지 유키토나 시마다 소지 등의 작품에서는 특별한 목적을 가지고 건축된 기이한 저택들이 중심 소재가 되는 데 반해 이 작품의 배경은 메이지 시대의 귀족이 봉건 시대의 관습을 모방하여 비밀 탈출구를 만들어놓은 저택이라는 점이 특이하다. 그러나 작중 비밀 통로는 밀실 트릭의 도구보다는 음습한 가문의 음모와 은폐된 악의의 기호로서의 면모가 강하다. 오히려 작품 속 유일한 밀실 트릭은 비밀 통로와 무관하게 구현되며 상당히 가볍게 다루어지는 편이다. 결국 비밀 통로는 겉으로 화려한 지배계급의 내면을 붕괴시키고 있는 '지옥'으로서의 의의가 크다고 해야 할 것이다.

요코미조 세이시의 초기작인《혼진 살인 사건》《옥문도》《팔묘촌》《여왕벌》《이누가미 일족》 등이 위기에 처한 지역 봉건사회를 지키려는 몸부림을 그렸다면《악마가 와서 피리를 분다》 등은 몰락한 화족들의 추한 욕망을 그리고 있다. 본 작품도 이에 속한다고 할 수 있는데, 이 계열의 작품들이 도쿄 등 도시를 배경으로 하는 반면 본 작품은 숲속의 넓은 저택을 배경으로 삼음으로써 초기와 후기 작품들의 과도기 같은 느낌을 준다. 광대하고 위험한 지하 동굴을 탐색하는 장면은《팔묘촌》을 연상시키며 화족들의 병적인 광기는《악마가 와서 피리를 분다》나《밤 산책》 등을 연상케 한다. 그러면서 중간중간 다소 신경질적인 유머가 삽입되어 광기를 더해준다. 게다가 고어에 가까운 잔혹한 묘사가 있는데《팔묘촌》에서 보이던 에도가와 란포 풍의 공포물 느낌마저 준다.

다만 현대 독자의 관점에서는 거슬리는 부분이 있을 수 있다. 발표 시기도 그렇고 작중 배경도 과거이기 때문에 계급 의식이 강하고 성차별이 노골적으로 드러난다. 물론 작중인물들의 당시 사고방식을 그대로 보여주기 위한 면도 있지만 사회적 약자를 다루는 방식 자체가 부정적으로 보인다. 예를 들어, 여성과 경찰들만 완전한 이름이 언급되지 않는다. 여성들은 모두 외모에 대한 평가가 따르며 남성에 종속된 모습이다. 미군과 일본 여성 사이에서 태어난 조지에 대한 묘사도 애매하다. 신체장애를 공포와 불안의 기호로 사용하는 것도 걸린다. 이것은 시대적 한계이기도 하고 당시 사회의 부조리를 있는 그대로 보여주는 장치이기도 하다. 실제로도 그러했고 이 모든 것이 뒤틀린 욕망과 증오의 어둠을 낳은 요인이니까.

추리소설로서 이 작품은 전후 일본 사회의 붕괴에서 비롯된 범죄를 본격 추리소설의 틀로써 풀어가는 긴다이치 시리즈의 특성을 잘 보여주고 있으면서도, 의외로 퍼즐 미스터리적인 면이 많지 않은 편이다. 밀실 살인, 기묘한 시신 설정, 비밀 통로, 사라진 과거 인물 등 전형적인 퍼즐 미스터리 요소는 풍부하지만 그것을 이용해서 독자를 속이려는 노력은 그다지 보이지 않는다. 이번에도 긴다이치는 사람이 죽어갈 동안 아무것도 안 한다는 비난을 받으나 그 순간 바로 수수께끼를 풀어버리고 의외로 시원시원하게 사건을 해결해간다. 이런 면들이 다른 작품들과 비슷하면서도 좀 다른 결을 보여준다. 살인의 동기와 배경이 다소 모호하다든지 트릭 자체에 초점을 두지 않는 듯한 느낌이 있는데, 전술한 사회상 묘사와 인물 형상화가 뛰어나 색다른 재미를 주는 작품이라 하겠다.

옮긴이 **정명원**

이화여자대학교 신문방송학과를 졸업하고, 일본어 전문 번역가로 활동 중이다.
옮긴 책으로 《옥문도》《팔묘촌》《이누가미 일족》《혼진 살인 사건》《병원 고개
의 목매달아 죽은 이의 집》《가면무도회》 등이 있다.

미로장의 참극

초판 1쇄 발행일 2024년 11월 1일
초판 2쇄 발행일 2024년 11월 25일

지은이 요코미조 세이시
옮긴이 정명원

발행인 조윤성

편집 박고운 **디자인** 김효정 **마케팅** 이지희
발행처 ㈜SIGONGSA **주소** 서울시 성동구 광나루로 172 린하우스 4층(우편번호 04791)
대표전화 02-3486-6877 **팩스(주문)** 02-585-1755
홈페이지 www.sigongsa.com / www.sigongjunior.com

글 ⓒ 요코미조 세이시, 2024

ISBN 979-11-7125-752-2 (04830)
ISBN 978-89-527-4678-8 (세트)

*SIGONGSA는 시공간을 넘는 무한한 콘텐츠 세상을 만듭니다.
*SIGONGSA는 더 나은 내일을 함께 만들 여러분의 소중한 의견을 기다립니다.
*잘못 만들어진 책은 구입하신 곳에서 바꾸어드립니다.

WEPUB 원스톱 출판 투고 플랫폼 '위펍' _wepub.kr
위펍은 다양한 콘텐츠 발굴과 확장의 기회를 높여주는
SIGONGSA의 출판IP 투고·매칭 플랫폼입니다.